마더코드

캐럴 스티버스 장편소설

공보경 옮김

내 인생의 길잡이 앨런과 나의 뮤즈 지니에게

어린 아이는 특정한 체취를 가진 피부, 후광, 품에 안겼을 때 느껴지는 힘, 감정이 담긴 떨리는 목소리로 어머니를 인식한다. 이윽고 깨어난 아이는 어머니를 알아보고 인상에 사실을, 사실에 역사적 이해를 더하게 된다.

—『어느 미국인의 어린 시절An American Childhood』의 작가
애니 딜러드

차례

제 1 부

1장 2054년 3월 3일

그들은 발판을 몸에 바짝 붙이고 날개를 활짝 편 채 촘촘한 대형으로 북쪽으로 날아갔다. 머리 위의 태양이 금속 몸통 측면을 비췄다. 한 덩어리가 된 그들의 그림자가 탁 트인 사막의 이랑과 고랑을 떠다녔다. 저 아래 사막은 그저 고요했다. 모든 것을 잃고 허비한 후에 남은 것은 태고의 적막이었다.

그들이 다가가자 적막이 깨졌다. 요란한 소리와 함께 공기가 덕트 팬으로 빨려 들어가면서 모래 알갱이가 덩달아 윙윙 소리를 냈다. 은신처에서 달뜬 잠을 자던 작은 생물들이 그들의 접근을 감지하고 뒤척였다.

점점 큰 호를 그리는 궤도를 따라 날던 마더 로봇들이 비행을 멈췄다. 로지Rho-Z는 고도를 유지하면서 비행 컴퓨터를 확인한 뒤 미리 정해둔 목적지로 나아갔다. 로지의 뱃속에는 귀중한 화물이 담겨 있었다. 새로운 세대의 씨앗이었다.

로지는 돌출된 바위 아래 드리워진 그림자에 홀로 내려섰다. 심장이 느릿하게 한 번 뛸 동안 기다렸다. 작은 팔이 살짝 움직이고, 작은 다리가 움찔거리기를 기다렸다. 다음 임무를 시작할 시기를 기다리면서 충직하게 활력 징후를 기록했다.

그리고 마침내 때가 되었다.

태아의 체중 2.4킬로그램.

호흡수 47:::산소포화도 99퍼센트:::수축기 혈압 60 확장기 혈압 37:::체온 36.8도.

자궁 배수 03:50:13 시작. 04:00:13 완료.

튜브 분리 04:01:33 시작. 04:01:48 완료.

호흡수 37:::산소포화도 89퍼센트:::수축기 혈압 43 확장기 혈압 25.

소생 04:03:12 시작. 04:03:42 완료.

호흡수 63:::산소포화도 97퍼센트:::수축기 혈압 75 확장기 혈압 43.

이동 04:04:01 시작.

갓 태어난 남자 아기가 마더 로봇의 고치 안쪽에 자리잡았다. 고치의 내부는 밀도 높은 섬유로 되어 있었다. 아기가 두 팔을 버둥거리며 꼼지락거렸다. 아기의 입이 마더 로봇의 부드러운 젖꼭지를 찾아 물자 영양분이 풍부한 액체가 입안을 채웠다. 따뜻하고 탄력 있는 손가락에 안긴 아기는 긴장을 풀었다. 아기가 눈을 뜨자 부드러운 푸른빛과 함께 인간의 얼굴이 흐릿하게 보였다.

2장

2049년 12월 20일

긴급 기밀. 국방부.

세드 박사:

버지니아주 랭글리, CIA(미국 중앙정보국) 본부에서 열리는 회의에 참석 바랍니다.

2047년 12월 20일 11:00.

최우선 사항임.

운송 수단 제공 예정입니다.

최대한 빨리 답변 바랍니다.

-미 육군 조지프 블랭컨십 장군 보냄.

제임스 세드는 손목의 폰과 연동되는 오른쪽 눈의 통신 장치를 빼서 플라스틱 케이스에 넣었다. 손목에 찬 밴드형 폰도 빼고 허리띠도 풀어서 신발, 재킷과 함께 컨베이어에 올렸다. 광 스캐너를 똑바로 쳐다보면서 공항 검사 봇의 저지선 앞을 천천히 지나갔다. 봇의 얇고 하얀 팔이 그의 몸 위로 효율적으로 움직이며 검사를 진행했다.

긴급. 기밀. 군이 이런 용어를 쓰면 '큰일났다'는 의미임을 그는 경험을 통해 알았다. 그는 청색 군복을 입은 남자가 나타나리라 예상하며 보안 구역을 힐끔 둘러보았다. 블랙컨십이라. 그 이름을 어디서 들어봤더라?

손가락으로 턱을 쓰다듬었다. 아침에 면도를 바짝 한 바람에 턱 바로 밑의 검은 점이 드러났다. 어머니는 그 점이 그가 태어나던 날 알라신이 입을 맞춰준 자국이라고 했다. 그의 외모를 보고 사람들은 이슬람교도라고 생각할까? 아닐 것이다. 그는 7월 4일에 캘리포니아에서 태어났다. 그는 취향마저도 속속들이 미국인이었다. 어머니한테서 밝은 피부색을, 아버지한테서 큰 키를 물려받았다. 그런데도 공항에 들어선 순간 그는 적국 사람으로 취급받는 기분이었다. 악명 높은 9·11 테러는 그가 태어나기 13년 전에 일어났지만, 2030년에 발생한 런던의 아랍인 반란, 2041년 레이건 공항에서 일어난 자살 폭탄 테러 때문에 서방 세계에서는 무슬림과 비슷한 외모를 가진 사람이면 일단 의심부터 하고 봤다.

마지막 봇이 그에게 초록색 빛을 보내자 그는 소지품을 주섬주섬 집어 들고 게이트로 이어지는 문의 키패드에 엄지를 갖다 댔다. 밝은 빛이 쏟아지는 부산스런 중앙홀에서 눈에 통신 장치를 도로 끼우고 손목에 폰도 찼다. 세 번 눈을 깜박이자 눈과 손목의 통신 장치가 다시 연결됐다. 그는 손목 폰의 제어판에서 '답장'을 누르고 나지막하게 말했다.

"휴가를 보내러 캘리포니아로 날아갈 예정입니다. 1월 5일 이후로

스케줄을 새로 잡아서 일정을 보내주세요."

아름다운 얼굴들이 가득한 휘황찬란한 디스플레이들 앞을 그는 고개를 숙인 채 빠르게 지나갔다. 디스플레이 속 얼굴들이 그의 이름을 노래하듯 불렀다. "제임스, 새로 나온 차향 엑소티 맛봤어요? 비행 공포증에 좋은 퀴즈-이스를 시도해보는 건 어때요? 새로 나온 도르모 기내용 아이소 헬멧을 써볼래요?" 그는 새 폰이 이런 식으로 그의 이름을 불러대는 게 싫지만, 공공장소에서 통신 연결을 하려면 어쩔 수 없었다.

커피 판매 노점 앞에 줄을 선 채로 폰 영상을 갱신했다. 어머니의 이름이 뜨자 그의 입가에 미소가 걸렸다.

추수를 마쳤어. 우린 새해를 맞이할 준비 중이야. 언제 도착하니?

긴 검지로 폰의 작은 화면을 스윽 밀었다. 예약한 항공 좌석을 확인한 뒤 답장 화면을 눌렀다.

"첨부 파일을 보세요. 아버지한테 저 데리러 올 필요 없다고 전해주세요. 오토택시 탈 거예요. 얼른 보고 싶어요."

메일 목록을 밀어 올리고 온라인 달력에 업무 내용을 집어넣었다.

-교수들과 점심. 1월 8일.

-세포 및 발생 생물학과 대학원 세미나. 1월 15일까지 주제 결정.

-유전공학 연례 회의: 새로운 영역, 새로운 규제. 1월 25일.

제임스는 인상을 찌푸렸다. 그는 원래 연례 회의에 잘 참석하지 않는 편이지만, 올해 연례 회의는 그의 에머리 연구실에서 겨우 몇 블록 떨어진 곳에 있는 애틀랜타의 모처에서 개최될 예정이었다. 그는 그 회의에 초대받아, 아직 태어나지 않은 태아의 낭포성 섬유증을 치료하기 위한 목적으로 인간 신체의 유전자를 조작하는 작업에 관해 이야기할 예정이었다. 정부가 후원하는 이런 회의는 과학보다는 정책에 더 중점을 두게 마련이었다. 연구를 계속해나가려면 정부의 후원이 필요한데, 정부의 신물질 통제 관련 기조는 수시로 바뀌었다.

지난 10년 동안 일리노이 대학교의 과학자들은 핵산 나노 구조(nucleic acid nanostructures) 즉, 줄여서 NAN이라 불리는 나노 미립자 DNA의 한 유형을 개발했다. 본래의 선형 DNA와 달리 이 작은 구형의 합성 DNA는 인체의 세포막을 쉽게 뚫고 들어갈 수 있었다. 세포 안으로 들어가 호스트 DNA 안에 자리를 잡고 표적 유전자를 수정하는 식이었다. 가능성은 무궁무진했다. 유전적 기형뿐만 아니라 예전에는 고치기 어려운 암으로 분류됐던 수많은 병증 치료에 활용할 수 있었다. 버클리 대학교에서 세포생물학을 전공하던 대학원생 시절에 처음 NAN에 대해 알게 된 제임스는 그때부터 그의 꿈을 현실로 이루어줄 물질을 손에 넣기 위해 할 수 있는 모든 노력을 기울였다.

착상 전 인간 배아의 유전자 조작은 이미 무르익은 과학 분야였다. 세심한 규제가 이루어졌고 관련 도구도 초기에 종종 맞닥뜨린 바 있는 부정확한 영향을 없애는 방향으로 잘 지정됐다. 자궁에서 착상이 이루어진 후 발달 단계에서 태아의 결함을 진단하는 검사도 수십 년 동안 진행됐다. 다만 결함을 발견한 후에 자궁 속 태아의 유전자를 안전하게 변형시킬 방법이 없었다. 제임스는 NAN을 이용하면 자궁 내에서 결함 있는 유전자를 재설계할 수 있을 거라고 확신했다. 그렇게 되면 유전자 치료가 가능한 낭포성 섬유증 같은 질병은 완전히 뿌리를 뽑을 수 있었다.

하지만 아직 극복해야 할 기술적, 정치적 장애물이 남아 있었다. 악용하려는 자의 손에 들어가면 위험을 초래할 수 있는 기술이었다. 얼마 안 있어 일리노이 대학교는 관련 라이선스를 모두 연방 정부, 데트릭 기지, 워싱턴 D.C. 북동부에 위치한 메릴랜드 연구 시설로 넘기라는 명령을 받았다. 그 후로 그 기술은 극비로 취급받았다.

캘리포니아가 그리웠다. 버클리 대학교도 그리웠다. 하지만 애틀랜타에 온 게 잘한 결정임을 매일 마음에 되새겼다. 애틀랜타에 소재한 에머리 대학교의 유전자 치료 센터는 NAN에 접근 가능한 유일한 공공기관이었다.

대기실에 들어간 제임스는 탑승구에서 가까운 의자에 구부정하게 앉았다. 한때는 그도 고교 야구팀에서 주장으로 활동할 정도로 몸이 탄탄하고 원기 왕성했었다. 하지만 오랜 세월 실험실 작업대를 들여다보며 연구에 몰두하다 보니 곧았던 등뼈는 구부정해지고 말았다. 현미경과 컴퓨터 화면을 들여다보느라 시력도 많이 떨어졌다. 어머니는 그의 건강을 염려하면서 그가 집에 올 때마다 양념한 렌틸콩과 쌀 요리를 접시에 그득 담아주곤 했다. 벌써 어머니의 요리 맛이 입안에 느껴지는 듯했다.

주변을 둘러보았다. 이른 시간이라 대기실의 자리는 대부분 비어 있었다. 앞자리 젊은 엄마는 잠든 아기가 누워 있는 유아용 캐리어를 바닥에 내려놓고 게임에 빠져 있었다. 젊은 엄마는 자그마한 '게임걸' 원격 제어 콘솔을 손에 쥐고는 본인 아기는 거들떠보지도 않고, 화면 속에서 입을 벌리고 있는 넙데데한 초록색 얼굴의 외계인 아기에게 음식을 먹이느라 여념이 없었다. 창가에는 늙수그레한 남자가 프로테오바를 우적우적 씹어 먹고 있었다.

손목의 폰이 위잉 울리자 그는 움찔했다. 국방부에서 답장을 보내왔다.

세드 박사에게.

스케줄 재조정은 불가합니다. 박사님을 데려오라고 사람을 보냈습니다.

-미 육군 조지프 블랭컨십 장군 보냄.

고개를 들자 출입구 쪽에 서 있는 평범한 회색 정장 차림의 남자가 보였다. 재킷의 목깃 위로 두툼한 목을 드러낸 남자는 미세하게 고개를 끄덕여 알은체했다. 제임스는 오른쪽 눈의 통신 장치를 빼고 오른쪽을 힐끗 돌아보았다. 누가 그의 어깨를 가볍게 툭 치자 그는 반사적으로 팔을 움찔했다.

"세드 박사님?"

순간적으로 머릿속이 하얘진 제임스는 목쉰 소리로 말했다.

"예?"

"죄송합니다, 세드 박사님. 펜타곤*의 요청으로 모시러 왔습니다."

* 오각형의 미국 국방부 건물로 미국 국방부를 지칭한다.

"뭐라고요?"

제임스는 빳빳하게 다린 짙은 색 제복을 입고 윤기 나는 검은 구두를 신은 젊은 남자를 바라보았다.

"최대한 빨리 랭글리로 모시고 가겠습니다. 죄송합니다. 예약하신 항공권은 저희가 배상해드리죠."

"대체 왜……?"

"걱정하지 마십시오. 늦지 않게 모시고 가겠습니다."

젊은 장교는 흰 장갑을 낀 손으로 제임스의 팔을 잡더니 보안 출구 쪽으로 데려갔다. 계단을 내려간 그들은 문을 지나 건물 밖으로 나갔다. 몇 걸음 떨어진 곳에 아까 본 회색 정장 남자가 검은 리무진의 뒷문을 열어놓고 기다리고 있었다. 회색 정장 남자는 제임스를 차 안으로 들여보냈다.

"제 짐은요?"

"챙겼습니다."

불안해진 제임스는 심장이 조여드는 듯했다. 그는 리무진 깊숙한 곳에 들어가 가죽 좌석에 앉았다. 오른손으로 왼 손목을 덮어 가렸다. 왼 손목에 찬 폰은 리무진 밖 외부 세계와 연결되는 유일한 끈이었다. 다행히 이들은 그의 폰을 압수하지 않았다.

"무슨 일입니까? 왜 저를 붙잡아 가시죠?"

앞좌석에 올라탄 젊은 장교는 쓴웃음을 지었다.

"랭글리에 도착하면 자세한 설명을 들으실 겁니다." 장교가 계기판의 버튼 몇 개를 누르자 제임스는 차가 부드럽게 앞으로 나아가는 느낌을 받았다. "편히 앉아 쉬십시오."

젊은 장교는 차량 중앙 콘솔의 무전기를 작동시켰다. 그리고 무전기 너머 누군가에게 보고했다.

"모시고 가고 있습니다. 10시에 도착 예정입니다."

제임스가 물었다.

"그렇게 빨리요?"

"제트기를 대기시켜뒀습니다. 그냥 앉아 계시면 됩니다."

차창 너머로 타맥 포장도로가 빠르게 지나갔다. 제임스는 손목을 위로 올리고 폰을 톡톡 두드린 뒤 목소리로 짧은 문자를 작성해 보냈다.

"수신자 아마니 사이드. 문자 내용. 죄송해요, 어머니. 오늘 집에 못 가요. 일이 좀 생겼어요. 아버지한테 걱정 마시라고 전해주세요. 보내기."

목소리가 떨렸다. 그는 잠시 생각한 후 문자를 추가로 보냈다.

"이틀 안에 저한테 소식이 없으면 윌런 씨에게 연락하세요."

그는 이 메시지가 부디 잘 전송됐기를 조용히 바랐다.

3장

릭 블레빈스는 컴퓨터 전원을 켜고 의자에 앉았다. 보안 코드를 통해 부팅되길 기다리는 동안 그는 손바닥으로 허벅지를 길게 문질렀다. 남아 있는 오른다리와 의족이 연결된 무릎 부위 바로 위쪽을 마사지하다가 움찔했다. 새 의족에 적응하기가 쉽지 않았다.

예전에 쓰던 의족과 마찬가지로 새 의족도 그의 움직임에 맞춰 경도가 조절되는 합성 그물로 덮여 있었다. 합성 그물의 경도는 허벅지 윗부분 조직의 부드럽고 빳빳한 정도를 그대로 반영했다. 의족의 생체공학 근육은 그의 신경조직에 연결된 전극을 통해 조절됐다. 다만 새 의족은 이동성 향상을 위해 자체적인 정신을 보유한 듯했다. 아침에 의족을 찰 때마다 바늘로 콕콕 찌르는 듯한 느낌이 들면서 척추로 에너지가 훅 올라왔다. 생경하게 느껴지는 힘이었다. 최악인 것은 새 의족이 그의 신경 자극 장치와 전쟁이라도 벌이는 듯 잘 맞지 않는다는 점이었다. 신경 자극 장치는 통증 완화를 위해 그의 등허리에 삽입해놓은 장치였다. 예전에 느꼈던 환상통, 고동치고 불타는 듯한 느낌이 다시 돌아오고 있었다.

창밖을 내다보았다. 날씨마저 도움이 안 됐다. 어젯밤에 내린 얼어붙게 차가운 비 때문에 펜타곤 건물의 콘크리트 정면이 얇은 서리로 뒤덮였다. 손으로 두피를 문지르는데 빳빳하게 자라 올라온 갈색 머리카락이 느껴졌다. 머리를 다시 밀어야 할 텐데…….

옷깃에 달린 인터콤 장치가 위잉 소리를 내자 그는 놀라서 움찔했다. 딱 부러지는 남자의 목소리였다.

"아래로 내려오시랍니다."

'아래로'라는 것은 블랭컨십 장군이 있는 지하 사무실을 의미했다. 릭은 보온 컵에 담긴 커피를 마시고 넥타이를 바로 맸다. 무슨 일 때문인지 충분히 짐작이 갔다.

한 달 전, 그는 생물 전쟁 프로젝트에 관한 의견을 내기 위해 데트릭 기지로 소환됐다. 그동안 참 고달프게 살았다. 이제 특수작전에 참여하더라도 즉각적인 위험에 처할 일은 없을 것이다. 내근직 즉, CIA 정보부서의 분석관으로 일하는 지금도 그는 현장에서 늘 효과를 발휘했던 예리한 본능을 십분 발휘했다. 타당성 검토 보고서를 읽어보면서 '세포자멸사', '프로그램된 세포사', '카스파제', '핵산 나노 구조' 같은 어려운 과학 용어를 익히는 동안 불안감이 스멀스멀 올라왔다. 일명 'NAN'이라 불리는 DNA 나노 구조에 대해서는 전에도 들어본 적 있었다. 시설 내 연구소에서 그것을 사용해도 되는지 검토하는 게 그의 일이었다. 그런데 이번은 좀 달랐다.

이번 프로젝트의 이름은 '타불라 라사'로 백지라는 뜻이었다. 듣기만 해도 섬뜩했다. '예상되는 영향'이라는 라벨이 붙은 자료를 다시 훑어보는데 심장이 철렁했다. 생체 약물의 기본은 IC-NAN이라 불리는 특정 유형의 핵산 나노 구조였다. 이 특정한 나노 미립자 DNA를 흡입하면, 감염된 폐세포는 '소비 기한'을 넘겨 생존하게 된다. 새로운 세포에게 자리를 내주고 죽어야 하는 오래되고 감염된 세포가 자기 복제를 하면서 결함이 있는 세포를 더 많이 생성하는 것이다. 이 돌연변이 세포들은 정상 세포를 뒤덮고 폐 기능을 방해하면서 신체를 좀먹어 들어가고 다른 영양 기관들을 망가뜨린다. 진행 속도가 느릴 뿐이지, 공격적인 폐암에 걸려 가차 없는 죽음에 이르는 것과 같은 결과가 도출된다.

평소처럼 고무도장을 찍어 이 프로그램을 허락하는 대신 릭은 프로그램 취소를 권고했다. 특정화되지 않은 생물 무기를 세상에 내보내는 것은 아무리 외딴 지역으로 내보낸다고 해도 미친 짓이었다. 대량 중독, 몇 명 죽이겠다고 무고한 사람들의 목숨을 잔뜩 빼앗는 짓은…… 하면 안 되지 않나?

격하게 반대하는 마음을 담아 답장했지만 그런 기운까지 눈치챘을 것 같지는 않았다. 물론 블랭컨십 장군의 기분이 썩 좋지는 않을 것이다. 승강기를 타고 3개 층 아래로 내려가는 동안 릭은 질책받을 각오를 했다.

승강기 문이 열리고 그는 어둑한 복도로 들어섰다. 장군의 사무실 문 옆에 젊은 중위 한 명이 그를 기다리고 있었다. 차려 자세를 취하는 중위의 몸 한옆으로 라이플총이 언뜻 보였다. 무장 경비를 문 앞에 세워두다니. 식은땀이 셔츠를 적셨다.

"오셨습니까." 중위가 경례하자 릭도 걸음을 멈추고 경례했다. "복무 신조를 복창하고 들어오라고 하십니다."

"여기서?"

"예. 엄명입니다."

목덜미의 털이 곤두섰다. 릭은 익히 알고 있는 복무 신조를 복창했다. "나는 국내외의 모든 적들로부터 미합중국의 헌법을 지지하고 보호한다……. 나는 진정한 믿음과 충성을 다한다……." 심장이 고동치는 소리가 귓속에서 두 배는 크게 들려왔다. "……그러니 하느님, 나를 도우소서."

손으로 문손잡이를 잡고 있던 중위는 안에서 들어오라는 뜻으로 소리를 내자 문을 열어주었다. 릭은 조용히 안으로 들어갔다.

"앉아."

블랭컨십 장군이 말했다. 명령이었다. 릭은 오래된 나무의자에 앉아 고개를 들었다. 방에는 장군 외에 두 사람이 더 들어와 있었다. 그중 한 명은 놀랍게도 국방부 장관 헨리에타 포브스였다. 다른 한 명은 색 바랜 갈색 정장을 입은 키가 작고 대머리기가 있는 남자였다.

블랭컨십은 기침을 했다. 흠흠거리는 소리에 가까운 헛기침이었다.

"릭, 문제가 좀 생겼어."

릭은 상관인 조지프 블랭컨십 장군을 바라보았다. 두 번의 전쟁에 참전한 영웅, 퍼플 하트 훈장* 수상자, 현 CIA 국장. 평소 쾌활한 모습이던 블랭컨십 장군은 입을 꾹 다문 채 의자에 앉아 가죽 팔걸이를 꽉 잡았다.

* 미국에서 전투 중 부상을 입은 군인에게 주는 훈장.

"루디 가르자 박사가 데트릭 기지에서 여기까지 와주셨어. 직접 설명하실 거야." 블랭컨십 장군은 대머리기가 보이는 남자를 돌아보았다. 가르자 박사는 무릎에 얹어놓았던 얇은 태블릿을 들어 올렸다.

"감사합니다, 장군님." 가르자 박사의 목소리는 구겨진 흰 셔츠의 옷깃 안쪽에 묻힌 듯 조그맣게 들렸다. "다들 타불라 라사에 대해서는 아시죠?"

"그쪽에서 몇 년 전에 시작한 프로젝트 아닙니까? 카스파제라는 기폭제, 그러니까 특정한 NAN에 관한 거죠?" 릭은 블랭컨십 장군한테서 시선을 떼지 않은 채 앞으로 몸을 기울였다. "그 프로젝트를 취소하라고 권고했는데요."

가르자 박사는 메모를 읽다가 고개를 들었다. 낡은 쇠테 돋보기안경 위로 놀라울 정도로 푸른 눈동자가 보였다.

"예. 알고 있습니다."

"미안합니다, 가르자 박사." 블랭컨십 장군은 강철 같은 눈빛으로 릭을 한번 쳐다보며 말했다. "계속하시죠."

"6개월 전인 6월 5일에 IC-NAN이 아프가니스탄 남부 외딴 지역에서 사용됐습니다."

"**사용됐다고요**? 하지만……" 릭의 심장박동이 확 빨라졌다. 똑바로 앉아 있기가 힘들어지자 다리가 욱신거렸다. 지금까지 그는 시간을 낭비한 셈이었다. 그가 타불라 라사에 대한 의견을 내기도 전에 IC-NAN은 이미 사용된 것이다.

포브스 장관이 끼어들었다.

"휴전 상태이기는 했지만, 우리는 아프가니스탄 칸다하르시 서부 지역을 아직 장악하지 못한 상황이었죠. 동굴에 숨어 있던 적군 전투원들이 우리 측 평화유지군을 저격했습니다……. 우리는 하루에 다섯 명씩 사망자가 발생하는 상황이었고요. 흔적 없이 목표물을 제거할 수 있는 무기가 필요했습니다. 흔적을 남기지 않고, 추적도 불가능하게, 목표물을 제거한 후 사라지는 무기요."

가르자 박사가 설명을 이어갔다.

"아시다시피 IC-NAN은 바로 그런 목적으로 설계됐습니다. 합성핵산 나노 구조 즉, NAN은 바이러스의 활동 양상을 모방합니다만, 오염된 개체에서는 복제가 되지 않습니다. 그러니 전염성은 없는 것이죠. 또한 NAN은 수 시간 내에 흡입되지 않으면 그대로 분해되도록 만들어졌습니다."

"분해된다고요……."

릭은 그의 말을 곱씹었다. 중요한 특징이라 자료에서 봤던 기억이 났다.

"예. 작은 구형球形을 띠도록 합성된 전염성 있는 나노 미립자는 공기 중에 살포되면 궁극적으로 선형線形으로 변질 혹은 분해됩니다. 이렇게 선형이 되면 인간의 세포로는 들어가지 못하죠. 집중적인 연구 끝에 IC-NAN을 드론으로 분무해도 안전하다는 결론이 났습니다."

릭은 눈을 질끈 감았다. 예전에 읽은 보고서에서 루디 가르자 박사의 이름을 본 적 있었다. 멕시코시티의 공과대학에서 분자생물학 박사 학위를 받은 화학자. 훈련받은 릭의 귀는 가르자 박사가 구사하는 말투에서 옅은 스페인 억양을 감지해냈다. 그 억양 덕분에 말투가 음악적으로 들렸다. 안 좋은 소식을 전해준 이 온순한 인상의 남자에게

화를 내기는 쉽지 않았다. 이 방이 자꾸 빙빙 도는 것처럼 느껴지는 이유가, 화가 나서인지 혼란스러워서인지 릭은 알 수 없었다.

"NAN이 예상대로 작용하던가요?"

릭이 물었다. 본인 목소리가 귓속에서 희미하게 들렸다.

가르자는 검지로 안경테를 초조하게 만지작거렸다.

"일반적인 경우라면 인간의 폐 표면 세포는 2~3주에 한 번꼴로 새로운 세포로 교체됩니다. 우리 측 공격이 있고 5주 내에 우리가 목표로 삼았던 자들은 모두 사망한 것으로 확인됐어요. 그들의 폐 조직을 검사했는데 감염되지 않은, 정상적으로 작동하는 폐 표면 세포는 없었습니다. 그러니 NAN이 예상대로 작용하기는 했습니다."

릭은 목 안이 콱 막히는 기분이었다. 블랭컨십 장군의 깔끔한 책상 위에 놓인 자그마한 스노우볼 속 조그마한 눈사람이 릭에게 미소 지었다. 눈사람은 둥그런 케이스 안의 정체된 공기 속에 갇혀 있었다. 모든 게 계획대로 진행됐으면 그들이 릭을 이 아래로 소환했을 리 없었다.

"잔여량은요? 흡입되지 않은 물질은 어떻게 됐습니까?"

가르자는 힘겹게 숨을 삼켰다. 릭은 가르자의 목소리가 약간 떨리는 것을 알아챘다.

"추측하시겠지만 그게 문제였습니다. 지오봇팀이 정찰을 나가 시신들의 위치를 파악하고 돌아왔는데 일부 팀원들이 후유증을…… 앓았습니다. 그들은 제거 대상이었던 자들 외에 다른 시신들도 발견했어요. 분무 전에 찍은 항공사진을 토대로 계획한 것보다 넓은 지역에서 시신이 발견된 거죠."

"NAN이 분해되지 않은 겁니까?"

"분해되기는 했습니다. 비감염성 선형으로 되돌아갔죠. 다만……"

"다만?"

메모에서 눈을 든 가르자가 방 저쪽을 바라보며 대답했다.

"인간의 세포를 감염시키지는 못했지만, 사막 모래에 존재하는 수용종인 고세균과 접촉을 했습니다. 고세균의 게놈으로 파고 들어갔죠. 그리고 이 미생물은 분열될 때마다 자기 복제를 할 수 있는 것으로 보입니다."

릭은 자기도 모르게 의자 손잡이를 꽉 잡았다.

"그것들이 NAN DNA의 사본을 더 만들었다고요? 어떻게 알았습니까?"

"희생자들의 옷에서 채취한 샘플을 분석했어요. NAN DNA 염기서열이 고세균 DNA에 존재하더군요. 하지만…… 더 큰 문제가 있습니다. 이 미생물의 일부가 재구성된 구형 NAN을 갖고 있었어요."

"**스스로** 그 입자를 만든 겁니까?"

"맞아요. 새로운 NAN을 합성하고 고세균을…… 폭발하게 만든 거죠. 적당한 용어가 없어서 이렇게 밖에 표현을 못 하겠네요."

"구형 NAN을 환경으로 돌려보낸 결과를 낳은 거군요……."

박사는 천천히 고개를 끄덕였다.

"그런 것 같습니다. 새로운 IC-NAN으로 주기를 재시작한 것으로 보입니다."

릭은 앞으로 몸을 기울이며 말했다.

"정리해보죠. 당신들이 드론으로 살포한 구형 NAN은 인간의 세포를 감염시킬 수 있습니다. 환경 속에서 분열된 선형 NAN은 인간의 세포를 감염시키지 못하고요. 그래서 당신들은 그걸 안전장치라고 생각한 거겠죠."

"맞습니다."

"그런데 이 고세균이 선형 NAN을 받아들이고 복제해서 그 DNA로부터 더 많은 구형 NAN을 만들어냈다는 거죠?"

"예."

가르자는 메모를 내려다보며 대답했다.

릭은 깊게 숨을 들이마셨다.

"이 구형 NAN이 고세균에서 나와서 더 많은 인간들을 감염시킬 수 있는 겁니까?"

고개를 든 가르자는 멍한 표정으로 대답했다.

"예. 두 가지 방식이 있는 것으로 보입니다." 가르자는 다른 이들이 볼 수 있도록 태블릿의 방향을 돌렸다. 화면에는 초록색 막대기 모양의 유기체 즉 고세균이 나타나 있었고, 고세균은 IC-NAN으로 표기된 작은 덩어리 모양의 DNA로 가득한 상태였다. 불길한 특성을 강조하듯 그 NAN은 붉은색으로 표시되어 있었다. 고세균은 한쪽 끄트머리에서 갈라지기 시작했다. 파열된 세포벽 바깥에는 더 많은 NAN이 흩어져 있었다. 일부는 감염성이 있는 구형의 형태였고, 일부는 벌레처럼 길쭉한 선형 구조로 분해되어 있었다. 가르자가 설명을 이어갔다. "첫 번째 시나리오는 고세균이 새로 합성한 구형 NAN을 환경으로 직접 배설하는 것입니다. 몇 시간이 지나면 이 구형 NAN은 선형으로 분해됩니다. 우리가 알기로 이런 NAN은 인간을 감염시킬 수 없습니다. 그저 새로운 고세균을 감염시킬 수 있을 뿐이죠. 그런데 이번 같은 경우 인간이 근처에 있었으니 이 구형 NAN이 분해되기 전에 인간을 감염시켰을 수도 있습니다." 가르자는 손으로 화면을 밀어 두 번째 그림을 보여주었다. 인체의 측면 내부 그림으로, 열린 기도를 통해 작은 초록색과 빨간색 점들이 흘러 들어가고 있었다. "앞서 말했듯이 인간이 이 새로운 NAN을 들이마실 수 있습니다. 우리가 생각한 또 다른 시나리오는, 희생자가 호흡으로 들이마신 고세균이 체내에 NAN을 내뿜는 것입니다." 가르자는 화면에서 시선을 떼고 덧붙였다. "이 두 가지 방식이 모두 일어났을 수 있다는 증거를 확보했습니다."

릭은 엄지와 검지로 콧날을 잡고 뒤로 기대어 앉으며 말했다.

"통제 불가능한 상황이라는 거군요. 토양 생물이 IC-NAN DNA 염기서열을 복제해 활성화된 NAN을 생물권으로 배설하고 있는 거고요. 새로운 종류의 고세균 감염 물질이니 뭐든 감염시킬 수 있겠죠. 우리 인간도요."

가르자는 태블릿을 끄고 가슴에 껴안으며 대답했다.

"예."

릭은 블랭컨십을 돌아보며 말했다.

"예측 불가능성에 대해 제가 경고를 했잖습니까……."

일을 벌이기 전에 릭에게 의견을 물어본 사람은 아무도 없었다. 분노한 릭은 가르자를 돌아보며 물었다. "설마 희생자들이 다른 인간에게 NAN을 전염시킬 수 있는 건 아니겠죠?"

"그렇지는 않습니다. 계획에서 그 부분은 맞아떨어졌어요. 희생자들은 전염성이 없습니다. 다만 감염된 미생물이……"

"동물과 식물도 영향을 안 받습니까?"

"이 DNA는 인간에게만 영향을 미칩니다."

"고생물 얘기로 돌아가보죠. 얼마나 많이 감염됐는지 파악은 됩니까? 얼마나 다양한 종이 감염될 수 있는지도 알 수 있습니까? 어디에서든 감염이 되는 거라면……"

"확산 정도를 평가하는 중입니다. 현재까지 고세균 한 종에서 DNA를 분리했어요. 야생에서 몇 종류의 미생물들이 이 유전물질을 서로 교환할 수 있는지는 아직 알 수 없지만, 그 가설을 염두에 두고 실험실에서 테스트를 진행 중입니다."

릭은 이를 악물고 헨리에타 포브스에게 성난 눈길을 돌렸다.

국방부 장관이 선뜻 대답하지 못하자 블랭컨십이 나섰다.

"모두 나서서 도와야 하는 상황이야. 현재 이 프로젝트에 대해 전부 아는 요원은 자네뿐이야."

"전부 안다고요?" 릭은 블랭컨십의 눈을 똑바로 보며 물었다. "저한테 다 말해주시기는 했습니까?"

가르자가 흔들림 없는 목소리로 말했다.

"현재 우리가 아는 정보는 다 드렸습니다. 상황이 계속 진화하고 있기는 하지만요."

릭은 어이가 없어서 웃음이 터져 나올 지경이었다. 그가 생각한 최악의 일들이 일어나고 있었다……. 아니, 더 안 좋은 상황이었다. 자연이 어떤 방향으로 나아갈지는 아무도 모른다. 박사 학위 따위는 아무 소용도 없다.

릭이 말했다.

"진화라. 이 작은 벌레들이 NAN을 합성하는 능력을 갖게 된 것도 진화겠군요."

가르자는 릭을 똑바로 쳐다보았다. 그의 푸른 눈이 어느새 강철 같은 회색으로 바뀌었다.

"맞습니다. 고세균처럼요."

블랭컨십이 말했다.

"릭, 자네를 예전 계급으로 복귀시킬 거야. 대령으로. 국방부 직원들, 데트릭 기지의 과학팀, 그 밖에 여러 과학자들을 불러 모아 합동 조사팀을 꾸릴 테니, 자네가 감독을 맡아."

"하지만…… 장군님……." 릭은 기대에 찬 표정으로 그를 바라보는 사람들을 둘러보았다. "저는 과학자가 아닙니다. 특수작전에 몇 번 참여했고 웨스트포인트 육군사관학교에서 생물학을 부전공했을 뿐, 자격이 안 됩니다……. 다들 제 말을 듣지도 않을 겁니다……."

블랭컨십은 고개를 저었다.

"자네는 보안 임무를 맡고 있어. 다들 자네 말을 들어야 돼. 안 들으면 팀에서 배제시켜."

"그래요. 알겠습니다. 선택의 여지가 없겠네요."

의자의 나무로 된 부분이 뒤로 기대어 앉은 릭의 등을 찔렀다. 이들은 왜 그를 이곳으로 불렀을까. 자기네 죄를 고백하기 위해서는 아닐 것이다. 애초에 그에게 결정권을 줬다면 그는 이 프로젝트를 시작하지 못하게 막았을 것이다. 이제 와서 그들은 그에게 아수라장을 치우는 책임을 지우려 하고 있었다.

어색한 침묵이 흘렀다. 블랭컨십은 책상 위에 놓인 태블릿을 만지작거리며 입을 열었다.

"팀에 필요한 과학자를 한 명 더 합류시킬 거야. 에머리 쪽 사람인데, 속도를 내려면 그 사람을 데려와야 돼."

"에머리요? 누굽니까?"

블랭컨십은 손으로 이마를 문질렀다.

"자네도 아는 사람이야. 세드. 제임스 세드 박사."

릭은 다시 한번 놀랐다. 세드라니. 작년에 릭이 까다롭게 진행했던 승인 절차 건과 관련 있는 과학자였다.

"에머리의…… 제임스 세드라면…… 파키스탄 사람 말씀이시죠? 데트릭 기지의 팀을 쓰기로 했다고 하셨잖습니까……."

블랭컨십은 태블릿 위쪽 너머로 릭을 바라보며 대답했다.

"가르자 박사의 팀은 우리가 배출한 NAN에 대해 모두 알고 있어. NAN을 합성하는 방법, NAN의 구조, NAN의 작용 방식까지 다. 하지만 이 물질로부터 사람들을 지키려면 인체생리학 분야의 전문가가 필요해. 그게…… 정확히 뭐라고 했죠, 가르자 박사?"

"세포생물학이요."

"그래요. 세드 박사를 데려오자고 한 게 바로 가르자 박사야."

가르자가 말했다.

"세드 박사는 파키스탄인이 아니라 캘리포니아주 베이커즈필드시에서 태어난 미국인입니다. 재조합 DNA 치료 분야에서 잘 알려진 권위자이고 에머리 대학교의 유전자 치료 센터에서도 인정받고 있어요. 차기 센터장이 될 가능성이 크다고 들었습니다. 인체 조직 내 NAN의 활동성에 관해 광범위한 경험을 가진 분입니다."

릭은 다시 한번 앞으로 몸을 기울이며 요지를 명확히 했다.

"아시다시피 저는 세드 박사가 NAN을 취급하는 일을 하겠다고 신청했을 때 그의 신원 조사를 맡아 진행했습니다. 그때 저는 그가 골칫거리가 될 수 있다고 경고했죠. 우리는 세드 박사의 삼촌이 누구인지 아니까요. 그가 삼촌이 없는 것처럼 굴고 있지만요."

블랭컨십은 고개도 들지 않고 받아쳤다.

"결국 자네는 그에게 허가를 내줬잖아. 안 그래?"

릭은 상관인 블랭컨십을 바라보았다.

"그래서 그 후로 그를 쭉 예의주시해왔습니다. 그 사람을 정말 불러들일 생각이신지……."

"세드는 아무 문제 없어. 친척에 대해 아는 바도 없고."

"백 프로 확신하십니까?"

"그의 부모는 미국에 정착한 후 쭉 모범 시민으로 살아왔고, 세드에게는 삼촌에 대해 말도 꺼내지 않았어. 필요하면 감시 파일을 자네한테 보여줄 수도 있어."

릭은 뒤로 기대어 앉았다. 팔다리에서 기운이 쭉 빠지는 기분이었다. 파일이라니. 제임스 세드의 악명 높은 삼촌 파루크 사이드에 관한 파일이라면 필요한 만큼 다 봤다.

"그러실 필요 없습니다. 지금 세드 박사는 어디 있습니까?"

블랭컨십은 자리에서 일어서며 회의가 끝났음을 알렸다.

"우리가 얘기를 나누는 동안 랭글리로 오는 중이야. 자네가 랭글리로 가서 세드 박사를 맞이해."

불이 환하게 켜진 작은 회의실 안. 제임스 세드는 탁자 앞에 구부정하게 앉아 화면을 들여다보고 있었다. 희미한 화면에 데트릭 기지 보고서가 올라와 있었다. 제임스는 소리 없이 얇은 입술을 움직이며 손가락으로 페이지들을 찬찬히 넘겼다.

그는 호리호리한 편이었다. 검은 머리카락에 세심하게 기름을 발라, 나이에 맞지 않게 빠르게 회색으로 세기 시작한 머리카락을 덮어놓았다. 제임스는 릭이 파키스탄에서 수년 동안 첩보 활동을 하면서 만난 전투원들과는 많이 달라 보였다. 문득 카라치시 외곽의 어느 버려진 집에서 총신을 짧게 자른 라이플총을 뺏으려 힘센 파키스탄 전투원들과 싸운 기억이 났다. 그들의 땀 냄새에는 톡 쏘는 듯한 커민 향이 배어 있었다. 배에 총을 맞고 느낀 지독한 통증도 기억 속에 생생하게 남았다. 릭은 결국 다리를 잃고, 반드시 지켜주겠노라 맹세했던 믿음직한 통역사 무스타파도 잃고 고국으로 돌아와야 했다.

제임스 세드한테서는 미국인들이 흔히 사용하는 애프터셰이브 로션 향이 날 뿐이었다. 중년의 학자답게 구겨진 옷을 입은 채 크리스마스라는 기독교식 휴가를 보내러 캘리포니아의 집으로 가는 길이었다고 했다. 릭은 목덜미를 한 손으로 꾹 잡고 마음 상태를 오렌지색에서 노란색으로, 그리고 투명하게 가라앉혔다. 장군은 그에게 확실하게 말했다. 제임스 세드의 가족사에 의심스러운 부분이 있긴 하지만 인물 자체만 보면 그렇지 않다고.

등받이에 기대어 앉은 제임스는 각진 콧날 위에 얹어놓은 돋보기 안경을 넓은 이마 위쪽으로 밀어 올렸다. 표정을 읽을 수가 없었다. 릭이 물었다.

"무슨 생각 하십니까?"

"생각이요?"

릭은 탁자 너머를 조용히 바라보았다. 이런 곳에 끌려와 휴가 기간이 줄어들었으니 제임스는 기분이 좋지 않을 것이다. 처음에야 두려웠겠지만 그런 감정이 사라진 후에는 화가 치미는 게 당연하다. 탁자에는 이미 칩이 놓였으니, 본격적으로 스무고개 게임을 시작해야 하지 않을까? 릭이 다시 물었다.

"결과는 양호합니까?"

"고세균에서 발견된 DNA 염기서열은 NAN의 DNA 염기서열과 동일합니다. 고세균은 활성화된 NAN을 만들고 숨길 수 있죠. 보고서에 담긴 내용입니다."

"그럼 우린 새로운 아이디어가 필요하겠군요."

"어떤 아이디어요?"

아, 젠장. "어떻게 대응해야 하는가에 관한 아이디어겠죠, 당연히."

"이런 일이 실제로 일어난다면……"

"방금 보고서에 담긴 내용에 동의하는 듯이 말했잖습니까……."

"이 내용이 전부 사실이라면, 저더러 엄청난 문제를 해결하라고 요구하시는 겁니다. 애초에 이런 일이 벌어지게 만들 때부터 충분히 신중하게 생각했어야 할 문제니까요."

"잘 들으세요." 릭은 자리에서 일어섰다. 이제는 있지도 않은 다리를 천 개의 바늘로 찌르는 듯한 통증이 느껴졌지만 릭은 그 환상통을 무시하고 탁자를 빙 돌아 제임스 세드 박사의 옆에 가 섰다. "내가 벌여놓은 문제가 아닙니다. 나는 이 골치 아픈 문제를 해결할 방법을 찾아내야 하는 불쌍한 얼간이일 뿐이에요. 그리고 문제 해결을 위해 박사님의 도움을 요청하는 겁니다."

"유감이네요." 릭을 올려다보는 제임스의 얼굴에 연민 비슷한 감정이 스쳤다. "진심이에요. 사실 지금쯤 저는 집에 가 있어야 마땅하죠. 부모님과 함께요. 그런데 당신과 함께 여기 이러고 앉아 있어요. 당신한테 이런 얘기를 들으면서요. 머릿속이…… 복잡하네요."

"이 말이 도움이 될지 모르겠지만 내일 당장 어떤 일이 벌어지지는 않을 겁니다."

"우리한테 시간이 얼마나 있을까요?"

"데트릭 기지에서 아르곤 국립 연구소의 데이터베이스를 확인했습니다. 이런 유형의 사막 미생물군과 관련해 DNA의 자연적 확산에 관한 후향적 데이터를 분석한 결과, 몇 가지 모델을 산출해냈습니다. 그 지역에 도달하기 전 5년 간의 데이터 분석인데, 기간이 좀 더 짧은 수도 있습니다……."

"그 DNA가 현재 고세균 한 종에서만 발견된 건가요?"

"지금까지는요."

"알겠습니다." 제임스는 손날로 눈을 비볐다. "지금은 그 문제에 대해 따로 할말이 없네요. 말씀하신 대로 제가 너무 많은 걸 알고 있기는 하죠……. 당장 일을 시작해야 합니다."

릭은 몸을 앞으로 기울이며 물었다.

"무슨 뜻이죠? 백신 같은 걸 만들어야 한다는 겁니까?"

"백신은 아무 소용 없어요."

"소용이 없다고요?"

"전통적인 백신은 외부 물질에 대한 인체의 면역 반응을 높이는 데 도움을 줍니다. 그런데 IC-NAN은 외부 물질이 아닌 척하도록 설계됐습니다. 그렇다면 우리는 IC-NAN의 작용을 방해하는 DNA의 일부를 찾아내야겠죠. 그리고 그 일부를 인체로 집어넣을 방법도 찾아내야 합니다. 전례 없이 어마어마한 규모로 유전공학적 연구를 진행해야 한다는 얘깁니다."

"근원을 제거할 수는 없습니까? 그냥 죽일 수는 없어요?"

"살아 있는 동안 이 미생물은 독성 있는 DNA를 생산해내는 공장 역할을 해요. 당신네…… 아니, 우리 정부가 현명하게도 생물권에 살포한 바로 그 독성 DNA요. 미생물은 정부의 드론이 떨어뜨린 양보다 훨씬 많은 독성 DNA를 복제했어요. 미생물이 죽으면 원래의 감염된 형태로 DNA를 배설할 수 있겠죠. 그러니 그 미생물을 죽였다간 독성 DNA 배출 과정만 가속화할 겁니다. 한마디로 당신들은 괴물을 만들어낸 겁니다."

"불로 태워…… 없애는 방법은요?"

"해보세요. 아마 성공 못할 겁니다. 우린 지금 수십억, 수백억 개의 감염된 미생물 얘기를 하고 있어요. 지금쯤 바람을 타고 수 킬로미터에 걸쳐 퍼져나갔겠죠. 시간이 흐르면서 새로운 미생물도 감염이 될 테고요. 감염된 미생물을 모두 파괴할 수 있는 확실한 방법이 있을 것 같지는 않습니다." 제임스는 손가락을 쭉 편 채로 탁자를 짚고 일어섰다. 구부정하게 서서 고개를 숙인 채 조용히 내뱉는 제임스의 말을 듣기 위해 릭은 귀를 바짝 세웠다. "그러니…… 이 제멋대로 퍼져나갈 괴물과 함께 살아가려면 인체를 변형시킬 방법을 찾아야 됩니다."

릭은 털썩 주저앉았다. 좋은 소식이 있기를, 놀라운 해결책이 있기를 기도했었다. 그는 제임스가 싫었다. 패배주의적이면서도 오만해 보이는 태도도 마음에 들지 않았다. 그래도 제임스한테서 기적 같은 해결책이 나오기를 기대했었다.

제임스의 말은 사실이었다. 둘 다 잘 알고 있었다.

릭이 물었다.

"박사님이 왜 선발됐는지 아십니까?"

"선발이요?"

제임스가 무표정한 얼굴로 그를 올려다보았다.

"박사님은 나와 같은 이유로 이 프로젝트에 뽑혔습니다. 가족이 없다는 이유죠."

"저는 부모님이 계신데요."

"아내와 자식이 없단 얘깁니다. 가족이 있는 사람이면 이 문제를 이성적으로만 보기가 어려우니까요."

"저기요." 제임스의 옅은 갈색 눈이 호박색으로 빛났다. "제정신인 사람이라면 이 문제를 완전히 객관적으로 볼 수가 없습니다. 어쨌든 최선을 다해 이성적으로 생각해보죠."

4장

제임스는 이를 뿌드득 갈았다. 리처드 블레빈스 대령을 처음 만나고 나서 겨우 몇 주밖에 안 지났다는 게 믿기지 않았다. 생체 안전 레벨 4의 양압 슈트를 입었더니 숨이 막혀 밀실 공포증이 밀려올 지경이었다. 머리를 둘러싼 투명한 플라스틱 헬멧의 표면에 위쪽의 환한 전등 빛이 반사되어 앞도 잘 보이지 않았다. 데트릭 기지의 최대 격리 실험실로 연결되는 좁은 복도를 따라 짧은 거리를 걸어가는데 기운이 쭉 빠지면서 얼굴 측면으로 땀이 주르륵 흘렀다.

루디 가르자가 말했다.

"전에는 더 안 좋은 슈트를 입었어요." 키 작은 남자 루디의 목소리가 제임스의 이어폰 속에서 조그맣게 울렸다. 낮은 천장에 그들을 묶어놓은 나선형 튜브로 공기가 쌔액 쌔액 흘러드는 소리 때문에 이어폰 소리가 잘 들리지 않았다. "지금은 그나마 주변이 잘 보이기라도 하죠."

제임스는 이 정도 수준의 격리를 경험해본 적이 없었다. 그가 에머리에서 진행하는 작업에는 이런 격리가 필요하지도 않았다. 현재 루디는 아프가니스탄에서 가져온 감염된 고세균 샘플을 다루고 있었다. 이 괴물에게 맞서는 일을 어차피 도와야 한다면 직접 대면해보고 싶었다.

그들은 두 번째 에어록을 지나, 좁은 안쪽 방을 가로질러 생체 안전 후드로 다가갔다. 문제의 작은 유기체는 타움고세균 문門 즉, 영역고세균으로 분류됐다. 지구상에서 제일 오래된 유기체 중 일부를 포함하는 범주였다. 제임스는 고세균이 일반적인 세균이 아님을 곧 파악했다. 자체적인 왕국에 존재하는 것이나 다름없어서 흔한 항생물질에는 영향을 받지도 않았다. 본래 가뭄에 잘 견디고 홀씨처럼 회복력이 좋은 고세균류는 가혹한 조건이든 아니든 모든 환경에 존재했다.

지금까지 IC-NAN에 감염된 것으로 확인된 피해자들의 위치는 살포 장소에서 16킬로미터 내에 있는 두 개의 산촌에 국한됐다. 이곳에서 연구 중인 고세균은 어느 불운한 육군 정찰 전문가의 제복에서 찾아낸 것이었다. 제임스는 전에 본 기밀 동영상을 떠올리며 몸서리쳤다. 시설이 형편없는 구호 천막의 바닥에 누워 콜록거리며 모래 바닥에 피를 뱉어내는 여자와 아이들의 모습이 담긴 동영상이었다. 임시 산소호흡기를 착용하고 누워 있던 젊은 미군은 끝내 고향으로 돌아가지 못하고 목숨을 잃었다. 문제는 IC-NAN이 어디까지 퍼져나갈지 아무도 확실히 모른다는 거였다.

후드의 한쪽 면을 따라 부연 세균배양액 튜브들이 깔끔하게 줄 맞춰 놓여 있었다.

"우리가 작업 중인 호스트들입니다." 루디는 빠르고 확신에 찬 손짓과 함께 멕시코 억양이 남아 있는 말투로 설명했다. 그리고 로봇 팔을 조종해 밀봉된 후드의 뒤쪽에서 좀 더 작은 받침대를 끌어당겼다. 그 모습을 보면서 제임스는 베이커즈필드에서 아버지와 함께 대마 수확용 기계를 다루던 유능한 기술자들이 떠올랐다. 로봇이 작은 받침대에서 얇은 슬라이드를 집어냈다. "야생에서 서로에게 유전형질을 전달할 수 있는 것으로 알려진 고세균입니다. 감염된 타움고세균 종이 새로운 NAN 합성 능력을 다른 고세균 종에게 전달할 수 있는지 파악하려고 애써왔죠."

"그 슬라이드에서 뭔가를 볼 수 있는 겁니까?"

"앉아요." 루디가 말했다. 로봇이 마이크로미터의 대물 쪽에 슬라이드를 놓았다. 슬라이드는 후드의 유리창에 설치된 원자외선 형광 현미경의 접안렌즈 쪽으로 충실히 이동해갔다. "여기 얼굴을 갖다 대요."

접안렌즈에 얼굴을 가까이 가져간 제임스는 투명한 플라스틱 헬멧 너머로 접안렌즈를 들여다보려고 최선을 다했다. 접안렌즈를 둘러싼 부드러운 고무가 헬멧 앞부분과 편안하게 맞아떨어졌다.

"NAN을 정말 볼 수 있어요? 크기가 너무 작지 않아요?"

"NAN의 크기는 직경 13나노미터 정도밖에 안 됩니다. 형광 탐침으로 추적을 해봤더니 이 슬라이드의 필터에 남아 있을 정도로 크고 밝은 것을 발견했죠."

제임스는 눈을 가늘게 떴다. 오래된 십자말풀이 퍼즐 같은 이미지였다. 네모난 몇몇 부분은 완전히 어두웠고 몇몇 부분은 밝은 노란색으로 빛났다.

"내가 보고 있는 게 뭡니까?"

"그리드의 각 부분은 대략 백 개의 유기체를 나타냅니다. 각각 다른 고세균 종이죠. 이 유기체들은 감염된 타움고세균 종이 자라난 배지에서 배양한 겁니다. 감염된 종에서 새로운 종으로 유전적 전달이 이루어지는지가 문제였습니다. 점검 차원에서 일반 세균도 포함을 시켰죠. 대장균, 토양의 슈도모나스같은 세균이요. 슬라이드마다 50가지 유기체의 실험 결과를 볼 수 있습니다."

"영향을 받은 게 어떤 겁니까?"

"형광 탐침으로 빛을 비춘 부분들은 그 정도 확대했을 때 포착 및 가시화가 가능한 유기체를 나타냅니다. 다행히 우리가 검사한 공통된 세균 집단은 NAN을 만드는 능력을 획득하지는 못한 것 같더군요. 물론 적지 않은 고세균 집단이 그런 능력을 보유한 것으로 나왔습니다. 미국 본토에서 가져온 표본들을 포함해서요. 오른쪽 하단에 있는 항목은 아르곤 쪽 데이터예요. 시카고 외곽에서 채집한 표본입니다."

"그렇다는 건……"

"이런 특성을 지구 전체에 퍼뜨릴 수 있는 구조라는 거죠. 미국 내에서 IC-NAN을 만들 수 있는 종을 발견하기까지 시간이 얼마 안 걸릴 겁니다."

제임스는 심장이 빠르게 뛰었다. 루디 가르자의 말을 믿고 싶었다. 루디는 제임스가 프로젝트에 합류하고 만난 이들 중, 이 말도 안 되는 일을 기꺼이 대면하려 하는 유일한 사람이었다. 게다가 제임스는 그나마 좋은 소식을 기대하고 싶었다. 제임스는 릭 블레빈스를 처음 만났을 때 던진 질문을 루디에게도 해보기로 했다.

"하지만…… 호스트들이 다른 종을 감염시키기 전에 선제적으로 죽이는 게 가능합니까?"

루디는 차분한 목소리로 대답했다.

"계속 시도해봐야겠죠. 인체에 해가 없고 싸게 조달할 수 있는 정화 물질이 별로 없기는 해요. 이 유기체들은 표백제 같은 물질도 우습게 알아요. 그렇다고 심하게 오염된 지역에 불을 지를 수도 없는 노릇이고요……."

제임스는 고개를 끄덕였다. 군용 봇들이 생명체가 살지 않는 듯 보이는 광활한 사막지대에 불을 지르는 영상을 야간 뉴스에서 본 적이 있었다. 언론이 그 일에 대해 떠들어댔고 무슨 일 때문인지를 놓고 온갖 추측이 난무했는데 정부는 끝까지 답변하지 않았다.

"설상가상으로, 아르곤 국립 연구소의 데이터에 따르면 이 고세균류는 일반적인 기류나 제트 기류 등을 타고 퍼져나간다고 합니다. 지금쯤 군용 차량이나 장비에 묻어서 그 지역 바깥으로 이동했을 수도 있어요. 우리는 그저 최대한 확산을 저지하고, 기존 모델을 계속 구축해 다음에 벌어질 일을 예측할 수 있을 뿐입니다." 루디가 장치로 조종하자 로봇이 접안렌즈를 회수하고 슬라이드를 원래 있던 자리에 조심스럽게 가져다 놓았다. 루디는 어깨가 축 처진 채 입구로 걸어갔다. 그는 에어록을 활성화하려고 장갑 낀 손을 들어올리다가 제임스를 돌아보며 물었다.

"블레빈스 대령한테 무슨 얘기 했어요?"

"인체의 표적 세포를 변경할 방법을 찾아야 된다고 말했습니다. DNA를 수정해야 한다고. 지구상의 모든 사람에게 일종의 해독제를 적용하자는 거죠. 또 다른 NAN을 개발하는 일이 될 겁니다."

"대령이 뭐라고 하던가요?"

"대답이 없더라고요. 아직은."

루디는 한숨을 쉬었다.

"한 가지 일이 또 다른 일로 묘하게 이어지고 있어요……. 수년 전, 논문 지도교수님이 나더러 멕시코에 남아서 학자로서 경력을 쌓으라고 권하셨죠. 그런데 나는 뉴욕 록펠러 대학교에서 박사후 과정을 밟았어요. 그 후에도 미국에 계속 남았고요."

"이유가?"

"당연히 여자 때문이었죠……. 여자 문제라는 게 원래 계획대로 안 풀리잖습니까. 약혼했는데 여자가 약혼을 깼습니다. 그때는 제가 이미 취업을 한 상태였고요."

"그렇게 데트릭 기지로 오게 되셨군요."

"데트릭 기지에서 일하면 미국 시민권을 빠르게 딸 수 있었거든요."

"그 후에도 계속 남은 이유는 뭡니까?"

"데트릭 기지에서 일해보니까 자금 조달 문제를 걱정할 필요가 없더라고요. 필요한 것도 다 갖추고 있었고요. 실험실 공간이며 온갖 장비며……. 게다가 팀장으로 승진도 했어요. 그렇게 여러 흥미로운 프로젝트들을 진행했습니다." 루디는 장갑 낀 손을 내려다보며 말을 이었다. "답답할 때도 있긴 합니다. 툭하면 조사를 진행하고, 블레빈스 대령 같은 사람들의 책상 위에 쌓여 있다가 고스란히 선반으로 자리를 옮기는 게 전부인 보고서도 숱하게 써야 했으니까요. 그래도 대부분은 국방부가 생화학 테러에 대항하는 데 쓰였을 거라고 믿습니다.

그 정도면 가치 있는 목표를 달성한 셈이죠."

"하지만 IC-NAN 프로젝트가 국방부와 무관하다는 걸 아셔야 합니다……."

"이 사태를 야기한 프로젝트를 책임지게 됐을 때…… 저는 이게 다른 프로젝트들과 다를 게 없다고 생각했어요. 실행 가능성을 조사하는 차원이라고 생각한 거죠. 제 전공이 아닌 물질을 다뤄볼 기회라고도 생각했고요. 연구를 해봤자 어차피 주목받지도 못할 테니까. 그래서 했던 겁니다." 플라스틱 마스크 안쪽에 보이는 루디의 눈은 믿어달라고 호소하는 듯했다. "제임스, 그들이 그걸 실제로 사용할 줄은 몰랐습니다. 당신 도움으로 이 사태를 멈출 방법을 찾아낼 수 있을 거라고 믿습니다. 지금은 그걸 유일한 위안으로 삼고 있어요."

제임스는 다시 한번 관자놀이에 땀이 흐르는 걸 느꼈다. 다시 밀실공포증이 밀려왔다.

"우리가…… 멈출 수 있을 거라고 보세요?"

"확신은 못하겠지만 매일 조금씩 분명해지는 건 있습니다. 뭐라고 표현해야 할까요? 어차피 시간은…… 흘러간다는 거죠."

제임스는 눈을 질끈 감았다. 이것도 늘 하던 프로젝트 중 하나일 뿐이라고, 뛰어넘어야 할 과학적 장애물에 불과하다고 생각하려 애썼다……. 다른 식으로 생각했다가는 부담감에 머릿속이 마비될 지경이었다. 그는 공포에 굴복하지 않으려 애썼다. 시간이 모자랐다. 이 끔찍한 위협으로부터 인류를 보호할 방법을 찾아내야 했다. 반드시.

5장

2060년 6월

아침의 열기가 로지의 해치 문을 통해 흘러들어와 고치를 채웠다. 카이는 눈을 비벼 잠기운을 털어냈다. 이마의 작은 혹이 손가락에 만져졌다. 피부밑에 칩을 삽입한 자리였다.

"네 칩은 특별해. 우리 둘을 이어주거든." 로지가 한 말이었다. 로지는 칩을 통해 통신할 수 있다고 말했다. 언어 수업 때를 제외하고 로지는 귀로 들리는 목소리를 사용하지 않았다.

카이는 손을 뻗어 앞에 있는 해치 문의 매끈한 표면을 만져보았다. 손가락이 닿자 투명하던 표면이 불투명하게 바뀌고 이미지가 나타났다. 햇볕에 그을린 피부, 구부정한 어깨에 다채로운 실로 짠 겉옷을 걸친 한 무리의 남자들.

로지는 사막에 사는 사람들에 대해서도 알려주었다. 카이가 살고 있는 이 사막과 비슷하지만 이건 지구 반대편에 있던 사막이고, 그 사람들은 아주 오래전에 그곳에 살았다고, 이미지 속 사람들은 두루마리를 지키는 자들이라고 로지는 말했다. 두루마리는 전염병이 돌기 전 백 년 동안 동굴에서 발굴된 고대의 글이었다. 카이는 그 사람들 중 하나를 가리키며 물었다.

"저건 뭐예요?"

이미지 속 남자는 이마 위쪽에 작은 상자를 올려두고 얇은 가죽끈으로 묶어 고정했다.

로지가 필요한 정보를 처리하는 동안 익숙한 위잉, 딸깍 소리가 부드럽게 들려왔다.

"'성구함'이라는 거야. '율법서'라는 책에서 베낀 구절들을 담은 작은 두루마리 4개가 들어 있어." 로지의 콘솔 아래에서 서보 모터가 부드럽게 돌아가는 소리가 들렸다. "당시 사람들은 율법서에 적힌 믿음에 의지해 살았어."

"엄마도 성구함을 통해 나를 가르치잖아요." 카이는 칩이 삽입된 흙먼지 묻은 이마를 가리켰다. "엄마가 내 율법서예요?"

카이가 까다로운 질문을 할 때면 종종 그렇듯 로지는 말을 멈추고 생각을 정리했다.

"아니. 내가 제공하는 정보는 사실에 기반을 두고 있어. 사실과 믿음을 구분하는 게 중요해."

카이가 스크린에서 손을 떼자 이미지가 사라졌다. 다시 투명해진 해치 문 너머를 바라보았다. 바깥에는 그들이 야영 중인 이곳을 둘러싸고 있는 익숙한 바위들이 굳건하게 서 있었다. 커다란 붉은 손가락 모양의 바위들은 하늘을 가리켰다. 바람이나 열기에도 의연히 서 있는 바위들은 로지처럼 강인했다.

카이는 바위 하나하나에 이름을 붙였다. 붉은 말, 큰 코를 가진 남자, 고릴라, 아버지. 아버지라는 이름의 바위는 널찍한 무릎 위에 통통하고 동그란 작은 바위를 늘 올려두었다. 로지는 사람들이 예전에 어떻게 살았는지에 대해 카이에게 가르쳐주었다. 로지는 카이의 엄마였다. 그럼 저 바위들이 가족이라고 카이는 생각했다. 그가 태어난 날부터 로지와 함께 그를 지켜준 수호자들이니까.

왼쪽에 있는 걸쇠를 누르자 해치 문이 열리고 태양의 열기가 쏟아져 들어왔다. 카이는 로지의 트레드를 밟고 재빨리 땅으로 내려가 로지의 금속 표면을 마주보았다. 옴폭옴폭한 금속 표면은 거울처럼 그의 모습을 비춰주었다. 카이의 피부는 황갈색이고 주근깨가 있었으며 흙먼지가 줄무늬처럼 묻어 있었다. 붉은 기가 도는 갈색 머리가 구름처럼 그의 머리를 뒤덮었다. 짙은 속눈썹 아래 파란 두 눈이 반짝거렸다. 로지는 어딘가에 다른 아이들이 있다고 말했다. 카이 같은 아이들이지만 다른 아이들. 로지는 그 아이들이 정확히 몇 명인지는 모른다고 했다. 처음에는 오십 명이었다고 했다. 때가 되면 그 아이들을 찾을 거라고 했다.

카이는 갈라진 땅을 밟고 야트막한 언덕으로 올라갔다. 이마 아래로 땀방울이 흘러내렸다. 입 안에 모래가 들어갔다. 손바닥을 동그랗게 모아서 쌍안경처럼 만들고 고적하기 그지없는 풍경을 둘러보았다. 저멀리 떠 있는 신기루가 영묘한 빛을 발했다. 로지의 스크린으로 배운 머나먼 풍경을 눈에 담고 싶었다. 겨울마다 높은 산꼭대기는 눈으로 뒤덮였는데 지금은 하얀 담요도 덮지 않고 그저 시커멓기만 했다.

카이가 로지에게 신호를 보냈다.

"곧 갈 수 있어요? 저는 준비됐어요……."

"조건이 허락하면 오늘이라도 갈 수 있어."

"오늘요?"

카이는 곧 때가 올 것임을 느낄 수 있었다. 지난번 저장소에 갔을 때 로지는 큼직한 돌덩이를 옆으로 밀어 치우고 강력한 팔로 묵직한 금속 문을 열어젖혔다. 그리고 그 안에서 마지막 식량 상자와 비상용 물병을 꺼냈다. 그 후 뜨거운 해가 바위 뒤로 저물고 그림자가 길어지는 저녁마다, 로지는 카이에게 스스로 먹을 것을 찾는 방법을 가르치기 시작했다. 카이는 낡은 주석 컵에 말린 잔디 씨를 모았다. 조그맣게 모닥불을 피워놓고 씨를 구운 뒤 물을 담고 쥐나 도마뱀 고기 몇 점을 넣어 묽은 스튜를 끓였다. 바나나유카의 연한 꽃자루를 씹어 먹으며 허기를 달래기도 했다. 달콤한 열매를 다 먹지 말고 몇 개는 남겨둬야 나중에 또 추수할 수 있었다. 오래전 여기 살았던 사람들은 이런 음식을 먹고 살았다고 했다.

"넌 이제 여섯 살이야. 이제 여길 떠날 때가 됐어."

"어디로 가요?"

"몰라."

"모른다고요?"

엄마가 모르는 것도 있구나 싶어 카이는 심장이 철렁했다.

"명령이 불완전해. 우리에게 떠나라고 지시는 했지만, 목적지가 지정이 안 되어 있어."

카이는 로지의 강력한 몸을 내려다보았다. 로지의 낡은 측면에서 열파가 일렁일렁 뿜어져 나왔다. 로지의 프로세서가 내는 위잉 소리에 맞춰 카이의 심장도 덩달아 떨렸다.

"그럼 우리가 맞는 장소로 가고 있는지 어떻게 알아요?"

"72개 저장소에는 각각 급수탑과 기상 관측소가 갖춰져 있어."

"다른 아이들은요? 그 아이들을 만날 수 있어요?"

로지는 다시 침묵했다. 로지의 나노 회로를 타고 전자들이 흐르는 모습, 로지의 머릿속 구석구석을 다양한 정보들이 가로지르는 모습을 카이는 상상할 수 있었다. 로지가 그동안 참을성 있게 설명해준 내용이었다. 마침내 로지가 다시 말했다.

"가능할 거야. 다른 아이들이 살아남았을 가능성이 0은 아닐 테니까."

신난 카이는 언덕을 쭉 미끄러져 내려가 로지의 그림자가 드리워진 곳으로 갔다. 높은 바위 면에 옛사람들이 남겨놓은 암각화를 본 적 있었다. 카이도 자기만의 표식을 남기고 싶었다. 파란 코발트 돌멩이들을 모아 글자 형태가 되도록 늘어놓았다. **로지의 아들 카이가 여기 있었음.** 신중하게 글자를 만들면서, 카이는 다른 아이가 흙먼지 속에 쪼그리고 앉아 그가 남긴 메시지를 읽는 모습을 상상했다. 어지러워진 카이는 뒤로 기대어 앉았다. 눈앞에서 글자들이 춤을 추었다.

로지가 말했다.

"그러게 좀 먹으라고 했잖아."

로지의 트레드를 밟고 올라간 좌석 뒤에서 영양보충제 한 통을 꺼내 한쪽 귀퉁이를 뜯고 그 안에 담긴 젤리 같은 물질을 입에 짜 넣었다. 통 겉면에 '소일렌트 소아용 영양보충제 6~8세용'이라고 적혀 있었다. 카이의 몸에 필요한 영양 성분을 모두 함유한 영양보충제이지만 카이는 그 희뿌연 액체의 짭짤하고 달달한 맛이 지겨웠다. 먹고 나면 목이 더 말랐다.

고치 바닥에 놓아둔 빈 물통을 집어 들고 물병 모양 급수탑으로 향했다. 급수탑 높이는 고릴라 바위만 했다. 가요성 금속 막대를 엮어서 만든 탑 안쪽에 밝은 오렌지색 그물주머니가 달렸고 그 아래 오렌지색과 대비되는 시커먼 물받이 통이 있었다. 카이는 물통을 물받이 통에 담그고 차오르길 기다렸다. 하지만 수위가 너무 낮아서 결국 탁한 액체를 손으로 퍼서 좁은 물통 입구로 넣어주어야 했다.

예전에 폭우가 쏟아지면서 협곡을 따라 급류가 흐른 적이 있었다. 그때 카이는 오랜 세월 침식된 바위 안쪽에 생겨난 물웅덩이에 몸을 담그고 씻었다. 시원한 밤이면 급수탑의 그물주머니를 따라 내려와 물받이 통으로 똑똑 떨어지는 물방울 소리에 귀를 기울이곤 했다. 지금은 하늘에 아무리 먹구름이 끼어도 비가 내리지 않았다. 물받이 통이 말라붙기 직전이었다. 저장소에서 가져온 시큼한 화학약품 맛이 나는 비상용수도 거의 바닥났다. 로지의 그늘 아래 흙바닥에 쭈그리고 앉은 카이는 자신이 바위라고, 밤사이 몸 안에 축적된 시원한 기운을 품고 있다고 상상했다.

그날 내내 로지는 말이 없었다. 수업도 하지 않았다. 로지는 무척 바빠 보였다. 카이는 사막 저멀리, 가시로 뒤덮인 초목이 듬성듬성 서 있는 곳을 바라보았다. 그곳에서는 곤충과 도마뱀, 작은 설치류들이 땅을 파고 들어가 미약한 삶을 이어가고 있었다. 저멀리 서쪽의 메사 언덕이 어느덧 황금색에서 보라색으로 물들었다. 오늘은 여길 떠나지 않을 모양이었다.

별안간 로지의 목소리가 카이의 의식으로 들어왔다.

"때가 됐어. 옷을 입으렴."

"어디로 가요?"

로지는 대답하지 않았다. 그의 두 귀 사이에서 바람 소리처럼 희미하게 로지의 프로세서 소리만 들릴 뿐이었다.

카이는 떨리는 손으로 로지의 짐칸에서 극세사 튜닉을 꺼내, 부드러운 천 안쪽으로 팔과 다리를 집어넣었다. 모카신을 신고 좌석에 앉아 안전띠를 당긴 뒤 걸쇠로 몸을 고정했다.

로지가 해치 문을 닫았다. 카이는 심장이 쿵쾅거렸지만 조용히 기다렸다.

뒤쪽에서 로지의 원자로가 작동하면서 진동이 느껴졌다. 로지가 몸을 앞으로 기울이자 좌석의 균형을 맞추기 위해 고치가 뒤로 기울어졌다. 해치 문 너머로 로지의 날개가 활짝 펴지는 모습이 보였다. 보호막 아래서 팬이 돌아가면서 지상을 향해 공기를 훅 밀어냈다. 고치 안에 들어앉은 카이는 눈을 가늘게 뜨고 먼지 커튼 너머를 바라보았다. 조그맣게 끼이익 소리가 들렸다. 가속 압력 때문에 좌석 안쪽으로 몸이 밀린 카이는 로지와 한층 더 가까워졌다.

이윽고 그들은 하늘 높이 날아올랐다.

로즈 맥브라이드는 컴퓨터의 날짜를 확인했다. 2051년 3월 15일. 무의미해 보이는 작업에 매달린 지 1년이 넘었다. 머리 위로 두 손을 쭉 뻗어 올리며 데이터들이 줄지어 나타난 화면에서 눈을 돌렸다. 데이터들이 가만히 있질 않고 화면에서 춤을 추었다.

아프가니스탄에서 복무를 마친 로즈에게 샌프란시스코의 프리시디오 연구소에서 일자리를 제안해왔다. 원래 윈필드 스콧 기지가 있던 자리에 들어선 연구소였다. 미국에 머물고 싶은 마음에 그 제안을 받아들였다. 워싱턴의 아수라장 같은 정치판에서 뒹굴고 싶은 생각은 전혀 없었다. 수년 전 홀로 된 아버지와 함께 살았던 도시로 돌아가는 것이라 선물을 받은 기분이기도 했다. 당시 아버지도 지금의 로즈처럼 육군 대위였다.

어린 시절 이 기지 저 기지로 삶의 터전을 옮기며 생활하느라 어디에도 마음을 두지 못하고 방황했던 로즈는 샌프란시스코에서 드디어 안정을 찾았다. 동굴 같은 게임 센터에서 로즈와 친구들은 몇 시간씩 로봇 바리스타들을 해킹하고 무료 라테를 내려 마시면서, 온라인 캐릭터로 남다른 재미를 꿈꾸면서 신나게 살았다. 컴퓨터 게임을 시간 낭비라 여긴 아버지 덕분에 로즈는 게임을 그만두고 학업에 열중해 하버드 대학교에서 심리학 학위를 받았고 그 후 심리작전 자문관으로 육군에 합류했다. 하지만 결국 컴퓨터 프로그래밍에 열정 쏟게 됐다. 군 복무를 하면서 배운 게 있다면 세상은 끝없는 유저 인터페이스고, 착한 놈은 나쁜 놈을 상대로 늘 싸워야 한다는 것이었다. 로즈는 프린스턴 대학교에서 컴퓨터 과학 대학원 과정을 마치기 위해 고향으로 돌아왔고 그 후 새로 장착한 지식을 아프가니스탄에 적용했다.

이번에 새로 맡은 임무는 여전히 앞뒤가 맞지 않았다. 펜타곤에서 로즈의 상관으로 있는 리처드 블레빈스 대령은 프리시디오 연구소를 '위기에 대비시킬 필요가 있다'고 분명히 의견을 밝혔다. 보안 인가 등급을 보고 로즈는 군에서 자신을 사이버 보안 분야에 투입할 줄 알았는데, 와서 보니 직전에 복무한 아프가니스탄 지역의 불가사의한 토양 생물 확산에 관한 생물학적 통계를 컴파일링 하는 일을 맡게 됐다. 그 임무는 상당히 힘들고 고달팠으며 보상도 없었다. 로즈의 임무 중 일부는 지오봇팀에게 새로운 표본을 수집해오도록 지시하는 일이었다. 어떤 방법을 써야 하는지에 관해 상관들은 아무 지시도 하지 않았다. 그녀가 분석한 자료를 상관들이 사용하는지도 알 수가 없었다. 의아했다. 대체 이런 임무가 펜타곤과 무슨 관련이 있는 걸까?

블레빈스 대령은 그래도 용기를 주려고 애쓰는 것 같았다.

"군대가 원래 그렇잖아. 알아야 하니까 하라고 명령하면 끝이지. 나도 자네보다 아는 게 없어."

그 말을 믿어도 되는지 알 수 없지만 이해는 됐다. 로즈는 누구보다도 '군대에 대해 잘 아는' 사람이었다.

비좁은 사무실의 창문을 내다보며 로즈는 리처드 블레빈스의 반듯한 용모, 강철 같은 회청색 눈동자, 군인답게 짧게 깎은 머리를 생각했다. 월례 검토 중에 질문을 하면서 의자에 앉아 앞으로 몸을 기울이던 모습. 그는 철저하긴 했지만 위협적이지는 않았다. 대단히 숙련됐고 묘하게 매력적이었다. 그를 보면 군대에서 본 남자들이 떠올랐다. 켜켜이 쌓아 올린 방어물 뒤에 진짜 자아를 숨긴 남자. 표면 아래 대단한 무언가가 있을 것 같았다……. 심리작전을 공부하면서 로즈는 말로 표현되지 않은 것들을 듣는 방법을 배웠다. 그는 로즈에게 다가오고 싶어하지만 어떤 이유 때문인지 망설이는 것 같았다. 군율이나 케케묵은 명령 체계 때문이지 않을까…….

책상 위에 놓인 보안 전화가 위잉 소리를 냈다. 로즈는 콘솔 위쪽의 빨간 버튼을 눌렀다.

"맥브라이드입니다."

"맥브라이드 대위?"

"블레빈스 대령님이십니까?"

"어."

그는 부드럽게 대답했다. 이어지는 침묵에 로즈는 통신이 끊겼나 보다 했다. 그런데 그가 좀 더 분명한 목소리로 다시 말했다.

"일은 잘되고 있나?"

"지난번 보고서를 보셨으면 아실 겁니다. 세계보건기구WHO와 미국질병관리센터CDC의 데이터, 관련된 현장 작전 자료를 모두 요약해서 보내드렸는데요……"

"음, 그래. 봤어. 고마워. 그냥…… 어떻게 지내고 있는지 궁금해서."

"어떻게 지냈냐고요?" 로즈는 미소를 지었다. 그가 처음으로 사적인 질문을 한 것이다. 이렇게 시작되는 건가……. "잘 지냈습니다."

"그래. 잘됐네……." 다시 침묵이 흘렀다. 발을 끄는 소리 같은 게 들리기도 했다. "자네한테 특별히 전할 사항이 있어. 나중에 보안 연결로 보내겠지만, 미리 말해두는 게 좋을 것 같아서. 지금 사무실에 누가 또 있어?"

로즈는 너저분한 사무실을 힐끗 둘러보았다. 낡은 선반들이 설치된 벽, 맞은편에 놓인 오래된 소파. 안 쓰는 가구들을 죄다 이 사무실에 가져다 놓은 듯했다.

"아뇨. 혼자 있습니다."

"그래. 이어폰 끼고 얘기 계속하지."

로즈는 책상 서랍에서 이어폰을 꺼내 조심스레 오른쪽 귀에 꽂았다. 피가 고동치는 소리가 귓속에 들리는 듯했다.

"이어폰 꼈습니다, 대령님."

그는 곧장 본론으로 들어갔다.

"지금까지 모범적으로 일을 잘해줬어. 그 일은 이제 다른 사람한테 넘길 거야."

로즈는 콘솔을 멍하니 쳐다보았다. 이게 다라고?

"임무가 완료된 겁니까?"

"이 부문에서는 그래. 자네는 세세한 부분까지 잘 챙기면서 일을 해줬고, 따라서 신뢰할 만한 인재라는 점을 보여줬어. 그래서 자네에게 새로운 임무를 부여하려고 해. 우리는 프리시디오를 재위임할 거야."

"재위임이요?"

"그곳을 기지로 쓸 거야."

"어떻게요……? 여기는 군 소유가 아니지 않습니까?"

로즈는 머릿속이 복잡해졌다. 지금 그녀가 고향이라 부르는 이곳의 역사에 대해 돌이켜보았다. 미 정부가 공식적으로 프리시디오를 군 기지로 쓰기 시작한 것은 1850년부터였다. 당시 프리시디오는 샌프란시스코 만의 습지대에 접해 있는, 강한 바람에 노출된 척박한 모래 언덕이었다. 미군은 그곳에 유칼립투스 나무, 사이프러스 나무, 소나무를 마치 정렬한 군인들처럼 줄을 딱딱 맞춰 심었다. 바람을 막고 불어오는 모래들을 가라앉히기 위해서였다. 묘목들이 자리를 잡고 자라는 동안 두 번의 세계대전, 한국전쟁, 베트남전쟁이 일어났지만 이쪽 해안에는 아무 영향이 없었다. 로즈는 프리시디오의 교회에 새겨진 글귀를 기억했다. '그저 서서 기다리는 것도 복무하는 것이다.' 역사적으로 샌프란시스코의 프리시디오는 군대가 침입도 하지 않을 적을 기다리며 준비 및 대기하는 곳이었다. 그만큼 축복받은 곳이기도 했다. 짙은 안개가 종종 해안을 담요처럼 뒤덮는 데다 험한 절벽 때문에 대양에서 접근하기도 쉽지 않았다. 오랜 세월 골든게이트해협*이 발견되지 않은 것도 이런 자연환경 때문이었다. 수십 년에 걸친 전쟁 동안에도 이곳은 위험한 파도 때문에 적의 공격을 받지 않았다.

군은 1994년에야 이곳을 비우고 물러났다. 그 후 프리시디오는 국

* 샌프란시스코 만을 태평양에 잇는 해협.

립공원관리청의 관리를 받았다. 몇 년 동안 사업적 이해관계가 얽힌 끝에 공원을 시 당국이 흡수했다. 예전 프리시디오 기지 안에 있던 프리시디오 연구소와 그 자매기관들은 모두 비영리 기관이고 민간 관련 문제들만 다뤘다. 로즈는 특별 허락을 받고 들어간 몇 안 되는 군인들 중 하나였다. 적어도 로즈는 그렇다고 믿었다.

대령은 차분하게 대답했다.

"프리시디오는 다시…… 군 소속이 될 거야. 전시에는 정부가 국가 보안을 위해 필요한 땅과 시설을 징발할 수 있어."

로즈는 심장이 빠르게 뛰기 시작했다. 현장에서 오래 연마한 본능이 되살아나는 기분이었다.

"전시라고요?"

"언제는 전시가 아니었던 적이 있나?"

"왜 하필 지금이죠? 무슨 일이 일어났습니까?"

"내가 말해줄 수 있는 건 우리 군이 프리시디오를 기지로 사용할 수 있도록 준비시켜야 한다는 거야. 자네가 그 작전에서 우리 쪽 담당자 역할을 해줬으면 해."

"알겠습니다……. 그런데 왜 저입니까?"

"자네는 기밀 정보를 잘 관리하는 능력을 보여줬어. 군에 대해서도 잘 알고. 힘든 상황에서 우리 측 연락 담당자 역할을 잘해줄 것으로 판단했어."

힘든 상황이라. 로즈는 행정 관련 게임 전문가는 아니지만 용어는 어느 정도 알고 있었다.

"우리가 누군가를 쫓아내야 하는 상황을 말씀하시는 겁니까?"

"어. 알다시피 현재 프리시디오에는 사택이 없어. 박물관과 비영리 기관들이 잔뜩 있지. 작년 한 해 동안 상당수가 비밀 기관으로 대체됐어."

비밀 기관이라. 로즈는 무어라 말할 수 없는 압박감을 느꼈다. 로즈는 비전투 지역에서 수행되는 비밀 작전에 익숙했다. 하지만 과거일 뿐, 미국 본토에서는 그런 작전에 참여할 일이 없을 줄 알았다.

"비밀 정부 기관 말씀이십니까? 저는 몰랐……"

"지금이라도 알았으니 됐지. 이제 마지막 정리를 해줘야 돼. 마지막으로 남아 있는 민간인들을 내보내고 대문에 검문소도 세우고……"

"**검문소요?** 대령님, 무슨 일입니까?"

대령은 한숨을 쉬었다. 짜증스런 한숨이 아니라 슬픔이 담긴 한숨이었다.

"미안하지만 지금은 더 이상 말해줄 수가 없어."

"알겠습니다."

알겠다고 대답은 했지만 이 상황이 전혀 이해되지 않았다. 무섭기도 했다.

그는 헛기침을 하며 말했다.

"맥브라이드 대위, 그동안 수고했어."

"아닙니다."

로즈는 이어폰을 만지작거렸다. 로즈는 대령의 눈동자를, 워싱턴에서 마지막으로 만났을 때 자신을 보던 그의 눈빛을 기억했다. 그 눈빛을 보면서 로즈는 그가 하고픈 말이 있는 것 같다는 느낌을 받았다. 마음이 무거웠다. 그에게 기대한 말은 이런 게 아니었다.

"음…… 추가 지침은 보안 통신으로 전달받게 될 거야." 다시 침묵이 흘렀다. "대위, 일단은…… 음…… 지난 프로젝트 때와 마찬가지로 앞으로도 나한테 단독 보고하도록 해."

"예, 대령님. 알겠습니다."

로즈는 전화를 끊고 의자에 깊숙이 기대어 앉았다. 등줄기를 따라 소름이 끼쳤다. 이곳에 무슨 일이 있는 건가? 지금까지 이곳에 대해 제대로 알고 있던 게 맞나? 창문 너머 맑고 푸른 하늘을 배경으로 어두운 오렌지색 골든게이트 다리가 뻗어 있었다. 저 아래 잔디밭에서는 누군가 연을 날리고 있었다.

부드러운 붉은색, 푸른색, 보라색 협곡 사이에 자리한 선명한 초록색 방수포가 카이의 눈길을 사로잡았다. 정적 속에서 공허하게 울려 퍼지는 탁 탁 소리를 들으며 망을 보던 카이는 정체를 확인하기 위해 들쭉날쭉한 바위 벽 사이로 조심스럽게 기어 내려갔다. 바짝 마른 강바닥의 자갈을 밟는데 발바닥이 뜨끔했다. 저 앞에 플라스틱판이 바람에 펄럭이고 있었다. 플라스틱판에 붙은 금속 고리가 녹슨 기둥을 연신 치고 있었다. 탁. 탁. 탁.

천막 같았다. 카이는 안쪽을 좀 더 자세히 보기 위해 목을 길게 뺐다. 낡은 금속 팬과 부서진 플라스틱 컵이 보였다. 신발처럼 생긴 물건에 낡은 가죽으로 된 해진 끈이 붙어 있었다. 앞으로 좀 더 몸을 기울였다. 어쩌면 이번에는…….

어둠 속에서 움푹 들어간 눈구멍이 카이를 바라보았다. 머리카락 한 올 없는 해골이었다. 고르지 못한 해골의 이빨이 카이를 보며 웃었다. 예전에는 인간이었을 그 뼈는 얼룩진 가죽 바지에 색 바랜 파란

셔츠를 입었다. 카이는 몸이 움츠러들었다. 시체를 두고 뒷걸음질쳐 나오면서 등이 바위 벽에 부딪쳤다. 바위를 타고 위로 기어 올라가는데 목 안에서 익숙한 구리 맛이 올라왔다. 발아래로 느슨한 흙이 비처럼 쏟아져 내렸다. 카이는 단단한 사암 끄트머리를 붙잡고 위로 올라갔다.

카이와 로지는 수개월째 다른 생존자를 찾고 있었지만 아직 찾아내지 못했다. 한때 인간이었을 시체들을 간간이 보기는 했다. 지나가던 육식 동물에게 팔다리를 뜯긴 시체들. 휑하게 빈 뼈에 너덜너덜한 낡은 옷이 걸쳐 있었다. 그동안 발견한 시신들 중 이 천막의 시신이 그나마 잘 보존된 편이었다. 하지만 뼈대가 너무 컸다. 카이 같은 아이의 시신이 아니었다. 카이는 깊게 숨을 들이마셔 폐에 공기를 채우고 천천히 내뱉었다. 침착해야 했다. 햇볕에 달궈진 바위 면에 두 손바닥을 대고 고개를 들어 엄마를 찾았다.

그때…… 요란한 위잉 소리가 들려와 쿵쾅거리던 심장 소리를 뒤덮었다. 하늘에서 무언가 춤을 추고 있었다. 한 번 왔다갔다할 때마다 고도를 낮추며 빠르게 방향 전환을 하는 모습이었다. 폭음에 귀가 먹먹해질 지경이었다. 돌멩이가 우박처럼 쏟아져 내리자 카이는 눈을 감았다.

손으로 귀를 틀어막기도 전에 폭음이 그쳤다. 땅은 여전히 흔들리고 있었다. 카이는 고개를 흔들어 머리카락에 붙은 흙먼지를 털어내며 일어섰다.

로지는 아니지만 로봇이긴 했다.

해치 문이 열리자 카이는 입을 벌린 채 쳐다보았다. 누군가 문밖으로 나왔다. 낡아빠진 튜닉, 멍든 무릎, 여린 손에 쥔 두툼한 나무 막대. 진갈색 머리카락 아래로 커다란 갈색 눈 두 개가 카이를 쳐다보았다. 카이와 비슷한 키의 소년이었다. 그 소년도 카이처럼 놀란 표정이었다. 카이가 손등으로 눈을 비비는데 소년이 바닥으로 미끄러져 내려왔다.

소년이 얇은 목소리로 머뭇거리며 말했다.

"안녕."

"어…… 안녕."

오랫동안 목소리를 사용하지 않아서 카이의 귀에도 생경하게 들렸다. 좌우를 살펴본 카이는 로지가 근처 바위의 그늘에 웅크리고 있는 걸 알아챘다.

"위험이 감지되지는 않아."

머릿속에서 로지의 목소리가 들렸다. 안심시키려는 듯한 부드러운 목소리였다. 그런데도 카이는 머리부터 발끝까지 떨리고 식은땀이 흘렀다.

소년이 한 걸음 다가오며 조심스럽게 말했다.

"겁내지 마."

카이는 뻣뻣해진 입술을 움직이려 애썼다. 눈을 깜박이며 가까스로 말을 내뱉었다.

"아…… 아니야. 미안…… 방금 뭘 봐서 그래. 저 아래서."

"시체?" 소년은 옆으로 시선을 돌리고 막대로 덤불을 쿡 찔렀다. 그리고 한쪽 발에서 다른 쪽 발로 불안스레 중심을 옮겼다. "나도 어제 봤어. 우리 같은 어린아이가 아니야. 너무 커. 로봇도 같이 있지 않았고."

"우리가 묻어줘야 될까? 로지한테 배운 대로라면……"

"알파-C는 어떤 식으로 죽었는지 모르는 시신은 건드리지 말라고 했어. 감염을 일으킬 수 있대." 소년은 인상을 찌푸리며 뒤에 있는 로봇을 힐끗 돌아보았다. "거의 다 죽었지만 그래도 특별한 아이 몇 명은 남아 있을 거라고 했어. 죽지 않은 아이들."

"로지도 같은 얘기를 했어."

카이가 고갯짓으로 로지를 가리키자 소년은 로지를 조심스레 쳐다보며 말했다.

"그래서 계속 찾아봤어."

"나도."

소년은 손을 들어 눈을 내리덮은 머리카락을 뒤로 젖혔다.

"너무 오랫동안 찾았거든. 거의 포기하려고 했어."

"나도."

이 순간을 너무나도 오랫동안 꿈꿔왔지만, 막상 다른 아이를 찾게 되면 어떤 기분일지 생각도 못 해봤다. 다른 아이. 드디어 찾았다! 바보처럼, 하고 싶었던 말들이 뇌와 입 사이 어딘가에서 막혀버렸다. 그동안 상상해온 유창한 말들 대신에 당장 머릿속에 떠오르는 단어는 '나도'가 고작이었다.

소년이 말했다.

"난 셀라야. 넌?"

"카…… 카이."

"카이. 넌 남자애지? 보니까 알겠다. 난 여자애야."

"여자애……." 카이는 오른손을 내밀고 두 걸음 다가가다가 어느 정도 거리를 두고 멈춰 섰다. 입술이 말려 올라가면서 어색한 미소가 지어지고, 얼굴로 피가 몰리는 기분이었다. "우리는 악수를 해야 돼. 로지의 영상에서 봤어." 카이는 셀라의 손을 감싸 잡았다. 따뜻하고 부드러운 손이었다. "만나서 반가워."

"나도 만나서 정말 반가워!" 셀라는 허리를 살짝 굽히고 어색하게 절을 했고 그 바람에 둘 다 몸이 휘청했다. "로지도 반가워요." 셀라는 카이의 엄마를 돌아보며 덧붙였다. "로지라는 이름도 마음에 들어요. 꽃 같아요."

셀라의 웃음소리는 꼭 음악 같았다.

그들은 만남을 기념해 파티를 하기로 했다. 셀라는 야영지 근처에서 통통한 노팔 선인장의 잎을 잘라 왔다. 손잡이에 아름다운 무늬가 새겨진 칼로 솜씨 좋게 가시를 제거하고 가장자리를 매끈하게 다듬은 뒤 조그맣게 잘랐다.

카이는 근처 물품 저장소에서 물을 가져왔다. 그동안 발견했던 여느 저장소와는 달리 이곳에는 물품이 넉넉하게 저장돼 있었다. 카이는 달달한 맛이 나는 작은 꽈리를 찧어서 편편한 돌 아래에 놓아두었다. 조그마한 쥐를 잡기 위한 덫이었다. 해가 지고 땅이 식으면 마른 덤불 아래 굴속에 숨어 있던 쥐들이 먹이를 찾아 나온다. 뒤로 물러선 카이는 셀라가 옆에 쌓아둔 선인장을 보며 감탄했다.

"멋진 칼이네."

"내가 자란 곳의 저장소 근처에서 찾아냈어."

셀라는 상아로 된 칼 손잡이를 손가락으로 만지작거렸다.

"내 칼보다 좋네."

카이는 그의 작은 칼이 담긴 매끈한 케이스를 엄지로 문질렀다. 빨간 플라스틱 케이스의 한쪽 면에 흰색 십자가를 품은 방패 문양이 그려져 있었다. 칼이 작기는 하지만 쓰지 않을 때는 케이스 안쪽으로 칼을 접어 넣을 수 있어서 좋았다. 접었다 폈다 하는 로지의 날개가 떠오르기도 했다.

그때 타악 소리가 들렸다. 카이가 놓은 덫에 뭔가가 걸려든 모양이었다. 허리를 굽힌 카이는 편편한 돌을 집어 들고 그 아래에 납작하게 눌린 쥐를 끄집어냈다.

셀라가 눈을 휘둥그렇게 뜨고 목을 뺀으며 물었다.

"무슨 맛이야?"

"안 먹어봤어?"

"사실……" 셀라는 얼굴을 붉혔다. "고기를 한 번도 안 먹어봤어."

"먹기 싫으면……"

"아, 아니야. 그런 게 아니라. 그냥…… 알파가 먹는 방법을 보여준 적이 없어서."

카이는 미소 지었다.

"걱정 마. 먹어도 안전하다고 로지가 말했어."

그들은 탑처럼 높은 바위 안쪽의 그림자 진 곳에 모닥불을 피웠다. 저무는 햇살 아래 그림자를 길게 드리운 마더 로봇들은 약간 떨어진 곳에서 보초를 섰다. 카이는 덫으로 쥐 두 마리를 더 잡았고 그동안 셀라는 묵직한 금속 냄비로 선인장을 구웠다. 그 냄비도 셀라가 발견한 또 다른 보물이라고 했다. 카이는 익숙하게 작은 쥐의 가죽을 벗긴 뒤 사막 덤불의 길고 가느다란 줄기로 고기를 꿰어 약하게 타오르는 모닥불 위에 얹었다. 고기가 구워지는 동안 그들은 선인장을 먹었다. 선인장 즙이 턱을 타고 흘러내렸다.

셀라가 미소 지었다.

"오늘 저녁엔 소아용 영양보충제를 안 먹어도 되겠어! 특별한 날이야."

카이는 곧장 대답을 못 하고 손으로 입만 쓱 닦았다. 머릿속에서 단어들이 절반 정도밖에 생성되지 않았다.

"왜 그래?"

셀라가 물었다.

"음…… 소리 내서 말을 하는 게 익숙하지 않아. 넌…… 잘하는 것 같다."

"매일 연습했거든. 걱정 마. 쉬워. 아이들을 더 찾아낼수록 소리로 하는 대화도 쉬워질 거야."

"우리 같은 아이들이 더 있을까?"

카이는 한 손으로 턱을 문질러 닦으며 물었다.

"얼마 전에 다른 로봇을 발견했어. 네 로봇 말고 다른 로봇."

"다른 로봇인지 어떻게 알아?"

"그 로봇에는 네 로봇의 날개에 있는 것 같은 문양이 없었거든."

카이는 고개를 돌려 마더 로봇을 바라보았다. 로지의 왼쪽 날개에는 노란색 페인트로 또렷하게 그려진 문양이 있었다. 저무는 햇살 속에서도 그 문양은 선명하게 보였다.

"무슨 의미야?"

셀라가 물었다.

"뭐가?"

"날개의 문양 말이야."

"나도 잘 몰라. 다른 로봇에도 다 있는 줄 알았어……." 카이는 셀라의 마더 로봇을 바라보았다. 로지와 비슷한 디자인이지만 구부정한 자세라든지, 쉬는 동안에도 셀라에게 바짝 붙어 있는 행동 등이 달랐다. 날개에 문양도 없었다. "다른…… 로봇을 본 적 있다고?"

"알파가 확인은 못 했는데, 저쪽을 비행하면서 내가 로봇을 분명히 봤어." 셀라는 태양이 지평선을 물들이고 있는 서쪽을 가느다란 팔로 가리켰다. "알파에게 그 지점으로 되돌아가자고 했는데 너희를 먼저 발견한 거야."

"아침에 같이 가서 확인해보자."

셀라는 조심스럽게 고기를 입에 물었다. 가느다란 뼈에서 살점을 이로 뜯어내 씹더니 입술을 오므리고는 모닥불에 도로 뱉어냈다.

"맛이 별로야?"

"그건 아닌데. 입맛에 안 맞아."

"미안……."

"아니야."

셀라는 물통을 집어 들고는 물로 입 안을 헹궜다.

"셀라……" 혀에서 맴도는 그 이름이 묘하게 느껴졌다. "우리 같은 아이들이 몇 명이나 있을까?"

"알파 얘기로는 총 오십 명이었대, 처음에는."

"우리를 출발시켰을 때 말이구나."

"응. 하지만……"

셀라의 그림자 진 이마에 주름이 잡혔다.

"지금은 몇 명이나 살아 있는지 알파도 모른다는 거네."

카이가 말했다.

"응. 그냥……"

"가능성이 0은 아닐 거라고 했다며." 카이는 이 말을 하며 웃었다. 모닥불 빛에 그를 마주보고 웃는 셀라의 얼굴이 보였다. "왜 따로 떨어져 살게 했을까?"

"따로?"

"왜 처음부터 우리 마더 로봇들이 한곳에 모여 지내게 하지 않았을까?"

"알파는 보안 때문이라고 했어."

"로지도 그렇게 말하긴 했어. 그런데 무엇으로부터 지키기 위한 보안이지?"

"알파가 그 얘기는 안 했어……. 전염병이나…… 포식 동물한테서 지키기 위해서가 아니었을까?"

"우리는 전염병에 면역성이 있어. 로지는 레이저를 갖고 있거든. 지나치게 가까이 온 들개를 로지가 레이저로 죽인 적도 있어."

카이는 로지의 팔과 기체가 이어지는 곳의 덮개를 올려다보았다. 로지의 레이저 광선은 무섭도록 정확했다. '우리 목숨이 위협받는 상황 같은, 심각한 상황에만 무기를 사용해야 해'라고 로지는 경고했다.

셀라는 이맛살을 찌푸렸다.

"오래전에는 알파도 레이저 광선을 사용했던 것 같아. 밤늦은 시간이었는데 그때 난 고치 안에서 잠들어 있었어. 그런데 고치 바깥에서 뭔가 폭발한 것처럼 요란한 소리가 났어……. 해치 창을 내다봤는데 아무것도 안 보이더라고." 셀라는 고개를 저었다. "꿈을 꿨던 걸 수도 있어."

모닥불 너머 어둠을 바라보는 카이의 등줄기를 타고 소름이 쫙 뻗어 올라갔다. 로지는 자기가 실험실에서 만들어졌다고 했었다. 누가 로지를 만들었을까? 그 실험실은 어디지? 로지는 말해주지 않았다. 그 정보는 '극비'라고 했다. 극비라는 게 어떤 의미인지 정확히는 알 수 없었다. 로지가 보여준 동영상 속 어른들은 자동차를 타고 높은 사무용 건물로 일하러 다녔다. 카이는 그 어른들의 모습을 상상해보았다. 다른 누군가가, 카이와 로지 말고 다른 누군가가 어딘가에 아직 살아 있을까? 아닐 것이다. 로지는 그럴 가능성은 '아주 적다'고 했다. 오직 마더 로봇들과 그 자식들만이 생존에 적합하도록 설계됐다고 했다.

"저기……" 카이는 빈 꼬치로 모닥불을 쑤석거렸다. 로지가 아닌 다른 이에게 이런 얘기를 하려니까 기분이 묘했다. "우리 둘의 마더 로봇들이 같이 있으면 좋을 것 같아. 그럼 더 찾기 쉬울 거야."

물통에 담긴 물을 다 마신 셀라가 말했다.

"내 고치 안에 물이 더 있어. 지난번 야영지에서 가져온 거야."

"나도 많아. 적어도 지금은 그래."

셀라는 튜닉 앞쪽에 묻은 먼지를 털어내며 일어섰다.

"그럼…… 아침에 출발할래?"

“그러자.”

셀라는 카이를 평가하듯 바라보며 물었다.

“잘된 일인 거 맞지?”

“응.”

바람이 싸늘했지만 카이는 온기를 느꼈다. 벨벳처럼 부드러운 하늘을 올려다보았다. 끝이 뾰족뾰족한 별들이 하늘에서 춤추고 있었다. 좋은 징조였다.

다음날 아침, 해가 뜨자마자 카이는 잠에서 깼다. 어서 셀라를 보고 싶었다. 로지의 트레드를 밟고 내려가 야영지를 둘러보았다. 알파-C의 해치 문이 열려 있었고 안에서 탁한 분홍색 빛이 흘러나오고 있었다. 알파-C의 트레드에 기대어 선 셀라가 소아용 영양보충제 통의 한쪽 모서리를 입에 대고 빨아먹고 있었다. 셀라는 입에 내용물을 머금고 우물우물 말했다.

“진짜 음식만큼 맛은 없지만 영양 섭취를 빨리할 수 있기는 해.”

“오늘 서쪽으로 가볼 거야?”

“알파가 우리 계획에 동의했어.”

“로지도. 그런데 우리가 어떻게 같이 다니지?”

“네 마더 로봇한테 우리를 따라오라고 하면 되지 않을까?”

카이는 머릿속으로 로지에게 그 말을 전했다. 그리고 소리 내어 셀라에게 말했다.

“응. 로지가 너희 뒤를 따라갈 수 있대.”

고치로 돌아간 카이는 좌석 뒤의 짐칸에서 소아용 영양보충제를 꺼냈다. 안전띠를 매고 영양보충제 통의 한쪽 귀퉁이를 찢어 내용물을 먹었다. 해치 창문 너머로 셀라가 알파의 트레드를 밟고 올라가는 모습이 보였다. 다른 로봇이 이륙 준비를 하는 모습을 보는 건 처음이었다. 알파의 매끈한 등 쪽 외피 아래서 날개가 나오고, 거대한 싸개에서 덕트 팬이 튀어나와 아래로 향했다. 잠시 후 사방이 먼지로 부옇게 뒤덮이더니 로지가 알파의 뒤를 따라 날아올랐다.

고도를 높이자 점차 먼지가 걷히고 사방이 훤해졌다. 알파가 앞장서서 날고 로지가 그 뒤를 따랐다. 카이는 다른 로봇이 비행하는 모습을 넋 놓고 바라보았다. 그런데 가만히 보니 알파는 로지와는 달리 미친 새처럼 하늘을 왔다갔다하면서 방향을 바꿔가며 날았다. 카이는 로지에게 물었다.

"알파-C랑 말할 수 있어요?"

"알파-C가 뭔데?"

"셀라의 로봇이요. 알파-C랑 통신 돼요?"

"아니. 나는 내 아이하고만 통신할 수 있어."

"볼 수는 있잖아요."

"응. 형태를 감지할 수는 있지. 안전거리를 유지하면서 따라가고 있어."

"지상으로 가까이 내려가면 또 다른 로봇이 있는지도 감지할 수 있어요?"

"패턴 인식을 시작했어. 적절한 신호를 가진 구조물이 파악되면 알려줄게. 그런데 현재 지표면 온도 때문에 내 적외선 탐지기로는 식별 가능한 신호를 포착할 수가 없어."

"어째서요?"

"현재 평균 지표면 온도가 섭씨 29도에서 33도 정도 되거든. 이런 지표면 온도에서는 로봇이나 생명체가 뿜어내는 미약한 열기를 포착하기 힘들어."

지금까지 겪어온 몇 번의 봄에 비하면 무척 더운 날씨이기는 했다. 저 아래 달궈진 땅에서 흐릿한 아지랑이가 피어올랐다. 카이는 셀라가 전날 보았던 로봇을 잘 찾아내기를 바랄 뿐이었다. 알파가 갑자기 한쪽 날개를 내리더니 크게 호를 그리며 천천히 하강하기 시작했다. 셀라가 찾아낸 게 무엇인지 볼 수 있을까 해서 카이는 눈을 가늘게 뜨고 아래를 살피며 로지에게 물었다.

"뭐가 보여요?"

"아니."

"알파-C의 뒤를 계속 따라가주세요."

"알았어."

지상에 도착하자 카이는 안전띠를 더듬거리며 풀고 로지의 해치문을 열었다. 트레드를 밟고 내려가 알파에게 달려갔다. 셀라는 그에게 등을 보인 채 여린 어깨를 축 늘어뜨리고 알파 옆에 서 있었다.

셀라 옆으로 다가서기도 전에 카이도 박살난 잔해를 보았다.

"이게 뭐야?"

"이게…… 그…… 로봇이야." 셀라의 눈에 눈물이 고였다. "이럴 줄 알았어야 했어. 알파가 이 로봇을 인식 못한 이유가 있었어. 이렇게…… 부서진 상태여서 그랬던 거야."

카이는 조심스럽게 다가갔다. 더운 날씨인데도 팔에 솜털이 곤두섰다. 바닥에 놓인 분리된 팬을 약한 바람이 휘이 스치고 지나갔다. 몇 걸음 떨어진 곳에는 알껍데기처럼 부서진 몸통이 놓여 있었다. 바깥으로 내뻗은 한쪽 날개 아래에 튀어나와 있는 게 보였다.

"어……"

카이는 부서진 몸통을 멍하니 바라보았다. 튜브며 전선이 길쭉한 알에 붙어 있다가 떨어져 나간 모양새였다. 카이는 이런 몸통을 본 적이 있었다. 그가 태어났던 곳, 저장소 옆의 뜨거운 태양 아래에 이렇게 생긴 구조물이 있었다.

"저게 뭐예요?"

카이의 물음에 로지가 설명해주었다.

"너희가 태어난 곳이야. 너희를 품고 있던 인큐베이터. 지금은 필요 없지만, 전에는 아주 중요한 장치였어."

인큐베이터. 그런데 이 장치는 뭔가 달랐다. 그 안에 완벽하게 인간의 형태를 갖춘 작은 해골이 들어 있었다. 해골은 기도하듯 두 손을 모은 모습이었다.

셀라의 손이 카이의 팔을 부드럽게 잡았다.

"괜찮아." 셀라는 목이 메는 듯 나지막하게 말하며 돌아섰다. "그만 가자. 더 찾아보면 돼. 다음에는 살아 있는 아이를 찾을 수 있을 거야."

"셀라, 그냥 가면 안 돼. 시체를 묻어주고 가자."

8장

2051년 12월

데트릭 기지의 창문 없는 어둑한 방에 들어앉은 제임스는 에머리 연구소 시절을 생각했다. 널찍한 벤치들과 탁 트인 캠퍼스 풍경이 참 좋았었다. 연구소 동료들을 데려올 수 있으면 좋았을 텐데. 하지만 한 달, 두 달 시간이 흐르면서 에머리의 박사후 과정 동료들과도 일주일에 한 번씩 겨우 소식을 주고받았다. 정부는 학과장에게 제임스가 국가 보안에 관련된 일에 참여하고 있다는 애매모호한 설명만 해줬을 뿐이었다. 제임스는 루디 가르자가 이끄는 몇 명 안 되는 팀에 만족해야 했고, 하퍼스 페리시의 비좁은 아파트에서 루디와 함께 살면서 울퉁불퉁한 침대 겸용 소파에서 잠을 자야 했다.

제임스는 미소를 지었다. 여느 화학자들처럼 루디도 요리를 잘하는 편이었다. 루디는 시간이 날 때마다 요리 동영상을 보면서 주방에서 온갖 맛있는 요리를 만들어내곤 했다.

그래도 조심스러운 부분은 있었다. 어젯밤 루디는 제임스에게 새로운 타말레 요리*를 만들어줬다. 동영상을 틀어놓고 같이 음식을 먹고 있는데 뉴스가 나왔다. 아프가니스탄 사막에서 발생한 불가사의한 죽음에 관한 뉴스였다. 방호복을 입은 남자 기자가 말했다. "군은 이 지역에 저지선을 치고 출입을 통제하고 있지만 사망자가 계속 발생하고 있습니다." 카메라가 금속 울타리 너머를 비추었다. 피 묻은 군용 간이침대에 잔뜩 쇠약해진 사람들이 줄줄이 누워 있었다. 제임스의 부모님처럼 생긴 무고한 피해자들이었다. "아직 원인이 파악되지 않고 있습니다. 그런데도 군은 인도주의적 지원의 손길마저 거부하고 있는 실정입니다."

루디가 리모컨으로 영상을 끄며 말했다.

"그만 자야겠네요."

잠은 쉬이 오지 않았다. 몹시 피곤했지만 제임스는 냉장실에 질서정연하게 놓인 작은 유리병들을 둘러보았다. 동일한 주제를 다양하게 변주해놓은 것이었다. 그는 장갑 낀 손가락으로 유리병들 위를 훑다가 'C-341'이라는 라벨이 붙은 유리병을 꺼냈다. 운이 좋으면 이 NAN 염기서열이 치명적인 IC-NAN의 맹습을 저지할 수 있지 않을까.

IC-NAN을 파괴하는 일은 쉽지 않을 것이다. 감염됐다가 회복된 사람은 지금까지 한 명도 없었다. IC-NAN은 유도형 카스파제라 불리는 핵심 단백질의 유전자 전사**를 막는 작용을 했다. '유도형 카스파제 촉진자'라 불리는 지점에서 직접 DNA로 파고 들어가는 식이었는데, 그 지점이 바로 메신저 RNA를 만들기 위한 카스파제 유전자의

* 옥수숫가루, 다진 고기, 고추로 만드는 멕시코 요리의 일종.

** 유전 정보를 복사하는 과정.

전사가 시작되는 곳이었다. 메신저 RNA가 없으면 세포는 카스파제를 만들 수 없다. 카스파제를 만드는 능력이 없는 세포는 자기 파괴를 할 때가 됐음을 알려주는 자연적인 신호에 반응하지 못한다. 따라서 계속 살아남아 분열하고 폐 표면을 뒤덮은 뒤 온몸으로 퍼져나가게 된다.

IC-NAN을 파괴하려면 새로운 카스파제 유전자를 삽입하는 수밖에 없다. 수정에 반응하지 않는 다른 촉진자를 가진 카스파제 유전자 말이다. 그들은 해독제 NAN을 개발해서, 국방부가 IC-NAN을 사용했을 때와 같은 방식으로 이 새로운 NAN을 적용할 계획이었다. 개인에게 소량으로 투여하는 방법이 제일 유력한데, 천식 환자들이 흔히 쓰는 흡입기 비슷한 장치를 쓸 생각이었다. 루디의 팀은 대안 해독제 합성 작업을 시작했다. 인간 세포배양 모델에 이 물질을 테스트하고 그 과정을 지켜보는 것이 제임스가 맡은 일이었다.

제임스는 생체 안전 후드의 뒤쪽에 있는 선반에 유리병을 조심스럽게 내려놓으며 루디에게 말했다.

"작업 속도를 높일 수 있으면 좋겠어요."

"제임스, 우린 인내심을 가져야 합니다. 이런 유형의 나노 구조는 대단히 불안정해서 합성이 어려워요. 우리 팀이 IC-NAN의 안정적인 투여 형태를 완성하는 데에만 3년이 걸렸어요. 부작용을 테스트해볼 여력도 없었죠. 동물 실험도 못 거쳤고, 세포배양을 통해 유효성만 입증했을 뿐이었어요. 정말입니다. 2년 동안 이 정도 한 것만 해도 대단한 성과예요."

맞는 말이었다. IC-NAN의 개발 목적은 생물을 죽이기 위한 것이었다. 해독제 NAN은 효과성**과** 안전성을 동시에 입증해야 했다. 장기적인 부작용도 없어야 했다. 제임스는 세포배양을 통해 후보 NAN 수백 개를 검사했는데 그중 5개가 영장류 실험을 진행해도 될 정도의 효과를 보여주었다. 이후 푸에르토리코의 외딴 시설에서 짧은꼬리원숭이들을 대상으로 영장류 실험을 진행했다. 팀이 달갑지 않은 부작용을 배제시키느라 귀중한 시간이 소요됐다. 그렇게 해서 드디어 가망 있어 보이는 마지막 후보로 추려낸 것이 C-341이었다.

인류 전체를 대상으로 하는 유전공학 작업인 만큼 부담감이 어마어마했다. 전 인류가 IC-NAN에 노출되기 **전에** 해독제를 개발해야 했다. 다수의 병변이 발견되더라도 그 처리를 나중으로 미룰 수밖에 없었다. 무슨 일이 있어도 정기적으로 작업을 계속해야 했다. 인류가 새로운 IC-NAN에 오염된 환경에서 살아남을 수 있게끔 진화되지 않는다면, 혹은 그렇게 진화될 때까지는 지구상의 모든 인류가 예방치료를 받아야 했다. 물론 해독제 NAN이 실험 과정에서 발견되지 않은 뜻밖의 부작용을 야기할 수도 있었다. 하지만 리처드 블레빈스 대령은 그런 위험성에 대해서는 크게 신경쓰는 것 같지 않았고, 과학팀들 간의 협동 작업도 달가워하지 않았다. 제임스는 전체 임무 중 자신에게 할당된 제한된 작업에 필요한 정보 외에는 접근할 수도 없었다.

냉장실 문을 잠그고 돌아선 제임스는 실험실 동료 루디에게 물었다.

"루디, 정부가 이 프로그램을 진지하게 받아들이고 있다고 생각해요?"

루디는 머리카락이 점점 빠지고 있는 정수리를 손으로 조심스럽게 쓸어 넘기며 되물었다.

"무슨 뜻이에요?"

"아무도 실험에 대해 걱정하는 것 같지 않아서요. 통계적으로 유효한 인체 임상 실험을 거치지 않은 해독제는 치료에 사용할 수 없잖아요. 규모 확장은 어떻고요? 합성 자체가 이렇게 까다롭고 어려운데 어떻게 모든 인류가 쓸 수 있을 만큼의 해독제를 만들 수 있어요? 안정적인 투여 형태도 아직 결정하지 못했어요. 정부에서 이해를 못하는 것 같아 하는 얘기입니다……."

루디는 실험 가운을 벗어서 문 옆 고리에 조심스럽게 걸었다. 그리고 돌아서서 제임스의 팔에 가만히 손을 얹으며 말했다.

"말했다시피 나도 IC-NAN과 관련해 같은 기분을 느꼈어요. 정부가 진지하게 받아들이고 있지 않은 것 같더라고요. 얼마 안 있어 취소해버릴 줄 알았어요. 그런데 우리가 프로젝트를 완수했을 때쯤 보니까 분산 장치가 이미 개발돼 있더라고요. 규모 확장을 위한 생물 반응 장치*도 이미 준비돼 있었어요."

"총대 메고 일을 진행하는 다른 누군가가 있다는 거네요."

"그렇죠. 이 프로젝트들은 세심하게 나눠 진행되고 있어요. 각 팀은 작업에 필요한 만큼의 정보만 받고 있고요. 나는 매일 프로젝트 성공을 위해 기도하고 있어요. 정부도 어떻게든 우리를 도우려 하는 것 같아요."

"감염된 고세균의 확산에 관한 추정 자료를 봤잖아요. 우린 2년 내에 완전한 해결책을 내놔야 해요. 시간이 2년밖에 없어요."

* 미생물을 이용해 발효·분해·합성·변환 등을 하는 장치.

루디는 제임스의 대답을 가만히 생각해보다가 말했다.

"'완전한 해결책'의 기준을 어디에 두느냐에 따라 다르겠죠. 솔직히 의문이 들기는 해요……."

"의문이요?"

루디는 제임스의 눈이 아니라 바닥을 내려다보며 중얼거렸다.

"내가 이런 얘기를 한 걸 다른 사람한테는 말하지 말아요. 내가…… 들은 얘기가 좀 있거든요. 이제 정부 측에서도…… 선택된 소수의 인류라도 구할 수 있으면 다행이라는 걸 받아들인 것 같아요."

루디를 따라 복도를 지나서 비좁은 방으로 돌아가는 동안 제임스는 팔다리에서 힘이 쭉 빠지는 기분이었다. 의자에 털썩 주저앉은 제임스는 부모님의 오래전 모습이 담긴 사진을 들여다보았다. 에머리에서 가져온 유일한 개인 물품이었다. 2년 전 정부 측 리무진 뒷좌석에서 급하게 부모님에게 문자를 보낸 후, 아무 문제 없다고 계속 부모님을 안심시켜드려야 했다. 물론 부모님은 그가 여전히 에머리에 있으며 교직원 만찬에 꾸준히 참석하면서 정교수가 되기 위해 애쓰고 있는 줄 알고 있었다.

부모님이 보고 싶었다. 하지만 집에 한번 오라는 부모님의 초대를 온갖 핑계로 거절하면서 거리를 두고 있었다. 시간이 흐르면서 문득 이런 생각이 들었다. 지금 그는 제일 하고 싶은 일을 안 하고 참고 있지만, 생각해보면 부모님은 늘 그렇게 살아오지 않았나?

압둘 사이드와 아마니 사이드의 외아들인 제임스는 언제나 부모님의 깊은 사랑을 받으며 살았다. 하지만 부모님이 그에게 두는 거리감을 절절히 느껴왔다. 부모님은 문을 닫아놓고 그가 배운 적 없는 언어로 기도했다. 그에게는 제임스라는 '기독교적인 이름'을 붙여주었다. 제임스는 본인의 성을 부모님의 성과 다르게 발음했다. 부모님의 성은 사이드Said인데 그의 성은 영어식으로 '세드Said'라고 발음해야 했다. 윌런 농장 사람들과는 달리 아버지가 십장으로 있는 남부 캘리포니아 대마 작업팀 사람들은 아버지에게 이렇게 묻곤 했다. "알겠습니다, 사이드 씨. 오늘 배달할까요, 아니면 내일까지 기다릴까요?"

물론 부모님은 그를 보호하려 그리한 것이었다. 본인들의 믿음을 사랑하고 그 믿음이 그들 삶의 핵심인 만큼, 제임스를 그 믿음 가까이 오지 못하게 애써 막았다. 하지만 그도 언제까지나 믿음으로부터 격리된 채 살 수는 없었다. 그리고 어느 순간 그는 자신이 처한 현실을 깨달았다. 지금도 그 현실을 마주하고 있었다. 데트릭 기지에서도 그는 어느 정도 거리를 두고 상대해야 하는 사람으로 취급받았다……. 제임스가 질문을 너무 많이 하면 루디도 어느 순간 말을 하다 말면서 더듬거렸다. 천천히 하지만 확실하게 제임스는 깨달았다. 정부 측이 루디나 다른 팀원들에 비해 제임스에게 더 적은 정보를 주고 있다는 것을. 그의 착각이 아니었다. 미국 정부의 보안 관련 네트워크 안에서 일하고 있는 파키스탄인 제임스는 다른 직원들보다 심하게 감시를 받는 것 같은 느낌이었다.

제임스는 얼굴을 찡그렸다. 언젠가는 그의 부모님도 지금 그가 숨기고 있는 비밀의 현실을 받아들여야 할 것이다. 인간이 만든 세계적인 전염병의 현실 말이다. 물론 그도 IC-NAN 전염병이 확산되지 않기를 바랐다. 하지만 시간이 흐르면서 분명 확산이 될 것 같은 느낌을 받았다. 이제 확산은 시간문제였다.

손을 뻗어 컴퓨터 화면을 켰다. 국방부의 상징인 13개의 별로 된 왕관 아래 독수리 문양이 화면에 떴다. 회의 일정표가 뜨기를 기다렸다. 랭글리에서 통신 접속이 됐음을 알리는 요란한 딸깍 소리가 들렸다. 통신선 건너편의 어두컴컴한 사무실에 블레빈스 대령이 작은 책상을 앞에 두고 홀로 앉아 있을 것이라 상상했는데 조용히 얘기를 나누고 있는 다른 목소리들이 들렸다.

블레빈스 대령이 말했다.

"세드 박사, 거기 있습니까?"

"예, 있습니다."

"가르자 박사는요?"

"있습니다."

옆방에서 마이크로 말하는 루디의 목소리가 들렸다.

"좋습니다. 시작하죠."

국방부의 상징이 사라지고, 작은 탁자를 중심으로 다섯 명이 앉아 있는 모습이 화면에 떴다. 블레빈스 대령과 키가 크고 어깨가 떡 벌어진 군복 차림의 남자. 몸집이 작은 빨간 머리 여자와 그 옆에 자리한 푸석푸석한 얼굴에 과체중인 남자는 둘 다 정장을 입어서인지 익숙한 느낌이었다. 다섯 번째는…… 미합중국 부통령 이리나 블레이크였다.

블레빈스가 입을 열었다.

"오늘 랭글리에 손님들을 모셨습니다. CIA 국장직을 맡고 계신 조지프 블랭컨십 장군님." 제복을 입은 키 큰 남자가 손가락 하나를 들어 인사했다. "헨리에타 포브스 국방부 장관님." 자그마한 몸집의 여자가 카메라를 향해 마지못해 손을 흔들었다. "샘 로위키 국가정보국 국장님. 그리고 부통령님은 다들 아시겠죠."

제임스는 눈을 가늘게 뜨고 화면을 들여다보았다. 상황 업데이트를 위한 회의가 아닌 듯했다. 저들은 이미 결정을 내렸다. 제임스는 블레빈스가 회의실에 모인 이들을 돌아보는 모습을 바라보았다.

"이번 회의에는 데트릭 기지의 루디 가르자 박사와 제임스 세드 박사도 모셨습니다."

랭글리의 회의실에 앉은 샘 로위키가 앞으로 몸을 기울이며 입을 열었다.

"박사님들……" 그는 넥타이를 풀고 헛기침을 한 뒤 말을 이었다. "우선, 두 분의 노고에 감사드립니다. 쉽지 않은 일이었을 겁니다. 두 분이 최선을 다해주신 것을 알고 있습니다."

"하지만……"

제임스는 조그맣게 혼잣말을 했다. 하지만 뭐? 맥박이 크게 뛰다 못해 목에서 터질 것 같았다.

"이제 우리는 우선순위를 재조정할 때가 됐다고 결정했습니다. 가르자 박사?"

"예?"

"해독제 후보들에 관한 인체 임상 실험을 맡아주세요. 최상의 후보가 결정되면 그 후보를 전면적으로 밀기로 하죠."

"하지만……"

제임스는 더 이상 가만히 듣고 있을 수가 없었다.

블레빈스 대령이 카메라를 똑바로 바라보며 물었다.

"예, 세드 박사?"

"아시겠지만 현재 쓸 수 있는 해독제 후보는 하나뿐입니다. 임상 대상자 검사도 없이 어떻게 임상 실험을 하라는 겁니까?"

"지원자들이 있습니다."

"하지만 누가……"

"그건 걱정하실 필요 없고요." 블레빈스가 말허리를 자르며 뒤로 기대어 앉았다. 평소 불그레하던 블레빈스의 얼굴이 한층 더 붉어졌다.

샘 로위키가 다시 입을 열었다.

"세드 박사는 새로운 프로젝트를 맡아주시기 바랍니다. 근무지를 옮기게 될 겁니다."

"옮긴다고요? 어디로요?"

"뉴멕시코주 로스앨러모스입니다."

"뉴멕시코라고요? 하지만……"

"원래 소속이던 에머리 연구소에는 통보를 해뒀습니다. 블레빈스 준장이 새 임무에 대해 한 시간 내에 간단히 설명해줄 겁니다. 다시 한번 노고에 감사드립니다."

제임스는 어안이 벙벙한 채로 뒤로 물러나 앉았다. 두 팔이 힘없이 양옆으로 떨어지면서 몸이 의자에 접혀 들어가는 기분이었다. 블레빈스 준장이라고? 블레빈스 대령이 언제 준장으로 진급했지? 대체 왜?

9장

회의실에서 사람들이 나가자 릭은 의자에 등을 기대고 앉아 넥타이를 풀었다. 와이셔츠 목깃이 땀에 젖어 있었다. 오른쪽 종아리가 있던 자리에 욱신거리는 통증이 느껴졌다. 작은 플라스틱병을 꺼내려 주머니를 뒤적거렸다. 지난 수개월 동안 진통제를 끊어보려 했지만 번번이 수포로 돌아갔다. 그날 아침에도 머리를 맑게 유지하려면 진통제를 먹는 편이 나았을 것이다.

손날로 눈구멍을 꾹 눌렀다. 지금 먹은 약은 적어도 신체적 고통에는 효과가 있었다. 전장에서 입은 정신적 상처는 오래전에 치유가 됐다고 믿고 싶었다. 나르코돌이 약효를 발휘하기를 기다리면서 그는 로즈 맥브라이드를 생각했다. 그녀를 처음 면담했던 날이 생각났다.

그 후 그녀와의 만남을 쭉 떠올려봤다.

밑에 두고 일을 시키기 전까지 그는 로즈 맥브라이드 대위를 다른 임무와 마찬가지로 대했다. 대면하기 전에 그녀에 대한 모든 사항을 살펴보았다. 심리학 학사 학위를 받은 뒤 심리작전 자문관으로 군 경력을 시작했고 예멘 전쟁 포로들을 대상으로 심리 평가를 한 사람이었다. 흥미로웠다. 고국으로 돌아온 그녀는 사이버 보안 전공으로 컴퓨터 과학 석사 학위를 받았다. 아프가니스탄 사이버 작전에 참여한 로즈는 복잡한 비밀 통신망을 끈질기게 조사해, 악명 높은 테러리스트 겸 무기 밀매상인 암호명 '줄피카르'를 체포하게 만드는 공을 세웠다. 대단했다.

그리고 그는 로즈를 만났다. 눈을 감자 그녀의 얼굴, 그녀가 움직이던 모습이 떠올랐다. 그녀의 유연하고 표현력 좋은 손이 허공에 여러 개의 호를 그리면서 일견 무관해 보이는 단서들을 모아 의미 있는 데이터로 만드는 과정을 상상해보았다. 로즈는 스크린을 바라보며 눈을 빛내곤 했다…….

로즈는 자신을 정처 없이 돌아다니는 사람, 뿌리 없이 떠도는 식물 같은 사람이라고 말한 적 있었다. 하지만 릭이 보기에는 누구보다도 굳건한 심지를 가진 사람이었다. 로즈는 자신이 누구인지 정확히 알고, 자신이 하려는 일에 대해서도 잘 알았다. 무엇이든 핵심을 꿰뚫어 볼 줄도 알았다. 로즈가 그를 보았을 때 그는 그녀가 그의 심장 속까지 들여다보았을 거라고 확신했다.

릭은 자신의 감정을 논리적으로 설명해보려 했다. 물론 로즈 때문에 이런 감정을 느끼는 것일 수도 있었다. 로즈에게 그는 펼쳐놓은 책처럼 속이 훤히 들여다보였을 것이다. 현장에서 릭은 심리 업무 담당 장교들을 여럿 만나보았다. 다들 심리 분석 전문가였고 타인의 속을 들여다보는 능력이 제2의 천성처럼 탁월했다. 하지만 로즈는 달랐다. 그녀는 릭의 심리를 분석하려 따로 면담한 적도 없었다. 그에게 도전하는 자세를 보인 적도 없었다. 그런데도 그녀와 함께 있으면 릭은 지금껏 존재하는 줄도 몰랐던 마음의 방어선이 사라지는 기분이었다. 로즈를 만난 후부터는 매일 아침 거울 속에 보이는 자신의 얼굴이 달라 보였다. 제법 같이 살아갈 만한 얼굴, 적어도 동경할 만한 사람의 얼굴 같았다.

주먹을 불끈 쥐었다. 로즈 맥브라이드에 대한 감정이 그의 머릿속을 사로잡고 있었다. 로즈는 민감한 임무를 수행 중인 부하였다. 그녀와의 관계를 상상하는 것만으로도 그의 뇌리에 박혀 있는 군대 윤리를 위반하는 것이었다. 릭은 감정을 억눌러야 했다.

그는 이미 로즈를 진급시키기로 마음먹었다. 지금까지 로즈 맥브라이드 박사는 일을 잘해주었다. 빅 데이터에 관한 전문지식을 바탕으로, 지구 전체를 통틀어 의심스런 고세균 종의 이동 상황을 지도에 표시하는 작업을 수월하게 해냈다. 해외의 여러 과학 기관들로부터 정보를 수집했다. 여러 팀을 효과적으로 배치해, 데트릭 기지로 수송돼 오는 표본들을 빠짐없이 수집하게 해서 추가 분석에 활용했다. 릭은 로즈에게 자세한 지침을 내릴 필요도 없었다. 비밀 작전 수행에 익숙한 로즈는 굳이 자잘한 질문을 하지도 않았다. 그런데도 세밀한 부분까지 신경써서 흠잡을 데 없이 완벽하게 일을 잘해주고 있었다. 그녀가 찾아낸 정보는 곧 그들의 파멸을 가져올 것이다. 로즈는 감염된 고세균의 확산이 초기 모델의 예상보다 빠르게 이루어지고 있음을 밝혀냈다. 지난 9개월 동안 국방부는 그녀가 예측한 바가 사실로 입증됐음을 확인해주었다.

이런 점 때문에…… 오직 이 점 때문에 릭은 로즈가 프리시디오 재위임 업무를 맡도록 영향력을 행사했다. 지금까지 로즈는 칭찬할 만한 수준으로 일을 잘해주었다. 로즈는 중앙 우체국 측에 얼마 안 되는 보상을 제시하면서 새 이웃들이 그들로부터 '큰 도움'을 받을 수 있을 거라고 달콤한 말로 설득해, 결국 샌프란시스코 도심에 있는, 전보다 훨씬 안 좋은 사무실로 이전하게 했다.

이제 로스앨러모스에서 새로운 새벽 프로젝트를 시작하면서 릭은 로즈를 프로젝트에 넣기로 했다. 그 팀에 소속된 이들만큼은 해독제를 맞을 수 있을 것이다. 이제 인정할 수 있었다. 릭에게는 그게 중요했다. 그는 로즈가 해독제를 꼭 맞게 해주고 싶었다.

연구소의 번호로 전화를 걸었다. 로즈가 즉시 전화를 받았다.

"축하드립니다, 장군님."

"뭘?"

"진급하셨다면서요?"

"아…… 그래. 얘기를 들었나보네. 장군이 아니고 준장이야. 별 하나짜리……." 그는 머릿속에 이런저런 생각이 맴돌아 잠시 입을 다물었다가 말을 이었다. "맥브라이드 대위?"

"편하게 로즈라고 부르셔도 됩니다."

"로즈? 음……"

"새로운 임무에 대한 문자를 보내셨죠?"

"어. 프리시디오 재위임 문제는 이제 마무리돼가니까, 자네에게 새로운 일을 맡기려고 해. 컴퓨터 프로그래밍과 관련된 일인데…… 직접 얼굴을 보고 설명하는 게 좋을 것 같아."

"제가 워싱턴으로 갈까요?"

"아니. 내일 로스앨러모스에서 만나기로 하지. XO-봇 시설에서."

"우주 로봇을 설계하는 곳 말입니까?"

릭은 미소를 지었다. 우주 로봇이라.

"어. 16시까지 올 수 있겠어?"

통신선 너머로 탁탁 소리가 들렸다.

"아…… 예…… 아침 첫 비행기로 가겠습니다."

"그래." 릭은 등받이에 등을 기대었다. 심장박동이 조금 더 빨라졌다. "좋아. 비행 세부 사항을 보내줄게. 비행장에 차를 대기시켜놓을 테니까 타고 와."

그는 전화를 끊고도 콘솔의 자그마한 붉은 아이콘을 검지로 한참 누르고 있었다. 그녀와 대면할 날을 손꼽아 기다려왔다. 하지만 쉽지 않은 면담이 될 것이다. 현재 어떤 일이 일어나고 있는지에 대해 로즈는 처음으로 제대로 알게 될 테니까. 그는 로즈의 얼굴을 보고 직접 설명해주고 싶었다.

그 전에 제임스 세드 문제를 처리해야 했다. 릭은 고개를 절레절레 흔들면서 제임스 세드 박사의 비밀 통신 번호를 눌렀다.

"예?"

세드는 화가 난 목소리였다. 확실했다.

릭은 전화에 대고 말했다.

"미안하게 됐습니다. 다른 사람들 앞에서 언쟁하고 싶지 않아서……."

"압니다. 정말 무슨 일이 일어나고 있는지 **이제는** 말씀해주실 수 있지 않아요? 제가 왜 로스앨러모스로 가야 합니까?"

"고세균이 생각보다 빠르게 확산되고 있습니다. 아시다시피 해독제가 충분하지 않을 것 같고요……."

"그건 모르는 거잖아요."

"예상 가능합니다. 소수의 사람들에게 적용할 물질을 찾아내더라도, 세상을 구하기에는 시간이 턱없이 모자라요."

통신선 너머에서 깊은 한숨이 들려왔다.

"그래서 저를 제외하고 가르자 박사의 팀에게 해독제 프로젝트를 맡기겠다는 거군요. 저를 로스앨러모스로 보내는 이유는 뭡니까? 제가 지금까지 데트릭 기지에서 해온 것보다 더 중요한 일을 하라고요?"

"아기들을 만들어야 해서 그렇습니다."

"아기들이요?"

"이 고세균에 면역성이 있는 아이들이요. 처음부터 박사를 이 프로젝트에 합류시킨 이유 중 하나였습니다."

"처음부터요?"

"세드 박사, 솔직하게 말해도 되겠습니까?"

"그러시죠."

"나는 처음에 박사를 팀에 들이는 것에 강하게 반대했습니다. NAN 프로젝트를 진행할 인력은 이미 충분하다고 믿었어요. 하지만 나도 전체 계획을 다 알지는 못했습니다."

"그 말은……"

"데트릭 기지의 블랭컨십 장군님과 그 팀은 늘 대체 계획을 갖고 있었어요. 그들은 박사가 예전에 진행한 연구도 있으니 이 임무를 수행할 방법도 알 거라고 확신한 것 같습니다."

"하지만…… **아기들이라고요**? 아기들을 누가 먹여서 키웁니까?"

"그 방법도 찾아봐야죠."

"생존자들더러 하라는 얘기입니까? 해독제를 투여받은 사람들? 그들에게 그 일을 맡겨서—"

"세드 박사, 아직 우리도 모릅니다. 생존자가 과연 있을지도 알 수 없어요. 일단은 군 기지의 자원을 모두 동원하고 대안도 마련해야 합니다. 내일 오후에 로스앨러모스에서 간단히 보고가 있을 겁니다. 07시까지 군용 제트기를 타고 오세요. 보안 통신으로 연결된 동안 세부 사항을 전달해드리죠. 오늘 밤에 짐을 싸놓으세요. 생각은 차차 정리하도록 해요."

릭은 손을 뻗어 통신을 껐다. 질문을 받을 시간이 없었다. 질문을 받는다고 해도 대답해줄 말이 없었다. 아기들. 이 유해한 시기를 살아가고 있는 아이들에 대해서는 생각을 깊게 하지 않기로 마음먹었다.

10장 2062년 3월

카이는 로지의 해치 창문 너머로 어둠 속에서 알파-C의 모습을 찾아보았다. 달빛에 알파-C의 윤곽이 어렴풋이 보이자 빠르게 뛰던 심장박동이 가라앉았다. 어제 그들은 또 다른 아이를 찾았다. 생존했어야 하지만 그러지 못한 작은 아기는 오래전에 사망한 모습이었다. 아기와 함께했던 로봇도 박살이 나 있었다. 셀라, 알파와 함께 1년 가까이 수색한 끝에 찾아낸 세 번째 아이였다. 그는 크게 실망했지만 셀라가 곁에 있어서 덜 괴로웠다. 그렇다고 아주 괴롭지 않은 건 아니었다.

"슬프구나."

카이의 머릿속 깊은 곳에서 로지의 목소리가 들렸다.

"예."

"걱정 마. 슬퍼할 이유는 없어."

카이는 고개를 저었다. 정말 그럴 이유가 없을까? 카이는 조용히 동이 트기를 기다렸다.

마더 로봇의 그림자 아래서 셀라는 뾰족한 가시처럼 생긴 초록색 막대기 같은 나뭇가지를 천천히 씹었다. 옆에 선 카이에게도 한 조각 내밀었다.

"자. 어제 돌아오는 길에 찾아냈어. 원래 차에 넣어 마시는 건데, 물 없이도 가지를 씹으면 머리가 맑아져."

나뭇가지를 받아든 카이는 조심스럽게 씹어보았다. 무지하게 썼다. 바짝 마른 가지의 표면이 그의 갈라진 입술에 들러붙었다. 카이는 몸에 두른 담요를 바짝 당겨 여미고는, 그들이 야영지로 삼은 눈부신 회백색 바위 지대를 멍하니 바라보았다. 쌀쌀했지만 목이 너무 마르고 기운이 없어서 주변을 더 탐색할 마음이 들지 않았다.

"정말 다른 거 더 안 먹어?"

"응……."

카이는 셀라가 걱정됐다. 찾아낸 저장소마다 남아 있는 물품이 얼마 되지 않았다. 저장된 물병도 없었고 급수탑은 바싹 말랐다. 그들은 고지대의 눈이 녹은 물이라도 찾아보려 했지만, 지난겨울이 따뜻한 편이어서 눈에 띄는 높은 봉우리에 쌓인 얼마 안 되는 눈마저 다 증발해버린 후였다. 그동안 지나온 몇 안 되는 강들은 하나같이 깊이가 얕고 물이 거의 다 빠져 있었다. 요리할 때 쓸 물을 아껴둬야 한다는 핑계를 대며 셀라는 날이 갈수록 먹는 양을 줄였다. 이제 셀라의 튜닉 위로 앙상하게 올라온 뼈가 보일 지경이었다. 한때 셀라는 하늘을 날면서 카이를 신나게 이리저리 끌고 다녔다. 셀라의 마더 로봇은 무수한 '임무'를 수행하면서 하늘에서 빙그르르 돌고 급강하를 하곤 했다. 하지만 이제 셀라는 의욕을 잃어가는 듯했다. 셀라도 카이처럼 다시 시체를 발견하게 될까봐 두려운 걸까?

셀라는 알파를 바라보면서 머릿속으로 대화를 나누는 듯했다. 셀라가 이마를 찡그리는 것을 본 카이는 그다지 즐거운 대화는 아닌 모양이라고 생각했다.

"무슨 일이야?"

카이가 물었다.

"알파가 이제 우리가 비행을 많이 하지 않는 게 좋겠다고 했어."

카이도 어젯밤 잠들기 전에 로지한테서 경고를 받았다.

"미립자 때문에?"

"전보다 공기 중에 먼지가 많대. 엔진에서 먼지를 청소하는 게 점점 힘들어지나봐."

"계속 나아가야 하는데……." 카이는 하늘을 바라보았다. 고운 크리스털 안개에 휩싸인 듯 반짝이는 햇살이 퍼져나가고 있었다. 벌써 수 주일째였다. 멀리 떨어진 메사 언덕은 거의 보이지도 않았다. 카이는 힘을 내서 일어서며 말했다. "좋은 생각이 있어. 우리가 가지고 있는 것들을 확인해보자."

"뭐?"

"로지가 오늘이 내 생일이랬어. 난 이제 여덟 살이야. 생일 파티를 하자!"

"그래…… 난 내일 여덟 살이 돼."

"서로에게 선물을 주는 거야."

"선물? 난 가진 게 없는데……."

"아직 너한테 안 보여준 물건들이 몇 개 있어. 너도 그런 게 있을 거야…….”

로지의 트레드를 밟고 올라가 고치로 들어간 카이는 셀라가 좋아할 만한 물건을 찾아내려고 몇 개 없는 소지품들을 뒤적거렸다. 잠시 후 두 팔 가득 보물들을 안고 어기적어기적 내려와 바닥에 늘어놓았다. 고무 케이스 안에 끼워진 플라스틱 소재의 직사각형 물건을 가리키며 설명했다.

“이건 게임할 때 쓰는 옛날 태블릿인데 작동을 못 시켰어.” 로지가 우쿨렐레라고 부르는 작은 플라스틱 악기도 있었다. “이건 원래 현이 있어야 하는데 없어.” 카이는 챙이 망가진 갈색 가죽 모자를 가리키며 말했다. “카우보이모자야.” 카이는 대걸레처럼 헝클어진 자기 머리에 그 모자를 똑바로 내려쓰며 말했다. “햇빛 가릴 때 쓰면 좋아.”

카이는 환하게 웃으며 현 없는 우쿨렐레를 연주하는 척 손을 움직이면서 음정이 맞지 않는 콧노래를 불렀다. 그리고 과장된 동작으로 모자를 벗어서 셀라에게 건넸다.

하지만 그를 바라보는 셀라는 멍한 표정이었다. 카이는 바보가 된 기분이었다. 무슨 생각으로 이런 일을 했을까? 다 오래된 쓰레기들일 뿐인데…….

드디어 셀라가 웃으며 말했다.

“난 더 좋은 거 있어.”

알파의 짐칸으로 들어갔던 셀라는 곧 커다란 분홍색 가방을 어깨에 걸치고 나왔다. 만화에 나오는 웃는 고양이 그림이 붙어 있는 그 가방은 중앙의 주요 칸 하나와 작은 옆 주머니 세 개로 구성돼 있었다. 각 주머니는 반짝이는 금속 똑딱단추로 잠겨 있었다. 셀라는 주머니 하나를 열고 윤기 나는 하늘색 돌들을 은줄에 꿴 목걸이를 꺼내 보여주며 말했다.

"이건 터키석이야."

그리고 중앙 칸에서 얇은 나무 막대를 엮어 만든 것 같은 물건을 꺼냈다.

카이가 가까이 다가가 물었다.

"그건 뭐야?"

"비행기." 셀라는 눈을 빛내며 그 비행기를 들어서 보여주었다. 가운데 기체에 매끈한 날개 두 개가 붙어 있었다. "옛날 비디오에 나오는 비행기처럼 생겼는데 엔진이 없어. 글라이더거든."

"봐도 돼?"

"응⋯⋯ 조심해. 너랑 만나기 전에 내가 직접 만든 거야. 부서지지 않게 고정하는 방법을 알아내느라 시간이 엄청 걸렸어. 틀은 회전초로, 나머지는 말린 풀로 만들었어. 전부 직접 엮어서 만든 거야."

셀라는 조심스럽게 비행기를 건네주었다. 카이는 양손의 검지 두 개를 비행기 날개 밑에 받치고 균형 맞춰 손 위에 올려놓았다.

"알파가 풀을 엮어서 이런 물건을 만드는 방법을 가르쳐줬어. 비행기에 대해서도 가르쳐줬고. 알파는 비행기에 대해 아는 게 많아. 나더러 언젠가 타고 다닐 만큼 커다란 글라이더를 만들 수 있을 거랬어. 글라이더를 타고 활공을 하는 건 엄청 멋진 일이랬어. 사방이 고요한데 새처럼 자유롭게 날아다니는 거니까."

카이는 믿기지 않는 눈으로 셀라를 바라보며 물었다.

"이거⋯⋯ 나 주는 거야?"

셀라는 희미하게 웃었다.

"미안. 네가 그렇게 생각할 줄은 몰랐어……." 셀라는 카이한테서 비행기를 도로 받아서 조심스럽게 가방에 집어넣었다. "이건 너 줄게." 셀라는 두 번째 옆 주머니에 손을 넣어 무언가를 꺼내더니 주먹을 펼쳐 보여주었다. 반짝거리는 작은 물건이었다.

카이는 망설이며 그 물건을 손에 받아 쥐었다. 납작한 원통 모양의 은제 케이스였다. 투명한 커버 안쪽으로 가느다란 바늘이 '서'라는 글자 위에서 바들바들 흔들리고 있었다.

"나침반이야. 엄청 멋진 물건이지. 어디로 가야 할지 알려주는 거야."

"고마워. 그런데 너도 필요하지 않아?"

카이는 나침반을 셀라에게 도로 건넸다.

"아니. 이제 우리는 같이 다니잖아." 셀라는 세 번째 주머니에서 길쭉한 종이쪽지를 꺼내 카이의 손바닥에 올려놓았다. "이것도 있어."

카이는 코팅한 사진을 엄지로 문질렀다. 빨간 원피스를 입은 담황색 머리카락의 소녀가 사진 속에서 웃고 있었다. 긴 갈색 머리 여자가 한 팔로 소녀의 어깨를 감쌌고, 두 사람 뒤로는 구름 한 점 없는 하늘 아래 끝이 보이지 않는 푸른 물이 반짝이고 있었다.

"행복해 보이네."

"그래……" 셀라는 생각에 잠긴 눈으로 사진을 들여다보며 물었다. "여기가 어디인 것 같아?"

카이는 고개를 저었다. 바다일까? 호수? 로지의 스크린에서 본 풍경 말고 이런 곳은 실제로 본 적도 없었다. 셀라가 말했다.

"우리도 이런 곳을 찾아가보자. 물이랑 식물이 많이 있는 곳……."

"엄마들이 우릴 거기로 데려다줄 수 있을까?"

셀라는 암담한 눈으로 알파-C를 바라보았다.

"몇 번이나 사진 속 장소로 데려가달라고 졸랐는데, 알파는 좌표가 없어서 못 간다고 거절했어. 위험도를 파악할 수 없으면 안 가려고 하더라고……."

셀라는 아쉬워하며 말끝을 흐렸다. 카이도 그 심정이 이해됐다. 로지도 같은 말을 했었다. 로지는 그를 아무데나 데리고 가게끔 프로그램되어 있지 않다고 했다. 목적지가 안전한지에 대한 증거, 데이터를 필요로 했다. 지난 1년간 그들은 저장소들을 차례로 찾아다닌 게 고작이었고, 저장소들은 거의 비어 있는 상태였다. 하지만…….

"방법이 있어……."

셀라는 눈을 반짝이며 말했다. 오랜만에 보는 짓궂은 눈빛이었다. 카이는 셀라를 바라보며 물었다.

"뭔데?"

셀라는 카이에게 몸을 기울이더니 손을 컵처럼 모아 그의 귀에 대고 소곤거렸다.

"엄마들이 우리를 데려다주지 않는다고 해서 우리가 못 가라는 법은 없어."

"무슨 뜻이야?"

"더트바이크*가 있잖아. 가서 가져오자. 고쳐서 탈 수 있을 거야. 그

* 비포장도로용 오토바이.

럼 우리가 원하는 곳으로 갈 수 있어!"

카이는 고개를 끄덕였다. 며칠 전에 그들은 레저용 자동차와 그 자동차에 딸린 더트바이크를 발견했다. 하지만 어제 또 파괴된 로봇을 본 터라 카이는 그 생각을 할 겨를도 없었다.

레저용 자동차는 무척 큰 편이었다. 금속으로 된 매끈한 양 측면에는 선명한 오렌지색 줄무늬가 그려져 있었다. 차 안에는 주방도 있고 심지어 작은 화장실까지 있었다. 그 커다란 자동차를 바라보면서 카이는 예전 사람들의 생활 모습을 상상해보았다. 로지 얘기로는, 전염병이 돌기 전에도 저런 자동차를 타고 이런 사막에서 생활하는 사람은 없었다고 했다. 그저 사막에 와서 캠핑을 하며 몇 주 정도 지내는 게 고작이었고, 그렇게 노는 걸 '휴가'라 불렀다고 했다.

카이는 한숨을 쉬었다. 그런 자동차에서 살아보는 것도 멋지긴 하겠지. 하지만 지금 그 자동차 안에는 해골이 있었다. 커다란 침대에 누워 있는 큰 해골 두 개와 그 옆 작은 침대에 누워 있는 작은 해골 하나. 전염병으로 죽은 이들이 누워 있는 차 안에서 살고 싶지 않았다. 그 해골들을 옮길 엄두도 나지 않았다. 차 안에 있는 음식이나 물이 필요하지 않았으면 그들의 물건에 손댈 생각도 안 했을 것이다. 그 자동차 안에는 보존식품이 남아 있지 않았다. 그래서 그들은 수조에 남아 있는 퀴퀴한 물만 빼내서 보관하고 그곳을 떠났었다.

"괜찮아, 카이." 셀라는 그의 팔을 잡고 눈빛으로 호소했다. "우린 더트바이크만 있으면 돼. 더트바이크는 그 차 바깥에 있잖아."

카이는 셀라를 바라보았다. 반대할 수가 없었다. 오랜만에 셀라는 무척 기분이 좋고 희망에 차 있는 모습이었다.

“그래. 그런데 그걸 어떻게 다시 찾지?”

그러자 로지가 나섰다.

“내가 너희를 그곳에 데려다줄게. 비행 데이터베이스에 그곳 좌표를 저장해뒀어.”

카이는 셀라를 바라보았다. 셀라는 알파-C를 향해 고개를 끄덕이더니 곧 미소를 지으며 말했다.

“가도 된대.”

잠시 후 카이는 그 자동차가 있는 자리를 공중에서 내려다보았다. 너른 협곡 측면의 흙길 옆에 커다란 자동차가 세워져 있었다. 자동차 옆문의 받침대에 걸린 낡아빠진 성조기가 바람에 펄럭거렸다. 더트바이크는 자동차의 뒤쪽 범퍼에 비스듬히 기대어 있었다.

그들은 이 신성한 땅을 함부로 침범하지 않기 위해 수백 걸음 떨어진 곳에 착륙했다. 하지만 셀라는 지상에 내려서자마자 마치 자유를 찾아 떠나는 사람처럼 더트바이크를 향해 전속력으로 달려갔다. 카이도 곧 셀라 옆으로 다가갔다. 셀라는 반짝이는 핸들을 손으로 잡아보았다.

“알파가 더트바이크를 충전해준댔어. 발 받침대랑 핸들을 우리 몸에 맞게 고쳐보자.”

카이는 머리를 긁적였다.

“엄마들은 왜 우리가 이런 일을 하도록 허락해주는 걸까? 고치 안에서 이동하는 편이 우리한테는 더 안전하지 않아?”

셀라의 얼굴이 다시 어두워졌다.

“알파는 위험성 때문이라고 했어.”

"위험성?"

"물과 음식을 찾으려면 우리가 계속 나아가야 하잖아. 그 과정에서 운이 좋으면 다른 아이를 찾아낼 수도 있겠지. 그런데 지금 같은 형편에서는 마스크를 쓰고 더트바이크를 타고 육로로 이동하는 게 더 안전할 수 있어."

카이는 고치의 좌석 아래 칸에 저장된 미립자 마스크를 떠올렸다. 한 번도 써본 적 없는 마스크였다. 로지도 지금 셀라와 같은 말을 했었다. 사막의 고운 흙은 로지의 엔진에도 해롭고 카이의 폐에도 좋지 않다고.

셀라는 자동차 측면의 플러그에서 더트바이크의 충전지를 잡아 뽑아 알파-C에게 건네며 말했다.

"이런 오토바이를 더트바이크라고 부르는 이유가 있을 거야."

셀라는 뒤 타이어 덮개를 걷어차 잔뜩 쌓인 모래를 털어냈다.

11장

2052년 5월

오후 늦은 시간, 어둑해진 프리시디오 사무실에서 로즈 맥브라이드는 손가락으로 관자놀이를 문질렀다. 새로운 새벽. 그 프로젝트의 이름을 듣지 않았으면 좋았으리라는 생각이 한 번씩 들었다. 그 프로젝트의 이름을 들었다는 건 관련된 사항을 다 알게 된다는 의미였다.

2049년 12월부터 로즈는 이 프로젝트에 관여해왔다. 하지만 여전히 외부인이었기에 내부를 들여다볼 기회는 없었다. 프리시디오에 이미 자리하고 있던 민간 기관들을 다른 곳으로 이전시키는 작업을 하느라 9개월을 보낸 후, 1년 넘게 불가사의한 미생물을 추적해왔다. 그리고 별다른 마음의 준비 없이 6개월 전 로스앨러모스에 도착해 첫 회의에 참석해서 진실을 알게 됐다. 인류가 사멸의 위협에 처해 있다는 진실이었다. 그 후에 무슨 일이 일어날지를 상상하는 것이 로즈가 해야 할 일이었다. 감염된 고세균의 확산 속도에 관한 로즈의 예측이 맞아떨어진다면, 이것이 그녀의 마지막 임무가 될 터였다.

종말 이후의 세상에서 갓난아기를 돌볼 수 있도록 군용 로봇을 훈련시키는 방법은 프린스턴의 정규 교육 과정에 들어 있지 않았다. 그만큼 터무니없게 어려운 작업이었다. 작업 범위가 계속해서 확장되고 난이도도 계속 올라갈 게 분명한 프로젝트였다. 하지만 지금까지 일어난 일을 생각하면—빠른 감염 확산, 소수가 아닌 다수를 구할 수 있는 효과적인 해독제를 개발해내지 못한 것—이해가 안 되는 프로젝트도 아니었다.

그날 아침 일찍 커피를 마시면서 본 뉴스가 생각났다. "지난 수개월 동안 '감기와 유사한 병'이 광범위하게 퍼져나가면서 칸다하르 시민들이 무더기로 사망하고 있습니다"라고 겁에 질린 얼굴을 한 남자 기자가 말했다. 그 기자의 뒤로는 군용 헬기가 세워져 있었다. "파키스탄 국경 도시의 의사들도 비슷한 병증을 보고하기 시작했습니다. 얼마 전부터 그 지역에서 이루어진 미군의 활동이 현재 확산 중인 이 병과 관련이 있는지는 알 수 없지만, 최근 미군이 저공비행을 하면서 대대적으로 무언가를 살포하는 걸 봤다는 증언은 계속 나오고 있습니다."

로즈는 인정해야 했다. 로봇을 활용하는 방안을 고려해야만 했다. 로즈에게 이 프로그램 개발을 맡긴 릭 블레빈스의 결정은 옳았다. 로즈는 프로그램에 대한 생각을, 관련된 상상을 멈출 수가 없었다.

로즈는 프로그램 이름을 '마더코드Mother Code'라 짓기로 했다. 모성의 핵심을 담아내는 컴퓨터 코드를 지칭하는 용어였다. 이 코드 작업을 진행하면서 로즈는 익숙하게 알던 세상을 떠나 해도에도 없는 바다에 거꾸로 뛰어든 기분이었다. 로즈는 어머니였던 적이 한 번도 없었다. 갓난아기는 고사하고 아이를 돌보는 일에 대해서도 아는 게 전혀 없었다. 두려웠다. 자신이 만든 마더코드가 아기들을 제대로 돕지 못하면 어떡하지, 하는 두려움이었다. 아기들은 새 세상에서 무방비 상태로 태어날 것이다. 절대 포기할 수 없었다.

로즈와는 달리, 프로젝트 참여자들 대부분은 이 프로젝트에 대해 충분히 알지 못하는 상태였다. MIT(매사추세츠 공과대학)의 공동연구자들은 충분히 재원이 마련되어 있는 매력적인 프로젝트 즉, 인공지능 관련 정부 프로젝트에 참여할 수 있는 기회쯤으로 여기는 듯했다. 그들의 감독관인 켄드라 젠킨스 외에 로스앨러모스의 로봇공학 프로그래머들 역시 이 프로젝트에 대해 제대로 알고 있지 못했다. 로스앨러모스의 보안 책임자로 진급하기 전 켄드라는 로봇과 관련된 기본 운영 코드 즉, 로봇의 행동을 제어하는 코드의 편성을 감독했다. 마더코드는 행동의 방법뿐 아니라 이유까지 아우르는 복잡한 프로그램과 세심하게 통합되어야 했다.

로즈는 얼마 안 있어 깨달았다. 마더 로봇들은 '인격'을 갖추고 있어야 했다. 하지만 로봇의 인격을 허공에서 만들어낼 수는 없었다. 작업의 토대가 될 모델이 필요했다. 로봇이 언젠가 돌봐야 할 아이들의 생물학적 엄마보다 더 나은 모델이 있을까?

손목 폰이 위잉 소리를 냈다. 저 아래층 로비의 안내 직원 목소리가 흘러나왔다.

"맥브라이드 대위님? 다음 약속하신 분이 로비에 와 계십니다."

"올라오라고 해."

옷깃을 바로 한 로즈는 앞으로 몸을 기울이고 바닥을 내려다보았다.

170센티미터 정도의 여자가 사무실로 들어왔다. 적갈색 머리카락을 뒤로 바짝 당겨 쪽을 졌다. 로즈를 바라보는 여자의 눈빛은 차분했다. 훈련받은 전투기 조종사 특유의 진지하고 딱 부러지는 몸가짐이 엿보였다.

"노바 서스퀘테와 중위입니다."

"앉아."

로즈는 책상 맞은편에 놓인 작은 의자를 손으로 가리켰다. 젊은 여성 장교가 의자에 가 앉는 동안 로즈는 자세를 가다듬었다. 등이 막대기처럼 빳빳했다.

"우리 프로그램에 관해 간단히 설명 들었지?"

중위는 어수선한 사무실을 둘러보았다. 확실히 박사의 사무실 같은 분위기는 아니었다.

"제 난자를 보관할 거라는 얘기는 들었습니다. 나중을 위해서요."

로즈는 신중하게 설명했다.

"우리 프로그램의 목적 중 하나이기는 하지만, 그게 전부가 아니야. 인격 프로파일 측면에서……"

"예. 예, 물론입니다. 기지 지휘관께서는 제가 철저한 검사를 받게 될 거라고 했습니다."

"맞아." 로즈는 고개를 끄덕였다. "자네는 민감한 임무에 배치됐어. 비밀 유지가 아주 중요해. 자네가 맡을 임무는 위험성이 커……. 우리는 자네가 임무를 수행할 준비가 됐는지 확인해야 해."

"준비됐습니다." 노바는 열정을 보이며 앞으로 몸을 기울였다. 그리고 미세하게 눈빛이 누그러지면서 혼잣말처럼 한 번 더 말했다. "준비됐습니다."

로즈는 뒤로 기대어 앉아 준비해둔 말을 했다.

"앞으로 며칠 동안 다양한 검사를 받게 될 거야." 로즈는 노바가 인상을 찌푸리는 것을 보고 서둘러 덧붙였다. "어려운 검사는 아니고, 그저…… 새로운 걸 시도해보려는 거야. 전장에서 받는 스트레스에 대한 후속 반응이라든지…… 인격 특징과 관련된…… 장기적인 연구를 위해 데이터를 수집해야 하거든." 로즈는 노바의 얼굴을 가만히 바라보며 반응을 살폈다. 노바는 약간 의아해하는 표정이었다. "자네 지휘관한테는 말해뒀어. 자네는 보스턴 MIT로 가서 검사를 받을 거야. 그쪽에서 추가로 신체 테스트를 하고 녹화된 인터뷰를 진행할 예정이야."

"그리고 제 난자를 추출하시는 거죠?"

"맞아. 프로토콜의 그 부분은 재향군인 의료원에서 진행할 거야." 로즈는 책상 위에 놓인 서류철을 휘리릭 넘기며 덧붙였다. "피닉스에 있네. 자네의 현 주둔지에서 가까워."

노바는 앉은자리에서 자세를 바꾸며 물었다.

"맥브라이드 대위님, 솔직하게 말씀드려도 됩니까?"

"그래."

"오해는 말아주십시오. 저도 이 임무를 수행하고 싶습니다. 그런데…… 좀 걱정이 되기도 합니다. 제가 지나친 걱정을 하는 건 아닌 거죠?"

"그래. 이해해."

"혹시 성격 검사에서…… 제가 평소 걱정하던 게 나오면…… 탈락합니까?"

로즈는 젊은 장교와 눈을 맞추며 안심하라는 듯 미소를 지었다.

"지금 같은 상황에서 이런 임무를 맡으면 걱정하는 게 당연해. 혹시…… 마음에 걸리는 게 있어?"

노바는 두 손을 무릎에 모았다.

"딱히 그런 건 없지만. 그게…… 제 어머니가요……."

"아프신가?"

"아뇨. 황소처럼 건강하세요. 단지…… 제가 검사받으러 가는 걸 꺼리세요. 사실 제가 공군에 입대하는 것도 탐탁지 않아 하셨어요. 어머니 말로는…… 때가 좋지 않다고."

"좋은 때가 아니기는 하지."

노바는 얼굴을 붉혔다.

"말씀드릴 게 있는데…… 저는 호피족입니다. 제 가족은 호피족이 대대로 살아온 애리조나주의 메사에 살고 있습니다. 아버지는 1년 전 돌아가셨습니다. 생전에는 사제셨고요."

"사제?"

"천주교 신부가 아니라…… 일종의 주술사셨어요. 실제로 주술사라고 불리셨고요. 우리 모두를 과거와 연결하는 게 아버지의 일이었어요. 그리고 미래에 닥쳐올 일을 미리 보기도 하셨고요. 그래서 어머니는 제가 검사받으러 가는 걸 꺼림칙하게 여기세요……. 아버지가 어머니한테 뭔가 심상치 않은 일이 일어날 거라고 하셔서요."

로즈는 맥박이 빨라지는 것을 느끼며 앞으로 몸을 기울였다.

"심상치 않은 일?"

노바는 얼굴을 찡그렸다.

"처음부터 말씀을 드릴게요." 노바는 단숨에 말을 이어갔다. "어렸을 때부터 알던 얘기예요. 제가 여덟 살이던 해, 니만 제례 때 일어난 일입니다. 저희 마을에서는 매년 한여름에 니만 제례를 열었어요. 동지 때부터 지구에 내려와 있던 영혼들을 카치남이라고 부르는데, 카치남이 영혼의 세계의 집으로 돌아가는 것을 기념하는 제례입니다. 영혼의 세계에 있는 집으로 돌아간 영혼들은 비의 종족에게 호피족이 잘살고 있으니 호피족 농부들에게 비를 보상으로 내려주라고 요청하죠." 노바는 다시 한번 얼굴을 붉히며 덧붙였다. "미친 소리처럼 들리는 거 압니다. 하지만 저희 부족에겐 무척 중요한 행사입니다."

로즈는 미소를 지었다.

"누구나 이런저런 믿음을 갖고 있잖아. 얘기 계속해봐."

"아버지는 키바*에서 다른 분들과 며칠씩 머물며 행사를 준비하셨어요. 행사 때 함께 춤을 출 분들이었죠. 그들은 단식하면서 담배를 피우고 기도도 하고 온갖 비밀스런 의식을 치렀어요. 그렇게 파호를 만들었죠."

"파호?"

"독수리 깃털을 달아 만드는 기도용 지팡이에요. 아침에 밖으로 나온 아버지는 춤을 출 준비가 되어 있었어요. 메사 가장자리로 걸어간 아버지는 그것들을 보셨어요."

"뭔데?"

"그것들이 하늘 높은 곳에서 날고 있어서 처음엔 독수리인 줄 아셨

* 종교의식이나 공동체 행사를 위한 지하 건물.

대요. 그런데 생김이 곤충 같아 보였다는 거예요. 호피족의 오래된 전설에 등장하는 첫 번째 세상의 사람들 같기도 했답니다. 은색을 띤 금속으로 뒤덮여 있었는데 떠오르는 태양 때문에 분홍색을 띠었다고 하셨어요. 아버지는 그들이 집으로 돌아가는 카치남일지도 모른다고 생각하셨어요. 그런데 어째서 춤이 시작되기도 전에 떠나버리는 걸까? 아버지는 걱정이 되셨답니다." 노바는 창문 쪽으로 고개를 돌렸다. 햇빛이 그녀의 갈색 눈을 영롱하게 비췄다. "집으로 돌아온 아버지는 몸에 열이 펄펄 끓었어요. 서 있을 수도 없을 정도였지만 잠도 못 주무셨죠. 준비를 다 해놓으셨지만 춤 의식에 참여하지 못하셨어요. 정체가 무엇인지 몰라도 그 존재들이 우리를 영원히 떠나는 거면, 다시는 안 돌아올 것처럼 떠나버리는 거면…… 그건 종말을 의미한다고 하셨어요."

로즈는 숨을 삼켰다. 어느새 입 안이 바짝 말라 있었다.

"종말?"

"세상의 종말이요. 지구상 모든 인류의 끝인 거죠. 종말이 오지 않게 하려면 그 존재들이 돌아오게 해야 했어요."

"아버지의 말을 믿었어?"

"오랫동안 믿어왔어요. 아버지가 말한 '은빛 영혼들'이 우리를 죽게 두고 떠나는 악몽까지 꿨을 정도였으니까요. 그러던 어느 날 비행기에 대해 알게 됐어요. 사촌 오빠가 관광객들을 대상으로 경비행기 사업을 했거든요. 제가 열두 살 때 사촌 오빠가 비행기에 태워줬어요. 그 일을 계기로 제 생각은 완전히 바뀌었어요. 예전에 아버지가 하늘에서 본 게 대열에 맞춰 비행 훈련 중인 전투기들이었을 수도 있다는 생각이 들었거든요. 그게 전부였던 거죠. 당시 아버지는 배가 고프고 목도 마르고 영적 기운으로 가득한 상태라 하늘에서 전투기들을 보고 겁에 질리셨을 거예요. 어쨌든 그 후 아버지는 그 환영을 다시 보지 않으셨어요. 작년에 아버지가 돌아가셨을 때 저는……"

"아버지 생각이 틀렸다고 생각했어?"

"예. 아버지는 꿈속에서 사신 거나 마찬가지였다고 제 나름대로 결론 내렸어요. 하지만 어머니는 여전히 아버지의 말이 맞다고 믿고 계세요. 지금도 여전히 그 영혼들이 지상의 집으로 돌아오기를 기다리고 계시고요. 그래서 어머니는 제가 고향을 떠나는 게 옳지 않은 일이라고 생각하셨어요. 제가 너무나 중요한 사람이라고 하시면서요."

로즈는 자신도 모르게 책상 가장자리를 손으로 꽉 잡았다.

"어째서?"

"아버지가 돌아가시기 전에 어머니한테 다른 얘기를 하나 해주셨어요. 아버지는 종말이 다가오고 있지만, 우리 가족은 끝나지 않을 거라고 하셨죠. 종말 이후 영혼들은 메사의 집으로 다시 돌아올 거라고, 우리는 거기서 그들이 돌아오기를 기다려야 한다고 하셨어요."

노바는 내면을 들여다보는 듯한 눈빛으로 말을 멈췄다. 그리고 결심을 굳힌 듯 한숨을 쉬더니 제복 목깃 안쪽으로 손을 넣어 목걸이 줄을 잡았다. 걸쇠를 풀고 손에 쥔 그 가느다란 은색 목걸이 끝에는 십자가 비슷한 장식이 달려 있었다. 자세히 보니 십자가가 아니라 두 팔을 활짝 벌린 여자였다. 여자의 등에는 날개처럼 생긴 금속 깃털이 아래로 드리워져 있었다. 은색 여자의 머리카락은 허리까지 내려오는 길이였고 턱은 당당하게 위로 치켜들었다. 노바가 물었다.

“이걸 보관해주시겠어요? 어머니에게 받은 건데, 제가 지금 이걸 가지고 가면 안 될 것 같아서요.”

“왜?”

“잃어버리면 안 되거든요. 제가 돌아올 때까지 안전하게 맡아주시겠어요?”

로즈는 조용히 의자에 앉아 생각에 잠겼다. 사무실 전체에 정적이 감돌았다. 로즈가 합성한 ‘인격 특징’에는 빠진 게 있었다. 노바를 면담할 때까지는 빠진 게 무엇인지 몰랐지만 이제 확실히 알았다.

로즈는 마더의 교육 데이터베이스를 책임지고 있지 않았다. 그 분야는 켄드라의 소관이었다. 켄드라는 새로운 아이들의 탄생을 가져오게 된 근본 원인이며 기밀 사항인 IC-NAN에 관한 정보를 절대 교육 데이터베이스에 포함하지 말라는 준엄한 명령을 받았다. 그 이야기는 아이들이 자라면서 배우게 될 ‘구전 지식’에 절대 포함해서는 안 되었다. 아이들이 물려받게 될 유산의 일부가 되어서는 안 되었다. 조상에게 물려받은 유산이 없는 후손이 존재할 수 있을까? 유산은 있어야 했다. 그렇다면 어떤 유산을 물려줘야 할까? 마더의 아이는 그저 음식과 물, 교육, 안전한 영양 공급, 동족과 결속시켜줄 공통된 목적의식만으로 자랄 수 있는 게 아니었다. 자신이 누구인지 아는 데서 오는 안전감을 필요로 했다. 로즈는 마더의 코드에 바로 그런 부분을 넣어야 했다.

책상 서랍을 열고 가느다란 은줄 목걸이를 집어 들었다. 가늘지만 튼튼한 목걸이였다. 노바처럼. 노바는 강인하고 활기차며 부족의 문화에 깊게 뿌리내린 젊은 여성이었다. 애리조나주 북동부의 척박한 사막에 거주하는 그 부족은 날이 갈수록 수가 줄어들고 세상으로부터 잊히고 있는 사람들이었다. 그녀의 가족과 역사 이야기, 딸에게 다가올 운명을 꿈에서 미리 본 어머니 이야기……. 로즈는 세 살 생일을 맞이하고 얼마 후에 어머니를 잃었다. 그런 이유로 어머니에 대해 제대로 알 기회가 없었다. 아버지가 곁에 있었지만 로즈의 아버지 루이스 맥브라이드는 말수가 적고 내성적인 사람이었다. 과거를 곱씹는 타입도 아니었다. 어린 시절 로즈는 군인 자녀로서 아버지를 따라 여기저기 옮겨 다니며 살았던 탓에 집을 찾아 떠도는 뿌리 없는 존재 같다는 기분을 떨칠 수 없었다. 새로운 세상에서 살게 된 아이들까지 그렇게 외롭게 살게 두어서는 안 될 것이다.

노바는 공군의 신체 및 심리 검사를 모두 통과하고 임무에 투입됐다. 노바가 로즈의 후보 명단에 오른 것은 난자를 보관하고 싶어하는 본인의 의지 때문이었다. 이제 로즈의 허락이 떨어졌으니 노바는 보스턴으로 가서 바비 샤르마를 만나게 될 것이다. 노바는 거기서도 비슷한 검사를 받을 줄 알겠지만 바비가 준비한 일정은 전혀 다른 것이었다.

MIT에 있는 바비의 실험실에서는 단순한 로봇들이 인간과 상호작용을 하고 인간을 돌볼 수 있도록 프로그래밍하는 일을 오래전부터 해왔다. 노바라는 사람의 본질을 최대한 뽑아내는 것이 바비의 임무였다. 노바의 목소리, 콧소리가 섞인 부드러운 억양은 마더들 중 하나의 목소리에 합성될 것이다. 노바의 기억, 노바가 과거에 알았던 사람들과 장소는 사라지겠지만, 노바의 믿음과 세상을 보는 관점은 남을 것이다. 로즈는 이 작업이 가족, 소속감, 자아라는 포착하기 어려운 요소들을 부호화할 수 있는 시발점이 되기를 바랐다. 그러려면 바비와 좀 더 면밀하게 협업해야 할 것이다…….

현재 설정한 목표도 그리 단순하지 않았다. 로봇이 불 논리*를 따르도록 프로그래밍하는 것도 쉽지 않지만, 뚜렷한 성격을 갖도록 프로그래밍하는 것은 완전히 다른 차원의 도전 과제였다. 다른 존재와 차별화되도록 생각하고 느끼고, 행동하는 인격 패턴의 다양성을 구현해야 하기 때문이었다.

로봇은 기증자의 인격을 피상적으로라도 모방하게 될 거라고 바비는 말했다. '심리 프로파일링 실험'이라는 명목으로 지원자들은 외부의 자극이 없는 방 안에서 바이오모니터 기기에 연결된 채로 각자의 인생 경험을 기록하게 된다. 그들은 바비의 '100가지 질문 게임'을 하게 될 것이다. 그 게임은 복잡하고 다양한 인격 유형들을 구별 짓기 위해 만들어진 목록이었다. 수 시간에 걸친 영상 녹화를 토대로 만들어진 인간 엄마의 분명한 발화 패턴과 습관은 로봇의 학습 프로그램에 입력된다. 훈련 세트가 제한적이지만, 로즈가 보기에는 그게 바로 마더코드의 핵심이었다. 각기 다른 마더들을 만들어내어 마더들이 길러내는 아이들이 고유한 기준에 따라 성장할 수 있게 해야 했다.

한숨이 나왔다. 프로젝트의 기밀성을 유지해야 하니 날이 갈수록 부담감이 더해갔다. 로즈가 연구소에서 감독하는 여성 지원자들은 자기네 영혼을 코드화해 로봇에게 입력하는 것이 로즈의 의도임을 전혀

* 0과 1 또는 참과 거짓의 두 가지 값을 이용하는 논리학의 한 분야.

알지 못했다. 그들은 위험한 임무에 투입되기 전 으레 거치는 성격 프로파일링의 일환인 줄로만 알고 있었다.

릭 블레빈스에 대한 생각이 다시 떠올랐다. 워싱턴에서는 오후 5시가 넘은 시각일 것이다. 그런데도 로즈는 여전히 그의 전화를 기다렸다. 입가에 미소가 걸렸다. 6개월 전 로즈가 새로운 업무에 투입되고 로스앨러모스에서 그와 대면한 후 그들의 관계는 많이 달라졌다. 공식적인 만남이 끝난 뒤 릭은 로즈를 저녁 식사에 초대했다. 그는 IC-NAN에 대해 알고 있는 소수의 사람들에게 로즈를 소개할 시기를 기다리고 있었다고 했다. 그녀가 안전한 사람인지를 확인한 후 그들에게 접근을 허용한 것이다. 로즈는 릭과의 사이에서 흐르던 묘한 긴장감의 정체를 이제 알았다. 단순한 업무적 관계나 서로를 존중하는 것 이상의 감정이었다. 그들은 그 감정에 충실하기로 했다.

책상 위에 놓인 전화기가 위잉 소리를 냈다. 로즈는 머리카락 한 올을 귀 뒤로 넘기고 헛기침을 한 후 버튼을 눌렀다.

"맥브라이드입니다."

"로즈. 나야."

로즈는 자신도 모르게 얼굴을 붉히며 앞으로 몸을 기울였다. 사무실에 홀로 앉아 있는 릭의 모습이 머릿속에 그려졌다. 그의 넓적하고 다정한 얼굴도. 그는 사람을 안심시키는 강한 두 손을 책상 위에 올려두고 앉아 있을 것이다.

"릭. 안녕. 목소리 들으니 좋네요."

"나도. 메시지 받았어."

"그래요. 미안해요. 아까 전화했을 때 내가 좀 스트레스를 받은 상태였어요. 오늘 아침 면담 때문에 좀…… 그랬어요."

"무슨 일 있었어? 자세히 말해봐."

"그 여자는 조종사이고 중위예요. 이름은 노바 서스퀘테와고요. 애리조나주 출신의 호피족이에요. 노바가 이야기를 해줬는데……"

"부족 설화겠지."

"설화 정도가 아닌 것 같아요. 부모님이 들려줬다는 이야기도 심상치 않았고요. 노바의 어머니는 노바가 집으로 안전하게 돌아와야 하는 이유를 설명하려고 그 이야기를 해줬다고 해요."

"계속해봐……."

"그 이야기에 따르면 지구상에서 인류를 끝장낼 일이 벌어질 거라고 했어요."

"종말론은 흔한 주제잖아……."

"그 이야기대로라면 노바의 가족은 종말 이후에도 삶을 이어가게끔 선택을 받았다고 해요. 종말이 닥쳐온 후에도 생존한다는 거죠. 노바는 하늘을 나는 '은빛 영혼들'에 대한 얘기도 했어요. 노바의 아버지는 수년 전에 은빛 영혼들을 봤다고 해요. 어떻게 그분이……"

"흔한 주제라니까. 안 그래도 당신 메시지를 듣고 가르자 박사한테 유전자 데이터베이스를 확인해보라고 했어. 우린 다른 민족들뿐 아니라 호피족의 유전자를 이미 검사했거든. 특별한 건 없었어. 그들의 유전자도 전염병에 감염이 돼."

"세드 박사가 인트론*, 그러니까 침묵 DNA에 대한 얘기를 하지 않

* 유전 정보가 없어 단백질을 만들지 못하는 DNA 영역.

왔어요?"

"그것도 설화일 뿐이야."

"설화가 아니라 과학이죠. 인간의 게놈에는 침묵 DNA가 많아요. 흔적 유전자 정보도 많다는 얘기예요. 세드 박사는 이 전염병에서 살아남을 수 있는 코드를 가진 사람들이 있을 거라고 주장했어요. 그 코드를 일깨워줄 자극제만 있으면 돼요. 호피족은 세드 박사가 말한 유형에 완벽하게 일치해요. 외부인들과의 결혼으로 그들의 유전자 풀이 다소 오염됐을 수는 있지만 아직 혈통에는……"

"검사에서는 아무것도 안 나왔잖아."

"우리가 모든 호피족을 다 데려다가 검사한 게 아니잖아요. 그렇게 한다고 해도 우리가 아는 유전자만 보이겠죠. 호피족은 우리와 마찬가지로 전염병에 취약한 유전자 염기서열을 갖고 있을 거예요. 다만 우리한테는 없는 흔적 DNA를 갖고 있을 수 있다는 거죠. 전염병에 감염되더라도 그들의 목숨을 구해줄 수 있는 코드요. 그 코드를 찾아내기만 하면 돼요. 유일한 검사 방법은……"

"그들을 IC-NAN에 노출하고 결과를 확인해보는 거겠지. 알아. 하지만 우리가 그런 실험을 못 하는 이유를 당신도 알잖아? 우린 인간을 실험 대상으로 쓸 수 없어……."

"소말리족 감옥에서는 이미 하고 있잖아요. 안 그래요? 소말리족을 대상으로 해독제 실험을 하는 거 알아요. 이제는 나도 가르자 박사의 보고서에 접근할 수 있다는 걸 잊었나봐요, 릭."

릭은 한숨을 쉬었다.

"그건 다른 얘기야. 소말리족 감옥에 갇힌 사람들은 사형선고를 받은 전범들이라고."

"그래요. 망설일 필요도 없이 우리가 죽여도 되는 사람들이죠."

로즈는 한 손을 목 옆에 가져다 댔다. 실망감 때문에 맥박이 크게 뛰었다. 애초에 테러리스트들을 죽이려다가 이런 악몽 같은 일이 벌어진 것 아닌가?

물론 호피족을 대상으로 인체 실험을 할 수는 없었다. 머리로는 이해됐다. 하지만 노바의 이야기를 간절히 믿고 싶었다. 노바의 이야기대로라면 인류에게는 아직 희망이 있다. 정부가 저지른 참담한 실수에서 살아남을 수 있는 사람이 있다는 얘기였다. 로즈는 책장에 가지런히 꽂힌 옛날 책들을 바라보았다. 아버지에게 받은 마지막 선물이었다. 물론 노바의 이야기 역시 말을 전하는 이의 가치를 높이기 위해 만들어진 그저 그런 부족 설화나 믿음, 대대로 전해 내려오는 전설에 불과할 수도 있었다. 깊이 생각해봐야 할 문제였다. 그동안 간직해온 천주교 신앙은 로즈에게 어떤 영향을 미쳤을까? 모든 것이 계획대로 이루어진다고 해도, 로즈의 인생은 색다른 DNA 칵테일을 매일 투여한 정도로 정리할 수 있을 것이다. 로즈는 마음의 평정을 유지하려 애썼다.

"미안해요, 릭." 릭한테까지 좌절감을 안겨줄 권리는 없었다. "재판은 어떻게 되어가고 있어요?"

"배심원단이 아직 논의 중이야. 제대로 판단을 내리겠지. 그렇게 믿을 수밖에 없어."

"그렇죠. 믿어야죠."

"로즈, 이것만은 알아줘. 나는 당신이 지금 하는 일…… 마더코드가 가치 있는 일이라고 믿어."

로즈는 등받이에 기대어 앉았다.

"힘들어요. 여성들은 온갖 질문과 프로파일링 절차를 견디면서 난자를 기증하는데, 나는 그 이유를 사실대로 말해줄 수가 없으니까요."

"그 여성들은 대부분 군인이야. 그들과 같은 상황에 처한 여자들이 수십 년 동안 해온 일일 뿐이고. 보험을 드는 거라고 생각하면……"

"릭, 난자는 기증자의 의향에 따라 수정이 되어야 해요. 낯선 이의 정자와 수정이 돼서 농장 가축처럼 인큐베이터 안에서 배양되어 로봇이 양육하는 게 아니라요……."

"우리가 옳은 길을 가고 있지 않다는 거야?"

"그게 아니라……." 로즈는 눈을 감았다. "그런 얘기가 아니에요. 우리가 좀 더 열린 자세였으면 하는 거죠."

"다들 그러고 싶어해. 하지만 우리는……"

"알아요. 위험을 감수할 수 없죠. 하지만 릭……." 억지를 부리고 있다는 걸 알면서도 로즈는 말하지 않을 수 없었다. "샤르마 박사 기억하죠? MIT의 로봇 심리학자요."

"당신의 하버드 대학교 동문이라던?"

"맞아요. 바비 샤르마요. 바비는 엄마와 아이의 유대관계에 관한 대단한 통찰력을 우리에게 제공해줬잖아요. 바비는 로봇이 진짜 엄마처럼 아이를 기를 수 있도록, 우리가 로봇을 가르칠 수 있다고 믿고 있어요."

"로봇이 아이를 사랑해주지는 못하잖아."

"그렇죠. 우린 로봇에게 인격을 부여할 수 있어요. 로봇이 아이를 가르치고 보호할 수 있도록 말이죠. 하지만 사랑 같은 복잡한 감정은…… 그런 코드는 아직 만들어지지 않았어요. 지금 그런 코드를 작성하기에는 시간이 너무 없고요."

"안타까운 일이지."

"그래서 말인데 바비를 프로젝트에 참여시키는 건 어떨까요? 바비도 마더 중 한 명이 되고 싶다고 자원했어요."

"전에 했던 얘기잖아." 릭은 긴장된 목소리로 확고하게 말했다. "나는 당신이 생각하는 것만큼 대단한 힘이 없어. 당신을 지금 하는 일에 투입하고, 최종 실험 명단에 올리는 것도 쉽지 않았어. 때가 되어서 해독제를 만들게 되더라도 투여받을 수 있는 사람의 수는 한정적이야."

로즈는 한숨을 쉬었다.

"미안해요. 당신한테 고마워해야 한다는 거 알아요. 당신 말대로 나를 최종 실험 명단에 올려준 것도 고맙고요."

콘솔 너머로 무언가를 끄는 소리가 들려왔다.

"나도 미안해, 로즈. 첫 만남 이후로 늘 당신한테 가까이 가고 싶었어. 적어도 이제 서로에게 속내를 털어놓을 수 있게 됐네."

로즈는 창밖을 내다보았다.

"언제 다시 여기로 올 수 있어요?"

"다음 주말쯤 나갈 거야……."

"보고 싶어요. 며칠 동안 시설을 떠나 있을 수 있겠네요. 와인도 맛보고요."

"그러면 좋겠다."

"그래요."

뒤로 기대어 앉은 로즈는 저무는 태양의 마지막 햇살이 고운 목걸이를 비추는 풍경을 바라보았다. 로즈의 손가락 끝에 매달린 은색 여신의 깃털 팔이 환하게 빛났다.

12장 2064년 6월

지난 2년 동안 셀라와 카이는 새로운 패턴에 적응했다. 그들은 유목민처럼 다른 사람들을 찾아, 그리고 물을 찾아 끝없이 이동했다. 아침마다 함께 더트바이크를 타고 나가 사막을 정찰했다. 셀라가 운전하고 카이는 운전석 뒤에 설치한 나무의자에 올라타 사방을 둘러보는 역할이었다. 그들은 동갑이고 이제 막 열 살이 되었다. 카이는 늘 셀라보다 키가 컸다. 탐색을 나갔다가 망가진 쌍안경을 주운 카이는 한 번씩 쌍안경을 눈에 대고 셀라의 어깨 너머를 희망적으로 살펴보곤 했다.

마더 로봇들은 빠른 응답 모드로 그들 뒤를 따라왔다. 충전대 겸 트레드를 타고 이동하는 게 아니라 강력한 다리로 성큼성큼 걸었다. 로봇들은 똑바로 서면 충전대보다 세 배는 키가 커서 안정성은 떨어졌지만 기동성은 높아졌다. 카이는 어린 시절 저렇게 다리로 서 있는 엄마 로지를 처음 봤다. 당시 로지는 군침을 흘리며 카이를 노리는 코요테를 피하기 위해, 단단한 장갑 안쪽에서 부드러운 손을 꺼내 카이를 안아 올렸다. 지금 느릿느릿 그들 뒤를 따라 걸어오는 로지의 모습은 어색하고 위태로워 보였다.

"탑이 안 보여."

카이는 셀라의 귀에 대고 말했다. 그는 요란한 더트바이크 엔진 소음 너머로, 미립자 마스크 너머로 셀라가 목소리를 들을 수 있기를 바랐다.

셀라는 더트바이크를 세우고는 좌석에서 일어나 울퉁불퉁한 땅바닥을 딛고 섰다. 마스크를 벗은 셀라의 흙투성이 뺨에는 모래에 쓸린 상처 자국이 선명했다. 셀라는 마스크를 허벅지에 대고 털며 말했다.

"상관없어. 알파가 기록한 바에 따르면 우리는 거의 모든 저장소들을 확인했어. 우리가 뭘 발견했는지는 너도 알잖아. 급수탑은 전부 모래로 차 있었고, 저장소에는 물병 하나 남아 있지 않았어. 음식도 없었고. 누군가 다 쓸어간 거야."

카이는 갈라진 입술을 혀로 핥았다.

"좋은 징조잖아. 안 그래? 우리 말고 다른 누군가가 있다는 거니까."

"그래. 하지만 우리한테는 좋은 일이 아닐 수도 있어. 길에서 벗어나지 말아야 할 것 같아. 다른 차를 더 찾아보자. 지난주에 발견한 트럭 같은 걸 또 찾을 수도 있으니까."

카이는 몸서리를 쳤다. 지난주 그들은 트럭의 짐칸에서 통조림들을 찾아내 뚜껑을 간신히 땄다. 통조림 안에는 토마토소스, 양념 맛이 강한 소금물에 담가놓은 초록색 칠리, '프리홀'이라고 적혀 있는 물컹한 갈색 음식이 들어 있었다. 먹고 나니 배는 불렀지만 얼마 안 있어 배탈이 나고 갈증도 심하게 났다. 셀라는 연장이라도 가져가려고 운전자의 축 늘어진 해골 손을 옆으로 치우고 운전석을 뒤지다가 작은 물병 하나를 겨우 찾아냈다.

카이는 태양이 떠오르는 곳과 반대 방향을 손으로 가리켰다.

"로지가 그러는데 저쪽에 바위가 많고 움푹 들어간 땅이 있대. 강바닥이었던 곳처럼 보인다는데. 거기 가면 지하수가 있을지도 몰라."

"우리가 거기 안 가본 게 확실해? 아무래도 계속 같은 곳을 맴돌고 있는 것 같아……."

"우린 점점 크게 나선형을 그리면서 이동하고 있어. 로지가 이동 경로를 기록하고 있거든. 우린 돌이 많은 지역을 중심으로 동쪽이랑 서쪽으로 가봤어. 아까 그 강바닥이었던 곳의 좌표에는 안 가봤다고 로지가 분명히 말했어." 카이는 입을 굳게 다문 셀라를 바라보며 덧붙였다. "어제 우리가 계속 밟고 온 저 넓은 길을 따라서 가면 될 거야."

카이는 셀라가 다시 좌석에 올라타는 동안 더트바이크 뒷자리에서 중심을 잡아주었다. 도로를 우회하는 것보다 사막을 십자형으로 교차하며 뻗어 있는 도로를 따라서 더트바이크를 타고 이동하는 게 더 쉽다는 건 카이도 알고 있었다. 그 도로가 마음에 들지 않았지만 셀라의 말이 옳았다. 길가에는 물병이 담긴 상자들이 놓여 있곤 했다. 마치 누군가 그들에게 가져가라고 놓아둔 것 같았다. 신경써서 먹으면 한 달은 충분히 버틸 수 있는 양이었다. 관목 덤불에 비딱하게 처박혀 있는 자동차들을 뒤지면 보물 같은 물건들도 찾을 수 있었다. 오렌지색 줄무늬가 있는 레저용 자동차를 발견하지 못했으면 지금 그들이 타고 다니는 더트바이크도 확보하지 못했을 것이다.

하지만 길가에는 다른 것들도 있었다. 카이는 도랑에 박혀 있던 작은 전기차를 떠올렸다. 앞좌석에 시신 두 구가 있었고, 좀 더 작은 시신 세 구가 뒷좌석에 나란히 앉아 있었다. 언제나처럼 카이와 셀라는 서로를 한 번 쳐다보면서 같은 생각을 했다. 이 전기차의 배터리를 충전할 수 있을까? 전기차로 이동하는 게 더트바이크보다 편하려나? 결국 그들은 늘 해왔던 대로 트렁크를 열어 옷과 음식, 물을 챙겼다. 죽은 자들의 잠은 방해하지 않기로 했다. 쓰레기를 뒤지며 살고 있지만 넘지 않는 선이 있었다.

태양이 천정에 다다랐을 때쯤 그들은 다시 도로를 찾아냈다. 그 도로를 따라서 서쪽으로 이동하면서 높은 메사들이 연속으로 자리한 곳을 지나갔다. 카이는 그 메사들이 바다에 떠 있는 반짝이는 배 같다는 생각을 했다. 예전에 로지의 해치 스크린으로 밤늦은 시간에 배에 관해 공부했던 적이 있었다. 어느새 꾸준히 경사진 도로를 올라가면서 카이는 메사로 올라가는 길임을 알아챘다. 길이 점점 좁아지면서 양옆의 땅 끄트머리가 절벽으로 이어졌다. 절벽 아래로는 강한 바람이 휩쓸고 지나갔다.

셀라가 갑자기 더트바이크를 세웠다.

카이는 쌍안경을 내리고 물었다.

"왜 그래?"

"로봇이 지나가기에는 길이 너무 좁아. 여기서 더 가려면 엄마들을 여기 두고 우리끼리 가야 해."

카이는 로지를 돌아보았다. 로지가 그의 머릿속에 대고 말했다.

"그래, 맞는 말이야."

"알았어……."

카이는 마스크를 벗고 팔뚝으로 입술을 문질렀다. 짭짤한 소금 맛이 났다. 어깨에 끈으로 메고 있던 물병을 당겨 조심스럽게 몇 모금 마셨다. 이미 상당히 많이 와서 여기서 되돌아갈 수는 없었다. 카이가 물었다.

"로지…… 여기서 더 가볼 테니까 지켜봐줘요."

"네 움직임과 생체 신호를 모니터하다가 포착 범위의 한계에 도달하면 알려줄게."

셀라는 엄마들을 뒤에 두고 더트바이크를 빠르게 몰고 나아갔다. 카이는 셀라의 어깨 너머 전방을 바라보았다. 이제 길의 폭이 30센티미터밖에 되지 않았다. 카이는 저 아래 미로처럼 어지럽게 펼쳐진 들쭉날쭉한 틈새를 힐끔거리며 물의 흔적이 있는지 살펴보았다. 이곳은 위험한 정도가 아니라 절망적인 듯했다…….

그때 셀라가 다시 더트바이크를 세우고 왼쪽을 돌아보며 말했다.

"저기 좀 봐!"

셀라가 가리키는 방향을 보니 움푹 들어간 널찍한 지형의 가장자리 근처에 작고 까만 무언가가 있었다.

카이는 밝은 햇살 때문에 눈을 가늘게 뜨면서 목을 길게 뺐다. 잠시지만 갈증도, 여기서 떨어지면 어쩌지 하는 두려움도 잊었다.

"물은 아닌데. 생김이 꼭……"

"사람 같지?" 셀라가 더트바이크에서 너무 빨리 내린 바람에 하마터면 더트바이크가 뒤집힐 뻔했다. "우리 같은 어린아이일까?"

숨을 죽인 카이는 저 아래서 꼼짝도 안 하는 형상을 가만히 바라보았다. 쌍안경에 아직 붙어 있는 하나뿐인 렌즈를 통해 보니, 인간이라고 보기엔 힘들 정도로 움직임이 없었지만 형태는 확실히 사람 같았다. 카이는 오른쪽을 돌아보았다. 동굴처럼 생긴 곳의 입구 앞에 커다란 로봇이 서 있었다. 카이가 말했다.

“보여? 로봇이야! 그런데 저 아래로 어떻게 내려가지?”

“날아서 가면 돼.”

셀라는 카이한테서 쌍안경을 받아 손에 들며 말했다.

“갑자기 다가가서 놀라게 하고 싶지 않은데…… 사람이든 뭐든 말이야.”

셀라는 거리를 가늠해보며 말했다.

“남쪽, 저 큰 바위 뒤의 평평한 곳에 착륙할 수 있겠어. 저기서부터 걸어서 가자.”

“알았어.”

카이는 심장이 빠르게 뛰었다. 로지에게 달려가 얼른 고치로 올라갔다. 근처에 있던 알파-C는 더트바이크를 먼저 도로에 사뿐히 내려놓은 뒤 셀라가 자신의 트레드를 밟고 올라오게 했다.

“아, 엄마…….”

마음이 급해진 셀라는 더트바이크를 두고 고치로 올라가면서 알파-C에게 투덜거렸다.

로봇들은 거대한 흙먼지를 일으키며 도로에서 날아올랐다. 카이는 그 일대를 한 바퀴 돌면서 목표물을 다시 찾으려고 지상을 살펴보았다. 드디어 보였다. 검은 머리카락, 마른 어깨에 걸쳐 입은 튜닉. 어린 아이였다. 그런데 하늘에서 요란한 비행 소음이 나는데도 그 아이는 허리를 곧게 펴고 앉아 꼼짝도 하지 않았다. 무릎 꿇고 앉은 아이의 앙상한 무릎이 새의 날개처럼 양옆으로 뻗어 있었다. 카이의 등줄기를 타고 소름이 쫙 끼쳤다. 저 아이는 앉은 채로 죽어 있는 건가? 카이는 로지에게 물었다.

"살아 있어요?"

"체온 섭씨 35.5도. 인간치고는 낮은 편이지만 정상 범위야."

로지는 편편한 사암 위에 착륙했다. 뾰족하고 높은 바위들로 둘러싸인 작은 공터였다.

카이가 로지의 트레드를 밟고 내려가보니 셀라는 이미 바닥에 내려서 있었다. 셀라가 말했다.

"이쪽이야."

셀라는 앞장서서 바위 언덕들 사이로 난 좁은 길을 따라 걸어갔다. 바위 언덕 너머가 보이는 자리에 다다르자 셀라는 갑자기 걸음을 멈췄다. 카이는 셀라의 어깨 너머를 내다보았다. 아이는 그들에게 등을 보인 채 스무 걸음 정도 떨어진 곳에 앉아 있었다.

"저기 좀 봐……."

셀라가 자그마한 돌무더기 같은 것을 떨리는 손가락으로 가리키며 나지막하게 말했다. 그 돌무더기는 아이가 앉아 있는 곳에서 몇 걸음 떨어진 곳에 있었다.

눈을 가늘게 뜬 카이는 돌과 흙으로 이루어진 듯한 그 덩어리가 불가사의하게 움직이고 있음을 알아챘다. 그것은 돌무더기가 아니었다. 아이 옆에 똬리를 틀고 앉아 있는 통통한 갈색 뱀이었다. 뱀은 납작한 머리를 치켜들고 사방을 경계하면서 목을 꼿꼿이 세운 모습이었다. 왼쪽에서 오십 걸음 정도 떨어진 곳에 있는 아이의 로봇은 충전대처럼 꼼짝도 하지 않았다.

"우리 엄마가 뱀을 죽이지 말라고 가르쳐주긴 했지만…… 저 아이의 엄마는 왜 아무것도 **안 하고** 있지?"

셸라는 이렇게 속삭이면서 허리띠에 찬 칼을 꺼내려 옆구리로 손을 내렸다.

그때 아이가 다리를 펴고 일어섰다. 카이는 놀라서 숨이 막힐 지경이었다. 카이와 비슷한 키의 남자아이였다. 아이가 그들 쪽을 돌아보자 옆에 있던 뱀은 앙상한 덤불로 스르르 가버렸다.

"뭐지……."

셸라가 중얼거렸다.

카이는 어안이 벙벙했다. 뱀은 저 소년의 친구인 건가? 소년은 조각상처럼 잠시 그 자리에 서서 멍한 눈으로 카이 쪽을 쳐다보았다. 쳐다본 게 맞는 걸까? 사람으로 인식한 것 같지도 않고, 놀라는 기색도 없었다. 소년은 마더 로봇이 기다리고 있는 동굴 쪽으로 천천히 걸어가더니 그 뒤로 사라져버렸다.

멍하니 서 있는 셸라 옆을 지나간 카이는 동굴과 그 옆에 보초처럼 서 있는 로봇에게 시선을 고정한 채 소년이 사라진 쪽으로 다가갔다. 아이의 마더 로봇은 동굴로 같이 들어가기에는 몸집이 너무 커서 대신 동굴 입구에 최대한 가까이 자리를 잡고 서 있는 듯했다. 그 마더 로봇은 자기 앞을 지나가는 카이를 막아서지 않았다. 안쪽 벽까지의 깊이가 3미터밖에 안 되는 좁은 동굴이었다. 어둠에 눈이 적응하자 깨진 도자기 그릇에 담겨 있는 잔가지에서 피어오르는 연기와 오렌지색 불꽃이 보였다. 불 옆에는 아까 그 소년이 가만히 앉아 있었다. 카이는 조심스럽게 다가갔다.

소년이 제 마디 로봇에게 조용히 말했다.

"예, 이제 이해해요. 지난번이랑 같은 메시지예요."

"안녕."

카이가 말을 걸었지만 소년은 알아채지 못하는 눈치였다. 소년이 다시 중얼거렸다.

"엄마, 여기가 좋은 곳이라고 하셨잖아요. 언젠가 길을 따라 사람들이 올 거라고 했고요. 그런데 아무도 오질 않아요. '나가'는 우리가 언젠가 여길 떠나야 한다고 했어요."

"있잖아."

카이의 목소리가 그을음으로 시커멓게 물든 동굴의 안쪽 벽에 울려 퍼졌다. 어느새 동굴로 들어온 셀라가 한 걸음 더 가까이 다가왔다. 그들은 팔을 뻗으면 소년에게 닿을 거리에 서 있었다. 그런데도 소년은 그들의 존재를 인식하지 못하는 것 같았다. 소년은 두 주먹을 쥐고 앞뒤로 몸을 흔들며 조용히 중얼거리기 시작했다. 카이가 모르는 언어였다.

"너 괜찮아?" 카이가 조용히 물으며 소년의 팔을 향해 손을 뻗었다. 손이 허공을 스치고 지나갈 수도 있다고 생각했다. 그런데 카이의 손이 따뜻한 피부에 닿았다. 느리고 꾸준한 맥박도 느껴졌다. 뜻밖이었다. 카이가 속삭였다. "잠 깨. 깨어나. 넌 꿈을 꾸고 있어."

그 순간 소년이 눈을 휘둥그렇게 뜨면서 고개를 들었다. 반짝이는 두 눈에 두려움이 스치더니 이어서 희망이 담겼다. 눈물이 소년의 뺨을 타고 줄줄 흘러내렸다. 소년은 가느다란 손가락을 뻗어 카이의 튜닉 소매를 만져보며 웅얼거렸다.

"진짜구나. 넌 진짜야……."

카이는 사방을 경계하며 주변 덤불을 둘러보았다. 그들은 동굴 앞에 요리용 모닥불을 피웠다. 불과 몇 시간 전에 뱀이 위협적으로 고개를 꼿꼿이 들고 있던 곳에서 가까운 자리였다. 카이 맞은편에 앉은 소년이 불꽃을 바라보았다. 소년의 이름은 카말이라고 했다.

셀라가 카말에게 물었다.

"이제 기분이 좀 좋아졌어?"

"응. 많이."

카말이 큼직하고 하얀 이를 드러내며 미소 지었다. 덜 익은 선인장 열매의 시커먼 즙이 카말의 턱을 타고 흘러내렸다. 셀라는 선인장 과일의 씨앗을 모닥불에 퉤 뱉었다. 카이와 셀라는 오늘 저녁 식사를 위해 짐승을 사냥해서 먹으려고 했다가 그만두었다. 뱀 옆에 조용히 앉아 있던 소년이 반대할 것 같아서였다.

카말은 조심스럽게 두 아이를 바라보며 말했다.

"미안. 엄마한테 명상하는 방법을 배웠거든. 외로움을 달랠 때 도움이 돼. 그런데…… 날이 갈수록 현실로 돌아오기가 점점 힘들어지더라."

"아까 그거 멋진 기술이더라. 뱀이랑 같이 있을 때 말이야."

"기술?"

셀라가 소년을 빤히 쳐다보며 물었다.

"뱀 기억 안 나?"

카말이 차분하게 대답했다.

"기억나. 그 뱀으로 기술을 부린 거 아니야. 암컷 뱀이고 내 친구야. 전령이기도 하고."

카이는 턱을 문질러 닦으며 물었다.

"뭐?"

"너희가 날 찾아낸 건 정말 대단한 기적이야. 시기도 딱 맞아떨어졌어."

"무슨 시기?"

"그 뱀은 사막에서 제일 소중한 보물인 물을 지키고 있거든. 그 뱀이 샘으로 안내해줬어." 카말은 물병 하나를 집어 들었다. 물병마다 비밀의 샘에서 담아온 깨끗한 물이 담겨 있었다. "그런데 아까 변화가 시작되고 있다는 말을 하더라고. 수많은 계절을 거치면서 사막에 물은 점점 줄어드는데 바람은 너무 많이 불고 있어. 이대로라면 곧 그 샘도 말라버릴 거야. 그럼 우린 더 이상 여기서 살 수 없게 되겠지."

"네 뱀 친구가 한 말이 맞을 거야." 셀라는 이마에 근심 어린 주름을 잡으며 말했다. "그런데 여길 떠나면 어디로 가지?"

카이도 맞장구를 쳤다.

"급수탑도 남아 있는 게 없어."

카말은 슬픈 눈으로 카이를 바라보며 말했다.

"급수탑이 수분을 모아둬도 모래가 흘러 들어와 그 수분을 모조리 빨아들여. 바람은 그 모래를 죄다 날려 보내고. 급수탑들도 망가지고 있는 거야."

셀라가 물었다.

"우린 어떻게 해야 해? 네 마더 로봇은 뭐래?"

"베타는 자기가 아는 좌표 너머로는 우리가 갈 수 없다고 말하고 있어. 물론 베타도 그런 결론을 뒷받침할 만한 충분한 데이터를 갖고 있지는 않아……."

"어떤 종류의 데이터가 있어야 판단이 가능하지?"

셀라는 카이를 힐긋 쳐다보았다. 그들은 해결하기 어려운 곤경에 처한 듯했다.

카말이 말했다.

"난 내 마더 로봇을 믿어. 엄마는 내 반얀나무거든."

셀라가 앞으로 몸을 기울이며 물었다.

"너의 뭐라고?"

"반얀나무는 힌두교 신화에 나오는 신성한 나무야. 똬리를 튼 뱀처럼 하늘을 향해 두 팔을 뻗고 있어. 뿌리는 숲 하나를 이룰 수 있을 정도고. 베타는 그 나무 같아. 살아 있는 집이니까. 나를 안전하게 지켜줘."

카이는 어깨 너머로 카말의 마더 로봇을 돌아보았다. 새로 뜬 달의 편린이 베타의 낡은 해치 커버를 비추었다.

"동굴 안에서 네가 마더 로봇한테 소리 내서 말했잖아. 무슨 언어로 말한 거야?"

"엄마한테 힌디어를 배웠어. 영어도 배웠고. 엄마는 언어들을 보존하는 게 중요하다고 했어."

"네 마더 로봇도 머릿속으로 너한테 말을 하니?"

"꿈을 꾸면 엄마는 사람의 모습으로 내 옆에 있어. 너희 같은 진짜 사람의 모습으로. 내가 잠에서 깨면 엄마는 내 머릿속에 대고 말을 해. 베타는 나고 나는 베타야……. 너희도 너희 마더 로봇이랑 같은 방식으로 얘기를 나누잖아."

카이는 셀라를 쳐다보며 대답했다.

"맞아."

카말이 말했다.

"우리가 가진 재능인 것 같아."

카이는 마지막 잔가지를 먹어치우며 펄럭거리는 모닥불을 바라보았다. 이제 얼마 후면 모닥불이 꺼질 것이다.

셀라는 하품을 하며 두 팔을 쭉 뻗어올렸다.

"힘든 하루였어……."

셀라의 하품이 전염되는지 카이도 졸려서 눈을 뜨고 있기 힘들었다. 카이가 말했다.

"가서 자자. 적어도 이제 우리는 셋이야. 너를 찾았으니 다른 사람도 찾을 수 있겠지, 카말."

밤바람이 불기 시작했다. 짙어지는 어둠 속에서 흙먼지가 소용돌이쳤다. 카이는 셀라를 도와 모닥불을 발로 밟아 끈 뒤 로지의 고치로 느릿느릿 걸어갔다. 고치 안으로 들어가면서 셀라 쪽을 보니 셀라가 머나먼 도로를 애타는 눈빛으로 보고 있었다. 더트바이크를 두고 온 방향이었다. 조만간 가서 더트바이크를 가져오지 않으면 계속 더트바이크 타령을 듣게 될 듯했다.

카이는 해치 문을 닫고 의자에 웅크리고 앉았다. 담요를 당겨 어깨에 두르고 다리를 뻗을 공간을 찾았다.

"네 몸이 자라고 있구나."

로지가 말했다.

"예. 좌석을 고쳐도 돼요?"

"단순한 수정이라면 가능해. 원한다면 방법을 가르쳐줄게."

"로지, 카말의 말이 맞다고 생각해요?"

"물 공급이 끊길 거라는 말?"

"예. 그럼 우린 이 사막을 떠나야 되죠?"

"아직 충분한 데이터가 없어."

"만약 떠나야 하는 거면 어디로 가요?"

"결정할 수 없어. 좌표가 없어서."

카이는 몸을 움직여 콘솔 밑으로 무릎을 집어넣었다.

"이제 편안하게 앉았구나."

그의 머릿속에서 로지의 목소리가 부드럽게 울렸다.

"예……."

카이는 밤을 맞이해 웅웅거리며 작동하는 로지의 프로세서 소리에 맞춰 숨을 들이쉬고 내쉬었다. 로지는 시스템을 점검하면서 진단 루틴을 돌리고 있었다.

베타는 나고 나는 베타야, 라고 카말은 말했다.

'나는 로지고 로지는 나야'라고 카이는 생각했다. 엄마 로지도 그의 감정을 느꼈고 그의 생각을 들었다. 로지는 꿈속에서도 그의 머릿속에서 말할 수 있었다. 카이도 소리 내어 말하지 않고 대답했다.

셀라는 여전히 자유로이 여행하는 꿈을 꿀 것이다. 알파-C가 데려다주지 않는 곳까지 가고 싶겠지. 셀라를 만난 후로 카이는 로지와의 유대관계를 종종 당연시해왔다. 하지만 밤이 되고 둘만의 시간이 되자 예전처럼 강한 유대감이 느껴졌다. 그 유대의 끈 중 어디까지가 카이의 끈이고 어디서부터가 엄마의 끈인지는 구분할 수 없었다.

13장

2053년 2월

제임스는 로스앨러모스 연구실의 중앙 컴퓨터 주변을 돌면서 C-341 해독제 염기서열의 이미지를 조종했다. 유전공학으로 설계한 유전자의 촉진자 부분을 확대했다. 데트릭 기지에 있는 루디의 팀이 IC-NAN에 면역이 되도록 바로 그 부분의 염기서열을 수정했다. 제임스는 카스파제가 생산되게 만드는 작은 단백질인 카스파제 전사 인자의 3D 모델이 촉진자의 결합 위치 위쪽에서 춤추듯 흔들거리는 모습을 지켜보았다. 유전자 전사를 시작하려면 전사 인자가 촉진자에 결합해야 했다. 그 결합이 지나치게 잘되면 전사가 너무 많이 되고 카스파제가 과다 생산되어 세포가 너무 많이 죽고 만다. 그들은 상상 가능한 모든 조건에서의 결합 상수를 측정했다. 완벽해 보였는데 실제로 해보니 아니었다. 그는 손목 폰의 화면을 백 번째 들여다보았다. 루디 가르자의 전화를 기다리는 중이었다.

14개월 전에는 제임스가 로스앨러모스의 XO-봇 건물에 있는 유일한 생물학자였다. 수년 동안 XO-봇 건물에서는 로봇 기술자와 AI

전문가들이 모여 우주 탐사와 소행성 채굴용 로봇 개발에 열정을 다했다. 현재 로봇 프로그래밍을 감독하는 깐깐한 컴퓨터 천재 켄드라 젠킨스의 실험실이 이 건물 끄트머리에 있었다. 로봇공학구조팀을 이끄는 군인 출신 공학자 폴 맥도널드의 사무실은 복도 맞은편이었다. 제임스와 켄드라, 폴은 로스앨러모스에서 새로운 새벽 프로젝트에 대해 알고 있는 유일한 사람들이었다. 지난 1년 동안 그들은 여러 직책을 겸했다. 켄드라는 로스앨러모스의 새로운 새벽 프로젝트 관련 보안 책임자, 폴 맥도널드(본인은 맥이라고 불리는 것을 좋아함)는 시설 유지 보수와 관련한 추가 업무를 맡았는데 그들의 감독을 받는 사람들은 정작 그런 사실을 알지 못했다.

대학원 시절처럼 자원을 최대한 활용하기 위해 제임스는 그곳에 실험실을 차렸다. 루디의 데트릭 기지 팀과는 원격으로, 맥의 팀과는 가까이에서 협업하면서 제임스는 태아를 발육시켜 신생아로 탄생시키는 작업에 필요한 로봇 시스템을 테스트해나갔다. 그 자체만으로도 쉽지 않은 도전인데, IC-NAN에 면역이 있는 아기를 만들어내기 위해 유전자에 수정을 가해야 하니 작업이 한층 더 복잡했다.

초기에는 꾸준히 작업이 진전됐다. 2051년 12월부터 제임스는 유전자 조작 태아 두 종류를 키워냈다. 한 종류는 그의 실험실에 있는 환경실에서, 다른 한 종류는 프로그램된 로봇 시스템 내에서 키웠다. 1세대과 2세대 태아를 희생시켜 해부하는 과정도 쉽지 않았다. 배아 물질의 실험 사용과 관련해, 오래전부터 국제 윤리 위원회가 인간 배아의 체외 배양 기간을 제한한 '14일 규칙'이 적용됐는데 최근에 '5주 규칙'으로 바뀌었다. 하지만 한국이 제출한 연구 보고서에 따르면, 인공 환경에서 15주를 채운 태아는 생존 확률이 90퍼센트 이상이었다. 출생 시 생존 능력을 정확히 예측하려면 15주차에 접어든 태아들을 희생시켜 결과를 확인할 필요가 있었다. 그것은 희생이라기보다는 살인에 가까웠다. 하지만 그는 그 일을 하고야 말았다. 그리고 성공을 입증했다. 측정 가능한 모든 데이터를 확인해보니, 그가 유전자를 조작한 태아들은 출산 시까지 정상적인 발달 모습을 보여주는 것으로 나타났다. 처음으로 임신 주 수를 완전히 채운 3세대를 만들어내면서 문제가 시작됐다. 전년도 4월부터 2세대와 동일한 유형의 인큐베이터에서 자라난 15개의 3세대 태아들은 임신 중기로 접어들었다. 이 단계의 목표는 자동화된 출산을 테스트하는 것이기에, 뉴멕시코주 앨버커키시 남쪽 사막에 있는 시설의 고정 생명 유지 시스템으로 인큐베이터 및 관련 로봇공학 장비들을 이동시켰다. 생명 유지 시스템이 해야 하는 작업은 단순했다. 바로 출산 시까지 생명을 잘 유지하는 것이었다. 정해진 때에 고치의 양수를 빼내고 활력 징후를 확인하고 나면…… 출산으로 이어졌다. 로봇공학팀이 이해하고 있는 바에 따라, 3세대는 적대적인 환경 조건을 모방한 곳에 배치되었다. 실질적으로 최종 단계에 대비하려면 꼭 필요한 과정이었다. 로봇들이 최상의 조건과는 거리가 먼 환경에서 출산하게 될 테니, 철저한 검토를 통해 출산 시 필요한 보호 장치를 제공해야 했다.

그들은 원격 카메라로 3세대 개체들의 모든 행동을 추적 관찰하고 데이터를 수집했다. 팀이 숨죽이고 지켜보는 동안 3세대 태아 15개 중 12개가 양수 배출 과정에서 살아남았다. 그렇게 해서 태어난 남자아기 다섯 명과 여자아기 일곱 명을 군용 제트기에 실어 데트릭 기지로 보냈다. 그 아기들의 운명은 제임스의 손에 달려 있었다.

"그간의 노고에 감사드립니다. 지구 밖에서 인간의 아이를 출산하는 과정에 관한 모의실험이 성공적으로 이루어졌습니다. 이 자리에 모이신 운 좋은 부부들은 새로운 아기를 키우는 축복을 받게 되셨습니다."

거짓말은 아니었다. 제임스가 그들에게 말하지 않은 부분이 많기는 했지만. 운이 따라준다면 3세대 아기들은 IC-NAN의 맹습을 견디고 살아남는 첫 아이들이 될 것이다. 아기들을 키우게 될 부부들은 그 아기들의 생물학적 부모였다. 수년 동안 임신을 시도하다가 실패한 군인 부부들 중 신중한 검사를 거쳐 선발된 이들이기도 했다. 부모들은 연구소 측이 아이들의 성장 과정을 주기적으로 관찰해도 좋다고 동의했다. 다만 그들은 새로운 새벽 프로젝트에 대해서는 전혀 알지 못했다. 필요한 경우, 이를테면 IC-NAN 전염병이 계속 확산돼 이 부모들이 죽게 되면, 이 아이들은 루디가 '선택된 소수'라고 칭한 사람들 즉, 해독제를 투여받은 사람들에게 입양되어 자라게 될 것이다.

제임스는 그 프로그램의 윤리성에 대한 걱정은 할 필요가 없었다. 결과적으로 3세대는 성공하지 못했으니까. 3세대 아기들은 출생 시 모두 건강해 보였고 검사 결과 IC-NAN에 면역성을 가진 것으로 나왔지만 빠르게 활력을 잃어갔고 출생 후 2주 안에 모두 사망했다. 사망 원인은 모두 조직의 가속 상실로 인한 복합 장기 부전이었다. 부모들에게는 실험이 실패했다고만 말해주었다. 그나마 제임스가 다행이라 여긴 것은 부모들이 아기들을 볼 기회가 없었다는 점이었다.

이제 제임스는 로스앨러모스팀이 계속 작업을 해나가도록 독려해야 했다. 이란, 아프가니스탄, 파키스탄, 인도에서 끝없이 들어오는 불가사의하고 원인을 알 수 없는 죽음에 관한 보고서들을 팀원들이 읽지 못하게 해야 했다. 제임스는 구내식당에서 기술팀원 중 하나가 이렇게 말하는 걸 들었다. "뉴스에서 보니까 암 전염병 같은 게 돈다던데. 그런 건 없잖아……. 안 그래?" 제임스는 팀원들의 눈을 가리고, 오직 이 프로젝트에만 집중하도록 해야 했다. 이 프로젝트가 얼마나 중요한지는 오직 제임스만이 알고 있었다.

쉽지 않았다. 제임스와 루디는 팀원들이 작업을 계속하도록 하기 위해 3세대 아기들에게 무슨 일이 일어났느냐는 질문에 대답해야 했다. 제임스는 답을 알고 있기도 하고…… 아니기도 했다. 그는 눈을 감았다. 루디가 부르기 전까지는 어떻게든 다른 생각을 하는 게 최선이었다. 실험실 의자에 깊숙이 눌러앉은 제임스는 새라 호티에 대한 상념에 잠겼다.

새라……. 이곳에 도착한 제임스는 복도 맞은편에서 연구 작업을 하는 새라를 처음 보고 운명이라고 느꼈다. 그들은 비슷한 과정을 거쳤다. 제임스는 버클리에서 박사후 과정을 밟았고, 새라는 기계공학 박사 과정 중인 학생이었다. 그녀는 제임스가 가르치는 인체생리학 연구 부문에서 학위에 필요한 작업을 수행하고 있었다. 당시 새라는 초롱초롱한 눈빛에 신선한 기운, 열정을 가진 학생이었고 지금 같은 뛰어난 공학자가 될 자질이 충분했다. 그에 비해 제임스는 너무 젊고 미숙했으며 그녀의 아름다움에 압도되어 말도 제대로 하지 못했다.

오래전에 그녀에게 다가갔어야 했다. 새라가 더 이상 그의 학생이 아니게 됐을 때, 제임스가 드디어 데이트를 신청할 수 있게 됐을 때,

새라는 캘리포니아 공과대학교 로봇공학과의 박사후 과정을 밟기로 결정했다. 그는 새라에게 성공을 빌어주었다. 그녀가 졸업식 가운을 바람에 펄럭이며 떠나가는 모습을 바라보기만 했다. 그들은 계속 연락을 주고받기로 약속했지만 제임스는 그녀에게 연락하지 않았다. 제임스는 그녀와 사이가 멀어지게 된 게 본인 탓임을 잘 알고 있었다.

역설적이었다. 과거에 그가 다른 선택을 했다면, 지금 이 일을 택하는 대신 새라를 계속 쫓아다녔다면 그의 인생은 당시로서는 상상도 할 수 없는 방향으로 흘러가지 않았을까. 그가 유부남이 됐으면 국방부는 그를 데려다 쓰지도 않았을 것이다. 그랬으면 제임스와 새라는 행복하고 무지한 일상을 살고 있겠지. 지금은 새라만이 행복한 무지를 누리고 있었다.

경력을 탄탄히 쌓아 올린 새라는 그와 관계를 맺을 준비가 되어 있었다. 제임스와 다시 만난 후 그녀의 행동을 보면 알 수 있었다. 그들은 함께 조용히 저녁을 먹고 오래된 발리우드 음악을 듣거나 새라가 모아둔 고전 영화들을 감상했다. 새라 덕분에 그는 이곳에 도착한 후 줄곧 힘들었던 인생을 그나마 견딜 수 있었다. 하지만 마지막 마음의 벽을 허물 수가 없었다. 그랬다가는 아무에게도 털어놓아서는 안 될 비밀을 누설하고 말 것이다. 일이 잘못됐을 때…… 새라는 해독제를 투여받지 못할 것임을 그는 알고 있었다. 블레빈스 같은 사람들은 자기가 사랑하는 이들을 보안의 우산 아래로 불러들여 지켜줄 힘이 있었다. 그들은 선택할 수 있었다. 하지만 제임스는 그럴 입장이 아니었다. 그는 새라를 사랑할 수도, 그녀가 죽는 모습을 지켜볼 수도 없었다.

새라는 왜 그를 다시 만나고 있을까? 그는 어째서 새라의 초대를 받아들여 그녀의 작은 아파트에서 밤을 보내며 옛 시절을 떠올리고…… 아니, 떠올리는 척을 하고 있을까? 어젯밤 그는 그녀에게 모든 사실을 털어놓을 뻔했다. 그 생각을 하면 아찔했다. 그는 침묵하기 위해 새라의 집 소파에서 어색한 자세로 누워 그녀에게 몸을 비비며 입을 맞췄다……. 그리고 그는 그런 짓을 한 자신이 혐오스러웠다.

"그 이미지를 계속 보고 있네요?"

"무슨……?"

문 쪽으로 고개를 돌린 제임스는 그녀의 모습을 보기도 전에 가벼운 체취로 그녀임을 알아챘다.

"소리도 없이 들어와서 미안해요. 나도 늦게까지 일하고 있었거든요. 같이 저녁 먹을 생각이 있나 해서. 화이트 록 지역에 새로 생긴 남인도 음식점이 있는데 늦은 시간까지 문을 열어요……."

제임스는 손목시계를 들여다보았다. 밤 9시였다.

"저녁 식사라…… 미안한데 오늘은 안 되겠어. 일이 좀 있어."

새라는 미간을 찌푸렸다.

"안 좋은 일은 아니죠?"

"안 좋은 일? 회복 못할 만큼 안 좋은 일은 아니야……."

제임스는 그녀의 눈빛이 그의 표정을 살피고 있음을 알았다.

"제임스, 어젯밤에는……"

"미안, 새라. 어제는 내가 왜 그랬는지 모르겠어……."

"사과할 필요 없어요……." 새라는 오른손의 날씬한 손가락을 내려다보았다. 그녀의 머리카락에서 풍기는 라벤더 향기가 제임스의 코에 다시 와 닿았다. "나도 그럴 때 있어요."

"우리가 좀 더 천천히 가까워질 필요가 있을 것 같아……."

새라는 미소를 지으며 받아쳤다.

"당신은 천천히 쉬면서 해요. 난 오늘 이뤄낸 업적을 당신한테 보여주고 싶어요."

새라가 돌아서자 제임스는 보이지 않는 끈에 매여 끌려가듯 그녀를 따라 복도로 나갔다. 그들은 양여닫이문을 지나 로봇공학실로 들어갔다.

로봇공학실 중앙에 위치한 4세대 태아 15개의 생명 유지 장치들 옆을 빙 돌아갔다. 진단 검사가 진행 중이었다. 4세대 실험은 3세대 실험을 좀 더 통합적으로 되풀이하되, 배아에서 태아까지, 태아에서 출산까지의 모든 발달 주기를 관리하는 데 중점을 두었다. 3세대 시설과 마찬가지로 4세대 시설의 고정된 상자형 틀은 가혹한 바람과 극한 기온을 견딜 수 있도록 강력하게 제작됐다. 3세대 때와 마찬가지로 팀은 4세대 태아들의 발달과 출산을 면밀히 관찰할 예정이었다. 다만 XO-봇팀의 나머지 팀원들은 4세대 태아들의 생물학적 부모들이 익명으로 처리돼 있다는 점, 선택받은 대상자들한테서 추출한 정자와 난자를 사용하기 때문에 생물학적 부모들은 태아의 존재에 대해 전혀 모른다는 점을 알지 못했다. 기준을 통과한 이들은 살아남아서 아기들을 돌보는 일을 맡게 될 수도 있었다. 다른 선택지를 고려할 시간 따위는 없었다.

제임스는 두 주먹을 쥐었다. 다른 이들이 4세대에 대해 모르는 사실이 하나 더 있는데, 3세대 관련 문제가 해결될 때까지 4세대 프로그램은 중지됐다는 것이었다.

로봇공학실 구석 자리에 있는 새라의 작업대로 함께 걸어가면서 제임스는 어두운 벽에 줄지어 서 있는 새로운 로봇들을 바라보았다. 5세대 로봇들이었다. 제임스가 보기에 5세대 로봇은 모든 실험이 실패하고 종말이 닥쳐왔을 때 어쩔 수 없이 택해야 할 대안이었다. 5세대 로봇 엄마들은 인간 부모의 자리를 대신할 수 있을 정도로 충분한 기능성과 자율성을 갖게 된다. 현재 지구에 사는 사람들이 IC-NAN으로 인한 죽음을 피하지 못하고 모두 사망했을 때를 가정해서 만든 것이었다.

이전 세대와는 달리 5세대 로봇은 단순한 기계가 아니었다. 그가 어렸을 때 읽은 『슈퍼 군인』을 본떠 만든 바이오봇이었다. 슈퍼 군인은 인간의 모습을 하고 있지만 힘은 열 배가 셌다. 이런 로봇을 총 50개 준비해두었다. 현장에 투입해야 할 것으로 예상되는 수가 그 정도였다. 조용히 서 있는 로봇들 중 하나에게 다가간 제임스는 로봇의 어깨에 설치한 접힌 날개를 살펴보았다. 각 로봇은 접이식으로 된 날개 한 쌍, 덕트 팬 한 쌍이 장착돼 있어서 기내 컴퓨터의 지시에 따라 단거리 비행을 할 수 있었다. 동력원은 로봇의 뒤쪽에 설치된 소형 핵원료 물질이며, 동력이 인간의 수명보다 훨씬 길게 지속되도록 만들어놓았다. 핵원료 물질은 이리듐으로 감싸서 흑연블록 안에 넣어놓았다.

5세대 로봇을 만든 팀원들은 그 로봇을 '마더'라고 불렀다. 농담으로 붙인 명칭인가 싶을 때도 있기는 했지만 로봇이 맡게 될 일이 엄마의 역할임은 부정할 수 없었다. 로봇의 뒤쪽 짐칸에는 출산을 진행하게 될 작은 실험실이 있고, 비어 있는 앞쪽 배는 어린아이가 편안하게 앉아 있을 수 있도록 좌석이 마련돼 있었다. 로봇은 강력한 관절식 팔다리 외에도 종아리 부분에 장착된 묵직한 트레드를 갖췄다. 로봇이 무릎을 꿇고 쭈그리고 앉으면 거친 지형에서도 트레드가 천천히 안정적으로 굴러 이동이 가능했다. 무릎을 굽힌 자세로 질서정연하게 도열한 마더들을 바라보던 제임스는 이 로봇들이 자식들을 부르는 장면을 상상해보았다…….

물론 상상처럼 되지는 않을 것이다. 로봇이 인간 부모를 대체하는 일은 없어야 한다.

한때는 기술적 특이점*을 당연시하기도 했다. 인류가 자기들보다 똑똑한, 생각하는 기계를 만드는 시기가 올 것이라는 믿음이었다. 이런 기계는 자기네보다 더 대단한 다른 기계들을 만들 것이고, 이런 비생물학적 지능은 인간의 지능으로는 이해조차 할 수 없는 속도와 방식으로 발달하게 된다. 인류에게 주어진 선택지는 두 가지였다. 기술과 통합되거나 기술에 묻혀버리거나. 하지만 뜻밖의 상황이 벌어졌다. 이스라엘이 물 전쟁에 투입하기 위해 만든 초자동화, 초지능적 군사로봇들 덕분에 사람들이 암울한 종말론적 미래를 통찰하게 된 것이다. 거의 자율성을 갖게 되다시피 한 '슈퍼 군사로봇들'은 사용이 중지됐다. 인공지능 관련 10차 회의에서는 인간의 개입 없이 독자적으로 결정을 내릴 수 있는 컴퓨터의 개발을 엄격히 제한하기로 결정했고, 워싱턴의 사이버보안국은 미국 내에서 이러한 규제를 시행하는

* 인공지능 분야에 비약적인 발전이 일어나 모든 측면이 극적으로 변화하는 시점을 의미.

일을 맡게 됐다. 이에 따라 언론이 소위 '새로운 위협'이라 칭한 비생물학적 지능을 억제하는 기술을 개발하는 회사들이 생겨났다. 제임스가 알기로 새로운 새벽 프로젝트의 5세대 로봇들은 이런 제한된 사양대로 만들어졌다. 그러니 이런 로봇들이 어린아이와 '인간적인' 상호작용을 할 수 있을 리 없었다.

"대단하지 않아요?"

새라의 말에 고개를 돌린 제임스는 보안경을 쓴 그녀의 눈을 바라보았다.

"윗선에서 당신한테 5세대 작업을 벌써 시작하게 한 모양이네?"

"3세대와 4세대는 단순했어요. 마더 로봇 작업이 훨씬 어렵죠." 새라는 시험대 쪽으로 돌아서며 말을 이었다. "자식들과 상호작용을 하려면 5세대 로봇들은 부드러우면서도 정확한 터치를 할 수 있어야 해요. 외부 세계에서 생존하기 위해서는 힘도 필요하고요. 한 기계에 그 두 가지를 모두 담아내기는 어렵잖아요. 그래서 다양한 부속물을 제작했어요."

"데모 영상 봤어."

제임스는 시험대 위에 놓인 로봇 손을 살펴보았다. 탄소 복합 재료로 만든 튼튼한 외피 안쪽에 섬세한 '두 번째' 손이 있었다. 외피가 들어가자 단단한 회색 장갑 한가운데에서 난초처럼 검고 작은 손이 나와 어려움 없이 작업을 수행했다.

"이걸 봐요."

새라가 말했다. 그녀의 작업대 위에서 탄성 중합체 손가락이 가늘고 투명한 시험관들이 담긴 시험관대 위를 오가다가 시험관 하나를 골라 위로 매끄럽게 들어올렸다. 그 손가락과 연결된 팔이 움직이자 시험관을 쥔 손가락은 매끄러운 시험관 측면을 놓치지 않고 안정적으로 잡은 채로 함께 움직였다.

"대단해! 이번에는 실패하지 않았네."

"좀 더 점성이 있는 재료를 쓰고 있어요. 더 잘 구부러져요." 옆으로 다가온 새라는 그 팔을 원래 자리로 보내 한 번 더 그 과정을 반복하게 했다. "요즘 로봇공학의 진정한 혁신은 프로그램에 있지 않아요. 우리는 여전히 수십 년 전의 형상 파라미터와 변형 등식을 써서 인간의 움직임을 다시 고안하고 있으니까요. 진정한 진보는 나노 회로 부문에서 이루어지고 있어요. 연산 능력의 발전이죠. 기계학 쪽도 발전하고 있고요. 하지만 대부분의 발전은 재료 부문에서 나타나고 있어요. 자기 치료 물질, 접촉했을 때 밀도가 달라지는 고체 물질, 복잡한 센서망으로 구성돼서 여러 개를 결합해 대규모 신경망을 이룰 수 있는 물질 등이 있죠." 그를 돌아보는 새라의 두 눈이 시험대를 비추는 LED 조명을 받아 반짝거렸다. "우리를 위해 재료 테스트를 진행해준 것에 대해 우리는 당신 친구인 그 장군님에게 감사하고 있어요."

"블레빈스 장군?"

"그분도 그렇고 다른 분들도 새로운 인공기관의 개발을 위해 실험 대상이 되어주셨어요." 새라는 탄성 중합체 손가락이 다시 시험관대 위로 움직이는 모습을 바라보다가 손을 뻗어 작업대 위 콘솔의 '녹화' 버튼을 눌렀다. "난 남자들만큼이나 내 로봇들이 좋아요." 새라는 장난스런 미소를 지었다. "강하면서도 부드럽거든요."

제임스는 얼굴을 붉히며 미소 지었다. 그녀에게 모든 진실을 털어놓고 싶었다. 그녀가 이토록 열심히 작업하는 그 섬세한 손들이 언젠가 지구에 태어날 갓난아기를 부드럽게 안아줄 거라고. 하지만 그녀에게 아무 말도 할 수 없었다. 그녀를 얼마나 좋아하는지도 말할 수 없었다. 지금 같은 일이 일어나지 않았다면 나와 새라가 낳은 아이를 함께 품에 안는 꿈을 꾸었겠지만 이제 이루어질 수 없는 꿈이었다.

그랬다……. 꿈이 진실을 막아서게 할 수는 없었다. 4세대와 5세대 로봇의 기능성을 완벽한 수준으로 만드는 새라의 작업은 대단히 중요하면서도 주변적이었다. 새로운 새벽 프로젝트만을 놓고 보면 새라 본인도 주변적인 인물이었다.

새라가 물었다.

"왜 이 바이오봇들에게 관심이 쏟아질까요?"

"안 그럴 이유도 없잖아?"

"매력적이고 도전적인 일이기는 하죠……. 하지만 다른 행성에서 신생아를 낳아 기르기 위해서라니. 더 시급한 프로젝트가 있지 않아요? 대체 이 프로젝트의 자금은 누가 대는 거예요?"

제임스는 복잡해진 머릿속을 비우려 고개를 흔들었다. 새라에게 거짓말을 하고 싶지 않지만 이런 경우에 답변할 말은 이미 외워두고 있었다. 그는 의무에 따라 역할을 해야 했다.

"이 일이 이루어지기를 바라는 사람이야. 당연히 현금 부자인 것 같고. 덕분에 **나도** 공과금을 내고 있어."

"으음."

새라는 고글을 벗고 제임스를 가만히 바라보았다. 진한 갈색 눈이 그의 속을 꿰뚫어 보는 듯했다.

"제임스?"

익숙한 목소리가 방 안에 울려 퍼졌다.

다행이다 싶어 제임스는 얼른 고개를 돌렸다. 켄드라 젠킨스가 복도에서 여느 때처럼 빠른 걸음으로 들어오고 있었다.

"안녕하세요, 켄드라. 무슨 일입니까?"

"가르자 박사가 나한테 연락을 해왔어. 세드 박사와 전화 연결이 안 된다고."

제임스는 손목 폰을 힐끗 내려다보았다.

"여기서는 수신이 늘 잘 안 되더라고요……."

절연 처리가 잘되어 있는 방이라 전화 연결이 될 때도 있고 안 될 때도 있었다. 어찌됐든 규칙에 따라 그는 승인받지 않은 사람이 들을 수도 있는 곳에서는 전화를 받을 수 없었다. 복도 쪽으로 돌아 나가던 그는 새라의 옆얼굴을 힐끗 보았다. 섬세한 5세대 로봇의 손으로 다시 시선을 돌린 새라의 턱 근육이 미묘하게 움직이고 있었다.

제임스는 걷는 속도를 맞추느라 애쓰면서 켄드라를 따라 컴퓨터 실험실로 향했다. 에머리 대학교에는 흑인 행정직원과 교수들이 많았지만, 로스앨러모스에서는 켄드라 정도로 직급이 높은 흑인 여성이 드물었다. 켄드라는 매일 정신 사나운 온갖 의무들을 이행하는 가운데서도 언제나 차분하고 권위 있는 모습이었다.

"미안해, 제임스."

켄드라는 고개를 돌려 뒤따라오는 그를 보면서 나지막하게 말했다.

"미안하다고요? 무슨 일입니까?"

"알잖아. 이런저런 일들. 우리는…… 개인적인 삶을 생각할 수 없는 처지잖아."

"그렇기는 하죠……."

켄드라는 그에게 맞춰 걷는 속도를 늦췄다.

"자네나 나나 건사하는 가족이 없으니 이 일을 하고 있지. 예전에는 나도 가족이 있었어. 남편과 아들."

"지금 어디 있는데요?"

"비행기 사고로 먼저 갔어. 7년 전에." 켄드라는 '컴퓨터 실험실'이라고 적힌 방문을 당겨 열면서 그를 돌아보았다. 희미한 조명 아래 켄드라의 자그마한 체구와 검은 피부가 보였다. "남편은 인류학자였어. 우린 함께 사방팔방 돌아다니면서 여행을 했지. 네팔 어딘가에서 난 결혼반지도 잃어버렸다니까……. 어쨌든, 우리 아들이 열 살 때, 라마르는 아들을 데리고 멕시코 고대 마야 유적 발굴지로 갔어……."

"메리디안 플라이트 208편 비행기 사고였습니까?"

"맞아." 빈 실험실에 덩그러니 놓인 책상 쪽으로 걸어간 켄드라는 폰을 켜고 암호를 입력했다. "제임스, 자네는 내 조언을 꼭 따를 필요는 없어. 내가 뭘 알겠어? 그저 내가 해줄 수 있는 말은…… 우리 인생이 한 번뿐이라는 거야." 켄드라는 왼 손목을 들어올렸다. 컴퓨터 화면의 빛이 반복적인 기하학적 무늬가 새겨진 묵직한 구리 팔찌를 비췄다. "아들이 살아 있었으면 내일 열일곱 살이 됐을 거야. 살아 있었으면 우린 아들의 생일을 축하하며 보내겠지. 지금 내게 남은 가족의 흔적은 이 팔찌가 전부야. 내가 자네라면 인생을 즐기겠어. 미래가 어떻게 될지는 아무도 몰라."

제임스는 켄드라의 얼굴을 바라보았다. 효율성을 중시하는 그녀가

면밀하게 덮어 가린 감정이 언뜻 얼굴을 스치고 지나갔다. 새라와 함께하는 삶…… 생각만으로도 혈관을 타고 전율이 흐르는 듯했다. 하지만 그는 대꾸 없이 미간을 찌푸리며 마이크를 켜고 말했다.

"루디?"

"최대한 빨리 연락한 겁니다." 콘솔에서 루디의 목소리가 흘러나왔다. "새로 발견한 거 있습니까?"

"C-341이 지나치게 단단히 결합된 것 같습니다."

"나도 같은 생각이에요. 소말리아의 해독제 실험도 잘 안 되고 있어요."

"소말리아요?" 제임스는 뱃속 깊은 곳에서 찌릿한 불편감이 느껴졌다. 워싱턴의 주류와의 사이에 놓인 보이지 않는 벽에 대한 익숙한 분노였다.

"아…… 예." 루디가 멈칫했다. "거기서 인체 임상 실험을 진행 중입니다."

"어떻게 제가 그 실험에 대해 모르고 있죠?"

"그게…… 난 세드 박사가 아는 줄 알고……" 루디는 헛기침을 하며 말을 이었다. "어쨌든 세포사 속도가 너무 빠릅니다. 실험 대상자들의 폐가 위축됐어요. 당신이 날카로운 통찰력으로 우리에게 경고해 준 것처럼, 균형이 문제가 됐습니다."

제임스는 고개를 끄덕이다가 대답했다.

"그렇군요. 우리 쪽 세포배양 모델에서 전사 인자 결합은 양호했습니다만, 생체 내에서의 행동은 확실히 다르군요."

"어떻게 해야 할까요?"

"소수성 포켓을 결합하는 염기서열 수정에 초점을 둬야겠죠. 몇 가지 아이디어가 있으니 보내드리겠습니다. 다만 DNA 구조 측면에서는 당신의 전문지식을 따르도록 하겠습니다."

"완벽하네요."

"루디?"

"예?"

"그쪽 사정을 제가 잘 몰라서요……. 당신은 알겠죠. 우리가 실험실에서 4세대 태아를 길러보려고 하는데 워싱턴 쪽 사람들을 설득해줄 수 있겠습니까? 우리가 로봇에 왜 이렇게 주안점을 두고 있는지 이해가 안 됩니다. 우리가 생물학적 권리를 갖고 있으면—"

"제임스…… 다른 상황이었으면 당신 생각에 동의했을 겁니다. 지금은 로봇에 주안점을 둘 수밖에 없어요. 충분히 이해할 만한 상황입니다."

"이해할 만하다고요? 어떻게 된 상황인지 당신은 알겠지만—"

"제임스, 성인 해독제 투여의 장기적인 효과를 검증할 시간이 없어요. 오늘 아침에 장군이 한 얘기 들었잖습니까. 이미 최종 단계로 접어들었어요. 5세대 선택지를 밀고나가야 합니다."

제임스는 까끌까끌하게 자라 올라온 턱수염을 손으로 쓰다듬으며 낮은 천장을 올려다보았다. 매일 여기서 지내면서 이 건물이 감옥처럼 느껴졌었다. 어느새 그는 부모님을, 가족과 함께하지 못한 휴가와 그동안 그가 늘어놓은 변명을 생각하고 있었다. 부모님을 마지막으로 본 게 작년 6월 아버지의 70번째 생신 때였다. 부모님은 그가 로스앨러모스에 있는 것도 아직 모르신다…….

제임스는 눈을 껌벅였다. **집중하자.** 루디의 말이 옳았다. 이 싸움에서 로봇은 그의 동맹이고 IC-NAN은 유일한 적이었다. 켄드라의 실험실 맞은편의 작은 화면에서 영상이 흘러나오고 있었다. 얼굴에 주근깨가 점점이 박힌 어느 젊은 여기자가 독일에서 보도 중이었다. "최근 인도 북부에서 목격된 것과 증상이 비슷한 '치명적인 독감'이 러시아 일부 지역에서 나타나고 있습니다."

상황에 정면으로 부딪쳐야 했다. 제임스는 전염병에서 살아남은 부모와 아이가 지구에서 '정상적인' 인간 사회를 이루고 살아가길 바랐지만, 그가 가장 바라던 선택지는 고를 수 없게 됐다. 더 최악인 것은 그가 사랑하는 사람들의 목숨을 구할 가능성도 사라졌다는 사실이었다.

켄드라의 컴퓨터에서 파일을 꺼내 루디에게 '보내기' 버튼을 눌렀다. 안정된 DNA 염기서열 전이를 시작하기 위해서였다. 제임스가 중얼거렸다.

"눈 좀 붙일게요."

루디의 부드러운 목소리가 제임스의 귓속에 울려 퍼졌다.

"둘체스 수에뇨스(Dulces sueños, 좋은 꿈 꿔요)."

14장

2065년 6월

카이는 꺼져가는 요리용 모닥불을 쑤석거리며 셀라와 카말을 조심스럽게 살폈다. 냉담한 분위기였다. 매일 같이 주변 탐색을 더 해보자고 주장하는 셀라와 한자리에서 꼼짝하지 않으려 하는 카말 사이에서 카이는 몸이 둘로 찢어지는 기분이었다. 그들은 누구 하나 따로 내버려두지 않기로 맹세했다. 그러려면 언제 어디로 이동할지 합의되지 않아도 어떻게든 한데 뭉쳐 있어야 하니 갈등이 생길 수밖에 없었다.

"여기 가만히 앉아 있으면 아무도 못 찾아!"

셀라가 소리치자 카말은 조용히 미소 지으며 대답했다.

"난 가만히 앉아서도 너희 둘을 찾았잖아. 나가는 물이 다른 사람들을 여기로 이끌 거라고 했는데 그 말대로 됐어. 앞으로도 계속 그럴 거야."

카말의 말이 옳을 수도 있었지만 카이는 가만히 앉아 있고 싶지 않았다. 카말은 3년이나 가만히 앉아 기다린 끝에 카이와 셀라를 만나게 됐다. 게다가 나가라는 뱀도 카말에게 샘이 언젠가 완전히 말라붙게 될 거라고 하지 않았나?

"아야!" 셀라는 닳아빠진 렌치를 바닥에 홱 던졌다. 더트바이크의 구부러진 휠 포크를 펴려고 안간힘을 쓰는 중이었다. 셀라는 공구에 집힌 엄지를 입에 넣으며 일어섰다. "당장 여길 떠나서 새로운 렌치라도 찾아야겠어!"

카이는 애써 침착한 목소리로 말렸다.

"오늘은 별로 좋은 날이 아닌 것 같아."

"어째서?"

셀라는 주먹 쥔 손을 허리춤에 대고 카이를 향해 돌아섰다.

"그냥…… 공기에서 냄새도 나고……."

카이는 나름대로 이유를 댔다. 어젯밤 카말의 샘에 가서 물통과 물병에 물을 채워 두 팔 가득 안고 터벅터벅 돌아오는데 공기가 달라진 게 느껴졌다. 며칠째 바람이 세긴 했지만 뜨끈했었다. 지금은 차갑고 건조한 북풍이 불어오고 있었다. 그들이 잠들어 있는 동안 기온이 영하 1도까지 떨어졌다. 사막에서는 기온 변화가 흔하지만 연중 이맘때에 이 정도까지 내려간 적은 없었다. 도로 저 끝의 하늘이 푸른색으로 빛났다. 급경사면 아래에 드리워진 그림자에 으스스한 기운이 맴돌았다. 대기 중의 전기로 인해 팔뚝의 솜털이 곤두섰다.

카말은 고개를 들더니 모닥불의 기분 좋은 연기 냄새 너머로 코를 세웠다.

"카이 말이 맞아. 폭풍 냄새가 나."

"하지만 하늘이 맑잖아!" 셀라가 항변했다. 인내심이 바닥났는지 셀라는 한쪽 발로 흙바닥을 구르더니 알파-C를 돌아보며 말했다.

"엄마도 쟤들처럼 나빠요. 오늘 우리가 이동하면 안 된다고 한 말, 무슨 뜻이에요? 어차피 멀리 갈 것도 아니라고요."

셀라는 더트바이크에 냉큼 올라타더니 쌩하니 가버렸다. 알파-C가 얼른 그 뒤를 쫓아갔다.

카말은 풀 죽은 얼굴로 셀라의 뒷모습을 바라보았다. 카이가 카말을 위로했다.

"괜찮을 거야. 알파가 잘 돌봐주겠지."

"하지만 우린 항상 함께 있기로 약속했잖아."

"셀라는 무사할 거야." 카이는 믿음을 쥐어짜내 이 말에 담았지만 본인도 믿을 수가 없었다. "공기가 차가워. 동굴 안에 불을 피우자." 일어선 카이는 바닥에서 담요를 집어 들었다. "카말, 이 괴상한 날씨에 대해 네 뱀 친구는 뭐라고 해?"

"얘기를 나눈 지 몇 달 됐어. 너희가 온 후로 가까이 오질 않아."

"우리가 자기를 맛있는 음식으로 보는 걸 아나봐!" 카이는 이 말을 하며 웃었다. 하지만 곧 말실수를 했음을 깨달았다. "미안……."

"아니야. 괜찮아."

카말이 미소 지었다.

동굴 바닥에 쪼그리고 앉은 카이는 동굴 한가운데에 잔가지를 쌓아올렸다. 셀라에 대한 걱정을 접어두려 애썼다.

"네가 하는 그거 나도 가르쳐줄래? 명…… 뭐라고 했는데."

카말은 바깥의 모닥불에서 가져온 잉걸불로 잔가지에 불을 붙였다.

"명상? 아까도 말했지만 너희가 온 후로 명상을 거의 안 했어."

"명상이라는 걸 하면 어때? 우리가 엄마들한테 말하는 것 같은 방식이야?"

"아니…… 말을 하지는 않지."

"그럼 그림이야? 꿈꾸는 거랑 비슷해?"

"어떤 장소에 가 있는 거야. 느낌이지. 경험이고. 다른 세계에 존재하는 것과 같아."

"그 장소에는 어떻게 가?"

"처음에 엄마는 내가 호흡과 심장박동에 집중하도록 훈련시켰어. 그런데 너무 겁이 나더라고. 내가 앉아서 호흡하고 꿈을 꾸는 동안…… 무슨 일이 생기면 어떡하지? 엄마 목소리도 안 들리는 거야. **엄마한테** 무슨 일이 생겼으면 어떡해? 내 심장이 내 적이 돼서 점점 빠르게 뛰었어." 카말은 눈을 감고 앙상한 무릎에 두 손을 모았다. "그때 엄마가 다른 방법을 가르쳐줬어. 만물을 단숨에 보는 방법. 예전과는 다르게 세상을 보는 방법."

"뱀이랑 얘기하는 방법 같은 걸 말하는구나."

"공기 중의 전하를 느끼는 방법도 포함이지." 카말은 눈을 뜨고 카이를 똑바로 쳐다보며 물었다. "너도 느꼈지?"

카이는 동굴 입구를 내다보았다. 입구 근처에 로지와 베타가 차렷 자세로 서 있었다. 흐릿한 햇살이 그들의 측면을 비췄다. 바람으로 인한 한기와는 다른 느낌의 한기가 카이의 등줄기를 타고 올라왔다.

"응. 그리고 빛도. 뭔가…… 달라."

일어서서 동굴 입구 쪽으로 다가간 카말은 걱정스런 눈빛으로 베타를 바라보았다. 잠시 그러고 있다가 카이를 돌아보며 중얼거렸다.

"지금 비행해서 셀라를 찾아야 하지 않겠냐고 엄마한테 물어봤는데, 엄마는 지금 조건으로는 비행할 수 없대. 알파-C도 다른 곳으로 이동하고 싶지 않았을 거야. 뭔가 잘못된 것 같아……" 카말은 동굴 밖으로 한 발 내디뎠다가 질겁하며 발을 안으로 들였다. "윽!"

강풍이 공터를 휩쓸었다. 작은 돌멩이들이 마더 로봇들의 금속 측면을 우르르 때렸다. 알파는 지금쯤 돌아오고 있을까? 카이는 카말을 옆으로 밀치고 남쪽을 살펴보았다. 아무것도 없었다. 고개를 돌려 북쪽을 바라보았다.

카이의 입이 딱 벌어졌다. 도로 저 위쪽에 시커먼 솜 같은 구름 덩어리가 파란 하늘을 배경으로 소용돌이치며 너울너울 날고 있었다. 괴물 같은 구름 속 깊은 곳에서 번개가 번쩍였다.

"고치 안으로 들어와."

로지가 지시했다.

"동굴 안에 있는 게 더 안전할 텐데요……."

"그렇지 않아."

로지는 단호하게 말했다.

로봇들이 동굴 입구 쪽으로 굴러왔다. 바람에 날아오는 모래와 자갈들의 맹습으로부터 아이들을 보호하기 위해서였다. 카이는 카말을 먼저 동굴 밖으로 내보낸 뒤 머리 위로 담요를 둘러쓰고 소용돌이치는 바람 속으로 걸어나갔다. 로지의 발판을 밟고 힘겹게 올라가 해치 문 안쪽으로 몸을 끌어올렸다. 좌석에 구겨지듯 들어앉은 카이는 몸을 웅크렸고 로지는 해치 문을 봉했다.

고치 안은 고요했다. 관자놀이에서 맥이 뛰는 소리, 날카로운 돌멩이들이 로지의 옆구리를 마구 치고 지나가는 아득한 소리뿐이었다.

밖을 내다본 카이는 카말이 베타의 열린 해치 문 안쪽으로 멀쑥한 팔다리를 집어넣는 모습을 볼 수 있었다. 카이가 로지에게 물었다.

"이건 무슨 바람이에요?"

"하부브."

"뭐요?"

작은 돌멩이들이 해치 창문을 마구 두드려대자 로지는 잠시 가만히 서 있다가 대답했다.

"무결성 유지. 하부브는 모래 폭풍이야."

"바람이 얼마나 갈까요?"

"모르겠어. 공기 정화 시작."

좌석을 손으로 꽉 붙잡고 앉아 있었지만 카이는 속이 울렁거리고 메스꺼웠다. "셀라는 어떡해요?"

"모르겠어."

"셀라는 알파-C랑 같이 있으니까. 안전하겠죠……."

로지는 대답하지 않았다. 로지의 앞쪽 콘솔 아래 어딘가에서 나지막한 위잉 소리가 들려왔다. 바깥 공기가 숯처럼 검게 변했다. 고치 안이 어두워졌다. 콘솔을 내려다보는 카이의 눈에는 콘솔 아래쪽의 조그마한 초록색 빛 몇 개만 보였다. 앞쪽 해치 창문에 손을 갖다 대고 빛이 들어오길 기다렸다.

"해치 스크린 좀 켜줘요."

"비상 프로토콜. 비필수 전자 기기는 사용 불가능해."

사용 불가능……. 로지가 이러는 건 처음이었다. 카이는 폐가 요동치지 않도록, 머릿속이 정신없이 돌아가지 않도록 눈을 질끈 감고 마음을 가라앉히려 애썼다. 카말이 명상에 대해 했던 말을 떠올렸다. 로지가 한 것처럼 비필수 시스템의 작동을 꺼야 했다. 그리고 셀라와 알파가 무사히 돌아오는 모습을 온 힘을 다해 머릿속에 그렸다.

15장 2053년 5월

릭은 거리에서 요란하게 들려오는 사이렌 소리에 눈을 떴다. 팔을 뻗자 오른쪽의 따뜻한 담요에 닿았다. 로즈는 곁에 없었다.

그는 로즈의 샌프란시스코 아파트의 익숙한 향기를 들이마시며 깊게 숨을 들이켰다. 그녀가 침대 옆 탁자에 놓아두는 잣나무 인센스의 우아한 향기, 창문을 통해 흘러드는 유칼립투스의 좀 더 강한 향, 그리고 주방에서 넘어오는 커피 향. 지난 1년 동안 릭과 로즈는 따로 사는 척을 그만두었다. 릭은 기회만 있으면 로즈와 함께 시간을 보내려 했다. 워싱턴과 로스앨러모스에서 굳이 대면이 필요 없을 때도 로즈를 호출해 얼굴을 봤고, '진행 상태를 확인'한다는 명목으로 프리시디오 연구소를 여러 차례 방문했다. 샌프란시스코의 호텔에 정부의 돈을 그만 쓰고 싶었다.

방 저쪽 벽에 릭의 의족이 세워져 있었다. 그 옆 화면에서는 전국 날씨 보도가 소리 없이 흘러나왔다. 화면 옆 문틈으로 샤워기에서 물 떨어지는 소리가 들렸다. 집 밖에서는 디비자데로 가를 따라 사이렌 소리가 멀어져갔다. 쿵쾅거리던 그의 심장박동이 점차 느려졌다.

욕실 문이 열리고, 긴 머리를 수건으로 터번처럼 감은 로즈가 밖으로 나왔다.

"일찍 일어났네?"

"초조해서요."

"발표 때문에?"

"그 일도 있고, 이것저것이요."

"말했잖아. 그냥 형식일 뿐이라고. 이미 다들 출격 명령을 받았어. 그들은 이번 참에 질문할 기회를 갖게 되겠지만 당신은 굳이 일일이 대답할 필요 없어. 그리고 내가 그 자리에 함께 있을 거야."

"릭, 난 당신들이 일하는 방식이 적응이 안 되네요."

"당신들? 당신도 우리 중 하나야." 릭은 침대 옆 탁자로 손을 뻗어 흡입기 튜브가 달린 자그마한 금속 통을 집어 들었다. "얘기가 나왔으니 말인데, 오늘 약 먹었어?"

"일어나자마자 먹었어요. 맛이 참 싫더라고요……."

"아무 맛도 안 나는 약인데."

로즈는 침대 옆에 걸터앉아 수건으로 머리카락을 쓸어내렸다.

"나한테는 그렇지도 않아요. 화학약품 맛이 나요. 그 약을 먹으면서 불안하지 않아요?"

릭은 무광 금색으로 된 측면에 'C-343'이라고만 찍혀 있는 약통을 바라보았다. 워싱턴에서 붙인 약 이름이었다. 예비 실험은 잘 끝났다. 최신 버전 해독제는 그들을 죽이지 않을 것이다. 그들의 목숨을 구해주지 못할 수도 있지만 다른 약은 없었다. 이 프로젝트에 참여해 허가

받은 인원들은 모두 이 약을 먹으라는 명령을 받았다.

“다른 걱정거리가 많아서 이런 걸로 걱정할 틈이 없어.”

그가 알기로 아직은 비상사태가 아니었다. 그들은 앞으로 어떤 일이 닥쳐오든 한 단계 앞서 나가기 위한 방책을 세우고 있었다. 세계보건기구에 파견된 요원들은 IC-NAN 염기서열을 가진 토양 생물들을 이쪽으로 보내왔다. 로마 외곽의 자연보호구역에서 채집한 생물들로, 지금까지 남아시아와 중동 지역 외에서 유일하게 확인된 IC-NAN이었다. 카스피해 연안의 러시아 마을에서 ‘괴상한 호흡기 질환’이 발생했다는 뉴스, 베를린 북부와 일본 동부에서 ‘불치의 비열성 독감’이 나타났다는 새로운 소식이 보도됐다. 하지만 이런 질병을 IC-NAN과 연결 짓는 이는 없었다. 지금까지 미국 본토와 남아메리카, 캐나다에서 이런 질병이 발생했다는 보도도 없었다.

그를 향해 돌아앉은 로즈는 따뜻한 손으로 그의 뺨을 어루만지다가 미간을 찌푸리며 물었다.

“어젯밤에 사이렌 소리 들었어요?”

“모르겠어. 어젯밤 너무 바빴어.”

“진지하게 묻는 거예요. 이쪽 거리에 병원들이 있어서 평소에도 늘 듣기는 하는데, 어젯밤에는 평소보다 더 자주 들렸어요.”

릭은 방 저편의 영상 스크린 쪽으로 고개를 돌렸다. 최근 플렉스코인 평가 예측에 관한 보도가 나오고 있었다. 릭은 고개를 저었다.

“미쳐 날뛰는 거리 축제가 또 시작됐나보지. 레이저스가 경기에서 이길 때마다 난리잖아…….”

침대 옆 탁자에서 빗을 집어 든 로즈는 수건으로 물기를 닦아낸 머리카락을 천천히 빗질하기 시작했다.

"여길 떠나면 아쉬울 거예요. 그래도 프리시디오 연구소의 지휘권을 넘겨주고 로스앨러모스에서 풀타임으로 근무하게 되어서 좋기도 해요."

"나도 여기까지 오는 게 시간이 오래 걸리긴 해. 샌프란시스코까지 비행기를 타고 오면 지치더라고."

로즈는 빗으로 그의 팔을 장난스레 툭 쳤다.

"그래도 여기 오는 거 좋아하잖아요. 어쨌든 켄드라와 함께 일하게 된 건 좋네요. 5세대로 해야 할 작업이 아직 많아요……."

위잉 소리에 릭은 손목 폰을 내려다보았다.

"블랭컨십이야. 전화 좀 받을게." 릭이 화면을 손으로 건드리자 화면에 빛이 들어와 흐릿한 초록색 빛이 그의 얼굴을 밝혔다. "예."

"릭. 맥브라이드 대위와 통화를 해야 하는데, 지금 같이 있나?"

릭은 침대에서 일어서는 로즈의 매끈한 등 윤곽을 눈으로 훑었다.

"예, 그렇습니다……."

"일이 생겼어. 맥브라이드 대위가 여기로 와줘야겠어."

"거기로요? 워싱턴이요?"

"전화로는 자세히 말 못해. 대위가 여기 오는데 얼마나 걸리겠어?"

릭은 허리를 세우고 앉아 로즈의 눈을 마주 보았다. 로즈도 그를 다시 돌아보았다.

"글쎄요. 연방 비행장으로 데리고 가야 할 텐데. 낮이라 비행장까지 가는 데만 한 시간은 걸립니다……."

릭은 어색하게 몸을 뻗어 바닥에 떨어진 셔츠를 집어 올렸다.

“거기가 프리시디오인가?”

릭은 멈칫했다.

“아뇨. 대위의 집입니다.”

놀랍게도 장군은 곧장 말했다.

“대위의 아파트? 그래, 거기 주소라면 내가 가지고 있어. 노스 포인트 가잖아.”

“맞습니다.”

“15분 안에 그리로 차를 보낼게. 대위한테 출발 준비하라고 해.”

“저도 갑니까?”

“아니. 사이버 보안 전문가만 있으면 돼. 자네는 거기서 하던 일을 계속해. 오후에 자세히 말해줄게. 맥브라이드 대위의 사무실 전화로. PDT(태평양 연안 표준시) 15시에.”

“저…… 장군님. 그럼 맥브라이드 대위가 하기로 했던 발표를 제가 할까요?”

“그래. 다음 단계도 진행해. 봉쇄 말이야. 이제 프리시디오 연구소는 전보다 더 중요해질 거야.”

블랭컨십은 그대로 전화를 끊었다.

로즈는 촉촉이 젖은 적갈색 머리카락을 폭포처럼 등으로 드리운 채 그를 바라보았다.

“짐 싸는 거 도와줄게.”

“신경쓰지 말아요.” 로즈는 그의 팔에 가만히 손을 얹었다. “방해하지 말고 물러나 있는 게 더 나아요.”

릭은 의족을 끼우고 아픈 다리 위로 바지를 입었다. 머리카락을 당겨 묶고 장교복을 입은 로즈는 정부에서 지급 받은 작은 배낭에 세면 도구와 갈아입을 옷을 집어넣었다. 그리고 배낭 안쪽 주머니에 마지막으로 태블릿을 집어넣은 뒤, 남아 있는 수마트라 로스트 커피를 보온 텀블러에 넣고 흔들었다.

릭은 로즈와 함께 계단을 내려가며 해독제가 담긴 통을 내밀었다.

"여분을 챙겨 가."

로즈는 희미하게 웃으며 배낭에 집어넣었다.

"고마워요."

거리로 나서자 다시 사이렌 소리가 들려왔다. 복잡한 도로를 달려가는 구급차가 보였다. 도로 연석 옆에 세워진 정부 차량이 보였다. 운전석에 장교가 앉아 있었다.

릭은 로즈의 팔을 잡았다. 가벼운 외투를 입은 로즈가 몸을 떨고 있었다. 릭은 로즈의 입술에 가볍게 입을 맞추며 속삭였다.

"곧 다시 볼 거야. 알았지? 도착하면 전화해."

"알았어요." 로즈는 말갛게 빛나는 눈으로 말했다. "최대한 빨리 연락할게요."

차를 타고 떠나는 로즈의 얼굴이 서글퍼 보였다. 로즈는 이런 식으로 떠나고 싶어하지 않는 모습이었다. 그녀는 손으로 입술을 덮어 가렸다. 그렇게 그녀가 멀어지는 동안 릭은 그 자리에 남아 있는 그녀와의 키스를 마음에 담았다.

릭은 프리시디오 연구소 2층에 있는 로즈의 작은 사무실로 올라갔다. 건물 바깥의 잔디밭에 세워둔 표지판에는 이 연구소의 사명인 '평화를 촉진하고 새로운 리더를 양산한다'는 구호가 자랑스럽게 적혀 있었다. 오늘 릭은 명령에 따라 이 시설을 봉쇄하고, 로즈를 도와 명령 체계의 변화를 발표하기 위해 이곳에 왔다. 원래 계획과 달리 로즈 없이 혼자 그 일을 해야 했다. 프리시디오 구내를 안전하게 지키기 위한 마지막 조치도 시작해야 하는 상황이었다.

프리시디오에 모인 군인들을 마주보면서, 그는 그동안 로즈를 코치하며 도왔던 발표를 홀로 해나가기 시작했다. 봉쇄 조치에 관해 나름의 설명도 덧붙였다. 그는 프리시디오가 현재 모든 면에서 공식적으로 재위임되었고, 새로운 지휘관이 조만간 도착할 것이라고 말했다. 또한 거대한 가시철조망 울타리가 대문을 제외하고 프리시디오 연구소를 둘러싼 이유, 그 대문 옆을 군인들이 지키고 있는 이유도 설명했다. 무엇보다 레벨4 대기 태세에 따른 군수품 비축이 수반됐다.

그는 이런 조치가 필요한 이유를 제외하고 모두 설명했다.

그들은 군인들이었다. 명령에 따를 뿐 이유까지 알 필요는 없었다. 그래도 릭은 팀원들의 신경이 곤두서 있음을 느낄 수 있었다. 그들은 이런 발표를 왜 로즈 맥브라이드 대위가 아닌 릭 블레빈스 준장이 하고 있는지, 로즈는 어디 갔는지 의아해하고 있을 것이다. 발표를 마치고 걸어가는데 팀원들이 나지막하게 수군거리다가 그가 가까이 가자 입을 다물었다. 그들은 정확히 무슨 일이 벌어지고 있는지 알지 못했고, 릭은 답을 해줄 수 없는 입장이었다.

제기랄. 릭도 모든 답을 알지는 못했다. 블랭컨십이 했던 말이 머릿속을 맴돌았다. **이제 프리시디오 연구소는 전보다 더 중요해질 거야.** 무슨 뜻으로 한 말일까? 프리시디오를 이렇게 빨리 봉쇄하는 이유는 무엇일까? 릭은 블랭컨십 장군의 전화를 기다리며 상념에 잠겼다.

희미한 빛 속에서 반짝이는 무언가가 눈에 띄었다. 방 저쪽에서 그 물건이 조그맣게 색색깔의 빛을 뿌리고 있었다. 릭은 창가로 다가가 섬세한 금속 깃털 날개가 달린 조그마한 여자 조각상을 손가락으로 감아쥐었다. 그 조각상이 달린 가느다란 줄이 창문 걸쇠에 매달려 있었다. 호피족의 목걸이인가. 전에 로즈는 북미 원주민인 호피족 출신 비행사에 관한 얘기를 했었다.

로즈의 책상 위에 놓인 전화기가 울렸다. 그는 생각할 겨를도 없이 목걸이를 주머니에 넣고 방을 가로질러 가 전화기 버튼을 눌렀다.

"여보세요?"

"릭? 나야 조."

"예." 블랭컨십 장군의 이름이 조였다.

"기지를 봉쇄했어?"

"진행 중입니다. 로즈는 워싱턴에 도착했습니까?"

"조금 전에 왔어. 그런데 릭…… 우리 입장이 아주 곤란해졌어."

"그게 무슨……?"

"해킹을 당했어. 내부 소행이야. 데트릭 기지를 털었어. 이제 그들도 알아."

"그들이라뇨?"

"러시아인들이 한 짓 같아. 누구와 작당했는지 모르겠지만." 블랭컨십은 하소연하듯 힘겹게 말을 이었다. "놈들은 IC-NAN 기록 파일, 고세균 추적 파일, 해독제 작업 자료까지 접근했어. 이쪽 자료는 다 본 셈이야. 이제 그들은 타불라 라사, IC-NAN 프로젝트에 대해 알고 있어. 샘 로위키 국장은 그들이 그 정보들을 조합해 조만간 전염병 발생과 연결 짓고, 땅을 오염시킨 범인으로 우리를 지목할 거라고 보고 있어."

"로스앨러모스." 릭은 급히 생각을 정리하면서 머릿속을 오토 드라이브 모드로 돌렸다. "로스앨러모스와 연관이 있다는 걸 그들이 알았습니까?"

"아니. 우리가 파악하기로 아직은 아니야. 프로젝트의 각 부문에 대한 정보는 여기저기 나눠서 보관 중이거든. 데트릭 기지의 컴퓨터에 보관 중인 정보만 해킹당했어."

"세드 박사와 가르자 박사가 나눈 대화 내용은요?"

"그 정보도 따로 나뉘어 있어."

"로스앨러모스에 경고를 해줘야 하지 않겠습니까? 만일의 사태를 대비해서?"

"새로운 새벽 보안 책임자와 조금 전에 얘기를 나눴어."

"켄드라 젠킨스요?"

"어. 켄드라가 시설 안팎에서 이루어지는 모든 통신을 면밀히 관찰하고 있어. 우리는 만일의 사태에 대비해 켄드라에게 한밤중에 시설을 폐쇄하도록 지시할 생각이야. 비필수 통신은 중단될 것이고, 경보를 해제할 때까지 그곳에는 우리 쪽 기밀 요원들만 남기기로 했어."

"가르자 박사는 어디 있습니까?"

"로스앨러모스에. 이틀 전에 가르자 박사가 직접 해독제를 로스앨러모스 팀원들에게 전달했어."

"5세대는요?"

"가르자 박사가 5세대 배아들도 로스앨러모스로 가져다 놨어. 언제든 시작해도 되는 상태지만 아직 냉장 보관 중이야. 5세대 로봇들은 당분간 준비시키기 어려운데……."

릭은 손으로 이마를 짚으며 의자에 앉았다.

"장군님……."

"왜?"

"로즈는 안전할까요? 로즈의 안전을 보장해주실 수 있습니까?"

"여기 있는 우리와 마찬가지로 로즈도 안전해. 나만큼 안전하다고 할 수 있어. 그 점은 내가 보장할게."

머리가 쑤시기 시작한 릭은 길게 천천히 숨을 들이마셨다. 장군의 확신에 찬 대답을 듣고도 마음이 놓이지 않았다. 러시아인들이 타불라 라사 프로젝트에 대해 알게 됐다면 그들은 곧 워싱턴을 비난하면서 자기네가 알아낸 정보를 일반 대중에게 공개할 것이다. 그리고 생물 전쟁 관련 시설로 의심되는 곳을 파괴하고 질문은 나중에 하겠지. 러시아의 비밀 화학전 시설에 관한 정보를 취득한 미국이 늘 해오던 짓 아닌가? 아무도 안전하지 않았다. 로즈가 데트릭 기지에 계속 있었으면 안전을 보장할 수 없었을 것이다. 릭이 나지막하게 물었다.

"저는요? 저는 어떤 명령을 수행해야 합니까?"

"아직 내릴 명령은 없어. 그곳에서 사태를 지켜보고 있어. 다른 정보가 들어오면 곧바로 연락할게."

16장

제임스는 뒤로 기대어 앉아 눈을 비볐다. 컴퓨터 화면에서 흘러나오는 부연 푸른빛, 로스앨러모스 생물 실험실 문 밑에서 새어나오는 가느다란 네온 불빛 외에 사무실 안은 어두웠다. 그는 책상 맨 위 서랍에서 조그마한 흰색 판지 상자 하나를 꺼냈다. 엄지로 뚜껑을 열자 상자 안에 담긴 작은 통 두 개가 보였다. 두 칸에 각각 담겨 있는 그 통은 동그란 입구에 L자 모양 플라스틱 튜브가 달려 있었다. 통 하나를 꺼내 컴퓨터 화면의 빛에 비춰보았다. C-343. 해독제 복용 방법에 대해 루디가 했던 말이 떠올랐다. '각 통에는 백 번 투약할 분량이 들어 있어요. 흡입 장치를 통에 부착하고 방출 버튼을 누른 다음 깊게 들이마셔요. 하루에 한 번만 써야 합니다. 양은 충분하지만 우리가 이 약을 더 만들어낼 때까지 이거로 버텨야 돼요.' 제임스는 흡입 장치를 통에 갖다 대고 안개 같은 성분을 깊게 들이마셨다. 목 안에서 쓴맛이 올라왔다. 제대로 잘 만들어진 약이기를 바랄 뿐이었다.

제임스와 루디가 NAN 염기서열 오류를 수정하는 동안 4세대 고정 장치 사용이 연기됐다. 3개월이 눈 깜짝할 사이에 지나갔고, 제임스는 4세대 장치를 쓸 일이 없다는 사실을 받아들여야 했다. 인간이 살아남아 아이를 기를 수 있으리라는 가정은 더 이상 유효하지 않았다. 그들은 다음 단계인 5세대로 넘어갔다. 루디의 데트릭 기지 팀은 후보 배아의 유전자를 변형시켜 각 배아의 게놈이 NAN 염기서열을 포함하게 했다. 동부로 이동하면서 제임스는 성공 가능성이 제일 큰 배아들을 직접 선택했다. 사용 준비가 된 배아들은 현재 XO-봇 건물 뒤쪽의 냉동고에 보관 중이었다.

제임스는 화면에 나타난 배아들의 유전자 염기서열 데이터를 몇 번이나 확인했다. 켄드라의 말에 따르면 5세대 로봇은 몇 달 후에나 임무 수행 준비를 마칠 것이다. 그런 건 아무래도 좋았다. 그는 자동이든 아니든 마더 로봇들을 작동시킬 생각만으로도 울적해졌다.

그는 고개를 흔들었다. C-343 염기서열이 불안정할 수 있다는 두려움에 비하면 5세대 로봇에 대한 걱정은 아무것도 아니었다. 추가 실험을 진행할 시간도 없었다. 5세대 아기들의 목숨은 C-343 염기서열의 성공 여부에 달려 있었다. 며칠 전 승인받은 사람들이 새로운 성인 실험 대상자가 됐다. 소말리아에서 진행된 두 달 동안의 '예비 임상 실험'이 끝나고 제임스도 직접 실험 대상자로 참여했다.

"방해해서 미안해, 제임스." 고개를 들자 한 손에 얇은 태블릿을 들고 문간에 서 있는 켄드라가 보였다. "설비를 점검하는 중이야. 자네가 여기 있는지 확인하려고 왔어."

"늦은 시간이잖아요. 우리 같은 유령들 말고 여기 또 누가 있겠습니까."

"그런 식으로 말하지 마, 제임스. 긍정적으로 생각해야 해."

어둑한 빛 속에서 제임스는 켄드라의 얼굴을 바라보았다. 평소 늘 낙관적이던 그녀의 얼굴에 깊은 주름이 잡혀 있었다.

"무슨 문제라도 생겼습니까?"

켄드라는 한숨을 푹 쉬었다.

"데트릭 기지의 컴퓨터 시스템이 파괴됐어. 상부에서 우리 시설이 안전한지 확인할 때까지 우린 작업을 일시 정지해야 해."

제임스는 앉은자리에서 허리를 세웠다.

"파괴요? 누가 파괴한 겁니까? 뭘 가져갔대요?"

"아무것도 **가져가지** 않았어. 가져갔으면 사이버 보안팀이 즉시 포착했겠지. 놈들은 시설 내에 한동안 도사리고 있었던 모양이야. IC-NAN 데이터가 털린 것 같아."

"제기랄." 제임스는 일어서서 사무실 안을 서성였다. "언제 일어난 일입니까?"

"데트릭 기지에서는 오늘 아침에 그 일을 알았다고 해." 켄드라는 이마의 주름이 깊어졌다. "블랭컨십 장군은 우리가 이 시설을 폐쇄해야 할지에 관해 애매하게 말했어. 그러다 오늘 오후에 확답이 왔어. 지나치게 혼란을 일으키지 않고 처리할 수 있는 최적의 방법을 찾으려고 몇 시간 동안 고민을 좀 했지."

"루디도 아직 여기 있습니까?"

"나 여기 있어요." 마치 신호라도 받은 것처럼 켄드라의 뒤에서 루디가 사무실 안으로 들어왔다. "블레빈스 준장한테 전화를 받았어요. 나더러 여기 있으라고 하네요. 아무래도 여길 봉쇄할 작정인 것 같습니다."

"맞아. 사실 XO-봇 건물뿐 아니라 로스앨러모스 시설 전체를 봉쇄할 거야. 제임스, 보안 스캔을 해야 하니까 컴퓨터 시스템 꺼놔."

제임스는 화면을 바라보았다. 작고 하얀 상징들이 화면을 가로질렀다. 제임스는 아무것도 모르고 집에 있을 새라를 생각했다.

처음 로스앨러모스에 도착했을 때 그는 정부로부터 오메가 다리 맞은편의 현대적인 단층집을 숙소로 제공받았다. 남쪽으로 실험실이 잘 보이는 위치였다. 루디와 함께 살았던 하퍼스 페리시의 아파트보다는 훨씬 시설이 좋았고, 일터까지 차로 운전해 다니기도 좋았다. 그런데 몇 주 전 그는 XO-봇 건물의 임시 거주지로 거처를 옮기라는 요청을 받았다. 하지만 제임스는 켄드라의 조언을 받아들이기로 했다. 새라와 최대한 시간을 함께 보내기 위해 기회가 있을 때마다 몰래 빠져나가 새라의 아파트로 향했다. 덧문을 내린 그의 숙소는 새라에게 내보일 수 없는 그의 또 다른 비밀이었다. 그런데 며칠째 새라를 보지 못했다. 새라는 지난주에 세미나 때문에 캘리포니아 공과대학교에 갔었고, 수요일에는 전화로 병결을 알려왔다.

"다른 인력들은요?"

제임스의 물음에 켄드라가 대답했다.

"오늘 자정에 시설을 봉쇄할 거야. 한 시간도 안 남았어. 앞으로는 새로운 새벽 프로젝트 관련자들만 오메가 다리 대문이나 남쪽 대문을 통과할 수 있어. 자네와 나, 루디, 그리고 폴 맥도널드…… 비상시에도 이 건물이 계속 돌아가게 하려면 맥도널드가 꼭 필요해."

"비상시요?"

"경계 태세를 유지하라는 명령이 떨어졌어. 폐쇄 조치가 연장될 가능성에 대비하라는 명령도 받았어. 장군님은 어떤 희생을 치르더라도 5세대 소스 코드를 보호하라고 명령을 내렸어."

"이런 상황이 어서 끝나면 좋겠네요. 코드를 실행할 준비를 해야 하는데……."

"그러게." 켄드라는 태블릿을 내려다보았다. 태블릿 화면의 푸른빛이 그녀의 청록색 안경테를 비췄다. "꽤 심하게 해킹당했나봐. 이제 외부에서도 IC-NAN에 대해 알게 됐어. 데트릭 기지와 로스앨러모스와의 연결 고리를 발견하게 되면 우리도 이 일을 함께하고 있다는 걸 알아내겠지. 이번 봉쇄 조치 때문에 5세대 프로그램이 중지된다면 참담한 일일 거야. 나도 마더들에게 애착을 갖고 있거든. 로즈 맥브라이드 대위한테도."

루디가 말했다.

"그 대위의 실력이 좋다는 얘길 들었습니다."

"뛰어난 프로그래머이면서 심리학자지. 인공지능 전문가가 아닌데도 대단히 획기적인 작업을 해냈어."

이 말을 하면서도 켄드라는 태블릿의 사이트 맵을 훑어보면서 매끈한 태블릿 화면을 손가락으로 빠르게 문질렀다.

제임스는 다시 서성이기 시작했다. 로스앨러모스로 옮겨온 후부터 그는 맥브라이드의 팀이 5세대 프로그램에 전념하고 있다는 걸 알았다. 로봇과 단둘이 살아남아야 할 작은 인간의 안전과 안락함을 보장하기 위해 맥브라이드의 팀은 인간과 기계의 상호작용, 필요에 따라 로봇 보호자의 생존 조치를 포함한 인간 생존 안전장치 프로그래밍에 중점을 두고 모든 첨단 지식을 동원했다. 그들은 학습 이론과 바이오피드백, 인간과 기계의 정신에 동시에 작용하는 인공 신경망 같은 모든 전도유망한 기술들을 사용했다. 아이가 엄마에게 생존을 배우듯, 이 새로운 아이는 마더 로봇한테서 생존을 배워나갈 것이다. 그리고 마더는 아이의 신체적 욕구에 부응하게 될 것이다.

"인격 부여에 대해서도 들었어요?"

루디가 제임스에게 물었다.

"인격 부여요?"

제임스가 사무실 조명을 켜자 옆에 있던 켄드라가 눈을 깜박였다.

"정신의 수명을 연장하는 게 오랜 꿈이었잖아요. 정확히 말하면 의식의 수명이죠. 확실한 건 아닙니다만, 맥브라이드 박사가 이 분야에서 상당한 진전을 이뤄낸 것 같습니다."

"얼마나요?"

"우주로 나가거나 위험한 군사 임무를 수행해야 하는 여군들은 만일에 대비해 난자를 보관해놓는 게 일반적입니다. 나중에 민간인 신분으로 돌아갔을 때 정상적인 출산이 가능하지 않을 수도 있으니까요."

"예. 기증자의 신분에 대해서는 알고 있습니다……."

"맥브라이드 박사는 기증자들의 삶을 보호하는 것에서 한 걸음 더 나아갔습니다. 마더코드를 만들어냈죠."

마더코드라. 제임스는 한때 유전학에서 사용된 바 있는 오래된 용어를 듣고 미소 지었다.

"그건 컴퓨터 프로그램이잖습니까."

켄드라가 나섰다.

"맞아. 이상하게 들릴 수도 있어……. 나도 그 로봇들이 말하는 걸 들었는데…… 눈을 감고 들으면 기계가 말하는 것 같지 않더라고."

"아." 제임스는 한숨을 쉬었다. "저는 아직 그런 대화를 해본 적이 없어서요……." 그는 몸서리쳤다. 결국 이렇게 되는 건가? 인간을 코드로 저장한다고? "맥브라이드 박사는 자녀가 있습니까?"

"없어……. 지금 이 아이들이 맥브라이드의 자녀인 셈이야. 우리가 이 프로젝트를 제대로 수행해야 가능한 얘기지만." 켄드라는 검지로 태블릿을 단호하게 톡 치며 덧붙였다. "우리한테 운이 따라줄 것 같기는 해. 지금은 XO-봇 건물에 다른 사람을 더 들이지는 않을 계획이야. 다른 건물들은 이미 봉쇄됐어."

왼손에서 진동을 느낀 제임스는 손목 폰의 조그마한 화면을 내려다보았다. 빛이 들어온 화면에 '아버지'라고 떴다.

"죄송합니다. 전화 좀 받을게요."

그는 조용히 말하고는 수신 상태가 좋은 복도로 나갔다. 캘리포니아는 밤 10시가 막 넘은 시간인데 부모님은 밤 9시가 넘어서 깨어 있는 적이 별로 없는 분들이었다. 게다가 부모님은 어지간해서는 전화를 잘 사용하지 않았다.

"아버지? 무슨 일 있어요? 이렇게 늦은 시간에 웬 전화예요?"

"제임스, 너냐?"

아버지의 목소리가 쉬어 있었고 잘 들리지 않았다.

"예……." 아버지는 무언가에 정신이 팔린 듯 잠시 말이 없었다. 자그마한 집의 어두운 주방에 어쩔 줄 모르고 앉아 있는 아버지의 모습이 그려져 제임스는 심장이 빠르게 뛰기 시작했다. 뭔가 잘못된 것 같았다. "무슨 일이에요?"

"시간이 늦어서 전화 안 하려고 했다. 아침까지 기다릴까 했는데 네 엄마가……"

"어머니가 어디 아프세요?"

"독감 진단을 받았어. 몇 주 됐다. 시간이 지나면 괜찮아질 줄 알았는데 그렇지가 않아. 열은 없는데 기침을 계속해. 피도 뱉었고……"

"아버지." 제임스는 복도의 콘크리트 블록 벽에 등을 기댄 채 주저앉았다. 팔다리에 힘이 쭉 빠지면서 오만 생각이 다 들었다. "제가 그리로 갈게요. 최대한 빨리요. 일단 제 말대로 하세요. 어머니를 당장 병원으로 데려가세요. 병원에 데려가서 산소호흡기를 달게 하셔야 해요. 하실 수 있죠?"

"네 엄마가 몸이 너무 아파서 못 움직일 것 같아……."

"구급차 부르세요."

"내가 운전해서 가마."

"아뇨. 구급차 부르세요. 휴대폰 가져가는 거 잊지 마시고요. 제가 출발하고 곧바로 다시 전화할게요."

제임스는 사무실로 돌아왔다. 루디와 켄드라는 나가고 없었고 그의 컴퓨터 화면은 텅 비어 있었다. 디스플레이 전원을 끄고 해독제가 가득 담긴 조그마한 흰 상자를 챙겨 서류 가방에 넣은 뒤 재킷을 집어 들었다.

끔찍한 가능성들이 머릿속에 정신없이 흘러가는 가운데 그는 어느새 1층 로비로 이어지는 복도를 걸어가고 있었다. 폐렴일까? 아니면

폐암? 그날 오후 느지막이, 로봇 바리스타가 에스프레소를 만들어 가져다주길 기다리면서 그는 구내식당에서 흘러나오는 뉴스를 들었다. 그 뉴스 내용이 어렴풋이 기억났다. '서부 해안 독감'에 관한 내용이었다. **어떤** 독감인지 모르지만 IC-NAN은 아닐 것이다. 미국 본토에서 고세균이 발견됐음을 확인한 보고서는 아직 들어오지 않았다.

일단은 집으로 가는 게 급선무였다.

17장

로스앤젤레스 국제공항의 하이퍼루프 정거장에서 오토택시를 타고 베이커즈필드가 있는 북쪽으로 가는 동안 제임스는 또 새라 생각을 했다. 새라에게 전화해서 자신이 지금 어디 있는지 정도는 말해줘야 했다. 사실, 켄드라와 루디에게도 사정 얘기를 하고 나왔어야 옳았다. 한밤중에 연구소를 박차고 나오면서 그는 제대로 생각을 할 수가 없었다. 오른손으로 왼 손목을 확인했다.

제길. 손목 폰이 없었다. 앨버커키 공항의 보안 검색대를 통과할 때 개인소지품 통에 담아뒀던 기억이 났다. 서류 가방 안에 손을 넣어보니 판지 상자의 예리한 모서리가 만져졌다. 해독제였다. 그거라도 챙겼으니 다행이었다. 통의 코팅 때문에 검색대의 검사 로봇들이 모르고 넘어간 듯했다.

택시 뒷좌석 폰이라도 쓰려고 커버를 열었지만 언제나 그렇듯 폰이 있어야 할 자리는 텅 비어 있었다. 승객들이 택시의 폰을 툭하면 망가뜨리니 택시 회사에서도 계속 폰을 비치해둘 수 없는 모양이었다. 지친 그는 등받이에 등을 기대고 앉았다. 앨버커키 공항을 떠나는 비행편 중 제일 빠른 게 새벽 3시 20분 출발이었다. 야간 비행편의 자리를 확보하고 서둘러 보안 검색대를 통과하기 전에 아버지에게 전화했지만 연결되지 않았다. 지금은 폰이 없으니 아버지는 물론이고 어느 누구한테도 연락할 수가 없었다.

무인 택시가 도로를 벗어나 진출로로 빠지자 제임스는 눈을 떴다. 택시는 옆 골목으로 들어서고 있었다. 베이커즈필드 종합병원의 간판이 저 앞에 보였다. 그런데 병원 앞에 잔뜩 모인 사람들 때문에 입구가 보이지 않았다.

"여기서 내려줘."

제임스가 말했다. 택시가 연석 쪽으로 다가가고 안전벨트가 느슨해졌다. 그의 앞쪽 좌석 등받이에 빨간 LED가 요금을 알려주었다. 리더기에 카드를 갖다 대자 로봇 여자 목소리가 말했다.

"감사합니다."

택시에서 내리자 꽃가루 섞인 늦봄의 공기에 눈이 따가웠다. 서류가방을 손에 쥐고 관목 사이를 지나, 병원 응급실 출구를 막아놓은 커다란 흰 천막 쪽으로 걸어갔다.

천막 안으로 들어가보니 사람들이 임시 검사 구역 사이로 천천히 이동하고 있었다. 장갑을 낀 간호사들이 사람들의 혈압과 맥박을 재고 귓속에 열 스캐너를 집어넣어 피부와 목구멍, 눈 상태를 확인한 뒤 클립 태블릿에 신속하게 기록했다. 제임스는 고개 숙인 사람들 너머로 아버지의 익숙한 트위드 모자가 보이는지 둘러보았다. 몸을 움츠리고 벽을 따라 걷다가 응급실로 이어지는 큼직한 양여닫이문으로 다가갔다. 카키색 군복을 입은 군인 두 명이 허리춤에 보란듯이 무기를 차고 문을 지키고 서 있었다. 주 민병대였다.

응급실 보초를 서던 군인이 다가와 앞을 가로막았다.

"죄송하지만 줄 서십시오."

"아버지를 찾으러 왔습니다."

다른 보초가 제임스를 빤히 쳐다보며 물었다.

"성함이?"

"저요? 제임스 세드입니다."

그는 고개를 끄덕이고는 손목 폰에 제임스의 이름을 입력했다. 이동 무선 장치에 대고 무어라 중얼거리며 헬멧을 매만지고는 다시 제임스를 쳐다보며 말했다.

"그레이슨 박사님이 잠시 기다리시랍니다. 곧 나오신답니다."

그레이슨……. 그 이름을 전에 어디서 들어봤더라? 제임스는 응급실 문 앞을 둘러보았다. 다양한 나이대의 사람들이 모여 있었는데 그중 노인들의 상태가 제일 안 좋아 보였다. 휠체어도 모자란 상태라, 어쩔 수 없이 간호조무사들이 주차된 차에서 비틀거리며 내리는 환자들을 부축해주고 있었다. 환자 대부분이 기침을 토해내고 있었다. 내용물이 거의 나오지 않는 지독히 마른기침이었다. 제임스는 식은땀이 확 나면서 저도 모르게 해독제가 들어 있는 서류 가방으로 손이 갔다.

"제임스?"

고개를 돌리자 흰 가운을 입고 한쪽 어깨에 청진기를 걸친 키 작고 안경 쓴 여자가 서 있었다.

"로버타?"

로버타 즉, 로비와는 수년 동안 알아온 사이였다. 고등학교 때 친구로 처음 만났고 그 후 로비는 그의 부모님의 주치의가 됐다. 예전 이름은 로비 왈러였다. 희끗희끗하게 센 성긴 머리카락을 가벼운 바람에 휘날리는 이 창백한 의사를 그는 바로 알아보지 못했다.

로비는 가쁜 숨을 몰아쉬며 말했다.

"너희 아버지가 널 잘 지켜봐달라고 부탁하셨어."

"아버진 지금 어디 계셔?"

"입원시켜드릴 거야."

"어머니는?"

로비는 그의 눈을 바로 보지 못했다.

"중환자실에. 따라와. 아버지 계신 곳으로 데려다줄게."

로비는 그에게 파란색 종이로 된 마스크를 내밀면서, 본인도 코와 입을 덮는 마스크를 썼다. 그리고 앞장서서 응급실 문 너머, 바퀴 달린 들것들이 가득한 곳으로 걸어 들어갔다.

"이게 다 무슨 일이야?"

제임스가 물었다. 어리석은 질문이었다. 어쩌면 여기 모인 사람들 중 그 질문에 대한 답을 아는 유일한 사람이 바로 제임스일 것이다.

로비는 길게 뻗은 복도를 걸어가면서 그에게 고개를 반쯤 돌리고 대답했다.

"아직 소식 못 들었어?" 로비는 좀 덜 붐비는 복도로 들어서자 걷는 속도를 높였다. "처음에는 유행성 독감이 시작됐나 싶었어. 질병관리센터의 헬스봇 앱이 사용자 보고서를 올리면서 경고등을 울리기 시작했거든. 그런데 이상한 게 증상 중에 발열이 없는 거야. 주 보건부는 감염 패턴을 찾으려고 매개체를 추적하고 있어. 이게 다 지난 며칠 동안 일어난 일이야. 이 나라에서 병증이 보고되기 시작한 게 며칠밖에 안 됐어. 사람들이 죽어가고 있어, 제임스. 헬스봇에 따르면 캘리포니아주뿐만 아니라, 플로리다주와 조지아주에서도 사망자가 나오고 있어. 아무래도 조만간 이곳에 인력 증원이 필요해질 것 같아."

오른쪽 모퉁이를 돈 그들은 창문 하나 없는 좁은 복도로 들어섰다. 복도 양옆 벽에 난간이 설치돼 있고 금속제 들것들이 더 많이 보였다. 마스크 때문에 로비의 목소리가 조그맣게 들렸다.

"제임스, 질병관리센터에서 아직 아무 지시도 못 받았어. 대체 이게 뭘까?"

"나도…… 모르겠어."

제임스는 속이 울렁거렸다. 거짓말은 아니었다. 애틀랜타에서 무슨 일이 벌어지고 있는지는 그도 알지 못했다. 하지만 만약 이게 그 병이라면, 종말의 시작이라면…… 질병관리센터는 명령에 따라 계획대로 일하고 있을 것이다. 보도 제한. 손해 최소화. 전반적인 공포 상태 회피. 최후까지 희망을 잃지 않기. 제임스는 날카롭게 숨을 들이마셨다. **침착하자. 침착해야 한다.**

그때 새라의 목소리가 머릿속에서 울렸다. **요즘 감기 기운이 좀 있는 것 같아**……. 새라는 나흘 동안 꼬박 캘리포니아에 가 있었다. 거기 있는 동안 이 병에 접촉했을 가능성이 있지 않을까? 어젯밤 앨버커키 공항에서 꾸벅꾸벅 졸며 영상 스크린으로 본 프로그램들을 머릿속에 떠올려봤다. 진통 크림 광고와 식이 보충제 광고, 중국 중부 지역에서 발생한 홍수에 관한 뉴스. 유행성 독감에 관한 내용은 없었다.

적어도 미국 내에서 발생했다는 소식은 듣지 못했다. 일순간 그는 마음이 살짝 놓였다. IC-NAN이 여기까지 퍼지지는 않았을 것이다. 국방부에서 아직 아무 메시지도 받지 못했다.

뱃속이 울컥했다. 어쩌면 나라 전체가 공황 상태에 빠지지 않게 하기 위한 정부의 계획일 수도 있었다. 만약 미국 내에서 전염병이 발발한 징후가 보였다면 연방 정부는 언론에 재갈부터 물릴 것이다. 그리고 국방부는 제임스의 손목 폰으로 경보 메시지를 보냈겠지. 그가 공항 보안 검색대에 두고 온 폰에 말이다. 아마 이런 메시지가 왔을 것이다. **'코드 레드. 자세한 지침을 보려면 공인된 폰으로 접근 암호 입력 바람.'**

제임스는 주먹을 쥐고 마음을 다잡으며 말했다.

"들은 얘기가 없어……."

그들은 어느 바퀴 달린 들것 앞에서 멈춰 섰다. 로비가 말했다.

"미안. 병실이 없어서. 그래도 네가 있고 싶은 만큼 아버지 곁에 있어도 돼."

제임스는 들것을 내려다보았다. 하얀 극세사 깔개에 누워 있는 아버지의 얼굴이 하도 창백해서 깔개와 구분이 안 갈 지경이었다. 압둘 사이드는 떨리는 손으로 산소마스크의 마우스피스를 치웠다.

제임스는 구부정하게 서서 아버지의 활력 징후를 보여주는 모니터들을 조용히 바라보았다. 끼고 있던 마스크를 벗자 목으로 열기가 훅 올라왔다. 마른기침과 모니터의 삐이삐이 소리, 독한 소독약 냄새 사이에서 제임스는 그들만의 공간을 만들고자 최선을 다했다.

아버지는 극심한 고통에 시달리는 폐로 힘겹게 숨을 내쉬었다.

"아들, 와줘서 고맙다……."

"마스크 계속 쓰고 계세요."

"할말이 있어."

"어머니 얘기예요? 어머니가 중환자실에 계신다고……."

"아니야……." 먼 곳을 바라보는 듯 압둘의 검은 눈동자가 흐릿해지더니 떨리는 눈꺼풀을 내리감았다. 제임스는 아버지의 힘없는 손을 찾아 쥐며 다음 말을 기다렸다. 제임스가 산소마스크를 집어 들고 엉킨 튜브를 풀어 다시 끼워드리려는데 아버지가 깊은 목소리로 다시 입을 열었다.

"난 너를 보호하고 있다고 생각했어. 네가 자유롭게 살기를 바랐거든. 내가 말을 하면 나한테 무슨 일이 생길까봐 두렵기도 했고. 그래도 좋은 아버지라면 진실을 얘기할 용기가 있어야겠지."

"진실이요?"

"잘 들어." 눈을 뜬 압둘은 짧고 날카롭게 호흡하면서 가느다란 손으로 들것의 난간을 붙잡고 힘없이 일어나 앉았다. "전에 내가 고아라고 얘기했는데 거짓말이었어……."

"제발 다시 누우세요." 아버지를 얇은 매트리스에 도로 눕히는데 늙은 몸의 앙상한 등뼈가 손에 만져졌다. "지금은 그러실 때가 아니에요……." 제임스는 누군가 듣고 있을까봐 얼른 주변을 둘러보았다. 하지만 이쪽으로 귀를 세우고 있는 사람은 없었다. 다른 들것에 누운 사람들은 끝없이 기침을 했고 흰옷을 입은 의료진들은 무력한 유령들처럼 그들 주변을 맴돌 뿐이었다.

아버지가 제임스의 손을 잡았다.

"내가 아주 어렸을 때 어머니가 돌아가신 건 맞아. 하지만 나한테는 아버지와 형, 남동생이 있었어. 형의 이름은 파루크이고……"

"아버지의 가족이요?"

"그래."

"그분들이 아직 살아 계시면…… 제가 그분들에게 전화할까요?"

"잘 들어." 압둘은 숨을 헐떡였다. "잘 들어야 돼." 아버지의 눈을 마주보면서 제임스는 턱에 힘이 절로 들어갔다. "파루크 형은…… 나쁜 짓을 했어……. 무기 공급도 하고 암살도 하고."

지원을 요청하는 간호조무사의 외침이 공기를 날카롭게 갈랐다. 제임스는 앞으로 몸을 기울였다.

"혹시 **아버지도**……?"

압둘은 눈이 휘둥그레졌다.

"아니. 아니야! 그런 게 아니라…… 난 미국인들이 형을 붙잡아가게 도왔어."

제임스는 아버지의 팔에 손을 얹었다.

"옳다고 생각한 일을 하신 거잖아요."

"미국인들은 조직의 책임자를 찾기 위해 도움이 될 만한 정보가 필요하댔어. 내 가족 중에 누구든 다칠 일은 없게 하겠다고 나한테 약속도 했어. 난 그들을 믿었지."

"그들이 거짓말을 했어요?"

"내가 그들이 원하는 정보를 넘겨주자마자 그들은 형을 죽였어."

그 말이 제임스와 아버지 사이의 공간에 둥둥 떠서 멈춰버렸다.

"형은 자식을 둔 아버지였어. 남편이기도 했고."

"아버지…… 정말 안타까운 일이에요……."

"미국인들은 나더러 안전하게 살고 싶으면 미국으로 가는 게 좋을 거라고 했어. 난 네 엄마를 함께 데려가도 된다는 약속을 해달라고 했지. 그들은 자기네가 한 일에 대해 입을 다문다면 그렇게 해주겠다고 했어."

제임스는 아버지의 얼굴을 찬찬히 바라보았다. 아버지는 아직 하고 싶은 얘기가 남은 얼굴이었다.

"할아버지는요? 아버지 동생은요?"

"세상을 하직했어. 죽임을 당했지. 나 때문에 다 죽었어."

제임스는 아버지의 가느다란 회색 머리카락을 쓰다듬었다. 그리고 입에 찬찬히 산소마스크를 씌워주었다.

"아버지 잘못이 아니었어요."

아버지는 들것 옆으로 손을 뻗어 더듬었다. 아버지의 소지품이 담긴 비닐봉지가 그곳에 놓여 있었다. 아버지는 비닐봉지 안에서 두툼한 책 한 권을 꺼냈다. 표지에 환한 금색 상징이 양각으로 새겨져 있었다. 아버지는 다시 산소마스크를 벗고 중얼거렸다.

"네 엄마가 주는 선물이다. 네 엄마가 알라의 품에서 편히 쉬도록 기도해다오."

제임스는 책을 받아 오른손으로 책등을 잡았다. 가죽 표면이 마치 살아 있는 생물의 피부처럼 따뜻했다. 얇은 페이지들을 손가락으로 쓰다듬었다. 페이지마다 다채로운 디자인으로 된 틀이 깔끔한 아랍어 글자들을 감쌌다. 코란이었다. 제임스는 아버지를 바라보았다.

"편히 쉬라뇨……? 어머니가……?"

아버지는 놀라울 정도로 세게 제임스의 팔을 잡았다.

"아들, 넌 우리의 새로운 집에 미래를, 기대할 만한 나날들을 안겨줬어. 하지만 우린 네게 네 과거를 주지 않았어. 어떤 아이든 자기 뿌리에 대해 알 권리가 있는데 말이야."

제임스는 아버지의 손에 살며시 손을 얹었다.

"제가 어머니를 찾아볼게요. 꼭 찾을게요."

서류 가방에 코란을 넣는데 조그마한 판지 상자의 모서리에 손가락이 닿았다. 금색 통 안에 담긴 치료제였다. 아니, 엄밀히 말하면 치료제가 아니라 예방약에 불과했다. 그나마 효과도 확실히 알 수 없었다. 팔다리가 마비되는 기분이었다. 그는 깊게 숨을 들이마셨다. 그의 폐는 아직 깨끗했다. 기침도 나오지 않았다. 이제 확실해졌다. 워싱턴에서 코드 레드*를 알리는 문자가 오든 말든 이제 아무 소용없었다. 여기 있는 모든 사람들, 그리고 앞으로 이곳을 찾을 무수한 사람들은 회복을 기대할 수 없었다. 이미 늦었다. 아버지는 오랜 세월 어마어마한 죄책감을 짊어지고 살아왔다. 하지만 이 죄책감에 비할까? 제임스가 짊어져야 할 죄책감은 훨씬 더 지독했다. 그는 세상을 구하고자 했으나 아버지조차 구할 수 없었다. 아무도 구하지 못했다.

* 매우 심각한 위기 상황에 대한 경고.

18장

워싱턴에서 예정된 회의가 시작되기를 기다리는 동안 릭은 로즈의 사무실 의자에 구부정하게 앉아 컴퓨터 화면에 시선을 붙박았다.

어제 오후 블랭컨십 장군의 전화를 받은 뒤로 릭은 프리시디오를 떠나지 않았고 외부와는 딱 한 번 통화했다. 통화 상대는 로스앨러모스의 루디 가르자 박사였다. 루디가 무사하다는 것, 그리고 로스앨러모스에서 5세대 배아들을 계속 지켜볼 예정이라는 것을 확인한 후 릭은 로즈의 보안 전화 옆에 줄곧 붙어 앉아 워싱턴에서 소식이 오기를 기다렸다. 화장실에도 잠깐씩만 다녀오고 로즈의 사무실 안에 마련된 긴 의자에서 새우잠을 잤다. 그렇게 전화를 기다리는 동안 그는 봉쇄 조치 이후의 상황에 관해 프리시디오 팀이 보내는 보고서를 읽으며 시간을 보냈다. 크리시 필드의 낡은 격납고에는 군수품까지 채워두었다. 이 주변은 보안이 잘되어 있었다. 마침내 오후 느지막이, 릭의 손목 폰에 수수께끼 같은 문자가 떴다. **'16:00 회의 예정.'**

전날 그가 프리시디오의 팀원들에게 한 발표는 시기상조였던 것 같았다. '필요에 따라 공개될 수도 아닐 수도 있는 이유 때문에' 프리시디오 연구소는 '대단히 조심스럽게' 무장 봉쇄되었다. 지금까지 릭이 파악한 바로는…….

세계 곳곳에 배치된 미군 기지들과 마찬가지로, 이 시설도 고세균 전염병 확산에 관한 실제 통계가 아니라 최악의 경우를 고려한 예측에 따라 봉쇄되었다. 데트릭 기지가 사이버 공격을 당한 일 때문이라고는 할 수 없었다. 그 일은 워낙 기밀 사항이라 아직도 팀원들에게 알려지지 않았다.

물론 사이버 공격 자체만으로도 군사 대비 태세에 들어가고도 남을 재앙이었다. 러시아나 다른 국가의 첩보 요원들이 정체를 드러내면서까지 한 일이니 그만한 이유가 있을 것이다. 안 그랬으면 그들이 어째서 데트릭 기지의 파일 정보를 확보하려 혈안이 되어 있었을까? 샘 로위키 국장의 말처럼 그들이 러시아에서 발병한 환자한테서 IC-NAN을 분리해냈기 때문일까? 역설계로 출처를 알아내려 했던 걸까? 해킹도 참 교묘하게 했다……. 그들은 데트릭 기지에 보관된 파일들 중 어떤 파일을 열어야 하는지 어떻게 알았을까? 조직 내부에 숨어 그들에게 정보를 제공하는 쥐새끼가 있을 가능성이 컸다……. 릭은 생각을 그만하려 했지만 의지대로 되지 않았다. 과도한 추측으로 섣부른 결론을 내릴 필요는 없었다.

지금 이곳은 해킹당하지 않았지만 릭은 프리시디오 봉쇄가 때 이른 조치라고는 보지 않았다. 로즈의 컴퓨터 화면 하단에 흘러가는 뉴스를 보니 더욱 확신이 섰다. '치명적인 독감이 캘리포니아를 강타', '독감 환자들이 병원에 넘쳐나자 의사들 좌절' 같은 뉴스 문구들이 보였다. 베이 지역 병원 앞에 멈춰서는 차량들, 산소 탱크에 연결된 산소마스크를 쓰고 바퀴 달린 들것으로 옮겨지는 환자들. 로즈의 사무실 창문 밖에서는 구급차의 사이렌 소리가 끝없이 바람에 실려 왔다. 프리시디오에 배치된 인력들은 도시 거리에서 점점 심해지는 공황 상태, 식료품 가게의 식료품을 싹쓸이하고 생수를 사재기하는 사람들 소식을 주고받았다. 설상가상으로 캘리포니아 주지사는 비행기가 캘리포니아주로 들어오지도 나가지도 못하도록 했다. 어제 도쿄 관련 뉴스를 본 기억이 났다. 거리를 오가는 행인들은 죄다 마스크를 썼고 기자들은 마이크에 대고 기침을 콜록거리며 보도하는 모습이었다……. 더는 부정할 수 없었다. 이게 현실이었다. IC-NAN이 드디어 눈앞에 닥쳐온 것이다.

갑자기 영상 스크린이 꺼졌다. 화면 한가운데에 빛이 켜지자 그는 눈을 찡그렸다. 손으로 원을 그려 밝기를 조정하는데 별안간 화면에 크고 빨간 **'긴급'**이라는 글자가 뜨더니 곧장 **'코드 레드'**라는 글자로 이어졌다. 긴급과 코드 레드가 번갈아 몇 초가량 깜박였다. 로즈의 책상 위에 놓인 전화기가 울렸다.

"준장, 맥브라이드 박사의 컴퓨터로 자네의 개인 접근 암호를 입력하고 대기해."

블랭컨십 장군이었다. 전화는 딸깍 소리와 함께 끊어졌다.

릭은 전장에서 들인 오랜 습관대로 암호를 외우고 있었다. 로즈의 컴퓨터 화면을 들여다보며 천천히 신중하게 암호를 입력했다. 뒤로 기대어 앉는데 양손이 떨렸다. 코드 레드라니.

화면에 길쭉한 방이 나타났다. 릭은 잠시 후에야 그게 어떤 방인지 알아챘다. 동영상으로만 봤지 실제로 가본 적은 없는 곳, 바로 대통령이 쓰는 백악관 상황실이었다. 릭은 방 끄트머리의 의자에 앉아 있는 제럴드 스톤 대통령을 아뜩하게 바라보았다.

대통령은 태블릿을 잠깐 훑어보다가 옆에 조심스럽게 내려놓았다. 대통령이 끼고 있던 돋보기안경을 벗자 천장의 조명등 불빛이 안경 렌즈에 반사되었다. 대통령은 침착한 목소리로 말했다.

"신사 숙녀 여러분, 우선 노고에 감사드립니다. 어려운 임무였을 텐데 잘 수행해줬어요."

방 한쪽 어딘가에서 조그맣게 쿵 소리가 들렸다. 누가 물건을 떨어뜨린 모양이었다. 물건을 떨어뜨린 사람이 초조하게 그 물건을 집어 들며 "죄송합니다"라고 말하는 소리가 들려왔다.

"여러분 중 일부가 알고 있다시피, 사태가 악화됐습니다. 서부 해안 지역에서 발생한 독감을 조사한 결과 IC-NAN이 원인인 것으로 밝혀졌어요. 남동 지역에서 발생한 몇몇 건에 관해서도 확인을 마쳤습니다."

방 안이 어두워지고 대통령의 등뒤 벽에 미국 지도가 나타났다. 감염된 것으로 판단되는 지역들을 표시한 지도였다.

"우리는 러시아와 유럽 일부 지역, 중국, 일본, 중동에서…… 그리고 초기 감염 지역에 가까운 남아시아에서 병이 발발한 것을 확인했습니다." 지도가 확대되자 핏자국처럼 빨간 점들이 보였다. "이제 미국 전체가 감염되기까지 시간이 얼마 남지 않은 것 같습니다."

대통령의 깊은 한숨에 통신이 잠시 흔들렸다.

"우리는 코드 레드를 발령했습니다. 그리고 힘든 결정을 내려야 했어요. 여러분도 알다시피 현재 우리가 공급할 수 있는 해독제의 양은 얼마 되지 않습니다. 해독제 제조 공정은 중요 인사로 분류된 여든네 명의 개인들을 포함해, 프로토콜에 올라 있는 사람들에게 우선적으로 해독제를 공급하는 방향으로 진행되고 있습니다." 대통령은 방 안을 둘러보며 덧붙였다. "물론 여러분은 모두 그 명단에 들어 있습니다."

릭은 다리의 통증을 줄이려 두 손으로 의자 옆을 잡고 앞으로 몸을 기울여 화면을 살펴보았다. 로즈는 화면에 없었다. 화면 안에서 손들이 위로 올라갔다.

"다른 나라는 어떻게 됩니까?"

방 안 어딘가에서 어떤 여자가 대통령에게 질문을 했다. 로즈는 아니었다.

대통령은 두 손을 내려다보다가 대답했다.

"우리는 세계보건기구에 해독제 염기서열 관련 정보를 보냈습니다. 그들은 세계 곳곳의 안전한 지역에 위성 실험실을 마련하고 있습니다. 최대한 서둘러 해독제를 제조하게 될 겁니다."

릭은 화면을 바라보았다. 대통령은 다른 나라에서 독자적으로 해독제를 생산하기까지 시일이 얼마나 오래 걸릴지 잘 알고 있었다. 그동안 릭은 다른 나라의 보건 기관들과 정보를 공유하고, 사실을 투명하게 공개해야 한다고 주장했지만, 윗분들은 그의 호소를 들은 척도 하지 않았다. 해독제 정보를 공개해봤자 다른 실험실들은 해독제 생산을 위한 발판을 마련할 시간조차 부족할 것이다. 릭은 비상시 대응 관련 훈련을 받은 대로 생각의 방향을 맞췄다. 지금이야말로 주장을 고수해야 할 때였다. 그리고…… 그는 머리를 빠르게 굴리며 앞으로 몸을 기울였다.

"질문해도 되겠습니까?"

"그래요, 준장."

"로스앨러모스는 어떻게 하실 계획입니까?"

"새로운 새벽 프로젝트 말인가요?"

"예."

대통령은 천천히 숨을 들이마시다가 옆으로 시선을 돌렸다.

"조?"

대통령의 요청에 조 블랭컨십 장군이 나서서 굵은 목소리로 대답했다.

"우린 로봇에게 맡기는 건 승산이 없다고 늘 생각해왔어, 릭. 원하는 결과를 얻기 위해 집중해야 해. 지금 중요한 건 해독제야."

대통령이 말했다.

"준장도 알다시피 지금 로스앨러모스에서 해독제 작업을 하는 인원은 세 명뿐이에요. 세드 박사, 젠킨스 박사, 그리고 맥도널드 중위죠. 모두 귀중한 자산입니다. 그들을 데트릭 기지로 돌려보내 해독제 생산을 돕게 하세요. 가르자 박사도 아직 로스앨러모스에 있는 걸로 아는데, 가르자 박사도 그 인원들과 함께 데트릭 기지로 돌려보내세요."

릭의 귀에 그 말은 들어오지 않았다. 그는 온통 로즈 생각뿐이었다.

"데트릭 기지는 어떻게 하실 겁니까? 사이버 공격에 대해 밝혀진 사실이 있습니까? 첩자가 있었나요?"

블랭컨십이 대신 차분하게 대답했다.

"조사 중이야, 릭."

그때 상황실 측면에 앉아 있던 큼직한 안경을 쓴 마른 여자가 말했다.

"첩자가 있는지 여부는 아직 알아내지 못했습니다만, 더는 해킹당하지 않을 거예요. 시스템을 최대한 신속하게 정리했고 트랩도어*도 모두 닫았어요."

릭은 침착하게 말하려고 애쓰며 물었다.

"맥브라이드 대위도 프리시디오로 돌아오지 않는 겁니까?"

블랭컨십이 대답했다.

"어. 대위를 대신할 인원도 보내지 않을 거야. 대위가 하던 일은 대위의 부관한테 맡겨."

"맥브라이드 대위의 부관은 해독제를 투여받지 못하는데……"

"알아. 앞으로 며칠 간 거리의 질서 유지를 위해 프리시디오에서 임무를 수행해야 한다고 부관한테 말해. 세계 곳곳에 있는 우리 군 기지들은 모두 경계 태세에 돌입해 민간 지원 임무를 수행하게 될 거다."

기운이 쭉 빠진 릭은 뒤로 기대어 앉았다. 프리시디오의 팀은 어쩔 도리 없이 마지막 임무 수행을 맡게 됐다. 릭은 블랭컨십에게 물었다.

"저는 어떻게 할까요?"

"워싱턴으로 돌아오는 비행기에 탑승해."

"하지만 비행기 이륙이 안 되는 상황인데……"

"군 비행기는 예외야."

"알겠습니다."

* 시스템 설계자가 고의로 만들어놓은 시스템의 보안 구멍.

늦은 오후의 햇살 아래 눈을 깜박이던 릭은 연구소 본부 건물의 앞 현관으로 걸어나갔다. 한때 군이 쓰다 버린 스콧 기지는 군복을 입은 남녀로 북적였다. 젊은 남자 군인이 다가와 경례를 붙였다.

릭이 말했다.

"병장, 연방 비행장으로 최대한 빨리 가야겠어."

"예, 준장님. 랄스턴 대로에 차를 대기시켜뒀습니다."

릭은 젊은 장교를 따라 건물 옆으로 돌아갔다. 창유리에 선팅이 된 별 특징 없는 검은 차가 저 앞에 보였다.

"맥브라이드 대위의 아파트로 먼저 좀 가주겠나? 거기서 소지품 몇 개를 갖다달라는 부탁을 받아서 말이야."

물론 거짓말이었다. 병장은 멈칫하는 기색 없이 바로 대답했다.

"알겠습니다."

릭은 뒷좌석에 앉았고 젊은 병장은 로즈가 사는 아파트 건물의 좌표를 확인했다.

릭이 탄 차가 도시의 거리를 향해 나아갔다. 롬바드 게이트 앞에서 보초를 서던 두 군인이 차를 향해 경례했다. 릭이 탄 차는 다리 앞에서 좌회전해 라이온 가를 따라 북쪽으로 나아갔다. 릭은 엔지니어들이 옛 프리시디오 구내 경계선을 따라 세워놓은 높은 철조망을 바라보았다. 차는 우회전해서 프란시스코 가를 달리다가 왼쪽으로 꺾어 디비자데로 가로 향했다. 그들 앞에서 구급차가 북쪽으로 달려가고 있었다.

릭은 로즈의 부관에게 최악의 상황에 대비하라고 지시를 내려두었다. 웨스트포인트 육군사관학교를 갓 졸업한 젊은 대위였다. 릭은 그

대위가 상황에 맞춰 기민하게 움직일 수 있는지 가늠해보았다.

"응급구조대원들이 많이 바쁘겠어."

릭의 말에 병장이 대답했다.

"예, 준장님. 이 병이 공포를 조장하는 건 분명해 보입니다. 사람들 말로는 독감이라는데 이런 독감은 본 적이 없습니다. 로스앤젤레스에 사는 저희 어머니도 오늘 아침에 응급실에 가셨어요." 병장은 잠시 입을 다물고 있다가 그를 불렀다. "준장님?"

"어, 병장."

"맥브라이드 대위님은 지금 어디 계십니까?"

릭은 젊은 군인의 뒤통수를 바라보았다. 짧게 깎은 머리에 각진 턱을 가진 젊은 남자였다. 릭은 차창 너머로 부산한 거리를 내다보았다. 그들은 준비가 되어 있지 않았다. 준비될 수가 없었다. 이곳을 다시는 못 보게 될 가능성이 컸다. 다시 보게 된다고 해도 지금과는 다른 풍경일 것이다.

"워싱턴에서 열리는 회의에 참석하러 갔어."

릭은 더 길게 설명하지 않았고 병장도 더는 묻지 않았다.

우회전해 노스포인트 가로 들어선 차는 몇 집을 지나 연석 옆에 멈춰 섰다. 릭이 말했다.

"대기하고 있어. 금방 내려올게."

로즈의 집이 있는 2층으로 힘겹게 계단을 올라간 릭은 주머니에서 열쇠를 꺼내 현관문을 열고 들어갔다. 이불이 바닥에 떨어져 있었다. 어제 아침에 급하게 나오느라 미처 치우지 못했다. 멍하니 이불을 집어 들어 침대 위로 던지는데 로즈의 체취가 느껴졌다.

벽장 옆 의자 위에 그의 작은 여행 가방이 놓여 있었다. 그는 소지품 몇 개를 그 가방에 집어넣었다. 사실 굳이 여기 들를 이유는 없었지만 오고 싶었다. 지나간 시간의 마지막 모습을 눈에 담아두고 싶었다. 침대 맞은편 벽에 걸려 있는 영상 스크린에서 들릴 듯 말 듯 한 목소리가 흘러나오고 있었다. 릭은 허리를 굽혀 전원을 끄려다가 멈칫했다.

"메릴랜드주 중부 지역에서 폭발 사고가 발생했다는 소식입니다."

화면에 젊은 여자가 뉴스를 보도하고 있었다. 릭은 볼륨을 높였다.

"그 지역 상공에서 군용 정찰기를 봤다는 얘기도 들려오고 있는데요. 폭발이 난 곳은 정부 시설로 알려져 있습니다. 잠시만요. 방금 확인된 바에 따르면 폭발이 아니라 폭탄 공격을 받았다고 합니다. 데트릭 기지를 목표물로 삼은 것 같습니다. 데트릭 기지는 미군이 의료 연구 시설로 사용하고 있는 곳입니다."

릭은 화면에 시선을 붙박았다. 영상이 뉴욕의 뉴스룸으로 바뀌더니, 남자 기자의 창백한 얼굴을 중심으로 양옆과 위아래에 자막 뉴스가 계속 흘러갔다.

"데트릭 기지에서 첫 폭발이 있고 나서 워싱턴 D.C.에서도 몇 건의 폭발이 일어났습니다. 아직 정확히 확인은 되지 않았습니다만, 펜타곤은 물론이고 메릴랜드주 베데스다시의 여러 정부 건물들도 공격받았다고 합니다. 적군의 미사일을 막기 위해 앤드루스 공군 기지에서 탄도 요격 미사일을 발사했습니다. 그 지역 민간인들은 모두 대피하라는 명령을 받았습니다. 수도가 공격받고 있습니다. 다시 말씀드립니다. 수도가 공격받고 있습니다."

릭은 손목 폰의 진동음에 움찔해 폰 화면을 내려다보았다. **'로즈'** 라고 떠 있었다. 여행 가방을 내려놓고 전화를 받았다.

"로즈? 당신이야?"

"릭……." 그녀의 목소리가 작고 멀게 들렸다.

"어디야? 무슨 일 있어?

"…… 데트릭이요. 수신 상태가 안 좋아요……. 얘기 길게 못할 것 같아요."

"아직도 폭격 중이야? 거기서 빠져나왔어?"

"장군님 얘기로는 당신이 여기로 온다고……."

"맞아."

"오지 말아요……!" 로즈의 목소리 뒤로 여러 목소리들이 정신 사납게 뒤섞여 들려왔다. 로즈의 말이 중간중간에 끊겼는데 그녀는 전화기에 대고 계속 소리치고 있었다. "…… 준비가 안 됐어요."

"뭐라고? 뭐가 준비가 안 됐다는 거야?" 대답이 없었다. "로즈? 듣고 있어?"

"…… 5단계를 시작해야 해요……. 코드 블랙이에요."

"로즈? 로즈!"

"…… 미안해요. 내가 절차를…… 특별 프로토콜을…… 지키지 못했어요. 켄드라에게 감독관에게 전해요……. 우린 아기들을 잃어버리면 안 돼요……."

전화가 끊겼다.

릭은 곧장 돌아서서 복도로 나갔다. 절뚝거리며 계단을 내려가 거리로 나섰다. 대기하고 있던 차의 뒷문을 열어젖히고 안에 올라타며 지시했다.

“계획이 달라졌어. 비행장에 무선으로 연락해서 내가 로스앨러모스로 간다고 말해.”

뒷좌석에 자리를 잡고 앉은 릭은 무언가 허벅지를 찌르는 느낌을 받았다. 주머니에 손을 넣어 꺼내 보니 가느다란 줄로 된 목걸이였다. 은으로 된 작은 여자 조각상이 날아오를 준비가 된 자세로 줄 끝에 매달려 있었다.

19장

제임스는 옆으로 돌아서며 정신을 차리려 애썼다. 그는 간이침대에 누워 있었다. 천장에 줄지어 붙어 있는 LED 조명이 간이침대 옆 들것의 난간을 비췄다.

"제임스." 로비가 그의 팔을 토닥였다. "유감이야. 아버지가 세상을 떠나셨어."

제임스는 두 손으로 난간을 짚고 일어섰다. 평화롭게 잠든 아버지의 얼굴을 바라보며 그는 입을 열었다.

"고마워."

조금씩 정신이 들었다. 어머니의 평온한 얼굴. 어머니의 침대 머리판 위쪽 디스플레이에 적혀 있던 '사망'이라는 글자. 부모님은 이곳에서 화장 처리될 것이다. 부모님이 화장을 원하셨을까 하는 의문이 어렴풋이 들었다. 화장이 종교적으로 금지된 건 아닌가? 그는 고개를 흔들었다. 알 수가 없었다. 알 수 없는 것투성이인데 대답해줄 사람이 없었다.

"제임스, 몸이 괜찮으면 그만 여길 떠나. 정부에서 이 병원을 격리할 거라는 소문이 돌고 있어. 격리되면 병원 밖으로 아무도 못 나가."

"너는?"

로비는 경례하는 척 손을 올리며 씁쓸하게 웃었다.

"나야 여기서 일해야지."

옆문에서 서로 길을 달리하려다가 제임스는 친구 로비의 눈을 바라보았다. 잠을 못 자서인지 충혈되어 있었다. 로비의 상태도 좋아 보이지 않았다.

"로비, 부모님을 돌봐줘서 고마워."

로비는 팔꿈치 안쪽에 대고 가볍게 기침하면서 병원 안으로 들어갔다.

해가 아직 다 뜨지도 않았는데 병원 앞은 사람들로 가득했다. 병원 정문 출입구를 틀어막다시피 한 언론사 트럭들을 피해서 길가에 한 줄로 대기 중인 오토택시 쪽으로 향했다. 서둘러 걸어가는데 기자들이 마이크에 대고 무어라 떠들어대고 있었다. 지금은 공항으로 갈 필요도 없었다. 주지사가 비상사태를 선언하는 바람에 비필수 항공기들은 지상에 발이 묶였다. 문득 기자들이 하는 얘기가 마음에 걸려 우뚝 멈춰 섰다. 뭐지? 워싱턴이 폭탄 공격을 받았다는 것 같았는데……. 제임스는 기자를 돌아보았다. 기자는 구겨진 얼굴로 최근에 발생한 비극적인 소식을 전하고 있었다. 제임스가 아버지의 마지막 순간을 함께하고 쓰러지다시피 잠이 든 동안 세상은 완전히 뒤집힌 모양이었다.

병원 마당 저쪽에 아버지의 차가 눈에 들어왔다. 이틀 전 밤, 한없이 옛날처럼 느껴지는 그날 밤, 아버지가 전화로 했던 말이 생각났다. **내가 운전해서 갈 거야**, 라던 말. 온통 난리가 났으니 아버지가 요청했어도 구급차는 집에 오지 못했을 것이다.

로비에게 건네받은 비닐봉지에 부모님의 소지품이 담겨 있었다. 비닐봉지에서 차 열쇠를 꺼냈다. 아버지의 낡은 전기차로 달려가 충전기를 뽑고 문을 연 다음 앞좌석에 앉았다. 어쩐지 도둑이 된 것 같은 기분이었다. 차를 자동 주행으로 맞추고 로스앨러모스로 출발했다.

차가 고속도로로 올라서자 제임스는 비로소 숨을 내쉬었다. 떨리는 손으로 아버지의 자동차에 설치된 폰에 새라의 이름을 입력했다. 여자 안내원의 목소리가 들렸다.

"현재 위치한 도시에 계신 분입니까?"

"뉴멕시코주 로스앨러모스요."

잠시 후 화면에 새라의 사진이 뜨자 제임스는 그 사진을 손으로 눌렀다. 몇 번 딸깍딸깍 소리가 들렸다. 전화가 연결되길 기다리는 동안 심장이 흉곽을 쾅쾅 치는 느낌이었다.

"여보세요."

꿈꾸는 듯 부드러운 새라의 목소리가 들렸다.

그는 안도의 한숨을 내쉬었다.

"나 때문에 깼어?"

"아뇨. 사실 그렇긴 한데 괜찮아요. 늦잠을 잤어요. 알다시피 실험실이 문을 닫았잖아요."

"그렇지."

제임스는 단단한 자동차 좌석에 등을 기댔다.

"전화했었는데 연결이 안 됐어요."

"그래?"

제임스는 눈을 감았다. 공항에 두고 온 폰이 생각났다.

"일하러 못 가는 건 괜찮아요. 어차피…… 몸 상태도 별로 좋지 않아서요."

제임스는 허리를 세우고 앉았다. 피가 솟구쳐 귓속이 먹먹해졌다.

"무…… 무슨 일인데? 기침 나?"

"제임스, 그냥 듣고 있으면 안 돼요? 나한테까지 박사 티 내지 좀 말고요……."

제임스는 앞 유리 너머로 고속도로를 바라보았다. 월요일 아침인데 기괴할 정도로 도로가 한산했다. 그는 정신을 차리려고 애쓰며 눈을 껌벅였다. 면도 도구함. 그 안에 해독제를 넣어두었으니 새라가 찾을 수 있을 것이다. 해독제 투여 명령이 떨어지기 전에 루디에게 받은 자그마한 시험용 해독제 통이 면도 도구함 안에 들어 있었다. 제임스는 그 통을 사용하지 않았다.

"새라, 내가 당신 아파트에 놓아둔 그 작고 파란색인 면도 도구함 있잖아."

"있죠……."

"욕실 세면에 밑에 놔뒀거든."

"알아요……."

"거기서 뭘 좀 꺼내줬으면 해. 그 안에 보면 흡입기처럼 생긴 작은 통이 들어 있어. 측면에 'C-343'이라고 적혀 있을 거야. 그걸 찾고 나한테 다시 전화해줘. 내 폰으로 말고, 지금 내가 걸고 있는 이 번호로 전화해. 해줄 수 있지?"

"**무슨 일인데** 그래요?"

"그 통에 약이 들어 있어. 당신한테 필요한 약이야. 나 믿어. 당신이 그 약을 써야 해."

"하지만……" 새라는 머뭇거렸다. 제임스는 무언가 마음에 걸려 하는 듯한 그녀의 숨소리에 귀를 기울였다. "안전한 약 맞아요?"

제임스는 손가락 관절이 하얗게 질리도록 폰을 꽉 쥐었다. 안전? 없는 것보다는 안전할 것이다. 제임스도 그 약을 투여했고 아직 이렇게 살아 있었다. 그는 멍하니 물었다.

"안전한 약인지는 왜 물어?"

"나 임신했어요."

20장

릭은 기내 폰에 켄드라의 보안 전화번호를 입력했다. 연방 비행장은 몹시 혼란스러운 분위기였지만 그는 생각보다 쉽게 로스앨러모스로 가는 비행기를 탈 수 있었다. 워싱턴 근처 비행장에서는 민항기든 군용기든 모든 비행기들이 우회했다. 진한 남부 억양을 쓰는 키 작은 금발 조종사가 릭에게 배정됐는데, 그 조종사는 원래 목적지가 아닌 로스앨러모스로 가자는 릭의 요구에 흔쾌히 응했다.

릭은 로즈에게 수차례 연락을 취하다가 포기했다. 로즈가 5세대에 대해 했던 말을 이해해보려고 애썼다. 코드 블랙은…… 보안 침입으로 위험해졌을 때 로봇들을 보호하기 위한 프로젝트 시작 프로토콜을 의미했다. 로즈가 무언가 알고 있었을까? 로스앨러모스가 위험에 처한 건가? 로즈가 마지막에 한 말이 계속 머릿속을 맴돌았다. **켄드라 감독관에게 전해요.**

평소와 달리 떨고 있는 켄드라의 목소리가 전화기 너머로 들려왔다.

"젠킨스입니다……."

"켄드라, 릭 블레빈스 준장입니다. 소식 들었겠죠."

"준장님……." 버스럭거리는 소리가 들렸다. 무언가를 옆으로 치우는 모양이었다. 켄드라의 목소리가 좀 더 힘 있게 들려왔다. "예, 소식 들었습니다. 해킹을 당한 거로도 모자라 코드 레드가 발령 중이네요. 미사일 공격까지 받고 있고요. 공격이 시작됐을 때 펜타곤과 연락이 됐었는데, 지금은 연락이 아예 안 되고 있습니다."

"그쪽에는 다들 자리를 지키고 있습니까?"

"루디와 저, 폴 맥도널드가 이곳에 있어요."

"세드 박사는?"

"보이질 않네요. 어젯밤 23시쯤에 세드 박사가 전화를 받더라고요. 우린 준장님 전화인 줄 알았어요……. 세드 박사는 시설을 떠났습니다. 그가 어디로 갔는지는 아무도 몰라요. 전화도 안 받고 있습니다."

릭은 폰을 바라보았다. 세드 박사. 데트릭 기지 해킹. 러시아인들은 파루크 사이드가 만든 카라치 무기 조직과 연줄이 닿아 있었다. 5년 전, 제임스 세드가 에머리에서 NAN을 취급하는 작업을 하겠다고 사용 허가 신청을 냈을 때 릭은 세드에 대한 신원 조사를 진행했다. 당시 카라치 무기 조직원들이 메릴랜드주에서 체포된 바 있었다. 릭이 제임스 세드를 잘못 본 걸까? 세드가 릭을 보기 좋게 속여 넘긴 건가?

"세드 박사가 나타나면 구금하세요."

"**구금이요**? 어떻게……?"

"맥도널드가 총을 갖고 있죠? 맥도널드에게 준비하고 있으라고 해요."

"그럴 필요는 없다고 생각합니다만……."

"하라는 대로…… 하세요. 세드가 돌아오면 나한테 연락하고. 국방부에서 연락이 오면 이 번호로 나한테 연결해요. 그동안…….”

릭은 숨을 크게 들이마셨다. 일순간 머릿속이 멍해졌다. 로봇공학실 뒷벽을 따라 시커멓게 서 있는 마더들의 모습이 떠올랐다.

“그동안이요?”

“해독제를 얼마나 갖고 있습니까?”

“저희가 최소한 석 달 쓸 분량은 됩니다.”

“그래요. 5세대를 시작한 후 그 부분을 처리하도록 하죠.”

“시작하라고 하시지만…… 저희는 최근 코드 점검을 아직 마치지 못했습니다…….”

“잘 들어요. 최대한 빨리 시작하지 않으면 해볼 기회마저도 사라지게 될 겁니다.”

전화선 너머에 잠시 침묵이 깔렸다.

“준장님? 저희도 공격받게 되는 겁니까?”

“그럴 가능성에 대비해야죠.”

“어째서요? 데트릭 기지를 해킹한 사람들은 여기에 대해 모를 텐데…….”

“알고 있을 수도 있습니다.” 릭은 관절이 하얗게 되도록 두 주먹을 꽉 쥐었다. 제임스 세드. 그자가 로스앨러모스에서 일하고 있었다. 5세대 관련 계획에 대해 전부는 아니더라도 알 만큼은 알 것이다. “바로 시작해야 됩니다. 코드 블랙 프로토콜에 따라 실행하세요.”

켄드라는 숨을 후우 내쉬었다.

“코드 블랙이요……. 제가 할 수 있는 준비를 해놓겠습니다. 그런데 준장님…….”

"뭡니까?"

"준장님은 어디 계실 건가요? 지금은 어디 계시죠?"

켄드라의 목소리가 다시 떨리고 있었다. 두려움이 밀려드는 모양이었다.

"그쪽으로 가고 있습니다. 비행기를 타고 로스앨러모스 카운티로 곧장 가는 길이에요. 도착하면 실험실에서 봅시다. 자정 전에 도착할 겁니다."

"알겠습니다." 다시 무언가를 끄는 소리가 들렸다. 켄드라가 다음 임무를 수행하기 위해 작업 공간을 치우는 모양이었다. "맥브라이드 박사도 온라인으로 연결되었으면 하는데요……. 아직도 프리시디오에 있나요?"

"아뇨. 데트릭으로 갔습니다."

"**데트릭이요**? 조만간 여기로 올 줄 알았는데……." 잠시 조용하다가 켄드라의 헛기침 소리가 들렸다. "아…… 죄송합니다……. 저희가 또 알아야 할 부분이 있나요……?"

"그 후로 로즈와 통화를 못 했습니다만…… 로즈는 일을 이렇게 진행하길 바랐습니다."

다시 침묵과 함께 조그맣게 기침 소리가 들렸다.

"알겠습니다. 준장님이 여기 도착하시면 보실 수 있도록 평가 작업을 준비해놓겠습니다. 코드 블랙 시작의 위험성에 대해서도 오시면 얘기하도록 할게요. 5세대가 어느 정도 준비되어 있는지에 대해서도요."

"알겠습니다."

전화를 끊은 릭은 물병으로 손을 뻗었다. 조종석에서 조종사가 기침을 했다. 공허하게 들리는 마른기침이었다.

"거기, 이상 없어?"

릭이 묻자 조종사가 앉은자리에서 고개를 돌렸다.

"예, 준장님. 망할 감기에 걸린 모양입니다."

창문 너머로 평평하게 깔린 구름이 지상을 가리고 있었다. 릭은 지금 자신이 가진 선택지를 꼽아보았다. 저 조종사가 조종을 못할 지경이 됐을 때 이 비행기를 직접 조종할 수 있을지 자신이 없었다…….

조종사가 다시 기침을 하며 물었다.

"준장님, 메릴랜드주에 뭐가 더 있습니까? 말이 안 되어서요……. 우리는 왜 병력을 집결시키지 않는 겁니까?"

릭은 목구멍 안에서 약하게 욕지기가 올라왔다. 조사할 시간만 있다면, 공격에 사용된 미사일이 러시아 SS-96 잠수함 기반의 발사 시스템과 호환되는 종류임을 밝혀낼 수 있을 것이다. 시간만 있다면. 베이 지역 연방 비행장의 영상 스크린에 메릴랜드 중부 지역 숲을 선회하는 전투기들, 지상에서 발생한 추가 폭발, 시커멓게 타고 폐허가 된 곳을 덮어 가리는 짙은 연기 등이 나오고 있었다. 드론으로 찍은 영상이었다. 인정해야 했다. 데트릭 기지는 끝났다. 로즈 역시 사망했을 가능성이 컸다.

"앤드루스 공군 기지가 대응할 수 있어."

그는 로스앨러모스의 로봇공학실에서 등에 가지런히 날개를 접어 붙이고 참을성 있게 대기 중인 5세대 로봇들의 모습을 다시금 머릿속에 떠올렸다. 로즈는 죽었을지 몰라도 그 로봇들 중 하나에 그녀의 핵심이 깃들어 있었다. 그러니 로즈도 그곳에 있는 셈이었다. 그 로봇들 중 하나가 로즈의 아이를 데리고 있었다. 그녀가 남긴 게 그게 전부라면 그것을 지키기 위해 그는 온 힘을 다할 것이다.

밤 11시가 막 넘은 시각, 릭은 건물 앞에 도착했다. 켄드라는 안내데스크의 의자에 구부정하게 앉아 그를 기다리고 있었다. 켄드라는 루디가 인큐베이터를 점검하고 있다고 했다. 맥은 5세대 로봇들의 시스템을 확인 중이었다.

"제임스 세드 박사는 돌아왔습니까?"

"아뇨. 세드 박사에게 총구를 들이대고 구금하라고 하셨잖아요. 박사가 돌아오지 않아 다행이에요. 세드 박사에 대해 무슨 생각을 하고 계신지 공유 좀 해주시죠, 준장님."

"확실한 건 없습니다. 그를 다시 받아주기 전에 심문을 해야 할 것 같아 그렇습니다."

의아해하는 눈으로 그를 쳐다보면서 켄드라는 늘 갖고 다니는 태블릿을 꺼냈다. 그들은 5세대 프로그램 관련 사항들을 하나씩 확인했다.

켄드라가 말했다.

"3세대와는 달리 5세대 로봇들은 코드화되어 있어요. 각 배아는 특정 로봇에게 배정돼 있고요."

"그래요."

5세대만의 여러 특별한 점들 중 하나였다. 아이는 생물학적 어머니의 '인격'을 장착한 로봇과 짝을 이루는데, 이게 바로 아이와 로봇 간에 형성되는 유대 관계의 핵심 요소였다.

"다행히 지난주에 맥브라이드 박사가 최근 코드를 저한테 보내줬어요. 여기 있는 우리 팀이 인격 코드의 오류들을 잡아내고 있는데, 데트릭 기지가 해킹을 당한 거죠. 블랭컨십 장군님은 이 시설을 폐쇄하라고 명령을 내렸지만, 저는 준장님의 전화를 받고 오프라인으로 작업을 계속 진행했어요."

"오류는 찾았습니까?"

"쉽게 고칠 수 있는 게 아니더라고요. 물론 저는 파일의 구체적인 내용에 대해 평가할 입장은 아닙니다. 저는 메모리의 올바른 위치에 내용이 완전히 업로드되도록, 그리고 복제가 적절한 수준으로 이루어지도록 파일의 구조를 판단할 뿐이니까요. 그렇다는 얘기입니다."

"전부 확인은 된 거죠?"

"맥브라이드 박사가 아주 꼼꼼하게 일을 해줬습니다."

릭은 움찔했다. 당연히 로즈는 꼼꼼하게 일했을 것이다. 로즈의 눈을 수차례 들여다볼 때마다 그는 그 눈 안쪽에 자리한 뇌의 복잡 미묘한 작용을 상상해보곤 했으니까.

"다른 건요?"

"준장님, 한 가지 더 드릴 말씀이 있는데……."

"뭡니까?"

"시간 관련 지시가 설정되지 않았습니다. 시계는 있는데, 그 시계가 타임아웃 됐을 때 어떤 일을 진행해야 하는지에 대한 지시가 설정되지 않았어요."

릭은 손으로 이마를 짚었다. 5세대 프로그램 시작과 관련해서 두 가지 시나리오가 준비돼 있었다. 최상의 시나리오 즉, 안전 프로토콜은 지금까지 해온 실험대로 상황이 진행되는 것이었다. 그 시나리오에 따르면 마더들은 로스앨러모스 시설 안이나 근처에 머무르게 된다. 상황에 개입할 인간 어른이 아무도 살아남지 못할 경우, 마더들은 출산을 하고 공동체 안에서 아이를 기른다. 하지만 만약 어른이 살아남을 경우, 로봇들은 활동이 정지되고 어른이 태어난 아기들을 거두게 된다.

하지만 그 사나리오대로 될 것 같지 않았다. 이 프로그램은 코드 블랙 원칙에 따라 진행된다. 이 프로그램의 시작을 초래한 보안 위험 때문에, 자체 방어 레이저 무기를 장착한 5세대 로봇들은 은밀히 각지로 이송될 것이다. 발각되지 않도록 유타주 남부의 사막 곳곳으로 흩어질 공산이 높았다. 그렇게 해야 로봇과 배아가 파괴당할 위험을 피할 수 있지만, 결과적으로 아이들은 인격이 형성되는 시기에 외로운 생활을 하게 될 터였다.

커피에 토스트를 먹으며 주고받기엔 괴상한 대화였다. 하지만 로즈는 이와 같은 단독 양육의 장단점에 대해 끝없이 고민했다. 아이들이 자라서 서로 짝을 짓도록 하려는 게 목적이면 원하는 효과를 낳을 수 있을 거라고 로즈는 말했다. "어려서부터 함께 자란 아이들은 서로를 잠재적인 짝이 아니라 형제자매로 인식하는 경향이 있어요." 하지만 인간 사회화 측면에서 문제가 생길 수 있었다. 이대로라면 아이의 초기 사회화를 오로지 마더에게 의존해야 하기 때문이었다. 부드러운 '손', 귀에 들리는 목소리, 인간을 닮은 얼굴, 아기의 난자를 제공한 인간 여성에게서 가져온 고유의 인격, 아기들이 태어나기 전 세상의 삶에 대한 정보가 풍성하게 담긴 데이터베이스, 소크라테스식 문답법과 관련된 광범위한 프로그래밍…… 그 모든 것은 로즈가 마더코드에 공들여 집어넣은 요소들이었다.

결국 코드 블랙 상황에서 중요한 것은 아이들이 나중에 서로를 찾아낼 수 있느냐는 것이었다. 만남이 이루어지도록 각 마더는 시계를 장착했다. 아기가 여섯 살이 되는 시점까지 카운트다운 하는 시계였다. 그 시점이 되면 마더는 미리 설정된 지시 사항에 따라 특정 장소로 가게 되어 있었다. 의료용품과 식량, 집 등이 마련되어 있는 장소였다. 그곳에서 새로운 아이들은 공동체를 구성하게 된다. 운이 따라준다면 악의 없는 어른 생존자들이 그곳에서 아이들을 맞아줄 수도 있을 것이다.

시계를 프로그램했으니, 지정된 시간이 되면 각 로봇은 카운트다운이 끝났음을, 이제 가야 할 때임을 알게 된다. 그런데 어디로 가야 할까? 릭은 로즈가 블랭컨십 장군과 마지막으로 만났을 때의 일을 떠올렸다. 그게 불과 2주 전이었다.

"코드 블랙 귀소 좌표가 필요합니다, 장군님."

조바심치느라 뺨까지 상기된 로즈에게 블랭컨십이 대답했다.

"선택은 간단할 것 같은데. 이곳 랭글리로 오게 하면 되잖아. 물론 로봇공학팀은 그런 장거리 비행을 좋아하지 않겠지. 그 팀이 답보 상태에 빠진 건 아닌가 싶어." 블랭컨십은 강철 같은 눈빛으로 로즈를 쳐다보며 미소 지었다. "나라면 그런 것까지 챙기려고 하진 않을 거야. 어차피 코드 블랙이 실행될 가능성은 거의 없으니까."

그렇게 해서 결국 귀소 좌표는 결정되지 않았다.

켄드라가 릭에게 물었다.

"로스앨러모스 좌표를 업로드할까요?"

"시간이 얼마나 걸리겠습니까?"

켄드라는 눈을 감고 소리 없이 입술을 움직였다. 릭은 기다렸다. 이 여자는 컴퓨터나 마찬가지였다. 머릿속으로 끝없이 루틴을 실행하는 컴퓨터.

"내비게이션 소프트웨어가 이미 통합돼 있지만 지금 여기는 저 혼자뿐이라서…… 적어도 24시간 정도 걸립니다. 어쩌면 더 걸릴 수도 있고요."

릭은 검지로 책상을 초조하게 두드렸다. 하루 꼬박 걸린다는 얘기였다. 하루는 너무 길 수도 있었다. 데트릭 기지가 털렸으니 로스앨러모스까지 엮이게 될 것이다. 제임스 세드를 통해서. 다른 선택지도 있었다. 자동 원상복구. 이 임무가 잘못됐거나 불필요하다고 판단될 때 임무를 취소시키기 위한 예비책이었다.

"자동으로 원상복구시키는 귀소 센서가 로봇에 설치돼 있습니까?"

"예."

켄드라가 슬쩍 미소 지었다.

"그럼…… 우리가 살아남을 경우…… 우리가 필요로 하는 곳으로 로봇과 아이들을 부르는 신호를 내보낼 수 있겠군요. 그렇게 하는 게 안전하다는 전제하에요."

"그렇죠."

"그럼 문제가 없는 거네요."

"예……."

"더 할 얘기 있습니까?"

"하나 더 있어요……. 코드 블랙 상황에서, 우리가 아이와 로봇을 성공적으로 귀소시키지 못할 경우, 우리도 그들의 위치를 파악 못할 수 있어요."

"파악을 못해요? GPS 신호도 못 잡습니까? 불가능해요?"

"그 부분에 관한 보안 문제를 해결하지 못했어요. 물품 저장소를 통해 아이와 로봇의 위치를 찾는 게 최선일 겁니다……."

"물품 저장소. 그래요. 그건 설치됐습니까?"

"몇 달 전에 설치 완료됐어요. 팀에는 전략적 사막 전쟁 훈련장의 일부라고 말해뒀어요. 어쨌든 5세대 로봇들에는 물품 저장소의 위치 정보가 프로그램되어 있어요. 아이가 태어나면 로봇은 물품 저장소들을 자주 찾게 될 겁니다. 그때까지 사막에서 그들을 찾는 일은 건초더미에서 바늘 찾기만큼이나 어려울 거예요. 거의 불가능하다고 봐야죠."

"우리는 찾아낼 겁니다. 안전한지 확인하고 찾아야죠."

눈을 뜬 릭은 시야의 초점이 맞춰지길 기다렸다. 솜뭉치처럼 텁텁한 침을 삼키며 혀로 치아 뒤쪽을 훑었다. 목이 뻐근했다. 남아 있는 오른다리가 간이침대 밖으로 튀어나가 있었다. 사방이 칠흑처럼 어두웠다. 여기가 어디지? 로스앨러모스. XO-봇 건물. 특별 허가를 받은 사람들이 이 건물의 작은 회의실들을 숙소로 쓰고 있었다.

일어나 앉아 간이침대 옆 바닥에 놓인 의족을 손으로 더듬어 잡았다. 의족은 마치 나름의 생명력을 가진 듯 기분 나쁘게 근질거리는 느낌이 있었지만 꾹 참고 서둘러 끈으로 고정했다. 절뚝거리며 문을 나선 그는 복도를 지나 로봇공학실로 향했다. 평소 사람들로 붐비던 복도에는 아무도 없었다. 로봇공학실도 마찬가지였는데, 다만 뒷문이 활짝 열려 있었다. 문밖에 나가 있는 5세대 로봇들의 모습이 보였다. 로봇들의 해치 창문에 떠오르는 태양이 비쳤다. 켄드라는 오른손으로 태블릿을 문지르면서 로봇들 사이를 천천히 걷고 있었다.

"루디는 어디 있습니까?"

릭이 물었다.

"인큐베이터를 준비하고 있어요."

손에 파워 토크 렌치를 들고 로봇들을 차례로 들여다보던 맥이 중얼거렸다.

"트레드의 너트 일부가 제대로 조여져 있지 않네요. 제대로 작동해야 할 텐데……."

"제대로 작동해야만 해."

릭이 말했다.

그들 뒤에서 루디가 손수레를 밀며 나타났다. 루디는 똑같이 생긴 다른 수레들 옆에 그 수레를 가져다 놓았다. 완충제를 댄 합판 상자 안에 두툼한 유리로 된 장비가 들어 있었다. 인큐베이터였다. 루디가 말했다.

"배아가 설치됐습니다. 이제 마더 안에 실으면 됩니다." 루디는 릭을 돌아보며 물었다. "준장님, 저희가 옳은 일을 하는 거 맞습니까?"

릭은 로봇들을 바라보았다. 로봇들은 강력한 날개를 둥근 몸통에 바짝 붙이고 나란히 서 있었다. 햇빛 아래서 보니 머나먼 여정을 앞둔 거대한 새들 같았다.

“켄드라 얘기로는 소프트웨어가 잘 작동한다고 하더군요. 3세대는 계획대로 출산했습니다. 여러분과 나는 해독제 덕분에 아직 살아 있고요. 5세대도 잘 준비된 상태입니다.”

“하지만 C-343 염기서열은 새로 준비된 겁니다. 태아들에게 아직 시험도 안 해봤는데요…….”

안심시키는 행동을 보여줘야겠다는 생각에 릭은 루디의 어깨에 손을 얹었다. 어떤 위험을 감수해야 하는지는 릭도 잘 알고 있었다. 하지만 로즈가 했던 말을 떨칠 수가 없었다. **우린 아기들을 잃어버리면 안 돼요**, 라고 로즈는 말했다.

“출발시켜야 합니다. 우리가 가진 유일한 기회일 수도 있어요. 해커들이 어디까지 알고 있는지 모르니까요.”

릭의 말에 켄드라는 고개를 끄덕였다. 켄드라는 검사를 계속했고, 맥과 루디는 마더들의 섬유로 된 고치 안에 조심스럽게 인큐베이터를 실은 뒤 필요한 센서와 영양 공급용 튜브를 부착했다. 릭은 열린 문 옆에 놓여 있는 자그마한 노란색 인광 페인트 통을 보았다. 그는 그 페인트 통을 한 손에, 천 조각을 다른 손에 들고 로봇들을 이리저리 살펴보았다. 로봇들의 표지를 확인한 그는 마침내 그중 한 로봇 앞에서서 트레드를 밟고 올라갔다.

“뭐 하십니까?”

맥이 물었다.

“이건 내 거야.” 릭은 그 로봇의 날개 뒤쪽 가장자리에 밝은 노란 페인트로 문양을 그렸다. “로지.”

‘네 위치를 계속 파악할게. 약속해.’

릭은 속으로 생각했다.

늦은 오후였지만 날씨는 여전했다. 릭은 머리가 핑 돌았다. 간이 식량 외에 먹은 게 없어서일까. 그는 황백색 포장에 담긴 맛대가리 없는 회색 고기를 먹었다. 전장에서 늘 먹던 휴대용 식량이었다. 어젯밤 간이침대에 누워 잠들기 전에 회색 고기를 질겅질겅 씹고 물로 힘겹게 삼켰다. 로스앨러모스의 숙소에 남아 있는 식량은 그런 것뿐이었다. 릭은 맥에게 물었다.

"준비됐어?"

"됐습니다."

껑충한 맥은 문 옆 경비 초소 근처에 놓아둔 의자에 구부정하게 앉아 대답했다.

"그럼 시작해보자고!"

맥이 로봇공학실 문 가까이에 옮겨다 놓은 콘솔로 켄드라가 명령을 내렸다. 마더들이 서서히 살아났다. 트레드가 돌아가면서 인도 넘어 건물 측면의 널찍한 타맥 포장도로를 향해 나아갔다. 마더들은 양 날개를 펼쳤을 때만큼의 거리를 둔 채 나란히 나아갔다. 숱 많은 검은 머리카락 위로 헤드셋을 내려쓴 채 콘솔 앞에 구부정하게 선 켄드라는 트레드의 소음을 인식하지도 못하는 듯했다.

릭은 두 손으로 양 귀를 틀어막고 마더들을 따라갔다. 마더들이 멈춰서자 정적이 흘렀다.

다음 순간, 덕트 팬 오십 세트가 동시에 작동하기 시작했다. 마더들은 앞으로 몸을 기울이며 오십 쌍의 날개를 펼쳤다. 오십 대의 마더 로봇들은 팔을 측면에 바짝 붙이고 트레드를 기체 아래로 집어넣은 채 날아올랐다. 마더들은 태양을 점점이 가리며 상승을 계속했다.

건물 측벽에 기대어 선 릭은 회오리치는 먼지에 눈을 질끈 감았다. 잠시 후 눈을 뜨자 두툼한 XO-봇 실험실 전화기를 손에 들고 달려오는 맥이 보였다. 맥이 소리쳤다.

"…… 제임스 세드 박사가 전화했습니다……."

"뭐?"

릭이 전화기를 받아들고 가만히 쳐다보기만 하자 맥이 말했다.

"제임스 세드 박사요! 준장님께 할 말이 있는 것 같습니다!"

"하지만……" 릭은 전화기를 한쪽 귀에 갖다 대고 다른 쪽 귀를 손으로 막았다. "여보세요?"

"준장님? 맥 중위가 준장님과 통화를 하라고 해서요."

평소 릭을 대할 때 썼던 근엄하고 격식 있는 말투 그대로였다.

"세드 박사? 크게 말해요!"

"준장님, 우선 죄송하다는 말씀부터 드리겠습니다."

마더들이 서서히 고도를 높이자 요란한 이륙 소음이 잦아들고 비로소 세드의 목소리가 좀 더 또렷하게 들렸다.

"죄송이요? 러시아인들에게 누설해서요?"

"무슨 말씀이신지?"

"박사가 그들에게 말한 거 아닙니까? 쭉 해온 짓이잖아요! 그래 놓고 죄송하다면 다입니까?"

"준장님, 무슨 말씀을 하시는지 모르겠네요. 저는 그리로 돌아가는 중이라는 말을 하려고 전화를 한 겁니다."

전화기를 쥔 릭의 손에 힘이 빠졌다.

"돌아오는 중이라고요……?"

"부모님이 IC-NAN으로 돌아가셔서…… 급하게 비행기를 타고 캘리포니아로 가야 했습니다. 지금은 차를 운전해서 돌아가는 중입니다……. 3시간 안에 로스앨러모스에 도착할 것 같습니다."

릭은 몸에서 피가 쭉 빠져나가는 기분이었다. 로즈의 마지막 말을 떠올리며 눈앞이 아득해졌다. 전화기 너머로 애원하듯 말을 전하며 그녀가 어떤 표정이었을지 충분히 상상할 수 있었다. '준비가 안 됐어요……. 우린 아기들을 잃어버리면 안 돼요…….'

릭은 나지막하게 중얼거렸다.

"준비가 안 됐어. 아, 제기랄…… 준비가 안 됐어!"

"무슨 말씀이세요?"

릭은 제임스의 당황한 목소리가 흘러나오는 전화기를 맥에게 떠밀듯 건네고 위를 올려다보았다.

마더 로봇 두 대가 다른 로봇들에 비해 약간 뒤처지면서 흔들거렸다. 다들 저 높은 곳에서, 연구실 북쪽의 소나무 숲을 넘어가고 있었다. 목을 빼고 올려다보던 릭의 시야에 카운티 공항에서부터 타고 온 제로 FX 전기 오토바이가 들어왔다. 오토바이는 가까운 곳에 세워져 있었고, 오토바이 시트에 그의 헬멧도 그대로 놓여 있었다. 릭은 헬멧을 머리에 꾹 내려쓰고 전기 오토바이에 올라타 시동을 걸었다. 두 번 생각할 것도 없이 로봇들의 뒤를 쫓아갔다.

릭은 실험실 구내의 남문을 향해 전속력으로 달려갔다. 바리케이드와 숲의 나무 사이로 아슬아슬하게 비켜나갔다. 4번 도로로 올라서자 발레스 칼데라 보존 지역 위로 날아오르는 마더들이 보였다. 헤메즈 강의 구불구불한 지류를 따라 위험천만한 급커브 길을 연속으로 달려가면서 그는 한 번에 몇 분씩 반짝이는 기계들을 시야에서 놓치곤 했다. 그의 오토바이는 시속 193킬로미터 정도는 너끈히 달릴 수 있었지만 그는 땅에 붙어 있었고 마더들은 나무 위를 훨훨 날았다.

조그맣게 옆길이 보였다. 서쪽으로 뻗어 있는 126번 주립도로였다. 어느 지점부터 비포장 길로 이어졌지만 상관없었다. 바큇자국이 깊게 팬 도로를 내리 달리면서도 그는 마더들을 눈에서 놓치지 않으려 애썼다. 한 번씩 올려다볼 때마다 마더들은 높이 솟은 소나무들 위를 휙휙 지나 날아갔다. 어느새 쿠바의 작은 마을 근처였다. 다행히도 그가 올라선 길은 아직 미국 땅에 속하는 550번 도로였다. 편편하고 척박한 땅에 간간이 저지대의 여울이나 골짜기가 보였다. 로봇들은 그의 오른쪽에서, 여전히 북서쪽을 향해 느슨한 대형을 유지하며 날고 있었다. 처음에 뒤로 처졌던 두 대는 대형을 거의 따라잡은 듯 보였다. 적어도 나머지 마더들 무리에서 떨어진 것 같지는 않았다.

외딴 블룸필드 마을에 가까워지자 그는 서쪽으로 방향을 돌려 미국 64번 도로로 올라섰다. 파밍턴시와 나바호 자치국(나바호 인디언 보호구역)으로 가는 방향이었다. 십락 마을을 지나면서 뉴멕시코주 북서부 모퉁이에 해당하는 건조하고 황량한 지역을 가로질렀다. 이 작은 마을에 살던 사람들에 대해서는 생각하지 않으려 애썼다. 그들은 죽어가고 있을까? 이미 다 죽었을까? 아니면 현관 베란다에 서서 어둑해지는 하늘을 손가락질하며, 하늘을 가로질러 날아가는 괴상한 새떼를 두려워하고 있을까?

도로가 콤 리지 지역을 따라 남서쪽으로 휘어졌다. 애리조나주 카이엔타 마을에서 시작돼 유타주까지 이어지는 나바호 사암층의 거대한 융기 지대였다. 마더들은 풍경을 점점이 수놓는 큼직한 바윗덩어리들을 넘어, 높은 하늘에서 떼를 지어 북쪽으로 날아갔다. 릭은 액셀 버튼을 누르며 도로를 벗어났다. 생각처럼 달릴 수가 없었다. 땅이 너무 울퉁불퉁해서 속도를 내기 어려웠다. 그를 남겨두고 빠르게 날아가는 마더들을 속절없이 올려다볼 수밖에 없었다. 저 앞에서 한가롭게 걸어가던 양떼가 시야에 들어왔을 때는 이미 늦고 말았다. 핸들을 오른쪽으로 급하게 꺾자 오토바이가 바닥에 길게 미끄러졌다. 본능적으로 오토바이에서 몸을 날렸다. 의족이 마더들을 쫓아가듯 하늘 높이 날아올랐다.

몸에 힘이 쭉 빠졌다. 눈을 감았다. 어둠 속에서 독수리들이 신비로운 땅 위를 날아가고 있었다…….

무언가가 해를 가렸다. 조그맣게 목소리가 들려왔다. 햇볕에 잘 그을린 매끈한 얼굴이 그를 내려다보며 물었다. "…… 괜찮아요?" 강한 손이 그의 옷 속을 들춰보고 온몸을 능숙하게 살펴보는 느낌이 났다. 무언가가 그의 목 아래를 받쳤다. 잠시 후 그는 단단하고 편편한 받침대 위로 천천히 옮겨졌다. "저기 떨어져 있는 건 뭐야? 이리 가져와!"

그는 허공을 떠가는 기분이었다. 무언가 그의 등을 아프게 긁고 잡아당기는 느낌이 났다. 또다시 어둠이 그를 집어삼켰다.

눈을 뜨니 하얀 벽에 둘러싸인 작은 방이었다. 가까이에서 누군가가 쉰 목소리로 나지막하게 흥얼흥얼 콧노래를 부르고 있었다. 행복과 서글픔이 동시에 느껴지는 노랫가락이었다. 일어나 앉으려고 애쓰는데 젤리처럼 꾸덕꾸덕하고 묵직한 무언가가 가슴을 짓누르는 듯했다. 가슴을 누르는 물건을 밀쳐내려고 팔을 뻗자, 길쭉한 플라스틱 같은 게 손에 잡혔다. 얼굴에 주름이 자글자글하고 몸집이 자그마한 할머니가 릭의 가슴에 한 손을 가만히 내려놓고 다른 손으로 그 물건을 잡았다. 할머니는 담요 위에 얹어둔 물주머니 같은 것을 집어 들고는 그의 시야에 닿지 않는 아래쪽 고리에 걸었다.

"미안해요. 도뇨관을 삽입했어요."

릭은 눈을 감았다. 그를 돌봐주는 할머니의 상냥한 손길에 몸을 맡겼다.

"여기가 어딥니까?"

릭이 물었다. 가늘고 힘없는 그의 목소리가 방 저쪽에서 들려오는 듯했다.

"당신은 안전해요."

할머니가 물었다.

"누구신데……"

"내 아들 윌리엄이 댁을 발견했어요."

"어떻게 된 일인지……?"

릭은 조금씩 정신이 들었다. 온몸의 뼈라는 뼈는 죄다 아팠다. 일어나 앉으려는데 눈앞이 핑 돌면서 머리가 지끈거렸다. 모로 누운 그의 입에서 신음이 절로 흘러나왔다. 할머니는 그의 등허리를 손으로 받쳐 그가 긴장을 풀고 편하게 누울 수 있게 도와주었다.

"탈수 상태였어요. 등도 삐었고 뇌진탕도 온 것 같아요. 회복되려면 시간이 좀 걸릴 거예요. 내 다른 아들 에디슨이 의사예요. 에디슨이 댁을 돌봐줄 거예요."

다시 정신이 들었을 때 릭은 부드러운 흰 담요를 덮고 누워 있었다. 통증이 일었지만 목을 살짝 돌려보았다. 여기는 아까와는 다른 방이었다. 어두운 빛깔의 직사각형 방. 벽에 붙은 무늬들이 조그맣게 피워놓은 모닥불 불빛을 받아 춤추듯 일렁거렸다. 다시 보니 네 발 달린 동물들, 아기를 돌보는 여인들, 농작물을 살피는 농부들의 모습이 담긴 생활 풍경화였다. 그 위쪽으로 노란색, 파란색, 붉은색, 흰색으로 된 사각형 문양들이 보였다. 그는 천장의 구멍 너머로 별이 빛나는 밤하늘을 올려다보았다.

기도문을 읊조리고 노래를 흥얼거리는 할머니의 목소리가 귓가에 들려왔다. 곤두선 감각들을 누그러뜨리고 의식을 깨어나게 하는 목소리였다. 하얀 방에서 들었던 것과 같은 노랫가락이었다.

"아, 정신이 들어요?"

할머니가 노래를 멈추고 그에게 말을 걸었다. 하얗게 센 머리를 뒤로 바짝 당겨 땋고 피부에는 세월의 깊은 주름이 새겨진 할머니가 그를 가만히 들여다보았다. 릭이 물었다.

"누구십니까?"

"나는 탈라시예요. 이쪽은 내 아들 윌리엄이고."

"배달부예요?"

릭의 오른쪽 어딘가에서 굵고 낮은 목소리가 물었다. 릭은 애써 눈의 초점을 맞췄다. 흰색 면 셔츠에 청바지를 입은 거친 황갈색 피부의 남자가 보였다.

할머니가 가까이 다가왔다. 할머니의 가느다란 손가락에 금속으로 된 자그마한 물건이 들려 있었다. 섬세한 은색 깃털 날개를 등에 달고, 두 팔을 양옆으로 펼친 은색 여인. 할머니가 물었다.

"윌리엄이 이걸 댁의 주머니에서 찾았다는데. 말해줘요. 왜 내 딸의 목걸이를 댁이 갖고 있죠?"

21장

제임스는 새라가 사는 아파트 건물에 시야를 붙박은 채, 본인 집을 그냥 지나가라고 차에 명령을 내렸다. 차를 타고 오는 지난 몇 시간 동안 그는 차의 모바일 영상들을 쭉 보았다. 동부와 서부 해안에서 들불처럼 퍼져나가는 치명적인 독감 전염병, 워싱턴 공습에 관한 소식들이었다. 미국은 포위당했다. 전 국민에게 자택 대기하라는 명령이 떨어졌다. 그래도 이 나라의 중심부는 아직 무사할 거라고, 건물 안에 아직 건강한 사람들이 숨어 있을 거라 기대했다. 하지만 곳곳에 버려진 차량들 사이를 지나오면서 기괴하게 비어 있는 느낌을 받았다. 새라의 아파트 진입로로 진입하면서 그는 도로 주변을 둘러보았다. 예전에는 정원을 돌보는 이웃들, 황혼의 햇살 아래 노는 아이들의 모습이 보였는데 지금은 아무도 없었다.

몇 시간 전에 새라에게 연락해 해독제를 투여하는 방법을 일러주었다. 그리고 자기가 갈 때까지 창문을 모두 닫고 아파트 안에 머물라고 말했다. 로스앨러모스를 향해 마지막 오르막길을 올라가면서 그는 새라에게 전화를 걸었지만 연결이 되지 않았다. 심장이 어찌나 세게 뛰는지 귓속에서 망치질하듯 쿵쾅쿵쾅 울려댔다. 아파트 건물 바깥 계단으로 쏜살같이 올라가 새라의 집 현관문 앞에 다다른 그는 도어락에 네 자리 비밀번호를 입력했다.

집 안으로 들어가자 온통 적막한 분위기였다. 어둑한 아파트 안을 가로질러 침실 문을 손가락으로 살며시 밀었다. 심장이 철렁했다. 침대 위 이부자리는 흐트러져 있는데 새라의 모습이 보이지 않았다.

잠시 후에야 베개를 뒤덮은 밤색 머리카락이 눈에 들어왔다. 침대 머리맡의 램프를 켜고 그녀의 팔에 손을 가져다 댔다.

"으음."

새라가 꺼져가는 듯한 소리를 냈다.

그녀가 고개를 들어 그를 바라본 순간 제임스는 반가움에 소리를 지를 뻔했지만 애써 소리를 죽여 속삭였다.

"새라, 괜찮아?"

"제임스?"

"아, 새라……!"

"응. 괜찮은 것 같아요."

멍한 눈빛으로 천천히 일어나 앉은 새라는 가느다란 손가락으로 늘어진 잠옷을 조심스럽게 여몄다. 그녀가 목청을 가다듬느라 기침을 뱉자 그 소리에 제임스는 움찔했다.

"투약했지?"

"흡입기처럼 생긴 약이요? 하기는 했는데—"

제임스는 새라의 등에 귀를 대고 폐 소리를 들어보았다. 폐 위쪽에서 살짝 그르렁 소리가 나기는 했다.

"약효가 나타난 것 같기는 한데……" 제임스는 새라 옆으로 다가가 침대에 걸터앉았다. 어리둥절해하는 새라의 표정을 보면서도 그는 서둘러 말했다. "새라, 기력이 없겠지만 나랑 같이 실험실로 가야겠어."

"실험실이요?"

"오늘 뉴스 들었지?"

새라는 가장자리가 충혈된 눈으로 그를 멀거니 바라보았다.

"아뇨……. 너무…… 피곤해서."

제임스는 숨을 삼켰다.

"일이 터졌어. 설명은 나중에 할게. 일단 우리 둘 다 실험실로 가 있는 게 좋겠어. 실험실 건물은 여과된 공기가 들어오니까……." 그는 말을 멈추고 생각을 정리했다. 급한 일부터 순서대로 해야겠다. "나중에 다 설명해줄게. 약속해. 지금은 나를 믿고 따라줘."

그는 새라가 옷을 입게 도와주었다. 그리고 그녀의 팔꿈치를 잡고 부축해 집 밖으로 데리고 나가 차에 태웠다. 오메가 다리를 건너 실험실 구내 북문 쪽으로 가는 동안 그는 계기판 조명에 비친 그녀의 얼굴을 돌아보았다. 새라는 눈을 감고 앉아 있었다. 피부는 누르스름했고 두 손은 무릎에 힘없이 얹어놓았다. 제임스는 그녀가 너무 늦지 않게 약을 투여했기를 간절히 바랐다.

걱정해야 할 문제가 하나 더 있었다. 바로 블레빈스였다. 켄드라의 휴대폰으로 연락하려 했지만 통화가 되지 않았다. 그러다 실험실 일반 전화로 걸자 맥이 받아서 곧장 준장에게 연결해주었다. 블레빈스는 알 수 없는 말과 함께 몹시 화를 내면서 비난을 퍼부었다. 그러다 다시 맥이 전화를 넘겨받아 상황을 설명해주었다.

"준장님은 박사님을 의심하고 있어요. 박사님이 러시아인들에게 정보를 넘겼다고 생각하십니다."

그제야 이해됐다. 그는 늘 적대적인 취급을 받았고 무엇을 하든 철저한 신원 조사를 거쳐야 했다. 블레빈스 같은 부류는 테러 행위에 맞서 싸우는 훈련을 받아왔다. 제임스의 삼촌은 테러리스트였지만 제임스는 그 사실을 최근에야 알았다. 삼촌에 관한 비밀을 무덤까지 가져가려 했던 아버지 덕분이었다.

제임스는 고개를 흔들었다. 처음부터 로스앨러모스의 누구에게든 행선지를 말하고 떠났어야 했다. 지금 새라를 데리고 돌아가도 일은 쉽게 풀리지 않을 것이다.

묵직한 대문이 길을 가로막았다. 대문 옆 초소에는 아무도 없었다. 그는 또다시 켄드라의 폰으로 전화를 걸었다.

"제임스?"

이번에는 켄드라가 전화를 받았다. 켄드라는 걱정스러워하면서도 안심하는 목소리였다.

"예. 저 지금 북문 앞에 있습니다. 문 좀 열어주세요."

"알았어."

대문의 빗장이 서서히 올라갔다. 차는 헤드라이트 불빛으로 모여드는 어둠을 가르며 파하리토 길을 따라 빠르게 달려갔다. 5월 말의 저녁이라 소나무 향기가 공기 중에 신선하게 감돌 때였다. 하지만 이제 공기는 오염됐다. 제임스는 그 사실을 다시금 떠올렸다. 지금은 아니더라도 곧 오염되고 말 것이다. 프로토콜대로 해독제를 투약하지 않은 사람이 오염된 공기를 마시면 사형 선고를 받는 것이나 다름없었다. 그들이 탄 차는 XO-봇 건물 뒤쪽을 지나 우회전해서 작은 옆길로 들어섰고, 한 번 더 우회전해 텅 빈 앞마당에 멈춰 섰다.

건물 정면에 있는 에어록의 이중문 뒤쪽에 켄드라가 보였다. 어둑한 로비에서 기다리고 있는 모습이었다. 한 손에 길고 가느다란 물건을 든 폴 맥도널드가 켄드라 옆에 서 있었다. 제임스는 새라를 부축해 차에서 내리게 한 뒤 함께 건물 안으로 들어갔다.

"안녕하세요, 켄드라." 제임스가 인사를 건넸지만 켄드라는 휘둥그레진 눈으로 그들을 쳐다볼 뿐이었다. "켄드라, 예상 밖의 상황인 건 알지만……."

몸을 제대로 가누지 못하고 눈도 반밖에 못 뜬 새라가 힘없이 미소를 지으며 말했다.

"맥, 켄드라…… 마더들은 어떻게 하고 있어요?"

맥이 팔을 아래로 내리자 제임스는 맥이 들고 있던 물건이 강철빛 군용 소총임을 알아보았다. 맥은 소총을 얼른 옆으로 내리며 말했다.

"이것참, 일이 흥미롭게 돌아가네요."

제 2 부

22장

2054년 2월

수송기 창문으로 흘러드는 이른 아침의 햇살이 릭의 잠을 깨웠다. 그는 바로 누워 잘린 다리를 쭉 펴며 등 아래 깔린 부드럽고 깨끗한 담요의 감촉을 잠시나마 즐겼다. 그리고 이내 몸을 일으켜 창문 너머 황량한 땅을, 깊고 건조한 협곡 사이에 자리한 바위 지대를 내려다보았다.

그가 알던 세상은 사라져버린 듯했다. 라디오 방송국도 텅 비었다. 전화와 무선 호출에도 답하는 사람이 없었다. 전력 수급이 어려워지면서 웹사이트들도 죽어갔다. 한때 바삐 돌아가던 도시와 주요 도로들이 더 이상 불빛을 내뿜지 않는 탓에 야간 위성 사진들은 시간이 갈수록 어두워졌다. 워싱턴의 상급 장교들과 외국의 적군들, 컴퓨터 프로그래머들과 해커들, 치명적인 미사일을 쏘아 올리는 자들과 그 미사일을 요격하는 전투기들이 모조리 사라졌다.

오가는 이 없는 텅 빈 연석 옆에서 대기 중인 오토택시들, 아무도 살지 않을 건물들을 지어 올리던 건설 노동 로봇들과 가전제품 포장 로봇들, 오지 않을 여행자들을 기다리던 공항의 보안 검색 로봇들. 전염병이 퍼지기 시작하고 9개월이 지난 지금, 그 근면한 기계들도 조용히 작동을 멈췄다.

릭은 허리를 펴고 앉아 팔꿈치 안쪽에 대고 기침을 뱉었다. 썩 나쁘지 않았다. 전보다 나아진 듯했다. 지난 수개월 동안 릭은 계속해서 새로운 한계에 부딪히며 타협을 해왔다. 해독제는 완벽하지 않았다. 루디 가르자 박사는 해독제가 투약 전에 입은 손상까지 회복시켜주지는 못한다고 했다. 릭 역시 캘리포니아를 여러 차례 방문하면서 IC-NAN에 노출이 됐으니 이미 돌이킬 수 없는 손상을 입었을 것이다. 어쨌든 아직 답을 알 수 없는 이유로 릭은 다른 이들보다 전염병에 취약한 상태였다. 한때 다정했던 이 행성에 이제 유독한 공기가 가득찼으니, 릭은 자기 보호를 위해 더 애써야 했다.

그러기 위해 그는 로스앨러모스에 있던 수송기 두 대 중 한 대를 징발했다. 그동안 유지 관리를 해온 맥 덕분에 이 수송기는 정상적으로 작동했고, 공기 정화 시스템까지 업그레이드되어 있었다. 그는 빠른 비행이 가능한 이동 기기이면서 동시에 지상 기지로도 활용이 가능한 이 수송기를 집 삼아 지내고 있었다. 거품 모양의 이 수송기를 나서면, 오염된 고세균과 유독한 NAN으로부터 제 몸을 지키기 위해 마스크를 써야 했다.

로스앨러모스의 다른 생존자들처럼 XO-봇 건물의 구내에서 위험을 피해 살아갈 여유 따위는 없었다. 세상이 멸망해가는 모습을 멍하니 지켜볼 수도 없었다. 해야 할 일이 있었다. 스스로 부여한 사명이었다. 본인이 저지른 끔찍한 실수를 만회해야 했다. 5세대 로봇들을 황량한 사막으로 떠나보낸 바로 그 일이었다. 마더들을 찾아야 했다. 그들을 찾아서 집으로 데려와야 했다.

쉽게 찾을 수 있으리라 생각했다. 켄드라가 그들을 부르면 될 줄 알았다. 필요에 따라 그들의 방어 능력을 상대해야 할 수도 있었다. 귀소 센서를 활용하면 된다던 켄드라의 판단은 빗나갔다.

"제가 잘못 생각했어요. 마더들이 귀소 센서를 갖고 있기는 해요. 그런데 우리가 코드 블랙을 선택했을 때 센서 장치가 정지돼서…… 적군이 마더들을 불러들이지 못하게 하려고 설계팀이 그렇게 조치한 모양입니다."

그래서 결국 릭은 광대한 사막 구석구석을 살피며 그가 떠나보낸 마더들을 찾아다녔다. 지난 몇 달 동안 박살난 마더 로봇 세 대의 위치를 파악했다. 파편들은 마치 쓰레기처럼 사막에 흩어져 있었고 인큐베이터도 망가진 상태였다. 그중에 로지는 없었지만, 그런 마더를 발견할 때마다 릭은 선견지명이 없던 자신, 압박받는 상황에서 제대로 판단하지 못한 자신을 탓했다.

릭은 전장에서 군대를 지휘해본 적은 없지만 관련된 이야기는 들었다. 공격을 받는 중에 잘못 내려버린 결정, 후회, 결코 벗어버릴 수 없는 죄책감. 그러니 이 일은 그가 감당해야 할 몫이었다. 운명의 그날, 그는 혼란스런 와중에 흥분해서 앞뒤 가리지 않고, 정확한 근거도 없이 마더들을 쏘아 올리기로 성급한 결정을 내렸다. 제임스 세드를 테러리스트로 오해했다.

몇 가지를 확인했어야 했다. 해커들이 5세대에 관해 어떤 정보를 캐냈는지, 진짜 위협이 되는 게 무엇이었는지 그는 파악하지 못했다.

로즈는 위험을 감지한 것 같았다. 그게 아니면 로즈가 왜 코드 블랙을 입에 올렸겠나? 제임스를 오해했든 아니든, 릭은 어차피 같은 결정을 내렸을 것이다. 하지만 그날 벌어진 일 이후의 상황을 생각하면 그의 결정에 결함이 있었음을 부정할 수 없었다. 로스앨러모스는 공격받지 않았다. 새로운 새벽 프로젝트 팀의 생존자들이 두려움에 떨며 마지막 순간이 닥쳐오길 기다렸으나 XO-봇 실험실에는 결국 아무 일도 일어나지 않았다.

어쨌든 제임스 세드 박사에게 사과는 해야 했다. 제임스가 새라 호티를 데리고 로스앨러모스로 돌아오자 다른 이들은 멋대로 사라졌던 제임스를 곧 용서했다. 이제 제임스와 새라는 다시 팀의 일원이 됐고, 릭은 모두의 신뢰를 회복해야 하는 입장이었다.

창문 너머로 모닥불 연기가 보였다. 적어도 여기 혼자 있는 건 아닌 모양이었다. 윌리엄 서스퀘테와는 카이엔타 마을 도로변에 쓰러진 릭을 구조해 호피족이 사는 메사 언덕으로 데려왔고 그때부터 두 사람은 쭉 친구로 지냈다. 호피족도 사망자가 심각할 정도로 많이 나왔다. 지금은 윌리엄과 그의 동생 에디슨(피닉스 병원에서 수련한 의사), 그들의 모친 탈라시를 비롯한 스무 명 남짓한 호피족이 메사 언덕에서 살아가고 있었다. IC-NAN에 자연 면역인 사람들이 일부 있을 수 있다는 로즈의 희망대로, 이 호피족 사람들은 지구의 공기를 마음껏 마시면서도 탈 없이 살아남았다.

호피족은 노바가 '은빛 영혼들'과 함께 살고 있을 거라 믿었지만, 윌리엄은 포기하지 않고 누이동생 노바를 줄곧 찾아다녔다. 노바가 살아 있으리라는 증거는 릭이 가지고 있던 노바의 목걸이, 노바가 마더들을 제작한 프로그램에 본인도 모르게 참여했다는 릭의 말이 고작이었지만.

모두에게 '할머니'로 불리는 탈라시는 한 단계 더 나아갔다. 탈라시에게 마더들은 신성하고 보호받을 가치가 있는 존재였다. 탈라시는 5세대 마더 로봇들을 남편의 약속이 현실로 이루어진 것, 인류의 재탄생을 알리고자 언젠가 메사로 돌아오기로 되어 있는 갑옷 차림의 여신들이라 여겼다. 릭은 그 정도 믿음을 가질 수 있을지 알 수 없었지만 믿고 싶은 마음이었다.

의족을 다리에 채우는데 반갑지 않은 통증이 밀려와 릭은 미간을 찌푸렸다. 얼마 전에 발견된 마더들도 추락하면서 고통을 느꼈을까. 아니, 그럴 리 없었다. 아직 사막을 배회하는 마더들은 자기네가 길을 잃고 헤매고 있을 뿐임을 인식하지 못할 것이다. 그들은 적의 눈을 피해 골짜기와 협곡에 몸을 숨기면서 배양 기간 동안 귀중한 화물을 잘 보호하도록 프로그램됐다. 마더들이 여전히 사막을 돌아다니고 있다면 프로그램대로 잘 수행하고 있는 것이다.

배양 기간이 끝나고 5세대의 출산이 임박한 지금은 마더들의 위치를 좀 더 쉽게 파악할 수 있을 듯했다. 켄드라가 예측한 만큼 쉽지는 않겠지만. 켄드라는 마더들이 출산 후에는 물품 저장소로 이동할 것이므로 위치를 파악할 수 있으리라 예상했다. 마더들에게 물품 저장소의 위치가 입력돼 있으니 업로드된 매개변수에서 저장소의 좌표를 확보하면 된다고 본 것이다. 하지만 알고 보니 일반적인 업로드 파일에 저장소 위치 정보가 포함돼 있지 않았다. 마더들의 비행 컴퓨터에만 저장소의 위치가 입력된 상태였다. 마더들이 로스앨러모스를 떠나면서 저장소 좌표도 모두 가져간 셈이었다. 켄드라는 사막에서 발견한 마더 로봇 세 대의 불에 탄 컴퓨터 잔해에서 저장소 위치를 다운로드 받으려 했지만 성공하지 못했다. 로스앨러모스의 중앙 컴퓨터에서 좌표 기록을 찾아보려 했는데 그마저도 실패했다. 물품 저장소들을 만든 군부대가 좌표 기록을 안전하게 저장해두긴 했지만 켄드라는 그 기록을 찾아내는 방법을 알지 못했다. 윌리엄의 정찰대원들은 사막 곳곳을 뒤져 주요 급수탑의 위치를 찾아낸 다음, 마더가 급수탑을 찾아올 경우에 대비해 급수탑 근처에 동작 센서 카메라를 설치해두었다. 지금까지 그들은 총 76곳의 물품 저장소 중 겨우 13곳을 찾아냈는데 아직 손을 탄 흔적은 보이지 않았다.

수송기의 조종실 문이 열렸다. 양압 팬의 요란한 위잉 소리가 윌리엄의 굵고 낮은 목소리를 거의 뒤덮었다.

"릭…… 협곡 저 아래쪽에 뭔가 보여. 에디슨이 이쪽으로 오고 있어."

맥의 로스앨러모스 사무실은 어수선한 동굴 같았다. 그 안에서 제임스는 새라의 매끈한 목선과 우아한 턱선을 바라보았다. 그들 앞에서 켄드라는 맥의 컴퓨터 화면을 들여다보며 메뉴들을 샅샅이 살피면서 '봇뷰BotView' 데이터 피드를 고르고 있었다.

정부는 20년 전 초기 건축 단계에서부터 장기적인 비용 절감을 위해, XO-봇 건물 내에서 자체 전력을 모아 저장하면서 '자족적'으로 생존이 가능하게 설계했다. 이제는 전력과 물이 귀해졌으니 관리와 보존에 신경을 써야 하기는 했지만, 이 건물은 몇 안 되는 내부 인력의 생존을 보장해주고 있었다. 정부가 새로운 새벽 프로젝트의 본거지를 이곳으로 정한 건 실수가 아니었다. 거대한 태양 전지판과 전력 저장벽이 갖춰진 이 건물에는 자체 공기 정화 장치가 완비되어 있었다. 또한 소형 정수 시설을 통해 근처 발레스 칼데라 지역의 자분정* 에서 펌프로 물을 끌어왔다.

제임스는 맥의 컴퓨터 화면에 시선을 붙박았다. 채워지길 기다리는 빈 필드들이 줄줄이 떠 있었다. 릭 블레빈스와 그가 거느린 유타 사막의 호피족 정찰대원들은 국가안보국(NSA) 위성 중계를 이용해 로스앨러모스와 연락을 유지했다. 몇 시간 전 릭 블레빈스 준장은 에스칼란테 지역 동쪽의 어느 좁은 협곡 바닥에서 박살난 마더 로봇을 발견했다는 소식을 알려왔다. 그리로 내려가는 길이 위험해서 시간이 꽤 걸릴 것 같다고 했다.

제임스는 새라의 손을 잡으려 팔을 뻗었다. 지난 9개월 동안 새라는 평생 겪을 고통을 한꺼번에 겪었다. 루디나 켄드라, 맥과는 달리, 블레빈스나 제임스와는 달리 새라는 자신이 알던 세상 모든 것과 모든 사람들을 잃는 현실을 받아들일 시간이 없었다. 갑작스레 닥쳐온 현실에 그녀는 거의 정신을 잃을 지경이었다.

그리고 그녀는 아기를, 그들의 아들을 잃었다. 전 지구를 오염시킨 전염병에 면역이 없는 구세계의 아기니까 차라리 잘된 일이라 말했지만 진심이 아니었다. 임신 상태를 유지하기엔 새라의 몸이 너무 약했다. 아기를 잃은 두 사람은 감당할 수 없는 슬픔을 겪었다. 그들은 로스앨러모스 건물의 창밖으로 내다보이는 작은 공터에 아기의 시신을

* 지하수가 수압에 의해 지표 이상으로 분출하는 우물.

묻었다. "5세대 로봇들을 곧 찾아낼 거야. 면역이 있는 완벽한 아기들이야." 제임스는 새라에게 약속했다. 하지만 그 후 아침마다 두 손을 무릎 아래 모으고 아랫입술을 바들바들 떨면서 창밖을 내다보는 새라의 모습은 보는 건 제임스에게도 견디기 힘든 고통이었다.

그래도 그들은 살아남았다. 루디는 로스앨러모스에서 C-343을 합성해냈다. 데트릭 기지에서 파괴된 해독제의 축소판이었다. 기존 흡입 장치에 해독제를 다시 채워 넣을 정도의 양은 만들어낼 수 있었다. 로스앨러모스의 생존자들은 하루에 한 번씩 꼬박꼬박 직접 몸에 해독제를 투여했다. 희망이 있었다. 해독제 제조에 사용된 새로운 염기서열은 5세대 배아에 적용된 것과 동일했다. 이 해독제를 투여한 생존자들이 별다른 부작용 없이 IC-NAN에 면역이 된다면 5세대들도 마찬가지일 공산이 컸다. 제임스는 방 안을 둘러보았다. 어쩌면 이 건물을 나가 바깥세상에서 살아도 안전하지 않을까. 아직 블레빈스 준장을 제외하고 직접 그런 실험을 하겠다고 나선 이는 없었다. 만약 5세대들이 태어났으면…….

제임스는 릭 블레빈스가 '할머니'라 부르는 나이 지긋한 여자 탈라시 서스퀘테와에 대해, 수 세기 동안 부족의 고향이었던 거친 땅에서 여전히 살아가고 있는 몇 안 되는 호피족에 대해 생각했다. 전염병이 휩쓸고 간 후에 일어난 일들을 생각하면 호피족은 프로그램된 세포사의 경로를 바꾸게 만드는 유전적 특징을 가진 듯했다. 이런 흔적 경로를 위한 유전자 코딩은 열성으로 판단됐는데, 생존에 필요한 만큼 발현되려면 열성 유전자 2개를 가진 동형 유전자여야 할 것이다. 3년 전 자연사한 탈라시의 남편 앨버트는 동형 유전자를 갖고 있었다. 탈라시와 앨버트의 아들 윌리엄과 에디슨은 살아남았고, 에디슨의 아내와 자녀 셋 중 둘은 전염병으로 세상을 떠났다. 에디슨의 딸 밀리는 살았다. 윌리엄의 아내와 두 아들은 모두 살았다. 이렇게 생존한 이들과 다른 가족들 몇 명이 앞으로 새로운 호피족 가계도를 구성하게 될 것이다. 침묵 DNA, 유전으로 물려받았다가 필요시 깨어나는 기능에 관한 제임스의 이론은 호피족을 통해 사실임이 입증됐다.

무엇보다도 호피족은 신이 로스앨러모스의 연구진에게 보낸 선물이었다. 척박한 땅에서 오랫동안 생존해온 호피족은 옥수수와 양고기, 쇠고기, 콩, 호박 같은 식량을 연구진에게 풍성하게 제공해주었다. 세심하게 준비한 식량을 XO-봇 구내식당으로 연결되는 에어록을 통해 들여보내는 식이었다. 무엇보다 그들을 보면서 제임스는 새라의 병이 완치될 수도 있겠다는 희망을 품었다. XO-봇 건물에 사는 이들 중 해독제 투여 전에 IC-NAN에 감염된 유일한 사람이 바로 새라였다. 제임스와 루디는 호피족 기증자들의 기관 흡인물에서 줄기세포를 채취하기 시작했고, 가장 유력한 인자를 분리하고 저장하는 방법도 개발해냈다. 물론 승산이 거의 없는 시도이기는 했다. 전염병이 창궐하기 전, IC-NAN 감염으로 손상된 폐를 치료하기 위해 비슷한 실험들이 진행된 적 있지만 모두 실패로 돌아갔다. 그래도 이번에는 희망을 품어볼 만했다. 그들이 가진 것은 희망뿐이었다.

요란하게 타닥타닥 소리가 들려 깜짝 놀랐다. 곧이어 왼쪽 스피커에서 블레빈스의 목소리가 들렸다. 블레빈스는 평소와 달리 기분 좋게 목청을 높인 목소리였다.

"좋아……. 소녀를 찾았다!"

심장이 빠르게 뛰면서 목구멍 밖으로 튀어나올 것만 같았다. 외계 행성도 아닌 본인 행성에서 온몸을 가린 보호복을 입은 블레빈스 준장이 한 손에는 두툼한 폰을, 다른 손에는 아기를 안은 모습이 제임스의 머릿속에 그려졌다.

켄드라가 마이크를 켜고 준장에게 물었다.

"살아 있습니까?"

준장이 거친 목소리로 대답했다.

"간신히."

제임스는 새라가 그의 손을 꽉 잡는 걸 느꼈다. 블레빈스의 옆에서 시끌벅적한 고함 같은 게 들렸다. 다행히 에디슨이 현장에 같이 있는 모양이었다. 제임스가 켄드라에게 나지막하게 말했다.

"출생 기록에 접속해보세요."

켄드라가 준장에게 지시했다.

"생명 유지 장치 제어 모듈로 연결해주세요."

"했습니다!"

모니터 쪽으로 몸을 기울인 채 눈에 불을 켜고 디스플레이 메뉴를 살펴보던 켄드라는 출력된 글자 한 줄에 멈칫했다. **산소 포화도가 비정상적으로 낮음. 폐에 통증이 있음.**

제임스가 앉은자리에서 앞으로 몸을 기울이며 눈을 가늘게 떴다.

"인큐베이터의 양수가 배수됐습니다. 소생 작업을 시행했는데 효과가 없었던 것 같습니다……."

제임스 옆에서 숨죽이고 지켜보던 새라의 한쪽 눈에서 눈물이 흘러내렸다. 영겁 같은 시간이 흐르고 전화기 너머에서 두 번째 목소리가 들려왔다.

"제임스, 에디슨이야. 마더의 상태를 감안할 때 아기는 이만하면 잘 버티고 있어. 추락 때 고치가 손상되면서 외기가 충분히 들어온 덕분에 목숨은 건졌어. 그런데 둥지까지 이동은 못한 거지. 아기가 망가진 인큐베이터 안에 갇혀 있었어. 아기를 보충용 산소 장치에 연결했는데……"

제임스는 켄드라를 옆으로 밀어내고 목소리를 높여 지시를 내렸다. 그의 뇌가 자동으로 가동됐다.

"아기를 최대한 빨리 병원으로 데려가세요. 우리가 아기 상태를 확인할 수 있을 때까지 정화된 공기를 마시게 해야 합니다. 알겠죠?"

일어나 책상에 몸을 기대고 선 새라도 폰에 대고 말했다.

"에디슨? 아기는…… 정상적인 모습인가요?"

"응. 완벽하게 정상이야, 새라……. 다만 팔다리가 푸르스름해. 청색증인 것 같아. 우리가 최선을 다해볼게."

23장

눈을 감자 갓난아기 때 본 희미한 빛이 아련히 기억났다. 흐릿한 세상에서 미샤는 깊게 숨을 들이마셨다. 타닥타닥 소리를 내며 타는 장작불 냄새, 사막의 흙먼지 냄새가 콧속 깊이 들어왔다. 웃고 노래하는 목소리들이 주변을 떠다녔다. 미샤가 달콤한 우유나 주스가 담긴 병을 자그마한 손으로 잡아 쥘 수 있도록 커다란 손들이 도와주었다. 누군가 미샤를 안고 걷거나 엉덩이가 쿵쿵 부딪치도록 껑충껑충 뛰기도 했다. 그리고 미샤에게 이런저런 이야기를 들려주고 머리카락을 쓰다듬어주었다. 나무와 천, 깃털로 만든 인형들이 허공에서 춤을 추기도 했다.

"엄마. 엄마."

미샤가 처음으로 한 말이었다.

미샤는 외로운 적이 없었다. 혼자였던 적도 없었다. 새라 엄마가 늘 곁에 있어주었다.

미샤의 아버지는 제임스였다. 엄마는 새라. 대가족이었다. 가족 대부분은 진흙과 나무, 돌로 지은 메사의 언덕배기 집에서 살았다.

가족 중에 제일 나이가 많은 사람은 할머니였다. 할머니의 장남 윌리엄 삼촌은 가슴이 떡 벌어진 체격에 황갈색 피부였는데, 진갈색 머리카락을 뒤로 깔끔하게 모아 말총머리로 묶고 다녔다. 릭이라는 이름을 가진 아저씨가 한 번씩 집에 찾아왔다. 릭 아저씨와 윌리엄 삼촌은 함께 '정찰'을 나갔다 오곤 했다. 그 외의 시간에 윌리엄 삼촌은 들판에서 양떼를 몰거나 옥수수를 심었다. 의사인 에디슨 삼촌은 윌리엄 삼촌보다 날씬했고 키가 컸다. 검은 테 안경을 쓰고 진갈색 머리를 늘 짧게 유지했다. 에디슨 삼촌은 아침마다 트럭을 몰고 병원에 일하러 갔는데 병원에서는 흰 가운을 입고 메모장을 들고 다녔다. 두 삼촌 모두 자녀가 있었다. 마을에는 아이가 여럿인 집들도 있었다. 그런데 미샤는 형제도 자매도 없이 혼자였다.

"왜 저는 형제가 없어요? 왜 저는 자매도 없어요?"

미샤의 물음에 엄마가 대답했다.

"넌 형제랑 자매가 많아. 우리가 찾은 아이가 너뿐인 거야."

"다른 아이들도 찾고 계세요?"

"그럼. 늘 찾고 있지. 네가 우리 곁에 있어서 얼마나 좋은지 몰라."

엄마, 아빠는 에디슨 삼촌의 병원에 마련된 특별한 방에서 잠을 잤다. 그 방에는 유리문이 달렸고 요란한 소리를 내는 팬이 돌아갔다. 엄마와 아빠는 그 방을 나올 때는 늘 못생긴 마스크를 썼다. 마스크가 공기로부터 폐를 지켜준다고 했다. 그 마스크를 보면 미샤는 호피족 의식 때 춤추는 남자들이 떠올랐다. 메사 안쪽에 있는 할머니의 집에서 인간의 얼굴을 감추고 신비로운 모습으로 걸어 나오던 남자들.

미샤가 엄마에게 물었다.

"할머니는 왜 지하에서 살아요?"

"거긴 할머니의 진짜 집이 아니라 키바야. 중요한 일이 일어날 것 같으면 그곳에 가 계셔."

"무슨 일이 일어나요?"

엄마는 미소 띤 얼굴로 설명해주었다.

"할머니한테 배우렴. 할머니 말씀 잘 새겨듣고. 할머니는 실제로 하는 말과 다른 뜻의 말을 할 때도 있으셔."

할머니는 나쁜 것들에 관한 이야기를 들려주었다. 2030년대에 일어난 끔찍한 물 전쟁이라든가, 야생동물들을 우리에 가둬두고 구경했다는 동물원이라는 곳에 관한 이야기였다. 수백 명을 태우고 하늘을 날았다는 거대한 비행기, 알아서 도로를 달렸다는 자율주행 자동차, 팔에 차고 다니면서 사진을 전송했다는 조그마한 기계 같은 좋은 것들에 관한 이야기도 해주셨다.

미샤가 감탄했다.

"할머니는 모든 걸 다 보셨네요!"

할머니가 말했다.

"많은 걸 보기는 했지. 하지만 아직 못 보고 기다리고 있는 게 하나 있단다."

"그게 뭔데요?"

"할머니의 꿈이야. 은빛 영혼들."

"영혼들이요?"

"너희 세대 아이들의 엄마들이야. 그들이 우리가 사는 이 고향으로 돌아오면, 나는 남편한테 말해주러 여길 떠날 거란다."

"할머니한테 남편이 있어요? 어디 있는데요?"

"메사 너머에서 기다리고 있지."

미샤는 메사의 가장자리를 따라 걷다가, 할머니의 남편이 기다리고 있을 것 같은 곳을 내려다보았다. 하지만 언제나 그렇듯 미샤의 눈에는 부옇게만 보일 뿐이었다. 미샤의 눈이 그런 이유는 태어날 때 산소가 충분치 않아서였다고 엄마가 말해주었다. 미샤의 눈은 산소 부족으로 잘못되어 제대로 자라지 못했다. 그러니 저 아래 펼쳐진 고향의 주요 지형지물을, 아름다운 담요에 짜 넣어진 문양을 그저 상상만 할 뿐이었다.

그래도 저 높은 하늘로 날아오르는 독수리들의 깃털 사이로 흐르는 건조한 바람 소리, 고대의 영혼들이 바위의 균열에서 피어오르는 연기처럼 떠오르는 소리는 들을 수 있었다. 미샤는 죽음의 영이자 윗세상의 주인인 마사우우의 모습을 상상해보았다. 상상 속에서 마사우우는 무시무시한 얼굴로 자애로운 미소를 짓고 있었다. 지혜로운 '거미 할머니'의 모습도 머릿속에 떠올려보았다. 상상 속에서 거미 할머니는 나호이다다치아 막대기와 사슴 가죽 공을 갖고 노느라 까불대며 뛰어다니는 두 손자를 엄히 꾸짖는 모습이었다. 험준한 바위 근처에 웅크리고 앉은 미샤는 깃털 달린 파호 지팡이가 놓여 있는 곳을 찾아 손을 더듬었다. 윌리엄 삼촌이 할아버지의 특별한 장소라고 말해준 곳이었다. 할머니의 남편 목소리를 들으려고 가장자리 너머로, 최대한 앞으로 몸을 기울였다.

할아버지가 앉은자리에서 속삭이듯 목소리를 냈다.

"미샤. 은빛 영혼들을 기다리거라."

할아버지의 목소리는 들었지만, 모습은 한 번도 보지 못했다.

미샤가 자라면서 엄마 아빠는 미샤를 로스앨러모스의 건물로 자주 데려갔다. 커다란 창문이 있는 큼직한 건물이었다. 엄마 아빠는 그곳이 건강에 좋은 장소라고 했다. 그런데 너무 멀리 있어서 그리로 가려면 수송기라 불리는 비행선을 타야 했다. 로스앨러모스에는 미샤를 위한 특별한 공간이 있었다. 한쪽 벽에 작은 창문이 있고 다른 벽에는 알록달록한 그림들이 붙어 있으며 부드러운 침대가 있는 방이었다. 미샤의 상태가 괜찮으면 아빠와 루디 삼촌의 실험실에서 과학자 놀이를 했다. 켄드라 이모의 컴퓨터로 게임도 할 수 있었다. 환한 화면에 코를 바짝 붙이고서 말이다. 폴 맥도날드 아저씨는 좀 무서웠다. 사람들이 '맥'이라고 부르는 키 큰 아저씨인데, 유령처럼 갑자기 나타나곤 했다. 엄마는 그 아저씨에 대해 이렇게 말했다. "맥이 수줍음이 많아서 그래. 아이들한테 익숙하지도 않고."

어느 날, 미샤는 엄마 아빠가 로스앨러모스에 쭉 머물고 싶어한다는 걸 알게 됐다. 엄마가 말했다.

"미안하구나, 미샤. 방독면을 써도 이젠 더는 메사에서 공기를 마시면서 버틸 수가 없어."

"마스크요?"

"응, 마스크를 써도 힘들어. 로스앨러모스에서 우리가 해야 할 일도 있고." 엄마는 미샤의 머리에 손바닥을 얹었다. "원한다면 우리랑 떨어져서 메사에서 지내도 돼."

미샤는 그러고 싶지 않았다. 엄마 아빠가 있는 곳이 미샤의 집이었다. 하지만 어느 정도 시간이 지나자 미샤의 생각이 바뀌기 시작했다. 날이 갈수록 그들은 미샤를 조금씩 밀어냈다. 문을 닫고 방 안에서 둘이서만 속닥속닥 얘기를 나눈다든지, 엄마 없이 미샤 혼자 식사하게 한다든지. 아빠가 말했다.

"미안하다. 넌 여기서 우리랑 계속 같이 지내면 안 돼. 친구들이랑 함께 햇빛을 받으면서 살아."

전에도 그렇게 살았는데?

메사에서 미샤는 윌리엄 삼촌과 삼촌의 부인 로레타 숙모와 함께 살았다. 그 집안의 손자 버티, 호노비와 어울려 놀면서. 납작한 바구니를 짜 만들고, 엄마가 좋아하는 블루 콘 케이크를 만드는 방법도 배웠다. 엄마 아빠가 줄곧 그리웠지만 상황이 변했으니 받아들여야 했다.

미샤의 여덟 살 생일이 막 지난 어느 날, 엄마 아빠가 미샤를 만나러 왔다. 가까이 다가온 엄마의 얼굴은 창백하고 부옇게만 보일 뿐이었다. 미샤가 보기에는 엄마의 얼굴이 슬퍼 보였지만 엄마는 슬픈 소식을 가져온 게 아니었다. 엄마가 말했다.

"우리가 새 눈을 만들어줄게."

아빠도 말했다.

"다 컸잖아. 수술해야지. 우린 네가 수술받을 준비가 돼 있을 거라고 믿어."

엄마가 미샤의 이마에 입을 맞췄다. 엄마의 긴 머리카락에서 깨끗한 비누 향이 났다.

미샤가 물었다.

"제가 새 눈이 왜 필요해요? 이 눈으로도 충분히 보여요."

엄마가 대답했다.

"새 눈으로는 독수리처럼 모든 걸 또렷하게 볼 수 있어."

"새 눈이 제대로 기능 못하면요?"

이번에는 아빠가 대답했다.

"제대로 기능할 거야. 아빠가 약속할게."

미샤는 부모님을 번갈아 쳐다보았다. 두 분 뒤에 서 있는 에디슨 삼촌은 검은 안경테만 희미하게 보일 뿐이었다.

"알았어요. 잘해볼게요."

수술받고 정신이 들고 나서 보니 무언가로 눈이 덮여 있었다. 눈을 떴지만 회색 그림자 같은 것만 보였다. 미샤는 훌쩍였다. 수술이 실패한 걸까?

"미샤? 깼니?" 아빠의 목소리가 들렸다. 아빠가 미샤의 손을 잡았다. "왜 그래? 아프냐?"

"엄마는요?"

"엄마는 지금 여기 없어. 나중에 올 거야."

"제 눈을 고친 거 맞아요? 안 보여요……."

"눈을 거즈로 감아놔서 그래. 아직 눈을 뜨려고 하지 마. 새 눈이 뇌에 적응할 시간이 필요하거든." 아빠가 큭큭 웃자 미샤도 따라 웃었다. "내 딸 미샤. 넌 용감한 꼬마 군인이야."

하지만 미샤는 용감해진 기분이 아니었다. 아빠의 손을 꼭 붙잡았다. 아빠를 다시 떠나보내고 싶지 않았다. 엄마도 곁에 있으면 좋을 텐데.

"엄마는 언제 와요?"

아빠는 바로 대답하지 않았다. 잠시 후 입을 연 아빠의 목소리는 전보다 더 기운이 빠진 듯했다.

"엄마도 수술받았어."

"눈 수술이요?"

"아니. 폐 수술. 숨을 좀 더 잘 쉴 수 있게 해주는 수술이야."

"그럼 엄마는 이제 마스크 안 써도 되는 거예요?"

"마스크는 써야 할 거야. 결과는 두고 봐야지. 어쨌든 엄마는 지금 회복 중이야. 네가 거즈를 풀면 바로 엄마한테 데려다줄게."

이틀 밤낮이 꼬박 지나서야 미샤는 눈을 덮은 기다란 거즈 붕대를 풀 수 있었다. 회색이 흰색으로 바뀌더니…… 다채로운 색깔들이 밀려 들어왔다. 휘황하고 또렷했다. 너무 또렷해서 아플 정도였다. 미샤는 눈을 질끈 감았다.

"윽!"

아빠가 말했다.

"자, 이걸 써." 손을 위로 들자 아빠가 귀에 걸어준 짙은 색 안경이 만져졌다. "빛을 좀 막아줄 거야. 시간이 지나 뇌가 기능을 해줄 때까지만 쓰면 돼. 이후에는 쓸 필요 없어."

미샤가 눈을 뜨자 아빠의 얼굴이 보였다. 코와 입은 마스크로 덮여 있지만 눈은 보였다. 깊은 잔주름에 둘러싸인 움푹 들어간 눈. 까끌까끌하게 수염이 돋은 창백한 뺨의 땀구멍 하나하나까지 다 보였다. 방 저쪽에 창문이 있었다. 창밖에 떠 있는 태양의 빛줄기가 반짝이는 금속 테이블에 놓인 물병을 비추었다. 사방에 각진 선과 뾰족한 점, 거친 가장자리가 보였다. 고통스러웠다……. 미샤는 힘겹게 숨을 삼켰다.

아빠가 말했다.

"알아. 적응하려면 시간이 좀 걸릴 거야."

"지금 엄마 보러 가도 돼요?" 미샤는 눈을 감으며 조용히 말했다. "저는 준비 됐어요."

"엄마는 자고 있어. 에디슨 박사님이 지금 네 시력을 검사하실 거야. 엄마가 깨어나면 바로 알려줄게."

몇 시간 뒤, 미샤는 자리에 앉아 그림책을 들여다보며 글자 맞추기를 하고 있었다. 엄마에게 힘겹게 배운 단순한 단어와 문장을 그림과 맞춰보는 식이었다. 이제 글씨가 또렷하게 보였다. 아빠가 다가와 말했다.

"엄마가 깨어났어."

미샤는 아빠의 손을 꼭 잡고 길고 어두운 복도를 타박타박 걸어서 엄마와 아빠가 쓰는 특별실로 향했다. 에디슨 삼촌이 문을 열어주었다. 방 안으로 들어가자 서늘한 공기가 마치 담요처럼 그들을 감쌌다.

에디슨 삼촌이 아빠에게 소곤소곤 말했다.

"우린 최선을 다했어. 새라는 이제 편안할 거야."

미샤는 고개를 살짝 기울이며 귀를 세웠다. 사람들은 미샤가 귓속말을 못 듣는 줄 알지만 사실 미샤는 잘 듣고 있었다. 아무도 모르는 비밀이었다. 미샤는 남들이 잘 듣지 못하는 소리까지 듣는 능력, 알면 안 되는 얘기까지 다 알아듣는 능력이 있었다. 나름 초능력이었다.

미샤는 엄마의 천막으로 천천히 다가갔다. 별이 빛나는 추운 밤에 미샤는 버티, 호노비와 함께 바로 저런 천막에서 야영했었다. 다만 이 천막은 측면에서 안이 훤히 들여다보였고 안쪽 면에 이슬방울이 맺혀 있었다. 안쪽에 엄마의 침대가 있는 것 같기는 한데 수증기 때문에 잘 보이지 않았다. 눈 수술을 받기 전처럼 흐릿하게만 보였다.

"엄마?"

엄마의 목소리가 대답했다.

"안으로 들어와. 얼굴 좀 보자."

미샤는 아빠를 돌아보았다. 아빠는 마스크를 벗은 채였다. 아빠의 길고 가는 코, 좁은 얼굴을 따라 퍼져나간 잔주름, 턱 아래쪽에 콩 모양으로 박혀 있는 검은 점이 보였다. 아빠가 들어가도 돼, 라는 뜻으로 고개를 끄덕였다.

미샤는 몸이 들어갈 수 있을 정도로만 천막 옆쪽의 지퍼를 조심스럽게 살짝 열었다. 침대로 올라가 엄마 옆에 앉아 지퍼를 닫았다. 천막 안은 엄마와 미샤 둘뿐이었다. 천막 안의 공기는 촉촉하고 따뜻했다. 엄마의 팔이 미샤를 안아주었다. 미샤는 엄마의 얼굴을 바라보았다. 높은 광대뼈, 도톰한 입술, 연못처럼 깊은 눈동자.

"엄마가 보여요. 엄마는 아름답네요."

"나도 네가 보여. 넌 더 아름다워."

엄마는 천막에서 나오지 않았다. 아빠는 특별실의 간이침대에서 잠을 자며 엄마 곁을 지켰다. 아침마다 미샤는 긴 복도를 지나 특별실로 들어가 두 사람 곁에 앉아 있곤 했다.

그러던 어느 날, 아침의 날카로운 첫 햇살이 창문을 뚫고 들어오기도 전에 에디슨 삼촌이 미샤를 데리러 왔다. 엄마의 방으로 가자 아빠가 기다리고 있었다. 그 옆에는 루디 삼촌과 맥 삼촌까지 보였다. 방 한쪽 구석에 놓인 작은 의자에는 할머니가 앉아 있었다.

미샤가 물었다.

"엄마는 어디 있어요?"

할머니가 대답했다.

"내 남편과 함께 기다리고 있단다."

미샤는 그 자리에 서서 두 주먹을 꽉 쥐었다. 아무리 애써도 할머니의 남편은 보이지 않았다. 새 눈을 달았지만 그들의 모습을 볼 수 있을 것 같지는 않았다. 엄마는 보이지 않는 곳에 가 있게 된 것이다.

24장

2062년 6월

제임스는 새라와 함께 썼던 로스앨러모스의 비좁은 방에 멍하니 앉아, 창밖에 줄지어 선 소나무들을 내다보았다. 파자리토 로드의 가로수였다. 그의 옆 구겨진 매트리스에는 새라의 부드러운 몸이 누웠던 자리가 선연했고 그녀의 체취도 남아 있었다. 9년 전, 새라를 여기로 처음 데려왔던 날 밤을 떠올렸다. 그는 새라에게 일정량의 해독제를 계속 투여하며 그녀를 돌보았다. 한 번도 믿어본 적 없는 신에게 기도까지 해가면서.

새라는 목숨을 건졌다. 품었던 아기를 잃었지만 미샤를 자식으로 받아들였다. 지난 수년간 그녀는 그가 감히 상상조차 해본 적 없는, 사랑과 열정으로 충만한 삶을 선사해주었다. 그들은 가족이었다.

그런 그녀가 떠났다.

먼지가 얼룩덜룩하게 낀 창문 너머로 바깥을 둘러보았다. 남아 있는 새라의 흔적은, 자그마한 아들을 묻은 곳 바로 옆에 세운 두 번째 비석뿐이었다. 제임스는 평생의 사랑을 잃었다. 아니, 그 이상을 잃었다. 제임스뿐만 아니라 로스앨러모스의 모든 이들에게 이제 희망은 없었다. 다들 운이 다했다.

얼마 전부터 알고 있었다. 문제는 미샤가 겨우 네 살이던 몇 년 전에 시작됐다. 해독제 흡입기가 새라에게 더 이상 충분한 효과를 내지 못했다. 에디슨의 도움을 받아 제임스와 루디는 폴라카에 소재한 호피 병원의 치료실에 폐 세척 기계를 설치했다. 새라가 진정제를 맞고 누워 있는 동안 기계는 치료제 성분이 들어간 부연 증기를 그녀의 폐에 펌프질해 넣고, 감염된 구舊 세포들을 빨아냈다. 새로운 내부 조직에는 C-343 해독제가 풍부하게 함유된 액체를 투여해, IC-NAN에 저항력이 있는 '깨끗한' 표면 세포를 만들어냈다. 치료받으면서 새라는 확실히 기운을 되찾았다. 하지만 흡입기를 통한 해독제 투여는 세밀하게 균형을 맞춰줄 뿐이지 근본적인 치료를 해주지는 못했다.

결국 반복되는 폐 세척으로 인해 부드럽던 목소리까지 거칠고 가늘어지자 새라는 어린 딸과 거리를 두기로 마음먹었다.

"미샤에게 이런 내 모습을 보이고 싶지 않아요. 나를 이런 모습으로 기억하게 할 수는 없어요."

이유는 제임스도 잘 알고 있었다. 새라는 어렸을 때 암으로 엄마를 잃었다. 절대 죽지 않을 줄 알았던, 사랑하는 사람의 생명이 꺼져가는 모습을 보는 게 얼마나 고통스러운지, 마음에 얼마나 큰 상처로 남는지 새라는 잘 알고 있었다.

"줄기세포를 이식할 거야."

제임스는 잘될 거라 장담했다. 제임스와 루디는 냉동돼 있던 귀한 호피족 줄기세포를 조심스럽게 깨웠다. 그들이 폴라카에서 줄기세포

전달 방식을 완성해가는 동안 새라는 마지막 프로젝트에 몰두했다. 바로 미샤가 앞을 볼 수 있게 해주는 일이었다.

마지막으로 참석한 운명적인 캘리포니아 공과대학교 회의에서 새라는 IC-NAN에 감염되고 말았다. 그리고 그 회의에서 새라는 당시 이미 임상 실험 중이던, 경계선 없는 망막 이식 수술에 관한 정보를 얻었다. 안경의 영상 카메라와 구식 삽입물에 장착한 큼직한 영상 처리 장치 따위는 쓰지 않았다. 미샤의 손상된 망막을 대신할 독특한 바이오센서를 비롯해 전체 체계를 소형화했다. 새라의 요청을 받은 맥과 윌리엄은 파사디나시로 날아가 작업에 필요한 하드웨어와 소프트웨어, 수술 완성 방법에 관한 정보를 구해왔다. 아니다 싶으면 이전 상태로 되돌릴 수 있다고 새라는 제임스를 안심시켰다. 두 사람은 수술이 제발 잘되기를 기도했다. 위험투성이인 세상에서 살아남으려면 시력은 무엇보다 소중한 능력이었다.

미샤의 수술은 성공적이었다. 처음에는 성공 여부를 확신할 수 없었는데, 뇌가 생소한 감각 입력에 익숙하지 않아서 미샤가 방향 감각을 잃은 듯했기 때문이었다. 그러나 결국 미샤는 점점 적응하면서 좋아졌다. 원래 호기심이 많던 미샤는 번데기에서 나온 나비처럼 한층 더 새롭고 놀라운 아이가 되었다.

새라에게는 운이 따라주지 않았다. 줄기세포 실험은 실패로 돌아갔고, 새로운 세포는 극심한 고통을 겪고 있는 그녀의 폐를 장악하지 못했다. 제임스는 산소 천막 안의 촉촉한 공기 속에 웅크리고 앉아 새라를 껴안았다.

새라가 나지막하게 말했다.

"미안해하지 말아요, 제임스. 나도 안 미안하니까." 새라는 부드러운 손으로 그의 팔을 쓰다듬었다. "미샤를 돌봐줘요. 다른 아이들도 계속 찾고요."

제임스는 손으로 눈을 비볐다. 아직 진실을, 그가 깨달은 바를 그녀에게 말해주고 싶지 않았다. 수년째 제임스는 실외로 나갈 때마다 방독면을 착용했다. 투박한 플라스틱 방호복도 챙겨 입었다. 새라에게는 그저 '만일에 대비해서'라고만 말해두었다. 하지만 그게 전부가 아니었다. 날이 갈수록 그의 폐 안에서도 점점 더 심하게 거슬리는 소리가 들렸다. 끝없이 기침이 났고 밤에는 숨이 차서 쉬이 잠들지 못했다. 새라의 기력이 쇠한 것과 준장의 잦은 병치레가 단순히 예전에 바이러스에 노출되었기 때문이라고는 볼 수 없었다. 진실을 받아들여야 했다. 로스앨러모스의 생존자들은 이미 IC-NAN에 감염되었다. 해독제 덕분에 표면 세포가 성공적으로 변형됐지만, 폐 줄기세포와 간세포는 여전히 고집스럽게 분할을 계속해 공격에 취약한 새 세포를 만들어냈다. 새라에게 닥친 일은 속도만 좀 느릴 뿐이지 이미 모든 이들이 겪고 있었다.

그의 시선이 침대 옆 테이블에 놓인 작은 돌멩이로 향했다. 납작한 검은 표면에 하얀색으로 막대 그림 3개가 그려져 있었다. 하나는 크고 하나는 중간이고 하나는 작았다. 각각의 그림 아래에 이렇게 적혀 있었다. '아빠, 엄마, 미샤.' 여러 면에서 미샤를 보면 새라가 떠올랐다. 본인의 건강을 갉아먹으면서까지 호피의 메사에서 소중한 몇 년을 보낸 용감한 새라. 결국 연구에 성공해 미샤에게 시력을 되찾아준 명석한 새라. 이제 그는 미샤에게 무엇을 해줄 수 있을까? 미샤에게 필요한 게 뭐가 더 있을까?

문을 두드리는 소리가 들렸다. 고개를 돌려보니 루디였다. 루디는 확연히 힘이 빠진 두 손으로 문틀을 붙잡고 서 있었다. 창백한 피부와 가장자리가 붉어진 눈 때문에 제임스는 오랜 친구를 알아보지 못할 뻔했다.

"제임스, 위성 전화기로 전화가 왔어요……."

"누굽니까?"

"미샤요."

목 안에 덩어리가 생겨난 듯 울컥해진 제임스는 창문 쪽으로 고개를 돌리며 말했다.

"지금은…… 지금은 통화 못한다고 전해줘요."

루디는 조용히 제임스를 바라보다가 물었다.

"정말 지금 통화 안 할 거예요?"

제임스는 10년 전을 떠올렸다. 제임스도 루디도 젊고 건강하던 시절, 한 아파트에 살면서 돼지고기 타말레를 나눠 먹는 단순한 기쁨을 누리던 시절이었다. 그때 그들에게는 희망이 있었다.

"고마워요, 루디. 미샤한테 내가 나중에 전화할게요."

루디는 고개를 끄덕였다.

"엔티엔도(Entiendo, 알았어요). 그렇게 전할게요."

25장 2065년 6월

얼마 후 미샤는 자신이 여전히 아빠라고 부르는 제임스가 메사에 좀처럼 오지 않는 걸 알아챘다. 제임스는 병원 치료를 받으러 드물게 외출을 했는데 그때만 메사를 찾았다. 미샤는 언제든 원할 때 로스앨러모스로 가서 제임스를 만날 수 있었다. 미샤는 윌리엄 삼촌과 함께 식료품 배달 차 자주 로스앨러모스를 방문했고, 건물 안에 마련된 자신의 작은 방에서 잠을 잤다. 건물에 머무는 동안 켄드라 이모한테서 컴퓨터에 대해 배웠고, 제임스와 루디 삼촌한테서 생물학을 배웠다. 지난 3년 동안 미샤의 뇌는 새라와 제임스가 마련해준 눈에 적응했다. 이제 미샤는 평생 들어온 이야기들을 좀 더 면밀하게 살펴보기 시작했고, 자신의 출생에 점점 더 의문이 들었다.

윌리엄 삼촌이 말했다.

"네 마더 로봇이 오작동을 했어. 우리가 널 가까스로 구출해낸 거야."

제임스도 말했다.

"찾아내고 보니까 넌 정말 선물 같은 아이였어."

살아남아 미샤를 돌봐주지 못했던 마더 로봇에 관해 그동안 들은 이야기들, 은빛 영혼들에 관한 할머니의 이야기, 그리고 어른들이 기꺼이 들려준 소소한 이야기들을 머릿속에 하나하나 모았다. 미샤의 친엄마는 은빛 영혼들 중 하나였다. 윌리엄과 릭은 아직 다른 마더 로봇들을 찾아다니고 있었다. 사막에서 아이들을 기르고 있을 로봇들. 그 아이들은 미샤의 형제자매였다.

이제 미샤는 열한 살이었다. 이만하면 탐색에 동행해도 될 나이라고 미샤는 생각했지만 윌리엄 삼촌은 위험하다며 반대했다.

"며칠 동안 나가 돌아다녀도 아무것도 못 찾을 때가 많아. 뭔가를 찾는다고 해도 우리한테 총을 쏴댈 거야."

"총을요? 어떻게요? 왜요?"

"마더들은 레이저무기를 갖고 있거든. 하지만 우리가 이해해야 해. 마더 로봇들은 아이들을 보호하려고 그러는 거니까. 우리가 자기네한테 해 끼칠 의도가 없는 걸 모르니까."

그래도 마더들이 **나한테는** 총을 안 쏠 거라고 미샤는 주장했다. 미샤는 켄드라의 어두운 실험실에서 켄드라와 함께 앉아, 켄드라의 설명에 따라 로봇 학습 데이터베이스에서 이미지를 불러오려 검색어를 입력하면서, 자신이 강력하고 신비로운 마더 로봇에게 배우는 사막의 아이라고 상상했다. 맥이 검사를 위해 로스앨러모스로 가져오는 마더 로봇의 부품들도 들여다보았다. 트레드, 거대한 팔, 부드러운 손. 아빠에게 듣기로 그 손은 새라 엄마가 디자인한 것이라 했다. 미샤는 이마에 삽입된 칩을 만져보았다. 새라 엄마는 그 칩이 미샤를 특별하게 만들어준다고 늘 말했다. 미샤는…… 마더 로봇들 즉, 은빛 영혼들에게

속해 있었다. 그 로봇들이 기르는 아이들 중 하나였다.

오늘 아침 일찍, 정찰대원이 '그랜드 스테어케이스'라는 마법 같은 이름을 가진 지역에서 무언가를 목격했다는 소식을 갖고 윌리엄의 집을 찾아왔다. 윌리엄과 릭이 릭의 수송기에 보급품을 싣는 동안 미샤는 병원에서 기다렸다. 잠시 후 미샤는 수송기 뒷문으로 살그머니 들어가 두 물병 상자 사이에 끼어 앉았다. 수송기가 이륙해 북쪽으로 날기 시작하자 미샤는 숨어 있던 자리에서 고개를 돌려 옆 창문을 내다보았다.

수송기의 엔진 울림, 필터에서 꾸준히 흘러나오는 공기 소음에 잠이 소르르 왔다. 잠들지 않으려고 안간힘을 쓰는데 어느새 공기 압력이 달라지는 느낌이 들었다. 수송기가 하강하면서 뱃속이 울렁거렸다. 수송기는 쿵 소리를 내며 착륙했다. 윌리엄이 옆문을 당겨 열자 미샤는 숨을 죽였다. 윌리엄이 물병 상자들을 밖으로 꺼내는 동안 미샤는 짐칸 뒤쪽에 접어놓은 담요 밑으로 살금살금 물러났다. 문이 닫히자 바깥에서 윌리엄의 목소리가 조그맣게 들렸다.

"협곡을 확인해보자."

마스크를 쓰고 조수석 옆문으로 내리는 릭의 모습이 보였다.

그리고 쥐 죽은 듯 조용해졌다.

숨어 있던 곳에서 조심스럽게 나온 미샤는 문을 열고 땅바닥에 발을 디뎠다. 고운 먼지가 쌓인 웅덩이 같은 곳이라 발이 움푹 들어갔다. 두 남자가 저 앞에서 깊고 좁은 협곡을 향해 걸어가고 있었다. 윌리엄은 꾸준하고 흔들림 없이, 릭은 특유의 절뚝거리는 걸음으로. 미샤는 조심스럽게 수송기 뒤로 숨었다가 두 남자를 시야에 두고 서둘러 그 자리를 떠났다. 협곡 끄트머리에서 미샤는 재빨리 바위 뒤로 몸을 숨겼다.

절벽 아래에 무언가가 보였다. 햇빛에 반짝이는 로봇 두 대. 미샤가 지켜보는 동안 그중 한 로봇의 옆구리 문이 열렸다. 미샤는 놀라 숨을 죽였다. 누더기나 다름없는 담요로 몸을 감싼 마른 체격의 소녀 하나가 문밖으로 나왔다. 소녀는 로봇의 트레드를 밟고 땅으로 내려섰다. 매끈한 검은 머리카락에 가려 얼굴은 보이지 않았다. 미샤가 지켜보는 동안 소녀는 협곡 저 끝의 측면으로 조심스럽게 걸어가더니 불그스름한 바위 아래 우묵한 곳으로 사라졌다. 조그마한 동굴 안쪽에서 강력한 팔 같은 것이 소녀를 붙잡아주는 듯했다…….

별안간 땅이 흔들렸다. 휘익 불어온 바람이 미샤의 폐에서 숨을 훑어가고 고운 먼지로 공기를 흐려지게 만들었다. 잠시 후 공기가 맑아지고 다시 보니 소녀의 로봇은 더 이상 저 아래에서 보이지 않았다.

미샤는 위를 올려다보았다. 금속으로 된 다리. 팔. 거대한 몸통이 바로 코앞에서 미샤를 내려다보고 있었다. 미샤가 쳐다보자 그것…… 그것도…… 미샤를 마주보았다. 얼굴도 눈도 없는 로봇이지만 미샤는 그것이 미샤를 지켜보며 기다리고 있음을 알 수 있었다. 귀를 기울였지만 로봇은 아무 목소리도 내지 않았다.

미샤는 두렵지 않았다. 빈 고치의 반투명한 창문에 햇살이 비쳐 반짝였다. 방금까지 검은 머리카락의 소녀가 들어가 있던 자리였다. 미샤는 새라 엄마가 설계한 로봇 손의 부드러운 안쪽을 볼 수 있었다. 놀랍고 무척 신기했다. 사막에서 미샤를 낳은 마더 로봇도…… 이런 로봇들 중 하나였다.

다음 순간 마법이 깨졌다. 마더 로봇의 시선이 수송기를 향해 황급히 달려가는 두 남자 쪽으로 돌아갔다. 마더가 그들 쪽으로 두 걸음을 떼자 육중한 무게에 땅이 바스러지는 듯했다. 마더의 오른팔과 몸통이 연결되는 부위 위쪽에서 속이 울렁거릴 정도로 높고 날카로운 씨잉 소리가 들렸다. 정신을 차린 미샤는 수송기 뒤쪽으로 달려가 뒷문으로 재빨리 올라탔다. 릭과 윌리엄도 거의 동시에 앞자리에 착석했다. 릭이 엔진을 작동시켜 수송기를 이륙시키자, 미샤가 숨어 있는 짐칸 창밖에 무언가 떨어진 듯 불꽃이 튀었다. 수송기가 빠르게 날아오르면서 미샤는 위장이 목구멍으로 튀어나올 듯해 힘겹게 숨을 들이마셨다. 잠시 후 그들은 하늘 높이 떴다.

"…… 아슬아슬했어!" 조수석에서 윌리엄의 목소리가 들렸다. "몇 명 봤어?"

"두 명이요." 입과 코를 덮은 마스크 너머로 릭의 쉰 목소리가 흘러나왔다. "우리를 쫓아온 마더의 딸을 포함해서요."

"이제 시작이야. 당분간 마실 물을 놓아두었으니 아이들이 그 자리에 머무르길 바라야지. 모래 폭풍이 지나가는 동안은 아이들도 사막 위쪽보다 협곡 안에 머무르는 편이 나을 거야."

뜨끈한 모직 담요 아래에 웅크리고 앉은 미샤는 숨을 고르려 애썼다. 심장이 마구 뛰었지만 입에는 미소가 걸렸다. 드디어 그들을 봤다. 미샤가 원래 살았어야 할 삶을 지금도 살아가고 있는 아이들. 미샤의 생각이 옳았다. 다른 사람들은 그들을 무서워할 만했지만, 미샤는 아니었다. 은빛 영혼들은 미샤를 절대 해칠 리 없었다. 미샤는 그들 중 하나였다.

컴퓨터실 문 앞에서부터 화면을 앞에 두고 구부정하게 앉아 있는 켄드라가 보였다. 제임스는 켄드라를 계속 전진하게 만드는 원동력이 무엇인지 더는 궁금해하지 않았다. 대신 켄드라에게 배운 주문을 아침마다 되풀이했다. 켄드라는 이렇게 말했다. "한 발 그리고 또 한 발 내딛는 거야. 더 갈 수 없을 때까지." 그리고 피식 웃었다. 지난 수년 동안 함께 일하면서 숱하게 보아온 역설적인 표정이었다.

언젠가는 죽을 수밖에 없는 처지임을 인정하고 받아들이면 힘이 난다는 걸 제임스는 알고 있었다. 정확한 시기까지는 아니더라도 어떻게 죽을지는 아니 나름 위안으로 삼을 수 있었다. 그는 새라에게 한 약속을 지키려 애쓰는 것 즉, 5세대를 위해 할 수 있는 일을 하는 것을 인생의 새로운 목표로 삼았다.

사막으로 날아간 5세대 로봇들의 위치를 파악하는 일은 쉽지 않았다. 6년째가 넘어가면서부터는 점점 더 찾기 힘들었다. 6년 전 내부의 '타이머'가 내린 지시에 따라 마더들은 소프트웨어에 명시되지 않은 위치로 이동했다. 그런데 이제 상황이 달라졌다. 호피족 정찰대는 독자 생존하고 있는 5세대 로봇 야영지를 발견했다. 그런 곳에는 아이들이 두세 명씩 모여 있었다. 마더 로봇들이 초경계태세라 편하게 접근할 수는 없었지만 5세대 일부가 서로를 찾아냈다는 사실은 무척 고무적이었다.

더 중요한 것은, 5세대가 드디어 방랑을 멈춘 듯하다는 점이었다. 하지만 안타깝게도 이런 새로운 행동과 관련해 맥이 불길한 원인을 찾아냈다. 2020년대에 소규모 정유 회사들로 이루어진 협력단과 연방 정부는 유타주 북동부 지역, 콜로라도주 서부 지역, 와이오밍주 북부 지역, 몬태나주, 다코타주를 포함한 미국 서부 지역의 사막에서 지속적으로 충돌했다. 협력단은 사전 약정에 따른 무제한 파쇄 및 시추 권리를 주장했고 연방 정부는 재생 가능 에너지를 실현하려 했기 때문이었다. 결국 연방 정부가 이기긴 했는데, 2030년대 후반에 휘발유 가격이 너무 하락해 정유 회사들이 더 이상 싸움을 계속할 필요를 못 느꼈기 때문이었다. 문제는 유전 정화에 필요한 자금을 조달하지 못했다는 거였다. 지독한 가뭄과 한층 더 극심한 법적 다툼이 수년째 이어지면서 버려진 유전들은 강렬한 태양 빛 아래 바짝 달궈졌고 오염된 땅에는 식물이 자랄 수 없게 됐다. 맥의 레이더 스캔으로 보니 캐나다 쪽 고기압 때문에 강풍이 유타주를 온통 휩쓸고 있었다. 강풍이 북동부 협곡 사이로 울부짖으며 몰고 온 거대한 흙먼지는 대부분 독성 물질이었다. 2020년대 내부 고발자들이 예견한 대로 이런 '새로운 건조 지대'에는 전례 없이 지독한 모래 폭풍이 불었다. 맥은 모래 폭풍의 끝이 보이지 않는다고 했다. 이대로라면 5세대 로봇들은 곧 기능이 마비되고 말 것이다. 엔진과 공기 정화 장치도 흙먼지로 틀어막혀 더 이상 아이를 보호할 수 없게 되겠지.

맥이 말했다.

"지난번에 릭 준장님이 발견한 거 보셨죠?"

켄드라는 눈시울을 붉혔다.

"아이를 찾았어?"

맥은 당황한 눈으로 켄드라를 쳐다보았다.

"그때 말씀 못 드렸는데, 동굴 안에 쪼그리고 앉아 있는 여자아이의 시신을 발견했답니다. 자다가 죽은 거로 보인답니다."

나지막하게 신음을 내뱉은 루디는 제임스를 돌아보며 말했다.

"아이들을 더 안전한 곳으로 데려갈 방법을 찾아야 됩니다."

켄드라가 답했다.

"마더 로봇들이 그런 장소로 아이를 데려가게끔 해야 해." 켄드라는 해결책을 찾기 위해 그동안 간과했던 프로그래밍을 밤낮으로 살피며 최선을 다했다. 제임스와 루디는 수 시간에 걸쳐 프로그램 노트를 샅샅이 훑었다. 하지만 다 소용없었다. "로스앨러모스에서는 접속할 수 없는 정보인 것 같아."

IC-NAN과 새로운 새벽 프로젝트 관련 중앙 정보 저장소는 메릴랜드주 베데스다시의 보안 서버 뱅크에 있었다. 이 뱅크는 워싱턴 D.C. 폭격 때 파괴됐다. 다만 사이버 공격 이후 임무 수행 보고 동안 즉, 미국 내에 폭격이 발생하고 전염병이 본격적으로 시작되기 몇 시간 전에 켄드라는 노스다코타주에 미러 사이트*가 있다는 사실을 알았다. 아무렇게나 뻗어나간 그 땅에는 '불모지'라는 이름이 어울리게 붙어 있었다. 농사는 불가능하고 지하에 서버 팜**이 다수 들어앉았다. 그중 한 곳에 '랭글리 새로운 새벽' 프로젝트 파일이 백업돼 있었다. 서버 팜의 열기를 식히는데 필요한 전력은 오래전에 끊어졌고 서버도 멈췄다. 겨울의 눈과 얼음, 여름의 맹렬한 햇볕 아래서 서버 안의 데이터는 휴면 상태에 들어갔다. 켄드라는 관련 서버의 주소를 알고 있었다. 서버 안의 자료를 끄집어내야 했다. 그러려면 서버를 깨우고 그 안으로 침투해야 했다.

* 다른 사이트의 정보를 그대로 복사하여 관리하는 사이트.
** 데이터를 편리하게 관리하기 위해 컴퓨팅 서버와 운영 시설을 모아놓은 곳.

릭과 윌리엄이 초반 작업은 해두었다. 두 사람은 수송기를 타고 모래 폭풍이 치는 곳을 빙 돌아 지상에 착륙했다. 서버 팜에는 경비원도 없고 비상경보 장치는 오래전에 작동을 멈췄다. 부수고 들어가면 되는 간단한 일이었다. 그들은 서버에서 하드 드라이브를 빼내 안전하게 로스앨러모스로 가져왔다. 켄드라는 그 하드를 시스템에 집어넣었다. 해킹이 까다롭긴 했지만 노력한 보람이 있었다. 어젯밤 늦게 켄드라는 서버 안으로 들어갈 방법을 찾아냈다.

제임스가 실험실 안으로 들어와 물었다.

"켄드라? 뭔가를 찾아내셨다고 루디한테 들었습니다."

"제임스, 이것부터 봐봐."

"그들에게 연락할 방법을 찾은 겁니까?"

"아직 아니야. 다른 걸 몇 가지 찾았어. 우선 모든 인간 엄마들의 신원과 배정된 로봇의 이름을 찾아냈어."

눈을 가늘게 뜬 제임스는 켄드라의 컴퓨터 화면에 떠 있는 글자들을 읽어보았다.

"기밀 사항인 줄 알았는데요."

"우리 정부는 최고 기밀 정보도 다 문서화하거든." 켄드라는 미소를 지었다. "자네가 흥미로워할 만한 게 몇 가지 있어."

"제가요?"

"면담 결과를 보니까 로즈 맥브라이드 대위가 눈에 띄는 선택을 했더라고. 기증자 중 한 명의 난자를 특별히 두 개 수정시켰어. 로즈는 그 기증자의 난자가 다른 여성들의 난자에 비해 생존 가능성이 있는 아이를 만들어낼 가능성이 크다고 봤어."

"맥브라이드 대위는 생물학 쪽으로는 지식이 없는 거로 아는데요……. 그 난자 기증자는 누굽니까?"

"노바 서스퀘테와."

"서스퀘테와요?"

"전투기 조종사였어. 전염병이 퍼져나가기 직전에 시리아에서 임무 수행 중 전사했어."

"그 여자가……?"

"맞아. '할머니'의 딸이야. 그리고…… 미샤의 생모지."

제임스는 미샤의 조그마한 책상에 등을 기댔다. 미샤의 눈을 머릿속에 떠올렸다. 새라가 만들어준 미샤의 눈. 밝은 초록색을 띤 그 눈은 미샤의 연갈색 피부, 넓고 반듯한 이마, 아름다운 밤색 머리카락과 잘 어울렸다.

켄드라는 앞으로 몸을 기울이며 속삭였다.

"그러니까 미샤는 호피족 사람인 거야. 사막 어딘가에 형제나 자매가 있을 수도 있어."

제임스의 손이 절로 심장 쪽으로 올라갔다. 호피족 생모. 친형제나 자매. 하지만 미샤의 엄마는 새라였다. 미샤는 그의 딸이었다……. 제임스는 눈을 감았다. 그들은 미샤에게 거짓말을 한 적은 없었다. 새라가 친모가 아니며 제임스가 친부가 아니라는 사실, 미샤가 사막의 인큐베이터 안에서 태어났다는 얘기를 이미 미샤에게 들려주었다. 미샤로서는 이해하기 쉽지 않았을 것이다. 그런데 이런 얘기까지 해주면 미샤가 감당할 수 있을까? 제임스는 켄드라를 돌아보며 불쑥 말했다.

"미샤한테 말 못하겠습니다."

"5세대에 대해 미샤가 지나치게 큰 기대를 하지 않게 해야겠지. 그래도 미샤가 자기 친모에 대해 알아야 하지 않을까? 할머니에 대해서는? 그런 얘기는 해줘야 맞지 않아?"

제임스는 손끝으로 관자놀이를 문질렀다. 그는 지금 이기적으로 생각하는 걸까? 미샤는 그런 정보를 알 권리가 있지 않나?

아니, 아직은 아니다.

전염병의 공포가 밀려오면서 제임스는 고통스러운 과거와 거리를 두는 것에서 마음의 위안을 찾았다. 미샤가 그들의 삶으로 들어왔을 때, 제임스와 새라는 신중에 신중을 기하며 세상에 관한 이야기를 미샤에게 들려주었다. 그 사이 그들은 미샤에게 인공 눈을 만들어 끼워주었고 미샤는 그 눈을 통해 세상을 바라보았다. 부모라면 가혹한 진실로부터 아이를 보호해야 할 의무가 있음을 제임스는 조금씩 깨달아갔다. 루디와 켄드라에게도 세상에 관한 정보를 미샤에게 너무 많이 주지 말라고 당부해두었다. 그들의 삶을 파괴해버린 증오와 전쟁에 관한 가혹한 현실을 무턱대고 알게 하느니 할머니의 신비로운 이야기를 듣게 하는 편이 나았다.

미샤를 다시 만나면 제임스 본인을 비롯한 로스앨러모스 사람들에 대한 진실이라도 알려줘야 할 것이다. 전사한 친모에 관한 이야기, 어쩌면 죽었을지도 모를 형제 혹은 자매에 관한 이야기는 아직 입 밖에 낼 준비가 되지 않았다.

제임스가 말했다.

"생각해볼 시간이 필요해요. 할머니한테 얘기해야 할지도 아직 확신이 안 섭니다……. 어쩌면 이미 알고 계실지도 모르죠."

켄드라는 미소를 지었다.

"미샤가 마더들을 소환하는 방법에 대해 알고 있으면 좋겠다는 생각이 들어……." 켄드라는 화면을 향해 고개를 돌렸다. "자네가 관심 있을 만한 게 하나 더 있어."

"예?"

"로즈 맥브라이드가 한 가지 선택을 더 했더라고. 로즈도 5세대 기증자 중 한 명이었어."

"놀랄 일은 아니네요. 본인을 인격 프로그램의 프로토타입으로 쓰고도 남을 사람이었잖아요."

"누가 아이 아빠인지 알면 놀랄걸."

"아이 아빠요? 아빠는 익명이었는데. 수정 때마다 수백 개의 다른 정자를 썼습니다. 생존 가능성이 제일 큰 배아를 선택해서……."

"로즈의 경우는 달랐어. 로즈는 특별한 기증자가 있었거든."

"로즈가 아이 아빠를 선택한 겁니까?"

"이 기록을 보니까 그 사람이 아니면 안 된다고 해놨네. 로즈는 아이 아빠를 무조건 리처드 블레빈스로 해야 한다고 정해놨어."

26장

바닥에 누운 릭은 팔꿈치로 바닥을 짚고 어색한 자세로 몸을 일으켰다. 방호복이 몸 아래에 단단하게 접혀 있었다. 숨을 참으며 마스크를 아래로 내려 조절하고 쌍안경 끈을 묶었다.

옆에는 거친 면 셔츠에 흙투성이 작업복 바지를 입고 입과 코를 반다나로 단단히 감싼 채 엎드린 윌리엄이 있었다. 윌리엄은 가파른 절벽 아래를 내려다보며 말했다.

"저기야."

요즘은 정기적으로 그들의 모습이 보였다. 최소한 열다섯 명이 이 황량한 사막에서 여전히 목숨을 이어가고 있었다. 그런데 이번에는 좀 달랐다. 정찰대원들이 로지를 발견한 것이다.

릭은 쌍안경의 초점을 다시 맞췄다. 물체가 둘로 보이는 복시 문제가 시야 확보에 방해가 되고 있었다. 초점을 맞추자 드디어 그들이 보였다. 널찍한 공터 한쪽 끄트머리의 조그마한 동굴 입구 바로 앞에 로봇 두 대가 서 있었다. 둘 다 옆구리에 잿빛 흙먼지가 잔뜩 묻은 상태였다.

윌리엄이 말했다.

"저 자리에 한참 있었던 것 같아. 야영지를 꽤 잘 만들어놨네. 정찰대원들 얘기로는 여기서 로봇 세 대를 봤다고 했는데……."

릭이 지켜보는 동안 로봇 한 대가 천천히 그를 향해 돌아섰다. 그의 존재를 탐지해낸 걸까? 릭은 자세를 바꿔 바닥에 몸을 바짝 붙였다. 다행히 의족으로 인한 불편감은 없었다. 좋은 징조는 아니었다. 얼마 전부터 느껴온 현기증, 사지의 감각 상실은 추가로 폐 세척 치료를 받아야 할 필요가 있음을 의미하는 것일 수도 있었다.

릭이 말했다.

"이틀 전에 대형 모래 폭풍이 몰아쳤는데 용케 살아남았네요. 맥은 위성 자료를 보니 더 큰 모래 폭풍이 오고 있고, 추가로 더 올 거라고 했습니다."

"서둘러야겠어……." 윌리엄은 나지막하게 말하며 릭을 돌아보았다. "저들을 전부 사막에서 데리고 나갈 방법을 찾아야 돼."

릭은 쌍안경의 위치를 조정했다. 로지는 어디 갔을까?

"세 번째 로봇이 여기서 멀리 가진 못했을 겁니다. 물을 가지러 가지 않았을까요?" 그때 동굴 입구에서 제일 가까이 서 있던 로봇에서 깡마르고 까무잡잡한 아이가 내려왔다. "보이죠?"

"보여." 윌리엄이 미소 지었다. "그 옆에 있는 게…… 자네가 표시해둔 로봇이지?"

릭은 밝은 노란색 문양이 그려진 또 다른 로봇을 눈을 가늘게 뜨고 바라보았다. 날개 끄트머리의 검댕 아래에 노란 줄무늬가 보였다.

"맞아요. 내가 찾던 로봇."

릭은 애써 침착을 유지했지만, 로지의 해치 문이 빼꼼 열리고 소년이 고치 밖으로 나오자 심장이 멎을 것만 같았다. 머리카락 숱이 많은 건 릭을 닮았고, 불그스름한 갈색을 띠는 건 로즈를 닮았다. 소년은 익숙한 모습으로 움직였다. 두 팔을 굽혀 팔꿈치를 감싼 채 몸을 앞으로 약간 기울이고 지상으로 내려왔다. 소년이 마더를 돌아보자 마더의 장갑 손등 부분이 열렸다. 몸통의 노란 무늬가 햇빛을 받아 반짝이고, 마더의 부드러운 안쪽 손이 나와서 소년의 정수리를 쓰다듬었다.

"카이……."

릭이 나지막하게 이름을 불렀다.

"뭐?"

"로즈는 아들이면 카이라는 이름을 붙여주고 싶어했어요. 아마 저 아이의 이름이 카이일 겁니다."

고요한 사막에서 본인의 미약한 맥박 소리만 릭의 귀를 채웠다. 눈을 감은 릭은 그의 것이었을 수도 있는 삶을 상상해보았다. 시골의 단란한 집, 아내와 아들……. 머릿속에서 로즈의 목소리가 들렸다. 로즈는 죽기 전날 밤 그의 품에 안겨 속삭였다.

"데트릭 기지가 우리 요구를 들어줬어요?"

"어. 대신 수정이 잘 안 되면 다른 기증자의 정자를 사용해도 좋다고 허락했어."

"다른 기증자의 정자는 싫은데."

"당신 아이가 세상에 태어나게 하고 싶어, 로즈."

릭은 소년이 무언가를 입으로 가져가는 모습을 바라보았다. 물병이었다. 물을 확보했구나. 당연히 그랬을 것이다. 제 엄마처럼 똑똑하고,

제 아빠처럼 지략이 남다를 테니까. 그렇다. 저 아이는 바로 **릭의** 아들이었다. 확신이 섰다. 릭의 뺨을 타고 눈물이 흘렀다. 그는 어쩔 수 없이 쌍안경을 눈에서 뗐다. 로즈가 이 자리에 있으면 얼마나 좋을까…….

로즈? 그는 뒤쪽 길에 있을 것만 같은 로즈를 찾아 고개를 돌렸다. 그녀는 그곳에 없었다. 하지만 그녀의 목소리는 기억 속에 생생했다. 다급히 간청하는 목소리. 로즈는 비좁은 펜타곤 사무실에 앉아 블랭컨십 장군을 똑바로 바라보며 다급히 애원했었다. **저희는 코드 블랙 귀소 좌표가 필요합니다, 장군님**…….

릭은 눈을 질끈 감으며 바로 누웠다. 그 목소리를 다시 들을 수 있으면 얼마나 좋을까. 그는 다른 데 정신이 팔려서, 혹은 어리석게 고집을 부리느라 듣지 못했지만 로즈는 몇 번이나 그에게 말하려 했었다. 마음이 급해서인지 로즈의 마지막 말조차 기억에 가물가물했다. 그는 기억해내려 안간힘을 썼다…….

랭글리의 벙커에서 전화기 너머로 들려온 로즈의 목소리가 생각났다. **내가 절차를, 특별 프로토콜을 지키지 못했어요**…….

눈을 뜬 릭은 진주처럼 빛나는 하늘을 올려다보았다. 로즈가 결국 당국의 허가 없이 어떤 일을 했을까? 다급해진 나머지 보고할 겨를도 없이 직접 좌표를 입력했을까? 그랬다면 마더들은 왜 여태 기지로 돌아오지 않았을까? **켄드라 감독관에게 전해요**……. 켄드라는 해결책을 찾기 위해 가진 자료를 전부 구석구석 확인했다. 한 군데만 빼놓고…….

"짚이는 데가 있어요. 어쩌면 로즈가 우릴 도울 수 있을 것 같기도 합니다."

"로즈? 하지만—"

"샌프란시스코에 가봐야겠습니다."

정화된 공기로 들어찬 수송기 조종석에 앉은 후에야 릭은 마스크를 벗었다. 마더 로봇과 마찬가지로 고도 3킬로미터나 그 이하로 비행이 가능한 테라 수송기는 산꼭대기를 스치듯 지나 골짜기 사이사이로 빠르게 나아갔다. 삼엽 수송기의 불길하게 탁탁거리는 소음은 2030년대 이스라엘 물 전쟁에 개입한 미국의 상징으로 여겨졌고, 그 후로는 인도와 파키스탄 국경 지대에서 발생한 자잘한 분쟁의 상징이 됐다. 하지만 오늘 그는 평화적인 임무를 수행할 것이다. 지금 이 수송기는 구름을 스치는 정도의 고도를 유지하며 날고 있었다. 그는 한 손으로 면도 안 한 턱을 문지르며 지상을 내려다보았다. 한때 샌프란시스코라는 위대한 도시를 구성했던 빛나는 탑들이 마치 돛처럼 안개 위로 솟아 있었다. 저 아래서 역동했으나 이제는 사멸해버린 도시의 삶을 그는 상상해보았다.

동승자는 오른쪽 자리에 앉아 자고 있는 윌리엄뿐이었다. 릭의 오토바이는 뒤쪽 화물칸 중간 구역에 보관돼 있었다. 오토바이 주변에는 간이 식량 상자, 깨끗한 물이 담긴 19리터짜리 생수병 6개, 마스크에 끼울 새 여과기, 여분의 폰들을 저장해두었다. 보급품은 만일에 대비해 실어놓았다. 정확하고 신속하게 보급품을 전달해야 하는 상황에 대비해야 했다.

그들은 도심 지역을 피해서 만을 가로질러 크리시필드에 조용히 착륙했다. 습지의 물매화가 수송기 위쪽까지 뒤덮을 정도로 무성하게 자라 있었다. 짙은 안개 사이로 흐릿하고 누르께한 햇살이 흘러들어 근처 격납고의 닳아빠진 붉은 지붕을 비췄다. 릭은 조종석 조명을 켜고 바닥을 손으로 훑어 소총을 찾았다. 소총을 등에 멘 후 주머니에 흡입기가 있는지, 켄드라에게 받은 직사각형 모양의 소형 외장 하드가 있는지 확인했다. 여과 마스크를 쓰고 의수를 착용한 뒤 조종석 쪽 문을 열고 축축하게 젖은 땅으로 내려섰다.

윌리엄이 눈을 비비며 그를 내려다보았다.

"도착했어?"

"예."

릭은 오토바이를 내리기 위해 윌리엄의 도움을 받아 뒤쪽 옆문을 열고 경사로를 작동시켰다. 오토바이에 올라타면서 릭은 망가져가는 폐와 마스크가 허용하는 최대치로 깊게 숨을 들이마셨다. 손과 발이 쿡쿡 쑤시고, 서서히 정신이 혼란스러운 것이 몸이 많이 약해졌음을 알 수 있었다. 이제는 익숙해진 느낌이었다. 여기로 오기 전 폐 세척을 하라는 에디슨의 말을 들었어야 했다. 하지만 사막에 사는 아이들에게는 시간이 얼마 없었다. 카이도 사막에 있었다. 프리시디오 연구소의 파일에 아이들을 기지로 부를 방법이 담겨 있을 수도 있으니…… 지금 그는 본인 몸 걱정을 할 여유가 없었다.

차가운 바다 안개가 재킷 안으로 파고들어 피부를 축축이 적셨다. 로즈 생각이 났다. 로즈는 이 안개를 무척 좋아했었는데……. 릭은 윌리엄에게 말했다.

"타요."

릭은 오토바이를 몰고 남쪽을 향해 링컨 대로로 달려갔다. 오른편에 펼쳐진 그루터기 많은 들판에서 그는 먹이를 찾아다니는 지저분한 개를 보았다. 역설적이었다. 한때 인간들은 야생 동물 서식지 파괴를 무척이나 우려했는데, 지금은 IC-NAN의 영향을 받지 않은 '열등한 종'이 한때 인간들이 지배했던 곳에서 개체수를 어마어마하게 늘려가고 있었다. 그가 사막에서 본 토끼와 코요테는 차라리 소심한 편이었다. 한때 애완동물로 살았던 개와 고양이는 광견병에 걸리고 굶주린 채로 사방을 돌아다녔고, 캘리포니아 언덕을 배회하는 퓨마와 곰은 한층 더 위협적이었다.

우회전을 한 릭과 윌리엄은 창문을 판자로 막아놓은 집들을 지나갔다. 전방에 프리시디오 연구소가 보였다.

연구소 직원들이 야구 경기를 즐겼던 자그마한 야구장은 잔해만 남았고, 소풍을 즐기고 연을 날리며 놀았던 잔디밭은 풀이 무성하게 자라 있었다. 미션 리바이벌 스타일로 지어진 본부 건물 2층에 있는 로즈의 사무실 창문은 다른 연구소 건물들을 조망하는 위치였다. 본부 건물의 어두컴컴한 창문들을 바라보며 릭은 몸이 떨렸다. 아직 살아남은 사람이 있다면 아마 여기 있지 않을까. 릭은 잔디밭을 빙 돌아서 본부 앞쪽으로 가 오토바이를 세웠다. 윌리엄은 오토바이 뒤쪽에 묶어놓았던 소총을 어깨에 걸치고 릭을 따라 건물 정면의 시멘트 계단을 올라갔다.

정문이 열려 있고 로비 바닥에는 모래 먼지가 보얗게 쌓여 있었다. 가볍게 불어온 바람이 모래 먼지를 오른쪽 계단까지 밀어 보냈다. 그 순간 릭은 숨이 막혔다. 방 저쪽에서 어떤 이의 얼굴이 그를 빤히 쳐다보고 있었다. 릭은 반사적으로 소총을 향해 손을 뻗었다…….

그런데 뒤에 선 윌리엄은 느긋했다. 다시 보니 방 저쪽에서 쳐다보던 이는 사람이 아니었다……. 더는 살아 있지 않았다.

"죽은 사람이야, 릭."

윌리엄이 나지막하게 말했다.

어둠에 적응하자 죽은 이들이 몇몇이 더 시야에 들어왔다. 총 다섯 구의 시신이 깨끗하게 뼈만 남아 있었다. 낡은 군복을 아무렇게나 걸친 모습이었다. 군복을 입고 있는 걸 보니 모두 군인이었던 모양이었다. 그들이 둘러앉은 테이블에는 텅 빈 위스키병이 놓여 있었다. 낡은 트럼프 카드들이 버려진 연애편지처럼 여기저기 흩어져 있었다. 군용 소총은 바닥에 놓였다. 제일 먼저 릭과 눈이 마주친 시신 외에 나머지 시신들은 모두 의자에 앉은 채 고꾸라져 있었다.

릭은 고개를 절레절레 흔들며 어둠에 눈을 적응시켰다. 옆벽에 있는 직사각형의 금속 문이 눈에 띄었다. '발전실'이라고 표시된 그 문의 손잡이를 잡아당기자 문이 벌컥 열렸다. 하지만 유감스럽게도 태양 에너지 저장 배터리는 장치에서 모조리 뜯겨나가 사라지고 없었다.

"비난할 일도 아니긴 해요." 전염병이 창궐한 도시를 서둘러 탈출하려 했으나 결국 좌절하고 말았을 사람들의 모습이 릭의 머릿속에 그려졌다. "대체 배터리 가져왔죠?"

"수송기 뒤쪽에 2개 실려 있어. 그냥 여기서 컴퓨터를 들어서 가져가면 안 되나?"

"우리가 원하는 자료가 로즈의 컴퓨터에 있을지, 아니면 네트워크 저장 장치 내의 다른 어딘가에 있을지 확실히 알 수가 없어서요. 프리시디오 네트워크의 전원을 켜서 로스앨러모스와 연결하겠다고 켄드라에게 약속했습니다."

"알았어. 기다려봐."

윌리엄은 곧장 방향을 돌려 수송기 쪽으로 향했다. 릭은 폐허가 된 건물을 둘러보았다. 전염병이 퍼져나가고 12년 동안 릭은 이런 곳에는 가지 않으려 애써왔다. 버려진 도시들, 무너져가는 집 안에서 웅크린 채 죽어 있는 가족들, 어디로든 무작정 떠나려 짐을 산더미처럼 실은 차량들. 하지만 완전히 피해 살기는 어려웠다. 이런 풍경은 어디에나 있었다. 그는 로즈의 사무실이 있는 위층을 향해 욱신거리는 다리로 계단을 밟고 올라갔다. 너무나도 익숙한 로즈의 사무실 문은 손으로 건드리자 삐거억 소리를 내며 열렸다. 그는 나무 패널을 댄 어둑한 사무실 안을 들여다보았다. 다행히 그 안에는 백골 시신이 없었다. 지친 그는 왼쪽 벽에 붙여 놓은 긴 소파에 쓰러지듯 앉아 먼지투성이 가죽 쿠션에 몸을 기댔다…….

방 저쪽에서 창가에 서 있는 로즈의 윤곽이 보이는 듯했다.

"진심이에요, 릭. 당신들이 하는 일은 도저히 익숙해지질 않아요……."

"당신도 이제 우리 중 하나야. 우리 중 하나……."

릭이 나지막하게 중얼거렸다.

"릭?"

계단 아래 1층 로비에서 윌리엄의 목소리가 아득히 멀리서 들려오는 듯 조그맣게 들렸다.

릭은 화들짝 놀라 문 쪽으로 고개를 돌리고 소리쳤다.

"위층에 있습니다!"

"배터리를 설치했어. 전부 작동할 거야."

소파에서 힘겹게 몸을 일으킨 릭은 눈을 손으로 비비며 벽에 등을 기댔다. 로즈의 책상으로 절뚝절뚝 걸어가 그녀의 의자에 털썩 앉아 컴퓨터의 전원을 켰다. 다행히 로즈의 컴퓨터는 익숙한 초록색 화면을 띄웠다. **안전 모드. 계속 진행하시겠습니까?**

그가 '엔터키'를 누르자 빈 대화상자가 나타났다. 그는 천천히 로즈의 보안 비밀번호를 입력했다. 손목 폰에 나타난 비밀번호를 한 글자 한 글자 넣으면 되는 것이다. 릭은 다시 '엔터키'를 누르면서 눈을 감았다. 다시 눈을 뜨자 로즈의 홈 화면이 눈앞에 펼쳐졌다. 골든게이트 다리 사진 위로 질서정연하게 도열한 아이콘들이 입체적 형상으로 그에게 다가왔다. 릭은 라디오 아이콘을 누르고 두 번째 암호를 사용해 스위치를 켰다. 이어서 로즈가 암호 전송 시 사용했던 보안 위성 연결을 활성화시켜 로스앨러모스의 켄드라와 연결을 시도했다. 켄드라가 준 지침 목록에서 이제 하나만 남았다. 보안 위성 연결이 되지 않을 경우에 대비해 외장 하드를 로즈의 컴퓨터 포트에 꽂고 시스템 다운로드를 작동시켰다.

외장 하드가 로딩되는 동안 그는 화면을 바라보았다. 배경 화면에 미국 삼나무 숲, 구릉진 들판, 완만한 언덕 등 익숙한 풍경의 사진들이 하나씩 천천히 나타났다. 전부 로즈가 사랑했던 풍경이었다. 릭의 시선은 화면 오른쪽 측면의 패널로 옮겨갔다. '일기'라는 제목이 붙어 있었다.

그는 검지를 들어 그 헤더를 가리켰다. 하지만 파일이 바로 열리지 않았다. 대신 또 다른 대화상자가 나타나 암호를 댈 것을 요구했다.

다행히 로즈는 이런 추가 비밀번호를 늘 단순하게 정해놓는 편이었다. 릭은 '5세대'라고 입력했지만 맞는 비밀번호가 아니었다. 그는 눈을 질끈 감고 생각해보았다. 두 번 더 해보고 안 되면 켄드라가 해킹해서 들어오게 해야 할 것이다. 그는 '일기'라고 타이핑했다. 최고로 단순한 비밀번호였다. 화면에 '접근 거부'가 떴다. 그는 'Rho-Z'라는 이름을 떠올렸다. 마더들은 초기에 숫자로 된 바코드를 부여받았다. 프로젝트 번호, 제조일자, 운영체제 수정본, 그리고 각 로봇에게 부여된 01부터 50까지의 숫자로 구성된 일반적인 정보가 담긴 바코드였다. 로즈에게 이 숫자는 의미가 없었다. 로즈는 그리스 알파벳과 영어 알파벳을 조합하되, 난자를 기증한 친모의 이름과 최대한 비슷한 이름을 마더 로봇에게 붙이자는 아이디어를 냈다. 로즈의 마더 로봇은 '로-지(Rho-Z)', 바비샤 샤르마의 마더 로봇은 '베타-에스(Beta-S)'가 되는 식이었다. 이런 이름을 통해 로즈는 각 로봇에 깃든 인간적인 면을 잊지 않을 수 있었다. "태어난 아이가 마더의 이름을 편하게 부를 수 있어야 하니까요"라고 로즈는 말했다.

릭이 미소를 지으며 화면을 바라보는 동안 파일이 열리고 기재된 내용의 목록이 최신순으로 화면에 떴다. 그는 앞으로 몸을 기울이고 눈을 가늘게 뜨며 마지막 일기를 들여다보았다.

2053년 5월 23일

릭이 프레젠테이션을 도와주러 내일 이곳에 온다. 맙소사. 난 질문을 받을 준비가 되지 않았다. 비밀을 속에 품고 있으려니 너무 힘들고 싫다.

그는 한숨을 푹 쉬며 검색 대화상자를 열고 '코드 블랙'을 입력했다. 즉시 관련 일기가 떴다.

2053년 5월 14일

09시에 켄드라에게 5세대 암호 최근 수정본을 보냈다. 마더들의 집합 장소에 관한 정보가 담겨 있다. 가여운 5세대들이 사막을 홀로 헤맬 것을 생각하면 도저히 잠을 이룰 수가 없다. 하지만 이 문제는 아직 꺼내지도 못했다. 그들은 이유를 설명해주지도 않고 코드 블랙 실행 가능성을 크게 낮춰놓았다.
공식적인 호출을 기다리다가 결심했다. 5세대들을 이곳으로 다시 부르기 위한 암호를 입력했다.

릭은 눈이 휘둥그레지며 다음 내용을 읽어나갔다.

100번 건물을 청소한 후 그들에게 필요한 음식과 물을 채워두었다. 유용한 연장, 취사도구, 식기류 등도 갖춰놓았다. 귀소 프로토콜에 중앙 우체국의 오래된 저장소 좌표를 포함시켰다. 현재 그곳은 고고학적 발굴 관련 물품을 저장해두는 공간으로 사용되고 있다. 그곳에 다른 물품도 가져다둬야겠다.

이어서 그게 보였다.

SPC = "PLEASE AND THANK YOU." 아빠가 절대 잊지 말라고 가

르쳐준 두 가지.

SPC. 켄드라에게 들은 바로 SPC는 '특별 프로토콜 명령special protocol command'의 약자였다. 부수적인 프로그램을 시작하는데 필요한 핵심 명령이었다. 릭은 드디어 찾고 있던 보물을 손에 넣었다. 로즈의 의자 등받이에 푹 기대어 앉았다. 가슴속에서 심장이 떨리고 있었다. 그는 나지막하게 말했다.

"특별 프로토콜…… 그래, 맥브라이드 대위. 당신은 역시 비밀을 싫어했어."

입구 쪽 베란다로 걸어 나와 보니 해가 하늘 높이 떠 있었다.

"준비됐어?"

윌리엄이 물었다.

여과 마스크를 착용한 상태라 릭은 힘겹게 숨을 들이마셨다. 그러다 마스크를 얼굴에서 잠시 떼고 붉은 기가 도는 가래를 기침으로 뱉어냈다. 눈앞이 흔들거리는 기분이었다. 쨍한 햇살 아래 그의 손가락 끝은 퍼렇게 질려 있었다.

"아이고, 릭. 상태가 엄청 안 좋아 보여."

"그러게요. 그래도 여기까지 온 보람은 있었습니다."

"내가 운전할게."

윌리엄이 오토바이 운전석에 앉았다.

릭은 남은 기운을 쥐어짜내 의족을 들고 시트에 앉았다. 윌리엄의 허리를 두 팔로 감싸고 앉은 그는 오토바이 바퀴 아래로 빠르게 지나가는 프리시디오 도로를 내려다보았다. 잠시 후 오토바이가 멈추고, 릭은 윌리엄의 부축을 받아 수송기 조수석으로 올라갔다. 윌리엄의 강한 손이 그의 안전벨트를 채워주었다. 이어서 조수석 쪽 문이 닫혔다.

조종석 문이 세차게 닫히는 소리에 이어 조종실 안에 정적이 감돌았다. 윌리엄의 목소리가 멀리서 들려오는 듯 조그맣게 들렸다.

"깨끗한 공기를 마시게 해줄게."

공기 시스템이 작동하는 소리가 들리더니 윌리엄이 그의 여과 마스크를 벗겨주었다. 릭이 물었다.

"…… 조종할 수 있겠어요?"

"전에 가르쳐줬잖아."

윌리엄이 그를 안심시켰다. 얼마 후 공기를 아래로 밀어 내리는 익숙한 느낌과 함께 수송기가 갈대밭에서 서서히 날아올랐다.

시트에 머리를 기댄 릭은 로즈의 햇빛 찬란한 아파트, 그녀의 집에서 깨끗한 흰 시트를 덮고 아늑하게 누워 있던 시절을 떠올렸다.

27장

제임스는 DNA 합성기 옆의 긴 의자에 기대어 앉았다. 기계의 웅웅대는 소음이 마음을 달래주는 느낌이었다. 그는 NAN 합성 전문가가 아니었다. 지루한데다 독특한 기술을 필요로 하는 이 작업은 원래 루디와 그의 팀이 맡아 진행했었다. 하지만 로스앨러모스에서 남아도는 시간을 활용해 루디는 제임스에게 합성 진행에 필요한 기술을 알려주었고, 이제 그들은 번갈아가며 C-343 제조 과정을 감독하고 있었다. 폴라카의 병원에 있는 폐 세척 기계에 넣어줘야 할 해독제의 양은 개인 흡입기에 필요한 양보다 훨씬 많았다. 몇 회분에 해당하는 결과물이 실패로 돌아가면서 해독제 생산이 지연됐다. 새라가 숨을 거뒀던 침상에는 지금 릭 블레빈스가 누워 숨을 몰아쉬고 있었다. 이렇다 보니 그들은 해독제를 더 많이 신속하게 필요로 하는 상황이었다.

제임스는 기계를 가만히 바라보았다. 어두운 색 유리 아래에서 작은 로봇 팔이 윙윙 소음을 내며 복잡한 세척 작업을 이어가고 있었다. 제임스는 밤새 합성 작업을 할 기운이 남아 있지 않았다. 불량 패치 점검 작업은 루디가 할 것이다. 이미 수년 전에 전구물질이 바닥나서, 그들은 호피족 정찰대원들이 샌타페이시와 피닉스시의 바이오 연구소에서 가져오는 재료에 의존하고 있었다. 조만간 해독제 생산을 계속하려면 조만간 호피족에게 기술 교육을 시켜줘야 할 것이다.

"제임스?"

부르는 소리에 고개를 돌리니 문간에 서 있는 켄드라가 보였다. 켄드라는 늘 갖고 다니던 태블릿 없이 빈손을 앞에 모아 잡았다.

그녀의 표정이 심상치 않았다.

"준장님은 어떻습니까?"

"회복 중이긴 한데 이번에는 좀 더디네."

제임스는 깊게 숨을 들이마셨다. 가슴이 콱 조여드는 기분이 들었지만 늘 있는 일이었다. 몸뿐 아니라 정신까지 약해진 느낌과 대상 없는 분노를 속으로 삼켰다. 제임스는 지구의 생물권에 IC-NAN을 퍼뜨린 장본인이 아니었다. 귀소시킬 수 있으리란 보장도 없이 5세대 로봇들을 사막으로 떠나보낸 것도 그가 아니었다. 그런 일은 권력을 가진 이들, 이를테면 준장 같은 사람들이 한 것이다. 하지만 지금은 그런 생각을 깊게 할 여유도 없었다.

제임스는 의자에서 일어섰다. **한 발 그리고 또 한 발 내딛어보자.**

"릭 블레빈스 준장이 5세대들을 소환할 방법을 찾아냈다면서요."

"그런 것 같아. 로즈 맥브라이드 박사의 컴퓨터에서 다운받은 자료를 확인했어. 맥브라이드 박사의 SPC를 실행시킬 방법을 알아냈어."

"SPC요?"

"특별 프로토콜 명령의 약자야. 그걸로 맥브라이드 박사의 명령을 작동시켜서 마더들을 샌프란시스코 프리시디오 연구소로 부를 수 있어."

"샌프란시스코요? 호피족이 사는 메사 언덕으로 직접 오게 할 수는 없습니까?"

"그건 안 돼. 이미 정해진 상태라. 귀소 장소도 변경 불가능이야. 어쩌면 그게 최선일 수도 있어. 호피족 정찰대원들이 아이들과 얘기를 나눠보려고 할 때마다 마더들이 공격해대서 정찰대원들이 부상까지 입었어. 마더들을 지금 메사로 오게 하면 무슨 짓을 할지 아무도 몰라."

켄드라 옆에 루디가 나타났다. 한때 튼실했던 루디의 팔과 손은 옆구리에 힘없이 늘어져 있었다. 미샤가 태어나고 11년 동안, 그러니까 5세대 아이들이 태어나서 자란 동안, 루디는 30년은 늙어버린 듯했다. 루디가 쉰 목소리로 말했다.

"나도 켄드라 감독관님 생각에 동의합니다. 우리에게 남은 유일한 선택지예요."

켄드라가 루디의 팔에 가볍게 손을 얹으며 지지의 뜻을 나타냈다.

제임스는 눈을 감고 생각에 잠겼다. 그들은 제임스의 동의를 기다리고 있었다.

"준장님은 뭐라고 하십니까?"

"시스템대로 하라고 하셔."

"미샤는 어디 있어요?"

"메사에서 윌리엄의 손자들이랑 같이 있어."

"잘됐네요. 일이 완료되기 전까지는 미샤가 모르게 하고 싶습니다."

켄드라는 무슨 의미인지 안다는 듯 제임스를 바라보았다.

"저 사막에 미샤의 형제나 자매가 있을 수도 있으니 그렇겠지."

"예. 그 아이를 찾고 나면 미샤에게 말해줘야죠. 이제 세부 사항을 점검해보죠."

그들은 켄드라의 컴퓨터 앞에 모여 서서 로즈 맥브라이드의 프로그램 노트를 들여다보았다. 켄드라가 말했다.

"준장님이 윌리엄에게 로즈가 죽던 날 밤 로즈와 통화를 하면서 들은 얘기를 했어. 말이 계속 끊겼지만 로즈가 한 가지는 분명하게 말을 했다는 거야. 특별 프로토콜에 대한 얘기를 하면서 '켄드라 감독관에게 전해요'라고 했다더라고. 나는 보안 키를 이용해서 'PLEASE AND THANK YOU'를 2진 암호로 변환해봤어. 그리고 그 암호로 5세대 암호를 검색했더니 드디어 답이 나왔어. 지침들이 쭉 나왔는데 첫 번째 지침이 바로 프리시디오 기지의 지리 좌표였어."

제임스는 켄드라 옆에 앉아 물었다.

"그 암호를 5세대에게 전송할 수 있습니까? 우리가 전송하면 그쪽에서 받을 수 있을까요? 그리고 그 지침대로 행동할까요?"

"5세대 마더는 무선 수신기를 갖고 있으니까 우린 위성을 통해 그 암호를 전송하면 돼. 모래 폭풍으로 인한 전파 방해를 뚫으려면 반복 발송해야겠지. 이 특별 명령은 일단 전송되면 로봇의 암호 어딘가에 설치된 방어 체계를 우회하도록 설계돼 있어."

"그럼 이제 어떻게 되는 겁니까?"

"마더가 프리시디오에 도착하면 전원을 끄고 리부팅해야지. 리부팅할 경우 일부 시스템은 오프라인으로 전환돼. 마더는 아이에게 더 이상 고치 지원 시스템을 제공 못하게 되겠지. 심각하게 위험한 상황이 아니면 아이를 데리고 다른 곳으로 비행하지도 않을 것이고……."

루디가 물었다.

"맥브라이드 박사는 왜 그런 조치가 필요하다고 생각했을까요?"

"비행 자체가 위험 부담이 있는 일이니까. 아이를 로봇의 고치 바깥에 머물게 해야 다른 아이와 가까워지면서 함께 살 수 있을 테니까."

켄드라의 설명에 제임스가 말했다.

"사회화를 염두에 둔 거군요."

"맞아. 로즈는 요리 도구 등이 갖춰진 건물을 준비해뒀어. 아이들이 모여 살 수 있도록. 그 외에 다른 물품들이 갖춰진 저장소도 따로 마련해뒀고."

제임스는 턱을 문지르며 물었다.

"프리시디오 연구소가 아이들이 와서 살 수 있게 준비되어 있습니까?"

"윌리엄이 준비해놓겠다고 했어."

"물은요?"

"중앙 우체국 건물 근처에 안개 집수 탑이 있어. 2020년대에 어느 비영리기관이 자금 조달을 위해 물 재생 기술을 선보일 목적으로 세운 탑이야. 새로운 새벽 프로젝트가 사막 관련 설비를 만들면서 사용한 회사가 그 탑도 설계했어. 규모는 훨씬 크지. 윌리엄 얘기로는 그 탑에 고인 물을 빼고 청소한 후 깨끗한 물을 새로 채워야 할 것 같대. 프리시디오 연구소가 워낙 안개가 짙게 끼는 곳이니 물을 새로 채우는데 며칠이면 충분할 거야. 마더들의 도움을 받으면 아이들은 전보다 더 잘 먹고 마실 수 있겠지."

"문제가 있을 수도 있다고 생각하세요?"

"안타깝지만 맞아. 보안 문제야."

"하지만 지금 우리가 하는 일도 아이들을 안전하게 지키기 위한 것이잖습니까."

"맞아. 아이들의 안전이 제일 중요하지. 아이들이 우리 때문에 피해를 입어서도 안 되고."

"우리 때문에요?"

"마더들은 아이들이 머무는 곳 주변의 안전을 확보하려고 해."

"주변의 안전 확보라고요?"

제임스는 초조하게 두 손을 맞잡으며 일어섰다.

"로즈가 코드 블랙 프로토콜 하에서 이 작업을 했다는 걸 기억해. 랭글리도 사라지고 로스앨러모스도 사라졌다는 가정하에 진행한 일이야. 적군이 마더 로봇들의 위치를 알아낼 수도 있잖아. 로봇만으로도 가치 있는 군사 장비니까. 물론 로봇들을 위태롭게 만들 수 있는 존재라면 아이들도 위태롭게 할 수 있겠지. 따라서 '주변의 안전을 확보한다'라는 것은 적군이 기지 가까이 접근하지 못하게 막는 일을 뜻하기도 해."

"우리도 아이들에게 접근할 수 없겠네요……."

"윌리엄이 스콧 기지 본부의 시설을 계속 가동한 채로 뒀고, 로즈의 컴퓨터도 여전히 온라인으로 연결돼 있어. 윌리엄이 위성 전화기 몇 개를 100번 건물에 놔둘 예정이야. 신중해야 해……. 마더들은 외부 세계의 누군가가 접근해 대화를 시도하려 하면 그것 자체를 위협으로 해석할 수도 있어." 켄드라는 제임스를 돌아보며 덧붙였다. "이 상황을 받아들여야 해. 일단 마더와 아이들을 프리시디오로 가게 하면, 아이들은 세상에서 제일 강력한 로봇 군인들의 보호를 받으며 살 수 있는 거야."

28장

옅은 회색빛이 로지의 해치 창문을 뚫고 흘러들어왔다. 콘솔 아래서 작은 팬이 공기 정화 장치를 통해 공기를 순환시키느라 윙윙대는 소음이 여전히 귀에 들렸다. 카이는 입을 막고 있던 담요를 옆으로 치우고 천천히 숨을 들이마셨다. 고치 안의 공기에서 폭풍우가 몰아치기 전 바람 같은 냄새가 났다. 그 냄새에 카이의 퀴퀴한 땀 냄새가 섞였다.

카이는 머리를 맑게 하려고 고개를 이리저리 흔들었다. 첫 번째 모래 폭풍이 그들을 휩쓴 지 수일째였다. 가끔은 밤낮을 구분하기도 어려웠다. 파도처럼 밀려오는 모래 폭풍은 시간이 갈수록 점점 강해지는 듯했다.

"셸라는 어디 있어요? 돌아왔어요?"

"우리 위치에서 가까운 곳에 어린아이가 하나 있어."

카이는 걸쇠로 손을 뻗었다.

"나가도 돼요……?"

"풍속이 시속 9미터에 가시거리가 30킬로미터야. 10마이크로미터 이하 미세먼지의 농도가 심할 정도로 높게 유지되고 있어. 미립자 마스크를 써."

카이는 시트 밑으로 손을 넣어 마스크를 꺼내 코와 입을 막은 뒤 해치 문을 가볍게 밀어 열었다. 카이가 문밖으로 나가 로지의 트레드로 내려서는 동안 해치 표면에 켜켜이 쌓여 있던 흙먼지가 같이 흘러내렸다. 활석 가루 같은 허연 흙먼지는 주변 공터를 완전히 뒤덮었고 바위 옆에 잔뜩 쌓여 있었다. 땅도 온통 회색이고 하늘도 허여멀겋고 반투명한 색이라 땅과 하늘의 경계가 분명치 않았다. 카이는 베타의 트레드로 올라가 해치 문을 가볍게 두드리면서 창문을 손으로 문질러 조그맣게 들여다볼 자리를 만들었다. 카말이 멍한 눈으로 그를 쳐다보더니 마스크를 착용하고 해치 문을 열며 물었다.

"셀라가 돌아왔어?"

카이는 공터를 휙 둘러보았다. 셀라가 돌아온 흔적은 보이지 않았다. 그래도 카이는 카말을 안심시키려 말했다.

"셀라는 괜찮을 거야. 어디 잘 숨어 있겠지……."

카이는 용감한 얼굴을 하려 애썼지만 셀라가 계속 돌아오지 않자 텅 빈 뱃속에 구멍이라도 생긴 것처럼 초조했다.

카말이 물었다.

"로지는 잘 작동해? 베타는 공기 정화 장치랑 기본적인 통신 장치 말고 다른 기능들이 전부 먹통이야."

고개를 돌린 카이는 부연 흙으로 뒤덮인 로지를 겨우 분간해냈다.

"사고 예방을 위해서일 거야. 사고로 불꽃이 튈 수도 있어서 그런 거라고 로지가 말했어. 그런데 요즘 로지가 나한테 말하는 게 좀 이상해. 뭔가 다른 데 정신이 팔린 것 같기도 하고……." 카이는 고개를 절레절레 흔들었다. 두려움에 사로잡혀봤자 득 될 게 없었다. 지금까지는 그래왔듯이 그들은 이 위기도 잘 극복할 것이다. "물이나 더 가져오자. 나 물 거의 다 떨어졌어."

짐칸에서 빈 물통 3개를 꺼낸 그들은 좁은 길을 따라 서둘러 샘으로 향했다.

카이는 눈을 가늘게 떴다. 저 앞의 작은 돌무더기는 그들이 표지물로 삼으려 쌓아뒀던 것일 수도 있었다. 먼지가 어마어마하게 일어서 길이 거의 보이지도 않았다……. 축축한 흙바닥에 멈춰선 카이는 손날로 바닥을 필사적으로 후벼팠다. 심장이 어찌나 세차게 뛰는지 귓속에 맥박 소리가 울릴 지경이었다. 그는 허리까지 굽히고 토사 덩어리를 양옆으로 파헤치며 중얼거렸다.

"여기야. 여기가 맞아."

하지만 물은 나오지 않았다. 일어선 카이의 양손에서 질척한 진흙덩어리가 툭툭 떨어졌다.

그 순간 카이의 귀에 로지가 내는 핑 소리가 들렸다. 길 쪽을 힐끗 돌아보니 또다시 몰려오는 모래 폭풍의 시커먼 끄트머리가 보였다.

"고치로 돌아가야 돼!"

카말은 대답을 기다릴 새도 없이 거의 비어 있다시피 한 물통들을 팔 아래에 도로 끼웠다. 그리고 길을 달려가 마더의 트레드를 밟고 올라갔다.

카이는 손날이 화끈화끈했다.

“시스템 정상이에요?”

카이가 로지에게 머릿속으로 말했다.

그런데 대답이 없었다. 모래 폭풍이 다시 몰아치기 시작하자 카이는 가슴이 철렁했다.

카이는 물을 조금씩 마시고 까끌까끌한 선인장을 날것으로 씹어 먹으며 토막잠을 잤다. 그의 정신은 악몽 속에 헤매다가 로지의 목소리에 안심하다가를 되풀이했다. 잠이 깰 때마다 다리가 쑤시고 머리가 욱신거렸다.

이상한 기분이었다. 우르르 떨리는 진동 속에서 떠밀리는 느낌. 눈앞의 해치 창문에 잔뜩 붙어 있던 모래가 주르르 흘러내리고 있었다. 꿈일까? 아니었다. 그들은 움직이고 있었다. 동굴 입구 쪽에서 쉬고 있던 로지가 움푹 파인 땅의 한가운데, 평평하고 깨끗한 지역을 향해 나아가고 있었다. 조금 떨어진 곳에서 베타도 그들과 함께 움직이는 중이었다.

카이가 머릿속으로 마더에게 물었다.

“무슨 일이에요?”

“떠나는 거야.”

“왜요?”

“신호 때문에.”

“신호요? 어디서 온 건데요?”

대답 대신 침묵이 전해졌다. 카이는 앉은자리에서 몸을 돌려 베타 쪽을 보려 했다. 카말이 가까이에 있는지 확인하고 싶었는데 보이질 않았다. 셀라는 대체 어디 있는 걸까?

"안 돼요! 여길 떠나면 안 된다고요!"

마더는 여전히 대답이 없었다. 카이는 해치 걸쇠를 붙잡았다.

"자리에 가만히 앉아서 안전벨트 하고 있어."

드디어 로지가 말했다.

로지가 이륙을 위해 몸을 기울이자 카이의 좌석이 앞으로 쏠렸다.

"셀라를 두고 떠날 수는 없어요!"

하지만 그들은 이미 높이 날아올랐다. 세찬 바람에 로지의 표면에 붙은 흙먼지가 떨어져 나갔다. 얼마 지나지 않아 먼지구름 위쪽을 뚫고 날아오르자 희망찬 햇살이 로지의 양쪽 측면에 드리워졌다. 카이는 두 손을 창문에 컵처럼 대고 그 틈으로 바깥을 살피려 안간힘을 썼다. 베타가 로지와 나란히 날고 있었다. 그리고 저멀리서 하나, 둘, 어쩌면 셋인 것도 같은 존재들이, 거대한 호박벌 같은 형체들이 사막에서 날아오르고 있었다.

카이는 눈을 떴다. 그는 좌석에 몸을 바짝 붙이고 안전벨트를 맨 채 로지의 해치 문 옆의 차가운 표면에 이마를 가져다 댔다. 로지의 꾸준한 엔진 소리, 해치로 흘러들던 환한 아침 햇살이 희미하게 기억났다…….

문밖에서 갈색 눈이 그를 들여다보았다. 이어서 조그맣게 외치는 소리가 들렸다. "야!" 바깥에서 해치 문을 탁, 탁 두드리는 소리가 났다. "너 괜찮아?"

카이는 안전벨트를 풀고 해치 문을 열면서 곧장 한쪽 다리를 문밖으로 내뿜었다. 로지의 트레드가 예상외로 미끌거려서 맨발로 그곳을 디딘 카이는 로지의 측면을 따라 쭉 미끄러지며 바닥에 떨어졌다. 두툼한 초록빛 나뭇잎과 가시로 뒤덮인 덤불을 손으로 짚은 바람에 작고 뾰족한 가시가 손바닥을 온통 찔렀다.

"미안. 미리 경고해줬어야 했는데." 카말은 조심스럽게 지상으로 내려오며 말했다. "여기가 엄청 축축하더라고……."

카이는 일어섰다. 공기 중에 짭짤한 소금 냄새와 시체 썩은 내가 풍겼다. 쌀쌀한 바람이 불어오자 등줄기를 따라 소름이 쫙 끼쳤다. 비명처럼 날카롭게 짖어대는 하얀 새들이 머리 위로 날아갔다. 그다지 멀지 않은 곳에서 짙푸른 파도가 조약돌 해안으로 치고 올라오고 있었다. 셀라가 보여줬던 사진이 생각났다. 빨간 원피스를 입은 어린 소녀의 사진…… 너른 바다.

"베타가 착륙 준비를 할 때 난 너랑 떨어지게 되었을까 걱정했거든. 그런데 베타가 여기가 맞는 좌표라고 확인해줘서 안심됐어."

"맞는 좌표라니…… 뭐에 맞는 좌표인데?"

카말은 잘 모르겠다는 표정으로 카이를 바라보며 대답했다.

"베타가 더는 설명을 안 해줬어."

카이는 그의 마더를 바라보았다. 잠자코 서 있는 로지의 측면에 맺힌 물방울이 땀처럼 흘러내렸다. 예전에 로지는 "네 이름 카이는 '큰 바다'라는 뜻이야"라고 말했다. 로지가 그를 집으로 데려온 걸까? 카이는 로지의 대답을 듣고 싶었지만, 머릿속으로 전해지는 말이 없었다. 그저 부드럽게 톡, 톡 소리만 들려올 뿐이었다. 바위에 물이 꾸준히 떨어지는 것 같은 소리. 로지가 생각에 잠겨 있을 때 내는 소리였다. 카이가 말했다.

"로지가 왜 이렇게 조용하지?"

"베타도 여기 도착한 후로 말이 없어." 카말은 베타를 힐끗 쳐다보았다. "더 이상 생각도 들을 수가 없어……."

카이는 천천히 한 바퀴 돌면서 주변을 둘러보았다. 주변 공기만큼이나 카이의 머릿속도 흐릿하고 답답했다. 온통 부옇고…… 텅 비었다. 로지는 혼자 무슨 생각을 하고 있을까. 셀라는 어디로 갔지? 다른 마더들이 보이긴 했는데…….

카이는 눈을 가늘게 뜨고 해변 쪽을 살펴보았다. 아무것도 없었다. 그때 하늘에서 뭔가가 보였다. 작은 점 2개. 사막에서 상승기류를 타고 맴돌던 매를 닮은 모습이었다. 그것들이 고도를 낮추면서 점점 크기가 커지고 윤곽도 뚜렷해졌다.

"저건……?"

날카로운 바람 소리와 파도 소리 너머로 엔진 소음이 조그맣게 들려왔다. 잠시 후 착륙 준비를 하는 그것의 덕트 팬에서 요란한 소리가 들려오기 시작했다. 카이는 거세게 몰아치는 모래를 피해 두 손으로 머리를 감싸고 웅크렸다.

다시 고개를 들었을 때 카말은 이미 저 아래 해변에 내려가 있었다. 그는 그곳에 있는 자그마한 몸집의 소녀를 향해 가느다란 다리로 걸어가는 중이었다. 소녀의 얼굴은 헝클어진 금발 고수머리에 가려져 보이지 않았다. 뒤따라 내려간 카이의 귀에 소녀의 목소리가 들렸다. 소녀는 깨진 앞니를 살짝 드러내며 수줍게 미소 지었다. 소녀가 웅얼거리는 듯한 목소리로 말했다.

"마더는 날 메그라고 불러."

담황색 머리카락에 건장한 체격을 가진 소년이 언덕 위에서 머리를 긁적이며 서 있었다. 바로 옆에는 증기를 모락모락 피워내는 마더 로봇이 있었다. "난 잭이라고 해." 소년은 가까이 다가간 카이에게 제 이름을 밝히며 해변을 이리저리 둘러보았다. "나랑 같이 온 애가 있었는데……"

"그 애도 곧 여기 도착할 거야."

카이는 잭이라는 소년을 안심시켰다. 자신이 한 말이 맞기를 속으로 바랐다. 얼마 후 그들 주변에 마더 로봇들이 둘씩, 셋씩 착륙하기 시작했다. 해치 문이 열리고 아이들이 속속 고치에서 나왔다. 예전에 로지의 자연 동영상에서 본 아기 새 같은 모습이었다. 그런데 그들 중에 셀라는 없었다.

옆에서 잭이 묘하게 불편함을 자아내는 날카로운 눈빛으로 말했다.

"그러길 바라야지. 이 모든 게 어쩐지 기분 나빠."

해변에 깔린 안개 너머로 하늘을 맴도는 로봇이 카이의 시야에 들어왔다. **혹시 알파-C?** 카이는 총총걸음으로 그 로봇을 따라갔다. 로봇은 바다 위를 쭉 날다가 카이 쪽으로 돌아왔다. 카이는 별안간 다리가 쭉 미끄러지고 말았다. 끈적한 녹갈색 식물의 덩굴손 같은 것에 왼발이 걸려버렸다. 카이는 철퍼덕 넘어졌다. 고개를 들자마자 로봇이 바로 옆에 쿵 내려섰다.

양 팔꿈치로 바닥을 딛고 몸을 일으켰다. 모래를 걷어차며 걸어오는 맨발이 보였다.

"아 진짜, 엄마!" 소녀가 머리칼을 흔들자 조그맣게 먼지구름이 일었다. "꼭 그렇게 세게 착륙해야 돼요? 착륙 루틴 관련 진단 프로그램을 돌린 지 꽤 된 건 알지만……"

카이가 일어나 앉았다. 기뻐서 웃음부터 났다.

"왜 이제야 와?"

카이의 물음에 셀라는 이를 한껏 드러내고 웃었다.

"괜찮아? 너 알파한테 밟힐 뻔했잖아!" 카이는 손을 붙잡아 일으켜 세워주는 셀라의 손길이 반가웠다. "그런 식으로 떠나서 미안했어. 떠나자마자 잘못했단 생각이 들더라고. 더트바이크도 두고 갈 걸 그랬다 싶고."

카이는 계속 웃음이 났다. 이 상황에서 더트바이크 걱정이라니. 그들은 이곳에 왔다. 셀라는 무사했다. 그리고 다른 아이들, 꽤 많은 아이들이 여기 모여 있었다.

카말이 메그라는 소녀를 뒤에 달고 그들에게 다가왔다. 카말은 셀라를 두 팔로 끌어안고 하얀 이를 드러내며 외쳤다.

"신이시여 감사합니다!"

카이가 셀라에게 물었다.

"로지는 신호를 받았다고 했어. 알파는 무슨 말 없었어?"

"없었어. 그냥 이륙해버리더라고. 아무 설명도 없이……."

그들 옆에서 알파-C는 궁둥이를 바닥에 대고 앉았다. 알파-C가 팔에 힘을 풀자 부드러운 안쪽 손바닥이 드러났다. 그리고 평소와 달리 꼼짝도 하지 않았다. 셀라는 마더의 접힌 날개를 손바닥으로 문지르며 물었다.

"왜들 저러지?"

카이가 대답했다.

"우리도 몰라. 뭔가를 하는 것 같기는 해."

웅크리고 앉은 카말이 이맛살을 찌푸리며 길쭉한 손가락으로 거친 모래를 몇 줌 훑어내더니 말했다.

"마더가 빨리 원래대로 돌아오면 좋겠어."

셀라는 옅어져가는 안개 너머로 주변을 살피며 물었다.

"여긴 어디야?"

"바다? 서부? 그 정도밖에 모르겠어."

카이는 주머니에서 나침반을 꺼냈다. 셀라에게 받은 선물이었다. 나침반의 바늘이 '북서'라고 적힌 방향으로 돌았다. 그 방향에는 녹슨 것 같은 적갈색 구조물이 바다 위를 아치형으로 가로질러, 하얗게 깔린 짙은 안개 속으로 뻗어 있었다. 다리였다. 예전에 로지의 화면에서 사진으로 본 적 있었다. 어디를 찍은 사진이었더라? 남쪽에는 바퀴자국이 깊게 패였고 여기저기 갈라진 도로가 길게 뻗어나갔다. 도로 옆에는 사막 야영지에서 본 것과 같은 종류인 듯한 급수탑이 보였다. 이쪽이 훨씬 크기는 했다. 오렌지색 병 모양의 그 탑은 근처 나무와 거의 같은 높이였다. 탑 너머에는 건물들이 모여 서 있었다. 나무로 된 작은 건물들은 유리창이 온통 박살났고 외벽의 페인트가 벗겨져 내려 당장이라도 무너져내리기 직전이었다. 반면에 붉은 벽돌, 희고 커다란 돌로 지어진 좀 더 큰 건물들은 해풍에도 끄떡없이 튼튼하게 서 있는 모습이었다.

제일 놀라운 풍경은 동쪽에 펼쳐졌다. 희고 커다란 돌 지붕을 머리에 인 거대한 돌 구조물이 제일 먼저 보였고, 그 뒤와 왼쪽으로 잔잔한 푸른 물이 조그맣게 반짝였다. 그 방향으로 저멀리 경사지에 건물들이 서 있었다. 꼭대기가 뾰족하기도 하고 편편하기도 한 크고 작은 건물들. 거리가 멀어 입체감이 나지 않아서인지 신기루나 그림처럼 보였다.

잠시 풍경에 매료됐던 카이는 이내 이 도시의 예전 주민들과 대면한 듯한 기분이 들었다. 전염병으로 파괴되어 껍질만 남은 이 도시에는 어디에나 전염병의 상흔이 남아 있었다. 한때는 사막보다 이런 도시에 훨씬 많은 사람들이 살았을 것이다……. 익숙한 두려움이 밀려와 뱃속이 뒤틀리는 기분이었다. 머릿속으로 로지를 불렀지만 대답은 돌아오지 않았다.

그런데…… 이게 뭐지? 갑자기 발밑의 땅이 우르르 울려 카이는 뒤를 돌아보았다. 로지가 카이가 있는 곳으로 굴러오고 있었다.

"로지는 돌아온 것 같아."

카이는 나지막하게 말했다. 마음이 놓여서인지 쿵쿵 뛰던 심장이 가라앉았다.

옆에서 카말도 고개를 옆으로 기울이며 말했다.

"내 마더도."

아이들은 각자의 마더를 따라 야트막한 언덕을 올라가기 시작했다. 축축한 땅을 지나 시멘트 도로로. 도로를 가로질러 그 너머의 거대한 급수탑을 향해. 아이들은 급수탑 앞에서 두 손을 컵처럼 모으고 물받이 통에 넘쳐흐르는 시원한 물을 퍼마셨다. 카이도 턱으로 물을 흘려가며 몇 모금 꿀꺽꿀꺽 마셨다. 언제 목이 말랐냐 싶게 갈증이 가셨다.

마더들은 곧 아이들을 몰고 높이 자란 풀밭으로 데려갔다. 풀잎은 아이들의 어깨높이까지 올라왔고, 바짝 말라 건드리기만 해도 바스러졌다. 풀밭 저 끄트머리에 붉은 벽돌로 지어진 건물이 서 있었다. 나무로 된 현관, 가장자리를 흰색으로 칠한 창문이 눈에 띄었다. 우뚝 멈춰 선 아이들은 마더를 뒤에 두고 한 명씩 그 건물의 널찍한 현관으로 다가가기 시작했다.

카이는 로지를 돌아보며 물었다.

"먹을 거는요?"

하지만 로지는 말없이 가만히 서 있기만 했다. 카이는 건물을 돌아보았다. 건물 안에 음식이 있을까.

카이는 시멘트 계단을 올라가 현관으로 향했다. 묵직한 이중문 오른쪽 벽에 '100번 건물'이라 적힌 명판이 나사못으로 박혀 있었다. 아이들 사이로 나아간 셀라는 한쪽 문의 녹슨 쇠 빗장을 왼손으로 감아쥐었다. 셀라가 세차게 잡아당겼지만 두툼한 문은 꿈쩍도 하지 않았다. 문에 겹겹이 칠해진 더러운 흰색 페인트가 흠집 난 표면에서 벗겨지고 있었다. 셀라가 말했다.

"우리가 이 안에 들어가길 바라는 모양인데, 문이 안 열려."

"도와줄게." 카이는 앞으로 나서서 오른쪽 문의 손잡이를 붙잡았다. "하나…… 둘…… 셋!"

요란하게 갈라지는 듯한 소리와 함께 이중문이 열리고 오래된 경첩이 날카롭게 울부짖었다. 잠시 주춤했던 카이와 셀라는 입을 딱 벌리고 문 너머 어둠 속을 바라보았다.

밖에서 봤을 때는 베란다도 널찍하고 건물 정면도 화려해서 방문객을 따뜻하게 맞이해줄 것 같은 분위기였는데 막상 내부를 보니 그렇지 않았다. 문을 열자마자 화학약품 냄새가 희미하게 섞인 축축한 곰팡내가 카이의 코를 찔렀다. 작고 까만 무언가가 발을 밟고 후다닥 달려가자 카이는 놀라 그 자리에 얼어붙었다. 그것의 뻣뻣한 꼬리가 이내 현관 측면을 훌쩍 넘어가 사라졌다. 뒤에서 다른 아이들이 안으로 밀고 들어왔다. 문턱을 넘어온 아이들이 낡은 마루판을 밟고 발을 끌며 걷는 발소리가 황폐한 벽에 부딪혀 텅 빈 메아리를 자아냈다.

저 앞의 시커먼 나무 계단이 완벽한 어둠을 향해 뻗어 올라갔다. 셀라는 계단을 피해 오른쪽으로 향했고 카이도 그 뒤를 따라갔다. 베이지색 벽 여기저기에 거미줄이 걸려 있고, 머리 위 천장에는 구식 전등을 닮은 금속 장식물이 매달려 있었다.

"여긴 대체 뭐하는 곳이지?"

카이가 크게 목소리를 내자 셀라는 속삭이듯 조그맣게 대답했다.

"예전에 동영상에서 본 오래된 호텔처럼 생겼어. 학교 같기도 하고."

아이들은 좁은 방으로 이동했다. 앞쪽 현관 옆의 창문들을 통해 흘러드는 얼마 안 되는 햇살이 방 안을 희미하게 비췄다. 칙칙한 초록색 벽에 다양한 크기의 보관장과 서랍장이 줄지어 있었다. 카말의 새 친구 메그는 보관장을 열더니 그 안에 담긴 금속 식기들을 보고 놀라 헉 소리를 냈다. 카이가 연 서랍에는 조리기구가 잔뜩 담겨 있었다. 벽에 붙여 놓은 큼직한 철통 2개에는 부식된 배관들이 담겼다.

그들은 그 방 너머 한층 더 비좁은 방으로 들어갔다. 그 방에는 아무것도 올려두지 않은 빈 선반들이 있었다. 마침내 그들은 건물 앞쪽 모퉁이의 넓은 공간으로 들어갔다. 페인트칠이 얇게 벗겨지고 있는 튼튼한 기둥들이 두 줄로 나란히 서 있고, 그사이에 기다란 금속 테이블과 접이식 의자들이 놓여 있었다. 높은 창문을 통해 사방에서 햇빛이 흘러들었다.

갑자기 밖에서 쿵 하는 큰 소리가 들리더니, 무언가 공기를 가르는 듯한 소리가 이어졌다. 카이는 앞 창문으로 달려갔다. 더러운 창문 유리 너머로 마더 로봇들이 느슨한 대형으로 늘어서는 게 보였다. 왼쪽 어딘가에서 폭발음이 두 번 더 들렸다. 풀밭 건너편에서 마더 로봇 한 대가 방향을 돌려 덤불을 향해 총을 쏴댔다.

"뭘 쏘고 있는 거야?"

셀라가 틈을 비집고 카이 옆으로 와 물으며 튜닉 소매로 창문 유리를 닦았다.

"모르겠어……."

방 안에 감도는 한기에도 불구하고 카이는 목에 땀이 솟았다. 예전에 로지가 했던 말이 생각났다. **아주 심각한 상황이 아니면 무기를 사용하지 않아. 우리 목숨이 위험할 때만 쓸 거야.** 옆 창문 앞에 선 카말의 얼굴이 흙빛이 되어 있었다. 카이는 목을 길게 빼고 새 친구들의 긴장된 표정을 돌아보았다. 모두 스물두 명. 남자보다는 여자가 몇 명 더 많았다. 몸집이나 체형, 피부색이 각양각색이었다. 무리 뒤쪽 어딘가에서 한 아이가 조그맣게 울기 시작했다.

셀라가 낮은 목소리로 물었다.

"우리 언제까지 여기 있어야 돼?"

그 질문에 대한 대답을 기다릴 필요도 없었다. 시작됐을 때와 마찬가지로 사격이 갑작스럽게 그쳤다. 마음이 놓인 카이는 다시 방 안을 돌아보았다. 아이들은 왔던 길로 이미 돌아 나가고 있었다. 첫 번째

문이 좁아서 나가는 속도가 느려졌다.

밖으로 나간 카이는 마더 로지를 찾으려 풀밭으로 들어갔다. 무작정 나아가던 카이는 무릎을 굽히고 선명한 파란색 배낭 안을 들여다보고 있던 작은 남자아이에게 부딪쳐 넘어질 뻔했다. 소아용 영양보충제, 요오드 알약, 해독제, 붕대, 물통, 태양광 스틱, 접어놓은 비닐 망토 등이 바닥에 흩어졌다.

"안녕." 소년은 예의 바르게 인사를 건넸다. 올려다보는 소년의 헝클어진 붉은 머리카락이 눈을 가렸다. "난 알바로야. 만나서 반가워!"

"난 카이야. 그 물건들은 어디서 났어?"

"델타가 저기 있는 건물에서 가지고 나오는 걸 봤어."

소년은 풀밭 너머 커다란 흰색 건물을 가리켰다.

건물, 물품. 사막에서는 물품 저장소에 필요한 물건들이 마련돼 있었고, 사막의 도로변에는 마치 마법처럼 물병들이 놓여 있곤 했었다. 여기서도 누군가 그들이 올 줄 알고 미리 준비해놓은 듯했다. 카이는 정체를 알 수 없는 그 존재의 증거를 찾으려 풀밭을 둘러봤지만 아이들과 마더들뿐이었다.

마침내 로지의 날개에 그려진 밝은 노란색 문양이 카이의 눈에 들어왔다. 물품 저장소 건물의 커다란 문 옆에 선 로지가 카이에게 물품을 건넸다. 카이는 트레드를 밟고 올라가 해치 문을 당겨 열었다. 그런데 콘솔에 조명이 들어와 있지 않았다. 고치 안의 공기에서 곰팡내가 나고 차가웠다. 좌석 뒤쪽 짐칸에 놓아둔 빈 물병들, 바닥에 떨어진 구겨진 담요가 겨우 보일 정도로 어두웠다.

"로지, 뭐가 잘못된 거예요?"

가까이에서 날카로운 비명이 들렸다.

"엄마?"

고개를 돌려보니 셀라가 발로 바닥을 구르며 눈물을 쏟아내고 있었다. 카말은 자기 마더의 어두운색 측면에 손바닥을 가만히 댄 채 고개를 떨군 모습이었다.

셀라가 외쳤다.

"카이, 알파가 고치의 작동을 멈췄어. 나한테 이유도 말 안 해줘!"

그날 밤, 카이는 100번 건물의 차가운 바닥에 담요를 깔았다. 오후 내내 다른 아이들과 안면을 텄다. 다들 혼란스럽고 겁을 먹은 분위기였다. 아무도 그들이 여기에 와 있는 이유를 알지 못했다. 단서를 준 마더는 없었다. 그래도 다들 한자리에 모였다는 사실에 흥분하고 기대하는 얼굴들이었다.

셀라가 나지막하게 말했다.

"내일은 각자 사용할 방을 찾아보자. 정문 옆 계단을 슬쩍 올라가 봤는데, 위층에 작은 방들이 여러 개 있었어. 제대로 된 만찬도 만들어 먹을 수 있을 거야."

방 저쪽에서 잭의 목소리가 들렸다.

"우리 마더가 사슴을 쐈어. 포식자인 줄 알았나봐. 내가 알기로 사슴 고기는 먹어도 돼. 내일 같이 사냥 가자! 소아용 영양보충제는 그만 먹고 싶어……."

잭은 끄응 소리를 내며 돌아누웠다. 이불을 몸에 말고 누운 잭의 삐죽삐죽한 머리카락만 이불 밖으로 보였다. 잭의 옆에는 그가 기다려온 친구 클로이가 천장을 올려다보며 누워 있었다. 윤기 나는 검은 머리카락을 가진 소녀였다.

카이도 딱딱한 나무 바닥에 등을 대고 누웠다. 담요를 바짝 당겨 어깨를 여몄지만 로지의 비좁은 고치 안이 그리웠다. 이 방은 너무 넓었다. 벽, 천장, 창문까지가…… 너무 멀었다. 아이들을 만나서 반가웠지만 아이들 코 고는 소리는 마더의 프로세서에서 들리는, 마음을 진정시켜주는 위잉 소리에 비할 바가 못되었다.

"로지?"

카이는 있는 힘껏 집중해 마더에게 머릿속으로 말을 걸었다.

하지만 여전히 대답이 없었다. 마더는 이 낯선 곳에 도착한 이래로 쭉 그렇게 침묵했다. 내일. 어쩌면 내일은 로지가 원래대로 돌아올 것이다. 카이는 한쪽 팔에 가만히 머리를 대고 모로 누웠다.

29장

미샤는 긴 병원 복도를 걸어갔다. 로스앨러모스와 연결된 컴퓨터가 있는 방으로 가는 길이었다. 태양이 윌리엄 삼촌의 옥수수밭을 구워버릴 듯 강렬한 빛을 내리쬐는 뜨거운 오후마다 미샤는 호피 병원의 시원한 로비에 웅크리고 앉아 로봇 학습 데이터베이스를 공부하곤 했다.

복도를 절반쯤 지나갔을 때 두런두런 얘기 소리가 들려 미샤는 걸음을 멈췄다. 좀 더 잘 들어보려고 고개를 기울였다. 윌리엄 삼촌…… 그리고 할머니의 목소리였다.

소리가 나는 곳을 따라 특별실 문 앞까지 갔다. 아빠가 어쩌다 한 번씩 이곳을 찾을 때마다 머무는 방이었다. 미샤는 닫힌 유리문 안쪽을 슬쩍 들여다보았다. 방 한가운데 있는 병상에 릭이 베개로 등을 받치고 앉아 있었다. 깔끔하게 면도를 한 릭의 얼굴은 미샤가 기억하는 것보다 훨씬 창백했다. 윌리엄은 작은 창문 앞에 서 있었고 할머니는 예전에 엄마가 세상을 떠났던 날처럼 구석자리의 의자에 앉아 있었다.

릭이 목쉰 소리로 말했다.

"마더들이 사막을 떠났고 정찰대원들이 마더들의 이륙을 확인했다는 거군요. 프리시디오에 총 몇 명이 도착했는지 파악됐습니까?"

미샤는 저들의 눈에 띄면 안 되겠다는 생각에 본능적으로 문 옆에 붙어 섰다. 특별실의 공기 정화 장치가 꾸준히 웅웅 소리를 내고 있어서 방 안에 있는 사람들의 목소리를 분간하려 귀를 쫑긋 세웠다.

"항공사진이 필요한데. 감시용 위성을 사용할 방법은 알아냈어?"

윌리엄의 물음에 릭은 한숨을 쉬었다.

"미 대륙 내에서는 감시용 위성을 제대로 쓸 수가 없습니다. 접속을 시도해보기는 했어요. 사막에서라면 쓸 수 있었겠죠. 도시 지역에서는 워싱턴의 첩보원들이나 그 위성의 사용 허가를 받을 수 있습니다." 릭은 잠시 뜸을 들이다가 덧붙였다. "대신 드론을 쓸 수는 있을 겁니다."

"그래. 맥이 드론을 수리했어?"

"될 것 같다고 하더라고요." 릭이 목쉰 소리로 대답했다. "이번에는 마더들의 센서에 잡히지 않도록 메타물질로 드론을 감쌌으니 마더들의 총질을 피할 수 있겠죠."

할머니가 입을 열었다.

"릭, 노바의 로봇이 그곳에 있는지 꼭 알아내야 해."

릭은 헛기침을 했다.

"로즈는 노바의 이야기에 매료됐었죠. 로즈가 따님의 인격을 두 마더에게 주입한 걸 보면…… 따님은 특별한 여성이었던 모양입니다."

그러자 윌리엄이 말했다.

"두 대 중 한 대가 추락한 게 참 마음이 안 좋아……."

릭도 같은 생각이었다.

"발견 즉시 알아보지 못한 것도요. 당시 우린 알파-B와 노바의 관계를 알지 못했죠. 켄드라 감독관이 파일을 발견한 후에야 알게 됐으니까요. 노바의 공군 비행 중대 이름을 따서 로봇 이름을 지은 것 같습니다."

할머니가 말했다.

"이 정도도 감사해야지. 이것도 얼마나 놀라운 소식이야. 미샤가 노바의 딸이고…… 우리 가문의 일원이라잖니, 윌리엄! 그 애를 처음 본 순간부터 느낌이 오긴 했어."

미샤의 귓속에서 맥박이 어찌나 세차게 뛰는지 문 너머의 목소리를 뒤덮을 정도였다. 노바? 미샤는 손을 들어 목에 건 섬세한 목걸이를 만져보았다. 새처럼 날개가 달린 은색 여자 모양 장식의 목걸이였다. 어제 할머니는 그 목걸이를 미샤에게 주었다. 원래 자기 딸의 목걸이였다는 말과 함께. 그 딸은 전염병이 창궐하기 전 세상을 떠났다고 했다. 그 딸의 이름은 노바였다……. 그래서 할머니가 미샤에게 이 목걸이를 줬을까?

마음이 요동쳤다. 그랜드 스테어케이스에서 마더 로봇을 몰래 만난 후 미샤는 마더에 대한 정보를 얻으려 켄드라를 졸라댔다. 켄드라의 설명에 따르면 마더는 인간 여성의 인격을 기반으로 만들어진 코드를 갖고 있다고 했다. 그 인간 여성이 바로 마더가 품은 아이의 생물학적 어머니였다. 하지만 전염병으로 인해 진짜 인간 엄마들은 이미 모두 세상에서 사라졌다.

"제 생물학적 어머니도 정말 돌아가셨어요?"

예전에 미샤가 이렇게 묻자 켄드라는 당황해 얼굴을 붉히며 대답했었다.

"응. 안타깝지만 맞아."

"이름이 뭐였어요?"

"이름? 글쎄…… 그것까진 우리도 몰라, 미샤. 그녀의 인격을 담은 마더 로봇의 이름만 알아. 알파-B야……."

문 너머에서 윌리엄의 목소리가 들렸다.

"노바의 인격이 담긴 또 다른 로봇, 우리가 찾고 있는 그 로봇의 이름이 알파-C죠?"

그러자 할머니가 말했다.

"그래. 미샤에게 친형제나 자매가 있을지도 몰라. 제임스는 확실해질 때까지 우리한테 말을 안 했는데 왜 그랬는지 이해가 되는구나. 그리로 다시 가게 되면……"

복도에 선 미샤는 다리의 힘이 쭉 빠졌다. 벽을 붙잡고 웅크리고 앉아 두 팔로 무릎을 감싸면서 다음 말을 기다렸다.

"우린 카이도 찾아야 해요." 윌리엄의 목소리가 좀 더 커졌다. 창가 쪽을 보고 있다가 돌아선 모양이었다. "어떻게 할 계획이야?"

윌리엄의 물음에 릭이 대답했다.

"오래 기다릴 여유가 없습니다. 에디슨 얘기로는 제가 무사히 밤을 넘기면 상태가 괜찮아질 거라고 했어요." 그는 깊게 숨을 들이마신 뒤 센 기침을 뱉어냈다. 잠시 숨을 고르다가 들릴 듯 말 듯한 목소리로 말을 이었다. "맥이 내일 드론을 가져올 겁니다. 별일 없으면 내일 새벽에 프리시디오로 출발하죠."

문 쪽으로 걸어오는 발소리에 미샤는 벌떡 일어섰다. 와들와들 떨리는 다리를 겨우 움직여 컴퓨터가 있는 방을 향해 서둘러 걸었다. 프리시디오. 거긴 어디지? 어서 알아내야 했다.

30장

릭의 수송기 뒤쪽의 보관장처럼 생긴 화물칸에 숨은 미샤는 얼마 안 되는 물건이 담긴 배낭을 품에 꼭 안았다. 배낭에는 담요, 얇은 재킷, 물통, 호피족 전통 플랫브레드 3개가 담겨 있었다. 화물칸 안의 공기는 갑갑했고 뒷벽에 붙이고 있는 다리는 저렸다. 어서 착륙하기를 바라는 마음이었다. 이렇게 장시간 비행하게 될 줄 몰랐다…….

마침내 기체 하부의 바퀴가 지상에 쿵 닿는 느낌이 왔다. 미샤는 숨을 죽였다. 수송기의 옆문이 열리더니, 미샤가 숨어 있는 자리 근처에서 무언가를 끄집어내는 소리가 들렸다.

그 후 몇 분간 아무 소리가 들리지 않자 미샤는 천천히 화물칸 문을 열고 조종실의 좀 더 깨끗한 공기를 깊이 들이마셨다. 드론 엔진 소리가 들렸다. 그 소리는 처음엔 요란하다가 이내 확연히 멀어졌다.

"됐어. 100번 건물이야."

릭의 목소리에 이어 대화가 들렸다. 로봇들과 해변을 거니는 아이들에 대한 얘기였다. 두 남자는 꽤 성공적이라 생각하는 듯한 목소리였다. 그리고…….

윌리엄 삼촌이 외쳤다.

"저기 있어! 알파-C!"

릭이 갈라진 목소리로 말했다.

"카이가 있네요. 상태가 괜찮아 보여요."

알파-C. 미샤의 얼굴에 미소가 번졌다. 미샤는 화물칸에서 조용히 기어나가 수송기 뒤쪽으로 향했다. 피가 다리로 확 쏠리면서 피부가 간질거렸다. 눈앞에 보이는 조수석 뒤쪽의 위성 전화기를 낚아채 배낭에 쑤셔넣었다. 현 위치를 파악하기 위해 옆 차창을 내다보았다.

수송기는 어느 건물의 옥상에 착륙해 있었다. 미샤는 드론 조종 콘솔 앞에 웅크리고 앉은 두 남자를 힐끔 쳐다보면서 수송기에서 빠져나가 근처 굴뚝 뒤로 살금살금 이동했다. 그 자리에서 양 무릎을 가슴에 붙이고 앉아 릭과 윌리엄이 작업을 마치길 기다렸다. 이윽고 그들은 수송기를 타고 그 자리를 떠났다. 혼자 남게 된 미샤는 긴 금속 사다리를 밟고 힘겹게 지상으로 발을 내디뎠다.

카이는 잭의 걸음을 따라가려 종종걸음을 쳤다. 그들은 새 보금자리를 중심으로 북쪽 끄트머리 지역을 빙 돌아 이동하고 있었다. 오른쪽 저 아래로 가파른 비탈이 보이고 바다 쪽에서 만을 향해 거센 파도가 밀어닥쳤다. 왼쪽으로는 드문드문 초목이 자라는 오르막이었다.

비교적 조용한 사막에서 살다 와서인지 카이는 며칠이 지나서야 이곳의 온갖 소음에 적응했다. 빽빽한 숲의 높이 솟은 나무들이 바람에 흔들리며 내는 삐걱삐걱 소리, 끝없이 펼쳐진 너른 바다를 내다보는 바위 절벽 중에 무엇이 더 낯설게 느껴지는지 판단하기 어려웠다. 그래도 그들의 탐험은 성공적이기는 했다. 잭의 배낭에는 죽은 다람쥐들이, 카이의 배낭에는 정체를 알 수 없는 하얀 새들이 그득 담겼다. 홰를 타고 앉아 있다가 클로이가 쏜 새총에 맞아 지상으로 떨어진 새들이었다. 카이의 뒤에서 터벅터벅 따라오는 클로이는 되는 대로 재료를 구해 만든 새총을 허리띠에 찼고 어깨에는 돌멩이가 담긴 자루를 걸쳤다. 그리고 클로이 뒤에서는 알바로가 나뭇잎, 떨어진 나뭇가지에서 털어 모은 통통한 갈색 솔방울, 크기며 모양이 제각각인 산딸기가 가득 담긴 자루를 들고 왔다.

잭은 식량 채집에 나서면서 멋대로 대장 노릇을 하고 있었다. 그는 곳을 두루 돌아보는 일에 중점을 뒀다. 지금까지 카이는 잭의 권위에 의문을 제기할 이유를 딱히 찾지 못했다. 물론 얼마 안 있어 카이는 셀라가 잭을 대장으로 인정할 생각이 없음을 알게 됐다. 잭은 누구든 자기를 대장으로 인정하지 않으려 들면 벌컥 화를 내는 편이었다.

얼마 안 있어 포장된 도로가 나왔다. 그들은 다리 그림자가 드리워진 도로를 가로질렀다. 잠시 후 맞은편 절벽 끝까지 뻗어나간 높은 울타리가 그들 앞을 가로막았다.

"저길 둘러보자."

잭이 아이들에게 말했다. 평소처럼 잭은 대답을 기다리지도 않았다. 카이는 잡아당길 때마다 쑥 뽑혀버릴 것 같은 가시투성이 덤불을 붙잡고 잭을 따라 왼쪽 가파른 제방을 올라갔다. 제방에서 야트막한 시멘트 벽을 넘어가자 널찍한 포장도로가 나왔다.

그들은 모두 다리를 바라보며 섰다. 녹슨 것 같은 색깔의 탑들이 푸르른 하늘을 향해 높이 솟아 있었다. 그들 뒤로는 잠겨 있는 금속 대문이 도로의 절반을 가로질렀고 앞에는 잘린 나무 몸통, 고철, 버려진 트럭 부품 등으로 이루어진 쓰레기 벽이 다리로 이어지는 입구들을 막고 있었다.

카이는 배낭에서 낡은 쌍안경을 꺼내 들었다. 로지가 해치 화면의 전원을 꺼둬서 어쩔 수 없었다. 컴퓨터에 관해서라면 모르는 게 없는 것 같은 알바로의 도움으로 카이는 로지의 콘솔에서 태블릿을 꺼내 로지의 학습 데이터베이스에서 정보를 검색했다. 지금 그들이 살게 된 곳의 위치 정보는 쉽게 알아낼 수 있었다. 여기는 미국 서부 해안의 샌프란시스코라는 오래된 도시 근처였다. 물도 많고 잡아먹을 짐승과 식물도 풍부한 곳이었다. 마더들이 바짝 마른 사막을 떠나, 아이들의 숨통을 틀어막으려는 모래 폭풍을 피해, 아이들을 여기로 데려온 게 이해가 되는 대목이었다. 무엇보다 그들은 모두 함께였다.

다만 한 가지 마음에 걸리는 게 있었다. 마더들이 예전 같지 않다는 점이었다. 마더들은 하나같이 침묵했다. 마더들이 줄곧 주변을 경계하고 있는 걸 봐서는 근처에 위험 요소가 있는 것 같기도 했다.

쌍안경을 들여다보던 카이는 멀찌감치 있는 하얀 돔형 지붕의 동쪽으로 길을 따라 뻗어나간 가시철조망 울타리를 눈여겨보았다. 책의 얘기로 저 동쪽 울타리는 서쪽으로 방향이 꺾어지면서 넓은 숲 지역을 에워싼다고 했다. 울타리는 서쪽에서 다시 북쪽으로 해안을 끼고 구부러져, 지금 그들이 서 있는 포장도로와 이어지는 바닷가 길에 면했다. 카이는 이 울타리로 둘러싸인 땅이 프리시디오라는 예전 군 기지의 일부임을 알아냈다. 하지만 로지의 데이터베이스에 있는 지도에는 이런 철조망 울타리 같은 건 없었다. 지도가 작성된 후에 설치된 울타리여서일까. 그들이 처음 여기 왔을 때 울타리 여기저기에 구멍이 있었다. 마더들은 곧 프리시디오 동쪽, 그리고 골든게이트해협을 가로지르는 이 거대한 다리의 끄트머리를 따라 출입구의 구멍을 전부 온갖 물건들로 틀어막았다.

카이는 철조망을 가리키며 물었다.

"이런 울타리는 왜 만들어놨을까?"

잭이 대답했다.

"알잖아. 우리를 보호하기 위해서겠지. 울타리 너머에 적들이 있을지도 모르니까."

"글쎄." 저도 모르게 짜증스런 목소리가 나오자 카이는 놀라면서도 잭을 향해 돌아서서 말했다. "저 다리 쪽도 훤히 보이고, 건너편의 해변도 쭉 다 보이는데 아무도 없잖아. 적이니 뭐니 하는 얘기를 왜 자꾸 꺼내는 거야."

"저기 있다니까. 잘 숨어 있어서 그렇지. 사막에서처럼."

카이는 답답해서 주먹을 쥐었다.

"넌 사막에서 뭘 봤다고 했는데, 난 본 적이 없어. 셀라도 그렇고. 셀라는 사방팔방 돌아다녔는데 말이야."

"내가 거짓말이라도 한다는 거야?"

건장한 체격의 잭이 배낭을 바닥에 내려놓으며 두툼한 목과 어깨에 힘을 주었다. 옆에서 클로이가 잭의 팔을 잡고 진정시키려 했지만 소용없었다.

카이는 잭을 똑바로 쳐다보았다.

"봤으니까 봤다고 했겠지. 클로이도 마찬가지고. 누군가 저쪽에 있다고 하더라도 여럿일 것 같진 않아. 우리가 계속 주변을 살펴봤잖아. 들개 몇 마리 말고는 위험해 보이는 건 없었어. 들개 정도라면 로지가 충분히 쫓아버릴 수 있어."

"그럼 넌 이 상황에 대해 어떻게 생각하는데?"

잭은 양손을 허리춤에 얹고 입술에 힘을 주며 물었다.

"내 생각엔…… 아무래도 우리 마더들한테 무슨 일이 생긴 것 같아."

"일이라니?"

"우리가 여기 도착하고 나서부터 마더들이 작동을 멈췄잖아. 여기 온 후로 달라진 거 안 보여? 우리가 머물던 고치의 전원도 꺼버렸고, 뭐든 보이기만 하면 총을 쏴대. 저렇게 바리케이드까지 만들고." 답답해진 카이는 잡동사니 쓰레기로 쌓아올린 벽을 가리켰다. "사막에서는 이런 적이 없었단 말이야. 적어도 로지는 이런 적 없어. 지금 로지는 나한테 말도 안 걸어. 오늘은 보지도 못했어……."

알바로가 바람 소리에 들릴 듯 말 듯한 목소리로 끼어들었다.

"짐작 가는 게 있기는 해."

잭이 물었다.

"뭔데?"

"우리 마더들이 재프로그래밍됐을 가능성이 있어……."

카이가 물었다.

"재프로그래밍?"

"난 내 마더를 늘 사랑하지만 마더의 뇌가 내 뇌와 같지 않다는 걸 잘 알아. 마더의 뇌는 컴퓨터고 컴퓨터는 프로그래밍을 할 수 있잖아. 그러니 누군가 우리 마더들을 조종할 수도 있겠지. 누군가 마더들을 재프로그래밍해서 우릴 여기로 데려와 살게 했을 가능성이 있다고 봐."

"그럴 것 같진 않아. 우리 감마는 엄청 세. 누가 감마를 멋대로 바꾸려 들면 감마가 반격했을걸."

카이는 저멀리 보이는 언덕 능선을 살폈다. 저곳의 누군가가 로지를 조종하고 있을까? 믿고 싶지 않았다. 진심으로.

'VA 병원'이라고 적힌 간판 아래 널찍하게 펼쳐진 포장된 땅에서 미샤는 위성 지도를 켰다. 프리시디오와의 거리는 2.4킬로미터 정도였다. 프리시디오로 가려면 '엘 카미노 델 마르'라는 해안 길을 따라서 가야 했다. 그리고 '링컨 대로'를 지나야 남쪽에서부터 프리시디오로 곧장 갈 수 있었다.

미샤는 길옆에 늘어선 빈 차와 안쪽이 텅 빈 차창 쪽으로는 눈길도 주지 않고 줄곧 전방을 주시했다. 다채로운 색깔의 건물들이 서로 어깨를 맞대고 서 있는 이런 도시에는 처음 와봤다. 건물마다 대문이 달렸고 숫자로 된 간판 같은 게 전부 붙어 있었다. 겁낼 필요는 없었다. 엄마와 아빠는 예전에 캘리포니아에서 살았다고 했다. 멋진 곳이었겠지만 지금 그곳에 남아 있는 사람은 없었다. 아무도 없을 텐데 미샤는 거리의 간판이 바람 때문에 기둥에 쾅 부딪히는 소리, 커다란 검은 새가 옥상 높은 곳에 올라앉아 짖어대는 소리 등 별것 아닌 소리에도 움찔했다.

걷는 속도를 높였다. 저 앞에 표지판이 보였다. 마침내 '링컨 대로'라고 적힌 표지판 앞에 다다르고 보니, 윗부분에 빽빽한 가시까지 달린 철조망 울타리 때문에 더 나아갈 수가 없었다. 저런 철사 가시에 찔리면 얼마나 아픈지 미샤는 알고 있었다. 윌리엄 삼촌은 양들이 울타리 밖으로 빠져나가지 못하도록, 그리고 코요테들이 안으로 들어오지 못하도록 막기 위해 저런 철조망을 이용했다. 저 울타리는 단순히 길을 막은 게 아니라 동쪽과 서쪽으로, 미샤의 시야가 닿는 곳까지 뻗어나가 있었다.

미샤는 지도에 '캘리포니아 해변 산책로'라고 나와 있는 곳을 찾아 서쪽으로 향했다. 거센 바람과 날씨 때문에 험해지기는 했지만 산책로는 여전히 그 자리에 있었다. 높은 울타리를 옆에 끼고 해변을 따라 쭉 이어지는 길이었다. 미샤는 발가락 사이에 끼어 바스러지는 빽빽한 모래를 밟으며 북쪽으로 나아갔다. 왼쪽에서는 너른 바다의 파도가 탁 트인 해안가로 밀려와 하얀 거품을 토해냈다. 낯설고 기묘한 느낌의 안개에 머리카락까지 축축해졌다. 몸이 떨렸다. 상상도 못 할 만큼, 메사 언덕과는 너무나도 다른 곳이었다.

산책로는 해변으로부터 멀어져 잡목들 사이로 뻗어나갔다. 얼마 안 있어 미샤는 다시 링컨 대로와 같은 높이에 섰다. 건물이 그곳에 있었다. 하지만 길을 빙 둘러싼 높은 울타리 때문에 건물 쪽으로 갈 수가 없었다. 대문도 없어서 울타리 너머로 건너갈 방도가 보이지 않았다.

그때 그곳이 보였다. 울타리 아래 한 부분이 빗물로 인해 조그맣게 패여 있었다. 미샤는 굵은 나뭇가지를 찾아 괭이처럼 손에 쥐고 낙엽을 쓸어 치우면서 구멍을 넓혔다. 마침내 아래로 기어 들어갈 수 있을 정도가 됐다. 배낭을 먼저 울타리 안쪽으로 밀어 넣고 뱀처럼 엎드려 앞으로 기어갔다. 울타리를 넘어간 후 일어서서 옷과 팔에 묻은 흙을 털어냈다. 머리 위에서 괴상한 윙윙 소리가 들렸다. 우듬지 속에서 먹이를 찾으려 돌아다니는 커다란 벌새 같은 소리였다. 마더들이 내는 소리임이 분명했다. 거의 다 온 모양이었다. 지도에 따르면 이 길은 동쪽으로 꺾이게 돼 있었다. 길만 잘 따라가면 누구든 만날 수 있을 것이다.

예상대로 대로는 저 앞에서 오른쪽으로 꺾였고 훨씬 넓은 도로가 나왔다. 그리고 바람에 실려 오는 목소리들이 들렸다. 위성 전화기를 배낭에 쑤셔넣고 제방을 올라가 좀 더 높은 도로에 섰다. 누구든 만나면 해야 할 말을 속으로 조용히 연습하면서 마음을 단단히 먹었다.

다리를 바라보다가 시선을 돌린 카이는 금속 대문 너머 도로를 따라 걸어오는 무언가 아니 누군가를 보았다.

"거기 누구야?"

모두가 바라보는 앞에 짙은 색 피부를 가진 깡마른 아이가 나타났다. 카이가 한 번도 본 적 없는 소녀였다. 소녀는 조심스럽게 대문을 빙 돌아서 안쪽으로 걸어왔다. 배낭을 어깨에 둘러멘 소녀는 처음에는 조심스럽게, 그러다 단호하게 걸음을 옮겨 그들에게 다가왔다.

아이들 앞에 멈춰 선 소녀가 숨을 몰아쉬며 말했다.

"맙소사. 너희들 여기 있었구나! 너희가 여기 있을 거라고 우리 마더가 말했거든. 그 말을 난 안 믿었지만 말이야."

소녀는 길고 검은 머리카락을 귀 뒤로 깔끔하게 넘겨, 잔가지 정도의 길이로 땋아 내린 모습이었다. 이 추위에 소녀는 맨발이었다. 간소한 원피스를 입었는데 알록달록한 구슬을 꿰어 만든 띠를 허리에 찼다. 검은색 레깅스가 발목까지 다리를 감쌌다. 소녀는 선명한 초록색 눈동자를 빛내며 아이들을 평가하듯 바라보았다.

잭이 한 걸음 뒤로 물러서며 인사를 했다.

"안녕."

카이는 그 자리에 얼어붙었다. 이 아이는 대체 누구일까?

"내 이름은 미샤야."

소녀가 대답했다. 그들은 한 명씩 소녀와 악수했다. 소녀의 매끄러운 황갈색 팔은 가늘었지만 손아귀 힘은 꽤 셌다.

클로이가 물었다.

"어…… 어떻게 여기 들어왔어?"

"들어왔냐고? 여기 바깥이잖아."

소녀의 대답에 카이가 말했다.

"울타리 안으로 어떻게 들어왔냐고 물은 거야."

"울타리?"

알바로가 참을성 있게 설명했다.

"이 주변은 울타리가 빙 둘러 있어. 우리 중에 울타리를 넘어간 사람은 없는데, 네가 들어와서……"

"무슨 말인지 모르겠어……."

소녀는 별안간 울음을 터뜨렸다.

카이는 앞으로 다가가 소녀의 팔에 손을 얹으며 물었다.

"왜 그래? 무슨 일이야?"

소녀가 흐느껴 울었다.

"마더가 갔어. 날 여기 두고 **가버렸어**."

31장

'식당'이라 이름 붙인 널찍한 방에서 카이는 미샤에게 의자에 앉으라 권했다.

"여기가 음식을 먹는 방이었던 것 같아. 주방으로 쓰였던 공간 바로 옆에 있거든. 우린 먹을거리를 저 선반에 보관해두고 있어."

카이가 비좁은 곁방을 가리키며 설명하는데 아이들이 그 곁방을 통해 식당으로 줄지어 들어왔다. 미샤가 이미 만나본 아이들이 맨 먼저 들어왔다. 모래색 머리카락에 두툼한 근육질 몸을 가진 소년 '잭', 검은 머리카락의 소녀 '클로이', 그리고 자그마한 몸집에 붉은 머리카락을 가진 소년 '알바로'. 그들 뒤로 다양한 생김의 아이들이 줄줄이 들어왔다.

"재는 히로야." 카이는 아몬드 같은 눈을 가진 다부진 체격의 소년을 가리키며 말했다. "요리를 잘해. 그리고 재는 클라라." 카이가 말한 소녀는 검은 피부에 강단 있어 보이는 모습이었고 두 손에 양동이와 작은 모종삽을 들었다. "클라라가 정원을 가꾸기 시작했어."

미샤의 시선은 팔꿈치를 테이블에 올리고 맞은편에 털썩 앉은 소녀에게 시선이 갔다. 갈색이 도는 곧은 머리카락과 친근한 미소를 가진 소녀였다. 카이가 그 소녀를 소개했다.

"미샤, 이쪽은 셀라야."

셀라가 말했다.

"목걸이 예쁘네."

손을 목으로 가져간 미샤는 할머니에게 받은 은색 목걸이를 손가락으로 쓸어내리며 우물거렸다.

"어쩌다 찾게 돼서……."

"나도 목걸이 있어. 파란 목걸이. 네 목걸이만큼 예쁘진 않지만. 네 목걸이의 장식은 꼭 우리 마더들처럼 생겼네."

미샤는 호기심 많은 소녀의 갈색 눈을 바라보며 중얼거렸다.

"나도 그렇게 생각해."

"카이한테 들었는데 마더가 널 두고 **떠났다며**? 그냥 날아갔어?"

"마더한테 문제가 생긴 것 같았어. 그래도 여기까지 데려다줬으니 됐지 뭐."

미샤는 초조한 눈으로 테이블 저 끄트머리를 힐끔 쳐다보았다. 그 자리에는 잭이 팔짱을 끼고 미샤를 노려보고 서 있었다. 윤기 나는 검은 머리카락으로 얼굴을 거의 가리다시피 한 클로이는 잭을 안심시키려는 듯 잭의 어깨에 한 손을 얹은 모습이었다. 문득 미샤는 기억이 났다. 협곡에서 본 검은 머리카락의 소녀. 그게 바로 클로이였다. 머릿속에서 윌리엄 삼촌의 목소리가 들리는 듯했다……. **우리가 이해해야 해. 마더 로봇들은 아이들을 보호하려고 그러는 거니까.** 미샤도

이 아이들 중 하나였다. 하지만 완전히 같지는 않았다. 아이들의 세계와 아이들이 서서히 받아들이게 될 외부 세계 사이의 다리 같은 존재가 바로 미샤였다.

카이가 말했다.

"어휴. 마더가 널 버리고 떠났단 말이지……. 난 **우리**가 힘든 처지라고 생각했는데."

"힘들다고? 난 너희가 안전하다고 생각했는데……."

그러자 셀라가 나섰다.

"**안전하긴 하지**. 하지만 우린 여길 못 떠나. 저 망할 울타리 밖으로 나갈 수가 없거든. 여기 갇힌 거야. 우리 마더는 비행이 사람이 할 수 있는 가장 멋진 일이라고 말하곤 했는데, 지금은 나를 고치 안에 들어오지도 못하게 해……."

미샤의 뱃속에서 불안감이 치솟았다.

"너희가 왜 갇힌 거야? 왜 여길 못 떠나?"

카이가 대답했다.

"마더들이 우릴 이 안에 가뒀어. 잭은 마더들이 우릴 바깥의 적으로부터 보호하기 위해서 그런다고 생각하고 있어. **네** 생각엔 어때? 저 바깥에서 적을 봤니?"

"아니…… 그런 건 못 봤는데……."

"거봐."

카이는 이렇게 말하며 잭과 클로이를 돌아보았다.

클로이가 냉소 섞인 눈빛으로 카이를 쳐다보며 앞으로 한 걸음 나섰다.

"우리가 사막에 있을 때 누군가를 봤잖아. 트럭 타고 다니던 사람들. 얼마 안 있어서 그 사람들은 프로펠러 달린 비행 기계를 타고 다시 돌아왔어. 우리 마더가 총을 쏘니까 도망쳤잖아. 메그도 뭔가를 봤다고 했어. 맞지, 메그?"

"난 잘 모르겠어……." 셀라 옆자리에 앉은 금발 고수머리의 자그마한 소녀 메그가 작은 목소리로 대답했다. "어두워서. 빛을 본 것 같긴 해……. 뭔가 우르릉거리는 소리도 들었고."

셀라는 소심해 보이는 메그의 어깨를 한 팔로 감싸며 말했다.

"그 시간 내내 가여운 메그는 혼자 있었어. 이젠 괜찮아. 우린 함께 있으니까."

메그는 다리만 내려다보았다.

미샤가 말했다.

"이해돼. 나도 혼자였거든. 지금은 아니지만……."

이상하게도 미샤의 눈에 눈물이 솟았다. 아이들을 만나서 정말 **기쁘면서도**, 이 아이들에 대해 정말 아는 게 없었다는 생각에 마음이 좋지 않았다.

카이가 말했다.

"저녁 식사는 아직 준비 안 됐어……. 2층에 방이 있더라고. 방이 꽤 많이 남았어. 원한다면 너도 방을 하나 써."

미샤는 떨리는 다리로 일어섰다. 긴 하루였다. 낯선 곳을 도보로 이동하면서 확신이 서지 않아 마음이 편치 않았는데 그래도 결국 여기까지 잘 찾아왔다. 혼자 조용히 생각할 시간이 필요했다. 배낭을 어깨에 메고 카이와 셀라를 따라 어두운 계단을 올라갔다.

미샤는 2층 앞쪽 구석에 있는 방 앞에서 걸음을 멈췄다.

"이 방 쓸게."

"별로 안 넓은데 괜찮겠어?" 셀라가 물었다. "메그랑 나는 같은 방 쓰는데 여유 있어……."

"아니야, 괜찮아!" 미샤는 바닥을 내려다보며 덧붙였다. "난 혼자 자는 게 익숙해."

셀라가 만류했다.

"이제 마더도 없잖아. 처음이라 힘들 거야."

어색한 침묵이 흐르고 셀라와 카이가 돌아섰다. 카이가 말했다.

"그럼 이따 보자. 풀밭 너머 창고에 물품이 있으니까 필요하면 갖다 써."

그 방은 로스앨러모스의 다용도실만한 크기였다. 다용도실과는 달리 창문이 하나 있고 잠잘 공간은 충분했다. 미샤는 배낭에서 담요를 꺼냈다. 담요를 몸에 두르며 할머니의 키바의 안락함과 할머니가 들려주는 노랫소리를 떠올렸다. 벽에 등을 기대고 앉아 은목걸이에 손을 가져다 댔다. 목걸이가 이제 몸의 일부가 된 느낌이었다. 목에 걸고 있는 것조차 인식 못할 만큼 익숙해졌다. 오늘 만난 아이들의 이름을 속삭이듯 부르며 그들의 얼굴을 하나하나 떠올렸다. 잭. 클로이. 카이……. 이틀 전 윌리엄 삼촌이 카이의 이름을 입에 올렸다. 오늘 아침 옥상에서 릭 삼촌도 카이라는 이름을 말했다. 그들은 어떻게 카이에 대해 알고 있는 걸까?

한 번 더 위성 전화기를 확인해봤다. 걸려온 전화는 없었다. 윌리엄 삼촌과 로레타 숙모는 미샤가 버티, 호노비와 함께 야외에서 야영하는 줄 알고 있었다. 잘하면 내일 늦게까지도 그들은 미샤가 없어진 줄 모를 것이다. 그때쯤에는 어른들에게 좋은 소식을 가져갈 수 있을 거라 생각했는데, 지금으로서는 확신이 서지 않았다.

미샤는 집중하려 애쓰며 눈을 감았다. 여기 온 건 나름의 이유가 있었다. 바로 자신의 친형제나 자매를 찾기 위해서였다. 물론 그게 전부는 아니었다. 미샤는 자신을 전령이라고 여겼다. 할머니가 늘 말하던 은빛 영혼들을 메사로 데리고 돌아갈 전령. 하지만 어떻게 해야 할까? 할아버지의 예언이 실현되려면 마더들이 이곳을 떠나야 할 것이다. 하지만 셀라 얘기로는 아이들이 더 이상 마더의 고치에 들어가 앉을 수 없는 상황이라고 했다. 그렇다는 건 마더들이 아이들을 두고 떠나야 한다는 소리였다……. 과연 마더들이 울타리 밖에 도사리고 있는 미지의 '적'으로부터 아이들을 보호해야 할 의무를 저버리고, 아이들을 여기 버려둔 채 떠날 수 있을까? 예언이 실현되려면 이 아이들에게 안 좋은 일이라도 생겨야 하는 건가? 미샤는 몸이 절로 떨렸다.

갑자기 문이 삐거억 열렸다.

"미샤? 나 카이인데 들어가도 돼?"

미샤는 움찔하며 대답했다.

"어, 들어와……."

"너 배고플 것 같아서." 카이는 작은 그릇을 들고 방으로 들어왔다. 그릇에 담긴 내용물에서 로스앨러모스의 월계수 같은 향이 살짝 풍겼다. "히로가 만든 다람쥐스튜야. 내 입맛에는 맞더라고. 미리 경고하는데 모두가 맛있어하는 건 아니야."

미샤는 카이가 내민 스튜 그릇에 스푼을 넣고 내용물을 혀에 대보았다. 쓰고 고기 비린내가 났지만 먹을 만한 것 같았다.

카이는 싱긋 웃었다.

"우리가 내놓을 수 있는 최고 요리는 아니야. 셀라의 생선 요리가 최고거든."

"생선? 셀라는 생선을 어디서 가져오는데?"

"부두에서. 알파의 데이터베이스에서 생선 요리 방법을 배웠어."

"누구?"

"알파-C. 셀라의 마더야."

미샤는 카이를 멍하니 바라보았다. 알파-C……. 셀라의 머리카락은 미샤처럼 직모이고 갈색이었다. 할머니를 닮은 셀라의 눈, 윌리엄 삼촌을 닮은 납작한 코와 둥근 턱…….

카이가 물었다.

"**네** 마더의 이름은 뭐야?"

"어……?"

"내 마더의 이름은 로-Z야. 난 그냥 로지라고 불러. 네 마더의 이름은 뭐야?"

"응……" 미샤는 목에서부터 귀까지 열이 확 올라오는 걸 느꼈다. 당장 머리에 떠오르는 건 셀라의 마더 이름밖에 없었다. 그러다 문득 기억이 났다. "알파-B……"

"알파-B? 셀라의 마더랑 비슷한 이름이네!"

"그러게."

미샤는 수줍게 웃었다.

카이는 고개를 숙이고 엄지의 긁힌 상처를 만지작거렸다.

"해줄 얘기가 있어. 네 마더 말이야. 걱정하지 마. 돌아올 거니까."

미샤는 카이를 주의깊게 바라보았다.

"왜 그렇게 생각하는데?"

"어렸을 때 로지가 날 두고 코요테를 쫓아간 적 있거든. 그때 진짜 무서웠는데, 로지는 결국 돌아왔어. 마더들은 원래 그래." 카이는 이마에 주름을 잡은 채 창밖을 내다보았다.

"마더들은…… 무슨 일이 일어나든 우릴 보호해주게 돼 있어."

미샤는 그를 가만히 바라보았다. 카이는 뭔가를 걱정하는 얼굴이었다.

"카이, 내 마더는 돌아오지 않을 거야……."

카이는 미샤의 눈을 마주보았다.

"아니…… 돌아온다니까!" 목소리가 다소 컸다. 카이는 얼굴을 붉히며 다친 엄지로 다시 시선을 돌렸다. "시간이 지나면…… 알겠지. 지금은 우리가 곁에 있다는 거 잊지 마."

"그래. 너희가 있어서 다행이야."

미샤는 살짝 미소를 지었지만 마음속에는 이미 기분 나쁜 의심의 씨앗이 뿌리를 내렸다. 켄드라는 마더와 아이들을 구하기 위해 여기로 불러놓았다. 하지만 이들은 여기 도착한 후로 뭔가 달라진 분위기였다. 모두의 신경을 곤두서게 만든 무언가가 있었다.

32장

아침 안개 속에서 100번 건물의 앞 현관에 나가 서 있던 미샤는 셀라가 풀밭 너머 커다란 하얀색 창고로 들어가는 모습을 보았다. 용기를 쥐어짜낸 미샤는 계단 아래쪽에 가만히 서 있는 로봇 두 대의 옆을 지나 높게 자란 풀 사이로 걸어갔다.

가까이 다가가는데 창고 뒤쪽 벽에서 우당탕 소리가 들렸다.

"아야!"

오래된 야구방망이처럼 생긴 물건이 휙 날아와 미샤의 발 앞에 떨어지더니, 가죽 공도 뒤따라 떨어졌다.

"여기 어디 있을 텐데……."

미샤는 익숙한 느낌이라 마음이 따뜻해졌다.

"셀라? 거기 너야?"

"누구니?"

"미샤. 뭐 찾아?"

"클로이가 여기서 오토바이를 봤다고 해서. 그런데 너무 어두워서 잘 안 보여!"

"자."

미샤는 허리를 굽히고 문 옆 상자에서 태양광 스틱을 하나 꺼내 어두컴컴한 창고 안쪽으로 내밀었다. 가느다란 팔 하나가 나타나 태양광 스틱을 받아쥐었다.

"고마워!"

셀라가 스틱을 켜자 창고의 어둑한 벽이 밝아지면서 잔뜩 둘러쳐진 거미줄이 보였다.

"사막에서 살 때 더트바이크를 탔거든. 사막에 그걸 두고 왔어. 마더의 짐칸에 넣을 수가 없어서…… 아!"

스틱의 빛이 창고 안쪽 구석까지 비추자 두툼한 타이어에 이어 페달이 모습을 드러냈다.

"낡은 전기 자전거 같네." 셀라는 그걸 잘 보이는 곳으로 끌고 나왔다. "없는 것보단 낫지만."

"그걸로 뭘 하려고?"

셀라는 어이없는 표정으로 미샤를 돌아보았다.

"뭘 하긴. 타려는 거지!"

"내 말은, 그걸 타고 어딜 가려고?"

셀라는 잠시 말문이 막힌 표정이었다.

"여긴 무지하게 넓지도 않지만 좁지도 않아. 내가 아직 못 본 곳도 있을 거야. 카이는 동쪽 울타리에서 발견한 보트를 수리하고 있어. 내일 우린 만으로 나가볼 생각이야."

미샤는 마음을 단단히 먹었다. 이 기회를 이용해 자매의 반응을 보기로 했다.

"셀라, 울타리 밖으로 정말 나가고 싶니?"

셀라의 얼굴이 잠시 어두워졌다.

"마더들이 못 나가게 하겠지. 여긴…… 좀 감옥 같아."

"감옥?"

"원하는 건 뭐든 다 갖춰진, 크고 아름다운 감옥." 셀라는 미간을 찡그렸다. "필요한 게 다 있지는 않지만."

"내 생각엔…… 우리의 한계를 시험해볼 필요가 있을 것 같아."

"시험?"

"조금만 애를 써보자고. 우리를 왜 여기서 못 떠나게 하는지 물어보기라도 하면 좋겠어."

셀라는 미샤를 빤히 쳐다보았다.

"여기 도착한 후로 내가 마더한테 매일 그걸 안 물어봤겠니? 마더는 대답을 안 해주고 있어."

"그래?"

셀라는 눈을 가린 머리카락을 쓸어 넘기고 미샤를 바라보았다. 대놓고 쳐다보는 셀라의 시선에 미샤는 얼굴을 붉혔다.

"안 그래도 상황이 안 좋은데, 알파는 이제 더 이상 나한테 말도 안 해."

"마더들이 다들 조용하더라."

"내 머릿속으로 말을 안 한다는 뜻이야. 더 이상 나랑 대화를 안 해."

"아……."

풀밭을 둘러보는 셀라의 이마에 주름이 깊어졌다.

"마더의 정신이 어디로 갔는지 모르겠어. 너희 마더도 떠나기 전에…… 그랬어? 너한테 더 이상 말을 안 했니?"

미샤는 두 손을 초조하게 주무르며 적절한 대답을 생각해내려 애썼다. 셀라가 무슨 얘길 하는지 솔직히 알 수가 없었다. 마침내 판단을 내린 미샤가 입을 열었다.

"아니. 내 마더는 마지막 순간까지 나한테 말을 했어. 지금 이건 좀 다른 현상인 것 같아……."

그 말에 셀라는 안심하는 표정이었다.

"알바로도 일시적인 문제인 것 같다고 하더라. 마더들이 알아서 고칠 수 있는 문제일 거래." 셀라는 문 옆에 전기 자전거를 기대어 세워두고 미샤를 돌아보며 덧붙였다. "마더들이 다시 말을 하기 시작한다고 해도 우리가 여기 갇혀 있는 건 마찬가지야."

미샤는 숨을 삼키며 용기를 냈다.

"프리시디오를 떠나고 싶으면 내가 길을 아니까 알려줄게. 마더가 나를…… 두고 떠난 곳 근처야. 울타리 밑에 구멍이 있거든."

셀라는 어리둥절한 눈으로 물었다.

"구멍?"

"그쪽 땅이 침식되면서 생긴 구멍 같았어. 우리가 드나들 수 있을 정도 크기는 돼."

셀라는 미간을 찌푸리다가 싱긋 웃었다.

"그래. 가서 본다고 해로울 건 없겠지."

그들은 100번 건물 뒷문 쪽에 있는 충전소로 전기 자전거를 끌고 갔다. 거기서부터는 미샤가 앞장서서 포장도로를 지나 링컨 대로 옆에 있는 그곳으로 향했다. 얼마 후 울타리 밑에 있는 구멍이 보였다. 셀라의 말대로, 여기는 **아름다운** 곳이었다. 높은 곳에서 불어오는 시원한 바람에 바스락바스락 흔들리는 나무들, 나뭇가지 사이로 서로를 쫓으며 노는 알록달록한 작은 새들. 자매인 셀라는 옆에서 깡충깡충 뛰어 따라오며 말했다.

"울타리의 구멍 너머에는 뭐가 있어?"

"그냥 길. 남쪽으로 쭉 뻗어나간 길인데 도시로 이어지는 것 같아."

셀라의 눈이 휘둥그레졌다.

"도시?"

"가보고 싶지?"

셀라는 미소를 지었다.

"당연히 가보고 싶지. 구멍 밖으로 조금은 나가봐도 괜찮겠지. 나갔을 때 안 좋은 게 없으면, 만약 있더라도 돌아와서 다른 애들한테 얘기해주면 될 거야."

미샤는 고개를 끄덕였다.

"좋은 계획이야."

지금까지 미샤는 **딱히** 계획을 세우지는 않았다. 자매를 프리시디오 밖으로 데리고 나가 바깥이 안전하다는 걸 보여주는 게 목적이었다. 대단한 건 아니지만 시작이 중요했다. 밤새 미샤는 자매를 집으로 데려가 메사를 보여주는 꿈을 꾸었다. 이번이 자매와 함께하는 첫 모험이 될 터였다.

울타리 아래 움푹 팬 곳을 발견한 미샤가 걸음을 멈췄다.

"내가 먼저 나갈게."

미샤는 구멍에 쌓인 흙을 일부 치우고 먼저 울타리 밑으로 기어들어 갔다. 꿈틀거리며 빠져나가 울타리 너머 길 위에 섰다. 울타리 안으로 들어갔을 때만큼이나 빠져나오기도 쉬웠다. 셀라는 좌우를 살피면서 보도 끄트머리에 앉았다. 두 손바닥을 양옆 땅바닥에 붙이고 다리를 앞으로 쭉 뻗었다. 울타리 아래로 엉덩이를 밀어넣으려는데 갑자기 하늘에서 무시무시한 소리가 울려 퍼졌다. 알파-C가 도로에 쿵 내려서면서 땅이 흔들렸다. 그 순간 미샤는 사막에서 봤던 클로이의 마더를 떠올렸다. 알파-C는 놀라울 정도로 민첩하게 셀라의 겨드랑이 아래쪽을 잡고 단단한 보도에 세워놓았다.

"아야!" 셀라는 두 손으로 어깨를 문지르며 소리쳤다. "엄마! 아프게 할 필요 없잖아요! 그냥 나가지 말라고 **말하면** 되는 걸……."

셀라는 울음을 터뜨렸다. 뺨을 타고 눈물이 줄줄 흘러내렸다.

미샤는 울타리 밑으로 도로 들어가 셀라에게 달려갔다. 셀라의 어깨를 두 팔로 감싸고 목에 코를 박으며 조용히 사과했다.

"미안해."

둘의 엄마가 같다고, 아무런 문제도 없다고 말해주고 싶은 마음이 굴뚝 같았다.

그런데 셀라가 뒤로 물러나 자기 마더를 돌아보며 말했다.

"그냥 **말로 하면** 되잖아요? 왜 내가 말해도 못 듣는데요?"

두 소녀는 100번 건물을 향해 말없이 터벅터벅 걸어갔다. 그들 뒤에서 알파-C가 요란하게 트르르륵 소리를 내며 따라왔다. 건물 현관 앞에 다다른 셀라가 미샤를 돌아보며 말했다.

“나도 너 같으면 좋겠어. 나도 너처럼 마더가 없으면 좋겠어.”

그러자 미샤는 셀라를 가만히 바라보며 말했다.

“그런 말 하지 마. 진심으로 원해서 하는 말 아니잖아…….”

셀라는 제 마더를 노려볼 뿐 대꾸하지 않았다.

미샤는 혼자 건물로 들어가 계단을 올라갔다. 작은 방으로 걸어가는데 담요 아래쪽에서 계속 위잉 소리가 들렸다. 위성 전화기 소리였다. 피가 얼어붙는 기분이었다. 얼른 방 안으로 달려들어가 등뒤로 문을 닫았다. 서둘러 전화기를 꺼내 귀에 대고 ‘통화’ 버튼을 눌렀다. 나지막하게 전화기에 대고 말했다.

“여보세요?”

“미샤!” 윌리엄 삼촌이었다. “맙소사! 너 대체 지금 어디 **있니**? 없어진 전화기의 위치를 추적했더니 프리시디오가 나오던데…….”

지저분한 유리창을 통해 흘러드는 흐릿한 햇살이 어두운 방 안을 희미하게 밝혀주고 있었다. 어떻게 해야 할지 알 수가 없었다. 은빛 영혼들을 데리고 집으로 돌아가긴커녕, 아이들을 여기서 데리고 나갈 방법조차 떠올릴 수가 없었다. 이들에 대해 전혀 아는 게 없음을 새삼 깨달았다.

“죄송해요. 병원에서 하시는 얘길 듣고 수송기에 숨어 들어갔어요. 제가 도와드릴 수 있을 것 같아서요. 그런데 지금은…… 잘 모르겠어요.”

33장

"없어졌어요? 미샤가 지금 프리시디오에 가 있단 말입니까?"

호피 병원의 병실에서 제임스는 할머니의 작은 의자에 털썩 주저앉았다. 그 바람에 의자가 옆으로 확 기울며 쓰러질 뻔했다. 옆에서 맥이 길고 나지막하게 휘파람을 불었다. 안전하게 거리를 두고 문간 옆에 선 윌리엄은 대화를 나누는 그들을 조용히 지켜보았다.

방 한가운데 놓인 침대에 일어나 앉은 릭은 침대 옆 테이블로 손을 뻗어 깨끗한 흰 수건을 더듬거리며 쥐더니 곧장 입으로 가져갔다.

"수송기에 몰래 탔나봅니다. 우린 보지도 못했는데……."

제임스는 한숨을 푹 쉬었다. 릭을 차마 계속 보고 있을 수가 없었다. 릭의 피부는 핏기가 하나도 없었고 한때 건장했던 팔은 잔뜩 쇠약해졌다. 제임스는 여전히 릭에게 화가 풀리지 않은 상태였다. 제임스는 등받이에 기대어 앉아 아버지가 부드러운 목소리로 했던 말을 떠올렸다. **어떤 아이든 자기 뿌리에 대해 알 권리가 있어**, 라고 아버지는 말했었다. 그저 반복되는 역사일 뿐, 릭이나 윌리엄의 잘못은 아닐 것이다. 아버지가 그의 기대를 저버렸듯, 그는 미샤의 기대를 저버렸다. 미샤는 인생의 지침을 필요로 했다. 과거와의 연결점을 찾고 싶어 했다. 뿌리를 찾으려 애쓰는데 제임스가 도와주질 않자 스스로 답을 찾으려고 나간 것이다. 머릿속에 엉뚱한 생각을 가득 담고서.

제임스는 고개를 숙이고 두 손에 얼굴을 묻었다. 그는 손가락 끝으로 눈을 비비며 물었다.

"미샤가 자기가 호피족인 걸 알았을까요? 자기한테 친형제나 자매가 있다는 걸 말입니다……."

릭이 낮은 목소리로 대답했다.

"우리가 나누는 얘길 들은 모양이에요. 처음엔 여기서 들었을 테고 나중에는 우리가 드론을 날릴 때 하는 얘기도 들었겠죠."

맥이 한마디했다.

"아주 스파이가 다 됐네요."

제임스는 움찔했다. 미샤는 겨우 열한 살이었다. 그 나이 때 제임스는 학교에 다녔다. 친구들과 야구를 하고, 어머니가 만든 렌틸콩과 쌀 요리를 먹어치웠다. 부모님이 그에게 전적으로 진실했던 건 아니지만 적어도 안정감과 소속감은 주었다.

"미샤를 데려와야 합니다."

제임스의 말에 윌리엄이 나섰다.

"미샤 얘기로는 해안 산책로를 따라 세워진 울타리 아래에 패인 구멍이 있다고 했어. 미샤에게 갔던 길로 되돌아 나오기만 하라고, 내가 데리러 가겠다고 말해놨어."

릭이 가까스로 입을 열어 말했다.

"미샤는 괜찮을 겁니다. 똑똑한 아이니까." 힘겹게 고개를 든 릭이 제임스의 눈을 마주보았다. 그때 제임스는 릭의 얼굴을 적신 눈물을 보았다. "윌리엄한테 들었어요? 미샤가 내 아들을 만났답니다. 아들이 무척 보고 싶어요. 한 번만이라도 가까이서 보고 싶습니다. 내 손으로 만지면서 이 말을 꼭 해주고 싶은데……."

릭은 짧고 힘없는 거품을 뱉어냈다. 목 안에서 끓는 소리가 나더니 입에서 피가 흘러 내려와 그의 너저분한 환자복에 떨어졌다. 제임스는 그 순간 알았다. 릭은 사랑하는 아들과 잠깐이라도 시간을 보낼 수 없을 것이다. 그 생각을 하며 제임스는 미샤의 모습을 떠올렸다. 가슴 아리도록 새라를 쏙 빼닮은 딸, 미샤. 유카 뿌리 냄새가 풍기는 긴 밤색 머리카락, 흙을 닮은 생기 있는 피부. 미샤는 제임스와 시간을 보내려고 정화된 공기를 몇 분이나 쐬고, 샤워한 후 빳빳한 비닐 옷으로 갈아입기까지 해야 했다. 미샤는 그의 인생에서 하나뿐인 참된 존재였다. 그를 바깥세상과 이어주는 유일한 끈이었다. 제임스가 말했다.

"제가 직접 가겠습니다."

윌리엄이 제임스의 어깨에 손을 얹으며 만류했다.

"아니, 자네는 여기 있어. 해독제 제조에 매진해. 어차피 이건 내 잘못으로 빚어진 일이니까 내가 해결할게."

맥이 말했다.

"저도 같이 가겠습니다. 드론도 챙겨갈게요. 혹시 모르니까."

34장

싸늘한 바닷바람에 몸을 앞으로 기울인 카이는 재킷의 목깃을 여미며 만으로 향했다. 해변을 따라가다가 왼쪽으로 방향을 돌려 너른 습지를 에둘러 갔다. 저 앞 오래된 부두에 셀라가 먼저 와서 기다리고 있었다.

셀라는 부두 아래쪽 창고에서 찾아낸 나일론 낚싯줄 묶음, 낚싯바늘이 담긴 상자, 낚싯대 3개를 챙겨 낚시 준비까지 다 해놓았다. 셀라는 사막에서 잡은 작은 짐승 고기를 그다지 좋아하지 않았고 이곳에서 잡은 생선도 별로 먹지 않았지만 낚시 자체를 즐겼고 다른 아이들에게 먹이는 걸 좋아했다. 부두에서 낚시하는 방법은 금방 익혔다. 오늘은 평소와 달리 보트를 타고 나갈 생각이었다. 울타리 바깥의 정박지에 떠다니는 작은 초록색 보트를 끌어다가 부두 옆 녹슨 금속 난간에 튼튼한 밧줄로 매어놓았다.

카이가 소리쳤다.

"장비 챙겨왔어?"

"배에 실어놨어." 셀라는 난간 사이로 쓱 빠져나가 길이가 짧은 밧줄 사다리를 타고 먼저 보트로 내려갔다. "얼른 와. 해가 비스듬하게 비추는 동안에 출항해야 해. 물고기들이 널 잘 못 볼 때 잡아야지."

카이가 올라타자 보트가 흔들거렸다. 전날 오후에 카이는 보트에 새는 곳이 없는지 얕은 물에서 직접 확인했다. 그때만 해도 작은 보트를 타고 바다로 나가는 게 멋진 생각인 것 같았다. 하지만 부두 옆 깊은 물에서 마구 흔들거리는 보트에 타고 있자니 잘못된 판단을 했을지 모른다는 생각이 들었다. 카이는 셀라의 질책을 떠올리며 숨을 깊게 들이마셨다. 겁이 나서 새로운 시도를 아예 안 해버리면 아무데도 못 간다고 셀라는 말했다.

셀라는 보트를 매어놓은 밧줄을 풀고 보트 바닥에 놓인 노를 집어 들었다. 진짜 노가 아니라 삽 모양의 유목이었다. 셀라는 부두에서 멀어지려 열심히 노를 저으면서, 보트를 해변 쪽으로 밀어붙이는 파도가 잦아들기를 기다렸다. 노가 없는 카이는 그저 보트 양옆을 꼭 붙잡고 앉아서 미식거리는 속을 달랬다.

해변에서 15미터쯤 멀어지자 셀라는 드디어 노를 내려놓고, 손목을 가볍게 털어 뱃머리 너머로 낚싯줄을 던지며 말했다.

"이런 식으로 매일 조금씩 멀리 가보자. 마더들이 우릴 어디까지 가게 해주는지 확인해보는 거야."

카이는 하늘을 올려다보았다. 로지의 커다란 새들이 V자 대형을 그리며 날고 있었다. 데이터베이스에 따르면 펠리칸이라 불리는 저 새들은 저렇게 날다가 지상으로 빠르게 내려와 커다란 부리로 먹이를 잡아 올린다고 했다. 해변 저쪽에 좁은 강이 만과 만나는 지점이 보였다. 여기 오고 두 번째 날에 게를 잡으러 가자는 히로의 말에 그리로 같이 간 적이 있었다. 지금 그곳에는 마더 로봇 셋이 서 있었고 아이들은 보이지 않았다.

"셀라, 우리 마더들끼리는 서로 얘기를 하고 있을까?"

셀라는 눈썹을 치켜뜨고 그를 돌아보았다.

"왜 그렇게 생각하는데?"

"카말이 꿈을 꿨는데 꿈에서 베타가 배우고 있다고 말했대. 누구한테 뭘 배운다는 걸까? 볼 때마다 마더들은 저렇게 모여 서 있잖아. 자기네끼리 서로 따라다니면서 뭔가를 같이 하고 있어. 이상해. 자기네끼리 뭔가를 가르치고 있을 수도 있어."

셀라는 고개를 저었다.

"알파는 다른 로봇한테 말을 건 적이 없어. 불가능하다고 알파가 나한테 말했었어. 지금은 **나한테도** 말을 안 하지만……." 셀라는 보트 앞쪽을 획 돌아보았다. "알파를 계속 믿어도 될지 모르겠어."

별안간 셀라가 낚싯줄을 당겼다. 뒤로 몸을 기울이면서 첫 번째 사냥감을 낚아 올렸다. 수면으로 끌려 올라온 통통한 물고기가 셀라의 노 바로 옆에 툭 떨어졌다. 보트의 금속 바닥에 비늘을 붙인 채 주둥이를 빼끔거리며 공기를 들이마셨다. 카이는 조심스럽게 물고기를 집어 들었다. 아가미 뒤쪽, 낚싯바늘이 찢고 들어간 반투명한 살에서 피가 흘러내렸다. 카이는 셀라의 천 자루에 물고기를 던져넣다가 날카로운 지느러미에 손을 베이고 말았다. 연기가 모락모락 피어오르는 히로의 화덕에서 구우면 얼마나 맛있을지를 떠올리며 통증을 참았다.

"큼직하고 괜찮은 놈이었어!" 셀라가 두 번째 낚싯대를 카이에게 건네며 싱긋 웃었다. “자, 이 배의 선장으로서 너에게 명령한다. 낚시를 열심히 해보도록!”

카이는 셀라의 양동이에서 자그마한 미끼용 물고기를 집어 낚싯바늘에 꿰었다. 그리고 어색하기 짝이 없는 동작으로 낚싯줄을 보트 측면 너머 바다로 던졌다. 미끼가 꿰어진 낚싯바늘은 잠시 바람을 타고 허공에 떠 있다가 파도 아래로 사라졌다. 낚싯대의 움직임을 알아채려 어지럽게 들이치는 파도를 바라보며 물고기가 걸려들기를 기다렸다.

기다리는 동안 뜨거운 햇볕이 목 뒷덜미를 아주 태워버릴 듯했다.

제임스는 맥의 로스앨러모스 사무실에서 컴퓨터 화면을 들여다보며 웅크리고 앉아 있었다. 화면의 희미한 빛이 그의 눈에 비쳤다. 맥은 샌프란시스코 재향군인 의료원의 드론 스테이션에서 드론을 날려 올리고, 드론이 촬영한 영상을 바로 볼 수 있도록 위성으로 연결해놓았다. 제임스는 작은 드론이 안개 사이를 지나가며 찍은 영상을 켄드라, 루디와 함께 보고 있었다.

프리시디오에서 윌리엄은 미샤와 다시 만나기로 한 오솔길을 걸어 올라가고 있었다. 맥과 함께 착륙하자마자 수송기에서 미샤와 연락을 취하기는 했는데 미샤는 아직 탈출 시도를 하지 않고 있었다. 사실, 그 후 미샤 쪽에서 아무 연락이 없는 상황이었다.

제임스가 스피커폰으로 맥에게 물었다.

“보이는 거 있어?”

“아뇨.”

마스크 때문에 맥의 목소리가 조그맣게 들렸다. 드론은 해안 산책로를 따라, 그리고 산책로와 나란히 뻗은 포장도로를 따라 세 번째로 비행하고 있었다. 구역을 안팎으로 나누는 삐죽삐죽한 가시철조망이 제임스의 눈에 보였다. 그중 한 지점에서 드론의 카메라는 울타리 옆 흙무더기를 줌렌즈로 확대해서 잡았다.

"그건 뭐지?"

제임스가 물었다.

"모르겠습니다. 금속판들을 쌓아놓은 것 같기도 한데요. 막아놓은 것 같은데……."

"뭘 막아?"

"마더들이 울타리의 트인 부분을 전부 저런 걸로 바리케이드 쳐놓은 것 같습니다. 저것도 그중 하나일 겁니다……. 미샤가 말한 구멍이 있던 자리인데요……."

드론 카메라가 동쪽을 비추었다. 드론은 윈필드 스콧 기지와 오래된 묘지의 하얀 돌 표지 위를 훑으면서, 중앙 우체국 자리를 한 바퀴 돌았다. 해변을 따라 점점이 꼼짝 않고 서 있는 로봇들이 보였다.

"저건 뭐지?"

드론이 바다 위를 날아가자 제임스가 화면을 보며 물었다.

"보트…… 같은데요."

셀라가 말했다.

"에잇, 이유는 모르겠는데 여기서는 부두에서보다 물고기가 더 잘 안 잡히네. 더 멀리 가봐야겠어."

"아니면 돌아가든지 해야겠지……."

카이는 이렇게 말하며 해변 쪽을 힐끗 돌아보았다. 그들은 처음 있던 장소에서 상당히 멀리 온 상태였다. 좁은 강의 물소리가 들릴 듯 말 듯 했다.

그 순간 짧게 세게 당겨지는 느낌이 들었다.

"왔다!"

카이가 외쳤다.

하지만 셀라는 자기 낚싯대를 살피느라 카이 쪽에는 관심을 보이지 않았다.

"큰 놈이야!"

카이는 낚싯대를 잡은 채 일어섰다. 낚싯대가 격하게 휘어졌다. 물고기가 그를 보트 측면 쪽으로 위험할 정도로 바짝 당기고 있어서, 카이는 발꿈치에 힘을 주며 버티려 애썼다.

갑자기 낚싯줄이 확 느슨해졌다. 낚싯바늘을 또 이렇게 잃은 모양이었다. 카이는 어떤 물고기인지 보기라도 하려고 앞으로 몸을 기울였다. 그 순간 또다시 줄이 확 당겨졌다. 카이는 낚싯대를 두 손으로 꽉 잡고 몸을 뒤로 젖혔다.

예고도 없이 낚싯줄이 툭 끊어지고, 카이는 좁은 보트의 반대편 측면으로 나동그라졌다. 쓰러지지 않으려고 두 팔을 허우적거렸지만 너무 늦고 말았다.

드론의 영상이 흔들렸다.

"젠장……." 전화기 너머에서 맥이 투덜거렸다. "로봇 두 대가 이쪽으로 왔습니다. 어떻게 된 건지 모르겠는데 로봇들이 드론을 본 모양입니다…….”

제임스가 지켜보는 동안 카메라가 해변 쪽으로 방향을 돌렸다. 옆으로 날아가는 로봇이 한 대, 그리고 또 한 대가 보였다.

“드론을 쫓아온 게 확실해? 만 쪽으로 가는 것 같은데.”

“가까이 가지 않는 게 좋을 것 같습니다.”

드론이 해안 산책로 쪽으로 방향을 돌리자 이제 화면에는 우듬지만 보일 뿐이었다.

보트 측면 너머로 휘청하며 떨어진 카이는 얼음처럼 차가운 물에 빠지고 말았다. 여기저기 떠다니는 쓰레기들이 흐릿하게 보이고 자신의 입에서 조그맣게 흘러나오는 비명이 들렸다. 짜디짠 물이 목구멍에 들어찼다. 물에 젖은 재킷 때문에 두 팔이 자꾸 아래로 처졌다. 숨을 쉬려 컥컥대면서 고개를 젖혔다. 코가 겨우 수면 위로 올라왔다.

“발로 차! 차라고!”

셀라의 가느다란 목소리가 저 위 어딘가에서 들려왔다. 하지만 무언가에 붙잡힌 듯 두 다리가 무거웠다. 무언가가 그를 물속으로 잡아당기고 있었다. 미친듯이 발버둥치면서 입을 꽉 닫고 아래로 손을 뻗어 다리를 밧줄처럼 옭아맨 해초를 풀었다. 해초를 풀고 나서는 두 손을 컵 모양으로 만들어 물을 아래로 밀어내며 몸을 끌어올렸다. 수면 위로 구불구불한 무언가가 그의 오른팔 바로 위에 떠 있었다. 셀라의 목소리가 다시 들렸다.

“잡아!”

그는 세차게 팔로 물을 차면서 두 팔을 뻗었다. 오른손, 그리고 왼손을 뻗어 간신히 밧줄을 붙잡았다. 마침내 머리 위로 크리스털처럼 맑고 푸른 하늘이 살짝 보였다.

그런데 이게 뭐지? 그를 둘러싸고 물이 마구 휘돌며 소용돌이를 만들어냈다. 다시 한번 물속으로 빨려 내려가다가 한옆으로 쓸려갔다. 머릿속으로 굉음이 밀려들었다. 마더 로봇의 엔진 소리였다. 보트가 한쪽으로 기울더니 급기야 뒤집혔다. 팔 아래를 단단한 무언가가 잡고 끌어올렸다. 그 속도가 너무 빨라서 목뼈가 부러질 것 같았다.

"셀라!" 카이는 몸부림치며 소리쳤다. "셀라!"

로지에게 붙잡혀 하늘로 올라가면서 카이는 알파-C가 파도 속으로 뛰어드는 것을 보았다. 물 밑으로 내려가는 알파-C의 트레드에 가느다란 팔이 얹히는 게 얼핏 보였다.

드론 카메라는 길게 뻗은 링컨 대로를 한 번 더 보여줬지만 미샤의 모습은 보이지 않았다. 제임스는 심장이 미친듯이 뛰었다. 침착하려 애쓰며 의자 팔걸이를 꽉 붙잡았다.

"윌리엄, 새로운 소식 있습니까?"

"없어. 미샤가 말한 구멍이 어디 있는지 보이질 않아."

"맥, 돌아가서 만 쪽을 확인해봐."

"알겠습니다."

영상이 북쪽을 비추면서 골든게이트해협을 넓게 보여주다가 해변을 따라 동쪽으로 이동했다. 반짝이는 바다를 배경으로 허공에 떼로 떠 있는 시커먼 로봇들의 윤곽이 보였다. 그 아래는 작은 초록색 보트가 있던 바로 그 자리였다. 그 외에 다른 로봇들이 해변을 따라 왔다 갔다하는 모습이 보였다.

맥이 말했다.

"로봇들이 저 아래에 잔뜩 있습니다. 현재 고도를 유지하겠습니다."

드론이 해변 쪽으로 다가가자 보트가 보였다. 제임스가 그걸 보며 중얼거렸다.

"전복됐어……."

드론이 해안선을 따라 날아가면서 그 주변을 보여주었다. 한 무리의 아이들이 나타나 해변 쪽으로 달려가는 모습이 보였다. 드론의 고도가 높아 아이들이 작은 점처럼 보였다. 맥이 말했다.

"드론이 보이지 않게 해야겠습니다."

맥은 드론을 울타리 너머 동쪽으로 이동시켜 그 구역을 벗어나게 했다.

그런데 갑자기 지상을 확대한 영상이 화면에 떴다.

맥이 숨 막힌 소리로 내뱉었다.

"젠장."

루디와 켄드라가 제임스 뒤에 바짝 붙어 화면을 들여다보았다. 그들은 숨도 못 쉬고 화면에 시선을 고정했다. 인공위성 이미지가 흐릿해졌다가 다시 초점을 맞춘 순간 켄드라의 입에서 헉 소리가 흘러나왔다.

울타리 바깥의 해변에 해초에 휘감긴 작은 몸이 축 늘어져 있었다.

드론은 차마 그 광경을 더 볼 수 없다는 듯 그 자리에서 조심스럽게 선회했다. 그대로 몇 분이 흘렀는데 마치 몇 시간처럼 느껴졌다. 제임스는 무릎을 감싸고 바닥에 주저앉으며 물었다.

"왜…… 왜 로봇들이 저 아이를 못 찾고 있지?"

켄드라는 화면에 시선을 붙박은 채 중얼거렸다.

"해초에 휘감겨 온전한 모습이 아닌데다가…… 몸이 너무 차가워져서……?"

켄드라의 뺨을 타고 눈물이 흘러내렸다. 제임스는 켄드라가 그렇게 무너진 모습을 처음 보았다. 켄드라는 고개를 숙인 채 걷잡을 수 없이 흐느꼈다.

루디가 속절없이 켄드라의 어깨를 토닥였다.

"괜찮아요. 괜찮을 겁니다."

하지만 전혀 괜찮지 않은 상황이었다. 제임스는 가슴속에서 치받아 오르는 두려움과 분노를 좀처럼 잠재울 수 없었다. 이건 다 그의 잘못이었다…….

갑자기 작고 높은 목소리가 들렸다.

"저기요!"

"미샤?"

전화로 연결된 윌리엄의 목소리가 지직거리며 들려왔다.

미샤가 흐느껴 울며 말했다.

"자매인 셀라가 없어졌어요. 카이가 그러는데 알파-C가 보트를 가라앉혔대요……. 우리가 해변을 수색했는데 셀라를 찾을 수가 없어요."

"미샤." 자리에서 일어선 제임스가 떨리는 목소리로 말했다. "아빠야." 그의 몸 전체가 덜덜 떨렸다. "들리니?"

"예……."

"왜 울타리로 오지 않았어?"

미샤가 울음을 삼키며 대답했다.

"갔었어요. 그런데 로봇들이 거기 있던 구멍을 막아버렸어요." 미샤는 다시 울면서 덧붙였다. "다른 구멍을 찾아보려고 했는데……."

"윌리엄 삼촌한테 연락하지."

"서둘러 나가느라 방에 전화기를 두고 갔어요."

맥의 책상을 손으로 꽉 잡은 채 제임스는 전화기 쪽으로 몸을 기울였다. 전화기가 그의 생명줄 같았다.

"미샤, 사랑해……."

"저도 아빠 사랑해요."

미샤가 힘 빠진 목소리로 대답했다.

제임스는 눈물 고인 눈으로 켄드라와 루디를 돌아보았다.

"아빠가 약속할게……. 우리가 어떻게든 방법을 찾아낼 거야. 널 꼭 거기서 데리고 나올게. 처음부터 다 얘기해줘."

35장

어둑한 XO-봇 건물 식당에서 제임스는 그릇에 담긴 양고기스튜를 힘없이 휘저었다. 맞은편에는 켄드라가 뒤돌아서서 낡은 커피 머신을 만지작거리고 있었다. 전날 밤늦게 돌아온 맥은 음식을 건드리지도 않고 허벅지에 두 손을 얹은 채 멍하니 앉아 있었다. 안 좋은 소식이 더 있었다. 그날 이른 아침, 호피 병원에서 릭이 마지막 싸움에 지고 말았다.

켄드라가 탄내가 물씬 풍기는 커피 두 잔을 들고 테이블로 돌아왔다. 그녀는 맥 앞에 커피 하나를 내려놓으며 말했다.

"릭이 호피족 방식으로 장례를 치러달라고 부탁했어."

제임스는 힘겹게 자리에서 일어섰다. 등 근육부터 등뼈까지 뻐근한 통증이 느껴졌다. 릭 준장은 메사 옆 할아버지의 무덤 옆자리에 자기를 묻어달라고 했다. 할머니는 릭이 그 자리에서 로즈가 자기 아들을 데려오기를 기다릴 거라고 했다. 하지만 이제 그렇게 될 가능성은 어느 때보다 적었다. 길고 불안한 밤을 보내는 내내 제임스의 머릿속에는 미샤의 애처로운 목소리가 맴돌았다.

"루디 상태는 어떻습니까?"

제임스의 물음에 켄드라는 한숨을 쉬며 대답했다.

"마지막 치료 후에 상태가 나아졌어. 쇄골 근처에 여전히 심각한 종양이 있긴 하지만. 아무래도 암 전이 같다고 하더라고. 잠을 자게 두고 있어. 루디에게…… 릭 소식을 차마 전할 수가 없어서." 켄드라는 의자에 앉아 커피를 스푼으로 휘저으며 커피 크림이 서서히 녹아드는 것을 바라보았다. "통신이 두절된 것 같아 걱정이네."

제임스가 켄드라를 돌아보았다.

"예? 루디와 연락이 끊겼습니까?"

켄드라의 결연한 표정을 보니, 줄곧 압박받는 상황에서도 그녀가 다시 정신을 집중하고 있음을 알 수 있었다.

켄드라는 눈을 들어 그를 쳐다보았다.

"아니……. 마더들이랑 통신이 안 돼. 미샤가 했던 얘기를 쭉 생각해보고 있거든. 아이들이 마더들과 더 이상 소통하지 않고 있다고 했어. 미샤가 그곳에 도착하고 얼마 안 되어서 그걸 알게 된 모양이야."

제임스는 앞으로 몸을 기울인 채 양 손바닥으로 테이블을 짚었다. 또다시 밀려든 현기증을 애써 견디며 물었다.

"미샤는 아이들이 마더들과 머릿속으로 얘기를 나눈다고 했습니다. 그게 정확히 무슨 뜻입니까?"

켄드라는 커피를 한 모금 마시고 냅킨으로 입가를 닦았다.

"알다시피, 아이들과 마더들은 통신기로 연결되어 있어서—"

"바이오피드백 칩이요?"

제임스가 알기로 원격 건강 관리를 위해 사용됐던 구식 기술이었다. 미샤의 마더 로봇도 그 칩을 장착하고 있었는데, 에디슨은 새라와 논의 끝에 그걸 제거하지 않기로 했다.

"단순한 바이오피드백 장치가 아니야. 그 통신 칩은 뇌에 삽입한 주사형 전자장치에 부착돼 있어."

"뇌에 **삽입했다고요**?"

"마더들은 아이가 태어나는 즉시 그 칩을 비롯한 관련 장치를 뇌에 삽입하도록 프로그램되어 있어. 맥브라이드 박사의 팀이 신경변성질환 환자들에게 수년 동안 그 장치를 사용했지. 바이오피드백을 효과적으로 전달하는 건 좋은데, 그로 인한 외부 자극도 받을 수밖에 없어."

"외부 자극이요?"

"아이의 신호는 근육, 소화관, 폐의 움직임을 통해 생성된 전력으로 작동하기 때문에 약한 편이야. 하지만 마더의 신호는 원자로에서 생성된 전력으로 작동하니 훨씬 강하지. 마더는 멀리 떨어진 곳에서도 아이에게 자극 신호를 내보낼 수 있어."

"로봇들이 내보내는 게 '자극 신호'의 일종일까요?"

"가령 마더는 가청 신호 없이 아이에게 의사를 전달할 수 있어. 그런데 미샤는 그것 말고 다른 식으로 통신한다고 생각하더라고. 더 높은 수준의 비언어적 통신이지. 말을 사용하지 않는 대화."

"그게 사실이라면 이 아이들은 인간이라고 볼 수 없겠는데요."

맥이 투덜거렸다.

그러자 켄드라가 말했다.

"아이들은 자네와 나처럼 인간이야. 자네와 내가 한때 그랬듯이, 아이들도 마더와 연결되어 있을 뿐이야. 물론 좀 다르지. 좀 더 직접적인 연결인 것 같아. 인간들, 심지어 아이들이 통신할 때 쓰는 여과 장치가 아예 배제된 연결로 보여."

"일종의 텔레파시일까요?"

"그럴 수도 있어. 확실히는 모르지만. 그렇게 직관적으로 연결되어 있다면 마더와 아이의 유대는 아주 강할 수밖에 없겠지."

제임스는 흐릿한 시야를 맑게 하려 눈을 깜박이며 물었다.

"미샤는 왜 자기 마더와 그런 경험을 못 해본 걸까요?"

"미샤의 마더는 미샤와 유대감을 형성하기도 전에 죽어버렸으니까. 미샤는 인큐베이터에서 간신히 살아 나왔잖아." 켄드라는 고개를 절레절레 흔들었다. "어쨌든 미샤가 한 얘기 들었잖아. 마더들은 목소리를 내지 않아. 한때 마더와 아이 사이에 존재했던 통신도 사라진 것 같아."

"어째서일까요?"

켄드라는 두 손을 테이블로 내려 차갑게 식은 커피잔 양옆에 가져다 댔다.

"모르겠어. 코드 저하 현상일 수도 있지 않을까? 불가피한 일이겠지……. 모든 대화형 시스템 중에 시각 시스템과 학습 데이터베이스만 기능하고 있는 걸로 보여."

"아이들이 위험해질까요?"

켄드라는 커피를 내려다보며 대답했다.

"미샤에게 들은 얘기에 근거해서 보자면, 마더들은 주요 지침으로 돌아가고 있는 것 같아."

"주요 지침이요? 그게 뭡니까?"

"보안. 무슨 수를 쓰더라도 보안을 유지하라는 지침. 생각해봐. 마더들은 바이오피드백을 통해 아이들을 감지하는 기능을 잃었어. 아이들이 배가 고프거나 목이 마르거나 두려워할 때 알아차리는 능력이 없어진 거야. 그리고 주의를 주거나 지시를 내릴 능력도 잃었지. 시각적으로 인식하고 몸으로 직접 제어하는 것 외에 마더들은 사명을 계속해나갈 수단이 없어진 거야."

제임스는 검지로 초조하게 테이블을 톡톡 두드리며 의자에 털썩 앉아 물었다.

"마더들이 익사 사고 후에 100번 건물에 아이들을 몰아넣은 것도 그래서라고 보십니까?"

"아이들이 먹을 것과 마실 것을 찾으러 건물 밖으로 나가는 것도 못하게 막을 수도 있어."

제임스가 물었다.

"어떻게 그럴 수 있죠? 아이들에게 해를 끼치지 못하게 프로그램이 되어 있을 텐데……."

"더 이상 아이들의 생체 신호를 수집할 수 없잖아."

맥이 주먹을 쥐며 물었다.

"우리가 어떻게 해야 합니까?"

켄드라는 한숨을 푹 쉬며 맥을 돌아보았다.

"마더들을 재워야 할 때인 것 같아."

제임스는 켄드라를 바라보며 물었다.

"그게 가능해요?"

켄드라는 숨을 깊게 들이마셨다.

"아마도. 10차 회의 후에 마련된 표준 절차에 따라, 새로운 새벽 프로젝트는 복제 바이러스에 접근할 수 있어. 복제 바이러스는 물 전쟁 중에 멋대로 구는 로봇들을 진압하는 용도로 사용된 적이 있지. 어젯밤에 미샤와 통화를 하고 나서 알아낸 사실이야. 그 바이러스는 노스다코타주 파일에 암호화되어 있어."

맥이 앞으로 몸을 기울이며 물었다.

"복제 바이러스를 마더들에게 어떻게 주입하죠?"

켄드라는 한 손으로 이마를 짚으며 일어섰다.

"특별 프로토콜 명령 때처럼 단순히 바이러스를 퍼뜨리는 방법은 안 돼."

"어째서요?"

"프로토콜 명령을 쓰면 마더들의 코드에 이미 들어가 있는 일련의 지시 사항들을 작동시키게 돼. 바이러스를 집어넣으려면 **새로운** 코드를 업로드해야 하는데, 마더들이 받아들이려 하지 않을 거야." 켄드라는 안경을 벗고 콧날을 손으로 쥐었다. "보안 채널을 통해 업로드를 시도해보자고. 태블릿처럼…… 자료 입력을 받아들이도록 만들었으니까."

"하지만 어떻게…… 아……." 제임스는 프리시디오의 방에 혼자 있던 미샤의 모습을 떠올리며 말했다. "미샤가 그 일을 할 수 있다고 생각하시는 겁니까?"

"지금으로서는 미샤가 유일한 희망이야." 켄드라는 제임스의 손목을 쓰다듬었다. "미샤가 거기 가 있어서 자네 마음이 안 편한 거 알아. 하지만 용감한 어린 군인 미샤가 아니었으면 우린 아이들이 그 정도로 곤란한 상황인 것도 몰랐을 거야."

36장

어두컴컴한 식당 안에서 미샤는 카이를 흘끗 보았다. 카이의 얼굴을 밝혀주는 건 태블릿에서 흘러나오는 빛뿐이었다. 카이는 태블릿의 키를 성급하게 두드려대고 있었다. 미샤는 카이가 식당에 와 있는 걸 보고 놀랐다.

어제 아침, 담장 틈새가 막힌 걸 보고 돌아온 후 미샤는 줄곧 방 안에 틀어박혀, 곤란해진 상황에 관해 윌리엄 삼촌과 상의하고 있었다. 그러다 100번 건물 앞쪽 계단을 축 처진 채 걸어 올라오는 카이의 표정을 보고 주춤했다. 재킷은 물에 흠뻑 젖고 바지는 찢어진 채로 카이는 알 수 없는 말을 중얼거렸다. 결국 카말이 그에게 다가가 어깨에 가만히 손을 얹으며 물었다.

"왜 그래, 카이? 무슨 일 있었어?"

"셀라가……." 카이는 만 쪽을 가리키며 흐느꼈다. "셀라가……."

카이의 뒤에는 로-Z가 길쭉한 두 팔을 아래로 드리운 채 서 있었다. 마치 아들과 슬픔을 나누기라도 하는 것처럼 구부정하게 서 있는 모습이었다. 그리고 알파-C는 옆구리에 소금이 말라붙어 번들거리는 채로 무기력하게 서 있었다. 미샤가 조용히 말했다.

"하지만 알파-C는 저기 있잖아. 어떻게 셀라가 그렇게 될 수가 있어……."

카이는 분노로 이글거리는 눈으로 알파-C를 쏘아보며 고래고래 소리쳤다.

"네가 그랬어! 네가 보트를 뒤집었잖아! 네가 셀라를 죽였어!"

카이를 가만히 안아주고 방으로 데려간 카말은 카이가 괴로움에 뒤척이다 겨우 잠들 때까지 곁을 지켜주었다. 그동안 다른 아이들은 수색팀을 조직해 해변을 샅샅이 찾아봤지만 소용없었다. 미샤는 이곳을 탈출하기로 한 일을 완전히 잊었고 그렇게 시간을 흘려보내면서 윌리엄에게 연락할 때를 놓치고 말았다. 미샤는 이미 알고 있었다. 여기서 일어난 온갖 일을 보고서는 도저히 떠날 수는 없다는 것을.

달라질 건 없었다. 그 후 마더들은 아이들이 건물에서 거의 나가지도 못하게 막았다. 오후가 밤이 되면서 아이들은 식료품 저장실에 얼마 남아 있지 않은 먹을거리를 뒤져서 저녁으로 먹었다. 만든 지 하루 지난 스튜, 따로 챙겨둔 귀한 잣, 어포와 다람쥐 고기 몇 점. 일부 아이들은 소아용 영양보충제까지 찾아 먹었다. 초라한 저녁 식사가 끝나자 숲에 구덩이를 파서 만든 임시 화장실에 무리 지어 다녀왔다. 그리고 아침에 마더와 담판을 짓겠다고 맹세하면서, 지친 몸으로 각자의 방으로 돌아갔다.

다음날 아침이 밝아왔다. 또다시 긴 하루가 흘러갔다. 그런데 카이의 모습이 보이지 않았다. 카이의 방문은 굳게 닫혔고 아무도 그의 방에 들어갈 엄두를 내지 못했다.

조심스럽게 카이의 방을 찾아간 미샤는 카이가 앉아 있는 앞 창문 옆 탁자로 다가갔다.

“뭐가 잘 안 돼?”

미샤가 물었다.

“어?”

카이가 눈을 들었다. 눈은 퉁퉁 붓고 빰은 불그레했다. 카이는 창문 쪽으로 시선을 돌렸다. 창밖 마른 풀밭에 로지가 가만히 서 있었다.

미샤가 말을 걸었다.

“네 태블릿이 고장난 것 같아서.”

카이는 인상을 확 구겼다가 겨우 화를 가라앉히며 대답했다.

“점점 느려지기는 해……. 전에도 느리긴 했지만. 여기로 가져와서 로지 가까이에 두면 괜찮아질 줄 알았는데…… 이제는 아예 작동도 안 해.”

“내가 좀 봐도 돼?”

미샤는 카이 옆에 앉았다. 두 손으로 태블릿을 잡고 귀에 붙인 채 흔들어보았다.

“헐거운 부속은 없는 것 같아. 충전은 돼 있어?”

카이는 두 손을 내려다보며 조용히 대답했다.

“전력 표시기에는 괜찮은 거로 나오는데.”

“음.” 미샤가 기억하기로 클라라와 알바로도 그날 아침 비슷한 불평을 했었다. 알바로는 입력 요청은 등록되는데 응답이 없다고 했다. “다들 같은 문제를 가지고 있는 것 같아.”

미샤한테서 태블릿을 받아 든 카이는 결연히 전원을 꺼버리고 옆으로 밀어놓았다. 화면의 빛이 사라지자 그들 주변에 그림자가 드리워졌다.

“로지가 나한테 아무 말 안 하는 것도 갑갑해 죽겠는데 이거까지 작동을 안 하네.”

미샤는 그를 가만히 바라보았다. 그들은 로지 얘기를, 태블릿 얘기를 하고 있었다. 하지만 그들의 머릿속에는 전날 일어난 일들로 가득 차 있음을 미샤는 알고 있었다. 당장이라도 미샤가 문으로 들어오길 반쯤 기대하면서 미샤는 문 쪽을 바라보며 희망차게 말했다.

“카이, 셀라는 아직 살아 있을 거야. 곧 돌아오겠지. 카말은 셀라가 사막에서도 늘 그랬다고 했어. 나가서 돌아다니다가…….”

카이는 붉어진 눈으로 미샤를 바라보며 주먹을 꽉 쥐었다.

“셀라는 안 돌아와. 물밑으로 가라앉는 걸 내가 봤어. 돌아오지 않을 거야.”

미샤는 온몸에 힘이 빠졌다. 카이처럼 미샤도 마음에 위안이 필요했다.

“그래도 그렇게 믿고 싶진 않아.”

미샤는 나지막하게 말하고는 어색하게 팔을 뻗어 카이의 허리를 두 팔로 안았다. 아무 반응이 없었다. 이곳에 있는 아이들 대부분이 그렇듯이 이 소년도 가슴 아플 정도로 앙상하게 말랐다. 팔다리가 팽팽하게 긴장돼 있었고 등은 방어적으로 구부정했다. 뒤로 물러난 미샤는 그의 이마에 삽입된 통신기를 보았다. 5세대 아이라면 누구나 가지고 있는 특별한 상징이었다. 복잡한 무늬로 된 회로가 꼭 자체적인 생명을 갖고 맥박 치는 듯했다. 카이를 비롯한 아이들을 특별하게 만들어주는 것들 중 하나였다. 하지만 이제 그의 칩은 미샤의 칩처럼 아무 쓸모 없어진 걸까?

카이는 멍하니 창밖을 내다보았다. 그의 시선은 들판에 앉아 있는 알파-C를 향해 있었다. 어젯밤, 모든 마더들이 어둠 속에 모여 100번 건물을 둘러싸고 아무도 뚫을 수 없는 벽을 만들었던 바로 그 자리였다. 카이는 주먹으로 탁자를 내리쳤다. 그의 뺨을 타고 눈물이 흘렀다.

"셀라는 내 절친이었어. 처음으로 만난 사람이었고. 그런 셀라가 나 때문에 죽은 거야!"

미샤는 텅 빈 방을 둘러보며 말했다.

"네 잘못이 아니야. 아무도 그렇게 생각 안 해."

미샤는 종일 아이들이 늘어놓는 이런저런 가설에 귀를 기울였다. 다들 셀라의 일을 어떻게든 받아들이려, 억압적으로 변한 마더를 이해하려 안간힘을 썼다.

잭이 주장했다. "마더들은 우릴 안전하게 지키려는 거야."

클로이가 말했다. "우리가 감지 못하는 뭔가를 포착했겠지. 그래서 신중하게 굴고 있는 거야."

하지만 모두 동의하는 건 아니었다. 다들 허기와 갈증, 걱정에 시달리느라 지쳐 있었다. 다들 답을 알고 싶어했다.

히로가 물었다. "이런 상태로 언제까지 버틸 수 있을까? 우린 음식이 필요해!"

늘 상냥하던 카말의 얼굴에도 의구심이 드리워졌다. 사랑하는 룸메이트를 잃고 상실감에 빠진 가여운 메그는 거의 입을 열지 않았다.

미샤는 카이를 위로할 말을 찾으려 애쓰며 깊게 숨을 들이마셨다. 셀라에게 일어난 일의 원인을 찾자면 미샤의 탓이었다. 한계를 시험해보라고 셀라를 부추긴 게 바로 미샤였으니까. 아니…… 그런 식으로 생각하면 안 되었다.

"카이, 그건 끔찍한 사고였어. 누구의 잘못도 아니야……. 알파는 셀라가 익사할 것 같으니까 구하려고 했을 거야……."

카이가 미샤를 돌아보았다.

"하지만 구하지 않았어! 실패했어. 셀라에겐 알파-C가 없는 편이 나았어!"

미샤는 조용히 앉아 생각에 잠겼다. 전날 알파-C는 담장 아래 구멍에서 셀라를 몹시 거칠게 잡아당겼다. 카이의 말이 옳을지도 모른다. 이 아이들에겐 마더가 없는 편이 **나을 수도** 있었다. 마더들은 자신의 힘이나 한계를 모르는 듯했다. 오후 늦게 알바로가 다른 아이들을 따라 위층 방으로 올라가기 전에 했던 얘기가 떠올랐다. "마더들은 수면 위에서 작동하게끔 프로그램이 안 된 것 같아. 그게 문제였어."

미샤가 보기에는 마더들에게 없는 게 하나 더 있었다. 미샤는 새라와 할머니를 생각했다. 미샤가 함께 살았던 진짜 인간 엄마들이었다. 이 로봇 마더들은 먹을 것과 마실 것 그리고…… 사랑을 필요로 하는 아이들을 제대로 키우게끔 프로그램돼 있지 않은 것일 수도 있었다.

창밖에 도열한 로봇들을 바라보면서 미샤는 카이처럼 분노가 치밀었다. 여기서 생활한 지 얼마 되지 않았지만 미샤는 아이들이 마더들을 우러르며 따르고 있음을 알았다. 하지만 카이가 사랑한 친구이자 미샤의 자매의 죽음을 **누군가는** 책임져야 하지 않나? 눈물이 나오려는 걸 참으려 미샤는 눈을 질끈 감았다.

미샤를 힐끗 돌아본 카이는 표정이 누그러지며 입을 열었다.

"미안. 나도 사고였다고 믿고 싶어. 알파-C는 셀라를 보호하려고 했던 거라고 믿고 싶어. 하지만…… 더는 그럴 수가 없어. **모르겠어**……."

미샤의 재킷 아래 숨겨둔 전화기가 위잉 하고 진동했다. 미샤는 조용히 말했다.

"카이, 잠자러 가기 전에 물 좀 떠와야겠어."

일단 이 방에서 나가야 했다. 뒤를 돌아보니 카이는 다시 창밖을 내다보고 있었다.

비좁은 방으로 돌아간 미샤는 위성 전화기를 귀에 대고 웅크리며 조용히 입을 열었다.

"여보세요? 아빠?"

"어떻게 하고 있어?"

"괜찮아요……."

팽팽하게 긴장했던 목 근육이 풀어지는 느낌이었다. 제임스 아빠의 다정한 손길, 딸에게만 사용하던 아빠의 부드러운 목소리를 거의 잊고 있었다. 미샤는 초록색으로 빛나는 전화기의 작은 화면 속으로 사라져버리고 싶다는 생각을 하며 재킷을 당겨 여몄다.

"아빠, 죄송해요……."

"네가 혼자 그리로 간 바람에 다들 엄청 놀라긴 했지만…… 이미 일어난 일을 어쩌겠니. 무사하니 됐다." 잠시 침묵이 흘렀다. "어쩌면 네가…… 우릴 도울 수 있을 것 같구나."

미샤는 소맷등으로 눈을 닦으며 말했다.

"여기서 아이들을 돕고 있어요. 물도 가져오고 있고요……. 지금 건물 밖으로 나가면 마더들이 아이들을 도로 잡아 오거든요. 건물 밖으로 나갈 수 있는 건 저뿐이에요."

"조심해, 미샤. 마더들이 또 무슨 짓을 할지 우리도 몰라."

"제가 어떻게 도울 수 있는데요?"

"우리한테 계획이 있어." 아빠는 나지막하면서도 확고한 목소리로 말했다. "마더들에게 바이러스를 업로드하도록 아이들을 설득해줘."

"바이러스요? 어떤 작용을 하는 건데요?"

"마더들의 CPU*를 불능 상태로 만들게끔 설계된 바이러스야."

"마더들을 죽이는 거예요?"

미샤의 맥박이 빨라졌다. 바라던 바 아니었나?

"죽이는 게 아니라, 좀 바쁘게 만들어주는 거야."

다시 정적이 흘렀다. 전화기 너머로 발을 끄는 소리가 들리더니 켄드라가 전화기에 대고 말했다.

"미샤, 한 단계씩 차근차근해보자. 프리시디오의 컴퓨터를 통해서 너한테 바이러스 코드를 전송할게. 컴퓨터는 다른 건물에 있어. 지금 네가 있는 건물에서 1.6킬로미터 정도 떨어진 곳에 있는 건물이야. 좌표를 보내줄게. 준비됐니?"

* 컴퓨터의 두뇌에 해당하는 중앙처리 장치.

미샤는 켄드라가 불러주는 좌표에 귀를 기울이면서, 전화기의 작은 화면에 타이핑했다.

"그 건물에 들어가면 우리한테 전화해. 문제 생겨도 전화하고."

"알았어요."

미샤는 전화를 끊었다. 1.6킬로미터. 1.6킬로미터만 가면 되었다.

배낭을 등에 단단히 멘 미샤는 100번 건물 앞 현관에 나가 섰다. 산책로를 따라 모여선 마더들이 달빛을 받아 은은하게 반짝거렸다. 할머니가 자주 얘기했던 대로 저 마더들이 햇살 아래 옆구리를 빛내며 날아간다면 얼마나 아름다울지 상상해보았다. 지금 옆구리에 팔을 접어 붙이고 궁둥이를 바닥에 대고 앉아 있는 저들의 모습은 섬뜩했다. 말없이 미지의 계획을 실현하려는 유령들 같았다. 뒤돌아선 미샤는 다시 건물 안으로 들어가 자그마한 뒷문을 찾았다. 건물 밖으로 나와서는 GPS가 알려주는 대로 서둘러 나아갔다. 오른쪽으로 방향을 돌렸다가 널찍한 포장도로를 따라 서쪽으로 향했다.

갑자기 발밑의 땅이 우르르 떨리는 느낌이 났다. 걸음을 멈추고 귀를 기울였다. 나뭇잎이 버스럭대는 소리, 나뭇가지 전체가 탁탁 소리를 내며 흔들리는 불길한 소리가 뒤에서 들렸다. 미샤는 걷는 속도를 높이다가 급기야 뛰기 시작했다. 심장박동에 맞춰 두 다리가 맥박 치고, 몹시도 차가운 공기를 급히 들이마시느라 폐가 아팠다. 건물 앞쪽 시멘트 계단에 올라선 후에야 뒤쪽 들판을 돌아보았다. 그곳에 로봇 한 대가 서 있었다. 로봇 오른쪽의 키 큰 풀밭이 납작해져 있었다. 건물의 묵직한 금속 틀 문을 통과해 들어간 미샤는 등뒤로 문을 닫았다.

위성 전화기를 꺼내 들고 '통화' 버튼을 누른 뒤 송화구에 대고 속삭였다.

"들어왔어요."

"잘했어." 켄드라가 대답했다. "오른쪽 계단을 올라가서 첫 번째 방으로 들어가."

건물 안은 칠흑같이 어두웠다. 미샤는 눈을 감고 어렸을 때처럼 감각과 울림으로 길을 찾았다. 삐걱거리는 계단을 올라가자마자 재빨리 사무실을 찾아 들어갔다. 사무실 안의 공기는 싸늘하게 정체돼 있었다.

"책상 위에 컴퓨터가 있을 거야. 화면에 손을 대면 켜져."

미샤는 오른쪽 책상 앞에 놓인 의자에 앉아 데스크탑 모니터 화면에 손을 갖다 댔다. 화면이 켜지면서 골든게이트 다리 이미지가 나타났다.

"켰어요."

"내가 지금 'Repli3'이라는 폴더로 바이러스를 전송하고 있어. 보이지?"

화면 오른쪽 아래에 작은 아이콘이 떠 있었다.

"보여요."

"아직 로딩 중이야. 내가 말하기 전에는 그걸 클릭하지 마. 사무실 안 어딘가에 메모리 카드를 쌓아둔 게 보일 거야. 찾을 수 있겠지?"

미샤는 책상 근처 선반을 뒤져 'HaloDisk'라는 라벨이 붙은 직사각형 상자들을 찾아냈다. 상자 안에는 작은 메모리 카드가 하나씩 들어 있었고, 총 50개였다.

"예, 찾았어요. 엄청 많아요."

전화기 너머에서 안도의 한숨이 들렸다.

"그래. 잘 들어. 로봇 한 대에 메모리 카드 하나씩이야. 만약에 대비해서 총 30개를 복사하면 돼……. 됐다. 바이러스 파일 로딩이 완료됐어."

미샤는 컴퓨터 측면의 구멍에 메모리 카드 하나를 삽입하고 바이러스 복사를 기다렸다.

"하나 됐어요."

그렇게 인내심을 갖고 29개 메모리 카드에 바이러스를 마저 복사한 뒤 배낭에 차례로 집어넣었다.

"다 됐어요. 30개."

"잘했어! 방으로 돌아가면 다시 연락해. 알았지? 그다음에 어떻게 할지 말해줄게."

미샤는 배낭을 어깨에 메고 계단을 내려갔다. 좁은 로비에 서서 마음을 굳게 먹고는 건물 바깥으로 발을 내디뎠다. 그곳에 보초를 서고 있는 로봇이 한 대 있었다. 안개가 응축되어 맺힌 물방울이 측면을 따라 흘러내렸다. 미샤는 그 로봇의 표시를 보고 숨을 죽였다. 알파-C였다.

두려움이 온몸을 휘감았다. 그러다 어째서인지 다른 감정이 그 자리를 대신했다. 묘하게 따뜻한 느낌, 그리고 확신이었다……. 그 순간, 속삭이는 목소리를 들은 것 같기도 했다.

미샤는 주변을 둘러보며 중얼거렸다.

"뭐지……? 누구야?"

갑자기 그 목소리가 사라졌다. 미샤는 몸을 움츠렸다. 귓속에서 고동치는 건 자신의 맥박 소리뿐이었다. 배낭끈을 두 손으로 꼭 쥐고 서둘러 들판을 걸어갔다. 알파-C가 그 뒤를 소리 없이 따라왔다.

37장

재킷 주머니에서 나침반을 꺼내 들며 카이는 처음 이 나침반을 받았던 날의 기억을 애써 억눌렀다. 튼튼한 플라스틱 문자반을 손가락으로 문질렀다. 그날 셀라는 이렇게 말했다. '엄청 멋진 물건이지. 어디로 가야 할지 알려주는 거야.'

"넌 왜 그렇게 멍청하게 굴었니?"

카이는 혼잣말했다. 더 이상 화가 남아 있지 않을 줄 알았는데 속에는 여전히 분노가 차 있었다. 그렇게 멀리까지 노를 저어 간 셀라에게, 셀라를 말리지 못한 자신에게, 아이들을 믿지 못하고 멋대로 보트를 뒤집어버린 마더에게, 그리고 더 이상 그에게 말을 하지 않는 로지에게 화가 났다. 나침반을 바닥에 던져버렸다. 어디로 가야 할지 전혀 알 수 없었다.

태블릿을 집어 들고 계단을 내려갔다. 건물 안에 있던 음식이 다 떨어졌다. 상관없었다. 셀라가 사라진 후 카이는 식욕을 잃었다. 잭이 먹을 것을 찾아올 팀을 꾸려보자고 했을 때 미샤는 뭔가 다른 생각을 하는 표정이었다. 그날 아침 일찍, 카말은 다들 각자 태블릿을 들고 식당에 모이기로 했다고 카이에게 알려주었다.

식당으로 들어가자 구석 자리에 앉아 있는 미샤가 보였다. 평소 깔끔하게 땋았던 머리는 느슨하게 어깨로 흘러내려 있었다. 손의 움직임을 보니 모두의 앞에서 할 연설을 속으로 연습하고 있는 듯했다. 카이가 근처의 카말과 메그 옆에 앉자 미샤의 눈이 잠시 빛났다.

카이가 카말에게 조용히 물었다.

"무슨 일 때문에 모인 건지 알아?"

"모르겠어. 미샤가 우리 태블릿을 다시 연결할 방법을 찾은 거 아닐까?"

카말은 힘없이 미소 지었다. 참고 우정을 유지해준 카말이 새삼 고마웠다.

그들 뒤로 잭과 클로이가 요란스럽게 들어와 알바로와 클라라 옆에 나란히 앉았다. 마침내 식당 안이 조용해지자 문간 쪽에서 히로가 말했다.

"다 모였어."

미샤가 헛기침을 하며 입을 열었다.

"내 생각엔……."

미샤의 눈이 다시 한번 카이를 찾았다. 카이는 미샤가 뭘 어쩌려는 건지 알 수 없어서 다음 말을 기다리며 조용히 고개를 끄덕였다.

"내 생각엔 우리 모두……." 미샤는 창밖에 서 있는 로봇들을 손으로 가리켰다. "이런 걸 끝내고 싶어하는 것 같아."

잭이 손을 번쩍 들고 물었다. "무슨 뜻인지 모르겠어. 우리가 정확히 뭘 끝내고 싶어한다는 거야?"

히로도 물었다. "음식을 확보할 방법을 알아냈니?"

클라라도 손을 들고 질문했다. "태블릿을 고칠 방법을 찾아냈어?"

미샤는 떨리는 손을 옆구리에 단단히 붙이고 아이들을 쭉 둘러보았다.

"아니. 태블릿은 멀쩡한 것 같아. 너희 마더들의 데이터베이스도 아마 대부분 멀쩡할 거야. 문제는 태블릿으로 검색해도 결과를 받아볼 수 없는 거잖아. 마더들이 너희에게 더 이상 말을 하지 않는 것처럼 통신이 두절이 된 거지." 몇몇 아이들이 맞장구를 쳤다. "아마 마더들에게 문제가 있어서 그럴 거야. 나아질 것 같지는 않아."

클라라가 탄식하며 물었다.

"어떻게 해야 하지?"

미샤는 기어들어가는 목소리로 답했다.

"지금부터 하려는 얘기가 그거야. 계획을 세웠는데…… 모두가 동의해야 최상의 결과를 낼 수가 있어."

"무슨 계획인데?"

잭이 초조한 얼굴로 물었다. 카이는 잭이 앞으로 몸을 기울인 걸 느낄 수 있었다.

"내 생각엔……" 미샤는 왼손으로 빈 의자의 등받이 위쪽을 짚으며 숨을 깊게 들이마셨다. "우리가 마더들을 재워야 할 것 같아."

"재워?" 클로이가 저도 모르게 악을 썼다. "왜?"

카이 옆에서 카말이 나섰다.

"굳이 그럴 필요는 없을 수도 있어. 내 마더는 이미 잠든 것 같거든.” 카말은 기다란 검지로 제 옆통수를 톡톡 치며 덧붙였다. “몸은 저 밖에 있는데 사라졌어. 마더를 찾을 수가 없어.”

카이는 창문 너머로 로지를 바라보았다. 날개를 접은 방식이 남달라서 로지를 바로 알아볼 수 있었다. 로지는 당장이라도 날아오르려는 듯 몸통에서 약간 거리를 띄운 채로 날개를 접었다. 몸통에는 선명한 노란색 나비 무늬가 그려져 있었다. 하지만 지금 로지는 다른 로봇들 중 하나일 뿐이었다. 아이들을 압박해오는…… 시커멓고 불길하고 아무 말도 하지 않는 존재들.

카이가 말했다.

“마더들은 깨어 있어, 카말. 그냥 우리한테 말을 안 하고 있을 뿐이야.”

뒤에서 잭이 벌떡 일어서면서 의자가 우당탕 뒤로 넘어갔다. 잭이 목청 높여 말했다.

“지금은 마더들을 재울 때가 아니야! 말했잖아. 마더들은 공격에 대비하고 있다니까!”

카이는 고개를 돌려 잭을 바라보며 물었다.

“공격? 누가 공격하는데? 다람쥐들?”

초조한 가운데 잠시 웃음이 터져 나와 방 안에 팽팽하게 감돌던 긴장감이 다소 풀어졌다.

클로이는 일어서서 잭의 팔을 잡고는 카이를 노려보며 물었다.

“그러는 넌 우리 마더들한테 무슨 일이 일어나고 있다고 생각하는데?”

“마더들이 침묵하고 있을 뿐이라고 생각하는 이유를 묻는 거야?”

카이의 반문에 잭이 나섰다.

"아니. 클로이 얘기는, 아무 위협이 없다면 마더들이 왜 우리를 건물 밖으로도 못 나가게 막고 있냐는 거야."

카이는 자기 뜻에 동조하는 아이를 찾으려고 좌중을 둘러보았다. 그러나 모두들 그의 대답을 기다리며 쳐다볼 뿐이었다. 카이가 대답했다.

"모르겠어. 그런데 한 가지 생각은 계속 들어. 지금 우린 마더들에게 이유를 물을 수가 없어. 물어봤자 대답도 안 하니까."

아이들은 고개를 절레절레 흔들며 웅성거렸다.

클라라가 말했다.

"마더들은 우리가 프리시디오에 도착하자마자 저렇게 됐어……."

"미샤가 오고부터 더 안 좋아졌지." 클로이가 까만 눈으로 미샤를 노려보며 덧붙였다. "이유가 뭔지 참 궁금하네?"

카이가 일어서서 클로이에게 따졌다.

"그게 무슨 뜻이야? 미샤는 우리가 여기 도착하고 며칠 후에 왔어! 마더가 미샤를 버리고 떠나서 왔잖아."

그러자 클라라가 말했다.

"그래, 어쩌면 이 문제의 원인은 미샤가 아닐지도 몰라. 그런데 미샤의 마더가 떠났다고 했잖아. 우리가 알기로 마더들은 우릴 버리고 떠나지 않거든. 그런데 **미샤가** 어떻게 마더 문제를 해결할 방법을 우리한테 알려줄 수가 있겠어?"

클로이는 창문 쪽으로 걸어가 자기 마더를 내다보며 말했다.

"나도 잭 생각에 동의해. 마더들은 전투에 대비하고 있는 것 같아.

앞으로 어떻게 되는지 마더가 나한테 말이라도 해주면 좋겠어. 싸워야 할 적이 있다면, 나도 마더를 도와서 싸우고 싶어." 클로이는 아이들을 돌아보며 덧붙였다. "카파는 나를 위해 뭐든 다 해줬어. 나도 마더를 위해 뭐라도 하고 싶어. 마더를 잠들게 하는 건 빼고!"

아이들은 요란하게 웅성거렸고, 몇몇은 훌쩍이며 울기도 했다. 하지만 소리 높여 의견을 말하는 아이는 없었다. 카이는 미샤를 돌아보며 말했다.

"만약 우리가 마더들을 잠들게 하고 싶다고 하면, 어떤 방법으로 할 건데?"

바닥을 내려다보던 미샤는 힘겹게 숨을 삼키고 고개를 들어 카이를 바라보며 조용히 대답했다.

"바이러스로……."

잭이 주먹을 쥐고 앞으로 한 걸음 나서며 말했다.

"바이러스? 감기 바이러스 같은 거?"

미샤가 움찔하며 물러서자 카이가 돌아서서 잭을 마주보았다. 잭의 피부에서 열기가 솟아 나오는 것이 느껴졌다.

알바로는 의자에 앉은 채로 목소리를 높여 말했다.

"미샤가 말하는 건 컴퓨터 바이러스일 거야. 마더들의 사고 흐름을 훼방놓을 수 있는 코드 같은 거."

"그래." 미샤는 자그마한 몸집의 소년 알바로를 바라보며 대답했다. "컴퓨터 바이러스 맞아. 태블릿으로 마더들에게 바이러스를 업로드할 수 있어. 마더들은 죽지 않아. 잠이 들 뿐이지. 일단 마더들을 잠들게 하고 다음은 어떻게 할지 생각해보면 돼. 마음이 바뀌면, 마더들이 진짜로 어떤 위험 인자로부터 우리를 보호하고 있다는 생각이 들면, 바이러스를 없애면 되는 거야. 영구적인 손상을 입힐 일도 없어."

"그 바이러스는 어디서 찾았어?"

잭의 물음에 미샤는 얼굴을 살짝 붉히며 대답했다.

"내가 만들었어."

"그럴 줄 알았어!" 잭이 아이들을 돌아보며 소리쳤다. "자기 마더도 그런 식으로 죽였겠지!"

여기저기서 고성이 터져 나왔다. 카이는 바로 옆에 선 미샤의 눈에서 눈물이 흐르는 걸 보았다. 미샤가 외쳤다.

"아니! 마더가 날 떠났어! 말했잖아, 마더가 날 버리고 떠났다니까!"

문 쪽으로 달려간 미샤는 문 옆에 멍한 얼굴로 서 있는 히로를 밀치고 식료품 저장실로 들어갔다.

카이는 잭을 돌아보며 소리쳤다.

"네가 한 짓을 봐! 우리끼리 뭉쳐야 하는데, 너 때문에 분열되고 있잖아!" 카이는 겁먹은 아이들의 얼굴을 돌아보았다. 동조해줄 사람을 찾았지만 아무도 없었다. "미샤는 우릴 도와주려는 거야. 굳이 그럴 필요도 없는데 말이지. 미샤는 우리처럼 여기 묶여 있지도 않아. 언제든 여길 떠나도 되는 애야."

클로이가 팔짱을 끼며 물었다.

"그럼 왜 안 떠났대? 왜 우릴 버려두고 떠나지 않았는데?"

"뭐? 그건……."

카이는 적당한 표현을 찾으려 애썼다. 문득 목구멍 안쪽에서 분노가 치솟아 숨이 막힐 지경이었다. 어쩌다 이렇게 된 걸까?

하지만 이제 그런 건 중요하지 않았다. 식당 안이 점점 어두워졌다. 놀란 아이들이 덜컥거리는 창문 쪽으로 시선을 돌렸다. 트레드 굴러오는 소리가 요란했고 벽이 웅웅 울렸다. 공기마저 흔들리면서 바깥 들판의 마른풀들이 흩어지고, 클라라가 정성 들여 가꾼 정원이 엉망이 됐다. 마더들이 깨어난 것이다.

카이는 모여 선 아이들 사이를 지나 문밖으로 달려나갔다. 주방을 지나 계단을 올라가 곧장 미샤의 방으로 향했다. 방문이 약간 열려 있었다. 어둠 속에서 눈물에 젖은 미샤의 얼굴이 보였다. 카이가 말했다.

"내가 할게. 방법을 알려줘."

38장

미샤는 카이를 데리고 100번 건물 뒷문을 나섰다. 그들은 셀라의 전기 오토바이를 묶어놓은 태양 전기 저장 벽 쪽으로 향했다. 미샤는 전기 플러그를 당겨 뽑으며 말했다.

"타."

카이가 뒷자리에 올라앉자마자 미샤는 오토바이에 시동을 걸었다. 지금 카이가 등에 멘 배낭에는 미샤가 쑤셔넣은 카이의 태블릿이 들어 있었다. 그들 뒤, 그리고 머리 위에서 흥분한 마더 스물두 대의 요란한 소리가 들려왔다. 미샤와 카이가 100번 건물에서 멀어지자 마더 두 대가 공중에서 그들 뒤를 따라왔다. 카이는 그중 한 대가 로지임을 알 수 있었다.

두 아이는 구불구불한 길을 따라 나아갔다. 하나뿐인 태양광 헤드라이트가 짙게 깔린 아침 안개를 갈랐다. 미샤가 방향을 돌리자 카이는 미샤를 붙잡은 팔에 힘을 주었다. 풀어놓은 미샤의 머리카락이 카이의 얼굴을 후려쳤다. 예전에 다른 장소, 다른 때에 이렇게 머리카락에 얼굴을 맞았던 기억이 떠올랐다. 그게 겨우 몇 달 전 아니었나?

"어디 가는 거야?"

카이의 물음에 미샤가 고개를 돌렸다. 미샤의 입이 움직이는 건 보이는데 카이의 귀에 들어온 건 '컴퓨터'라는 단어뿐이었다.

마침내 그들은 커다란 모래색 건물 앞에서 멈췄다. 카이는 미샤를 따라 건물 앞문을 지나 계단을 올라갔다. 미샤는 어느 작은 방으로 달려가더니 책상 앞으로 향했다. 그 책상 위에는 태블릿 화면을 크게 확대해놓은 것 같은 장치가 놓여 있었다. 미샤는 책상 앞 의자에 털썩 앉아 떨리는 손으로 배낭을 뒤져 작고 길쭉한 물건을 꺼냈다. 카이는 100번 건물 주방에서 그렇게 생긴 물건을 본 적이 있었다. 알바로는 그게 지금은 아무 쓸모 없는 옛날 전화기라고 했었다.

미샤는 그 물건의 초록색 버튼을 누르고 말했다.

"아빠, 들리세요?"

카이는 가까이 다가갔다. '아빠라고?'

전화기에서 목소리가 들렸다.

"켄드라 아줌마야. 어떻게 됐어?"

"바이러스를 주입하겠다고 동의한 애가 카이뿐이에요. 다른 애들은 다들 겁에 질려서 어쩔 줄 몰라 해요. 제가 뭘 어떻게 해야 하죠?"

전화기에서 흘러나온 빛을 받은 미샤의 얼굴은 창백했고 호흡이 짧았다. 잠시 침묵이 흐르는 동안 미샤는 책상다리를 무릎으로 초조하게 탁탁 쳤다. 카이는 미샤의 어깨에 가만히 손을 얹으며 물었다.

"미샤, 지금 누구랑—"

그런데 아까 그 목소리가 다시 들렸다.

"선택지는 하나야. 거기에서 빠져나오려면 이 방법대로 해. 바이러스를 설치하더라도 로봇은 여전히 비행할 수 있어."

"비행이요? 어디로 가요?"

잠시 또 침묵이 흐르다가 그 목소리가 대답했다.

"로스앨러모스로 와. 다른 바이러스를 보낼게. 귀소 코드가 들어 있는 바이러스야. 카이도 같이 데려오면 좋겠어."

지지직 소리가 들리더니 전화기에서 남자의 목소리가 들렸다.

"미샤, 우린 널 거기서 꼭 빠져나오게 해주겠다고 약속했어. 카이도 여기로 데려오면…… 카이의 도움을 받아서 우리가 다른 아이들도 설득할 수 있을 거야."

셀라의 양동이에 담겨 있던 작은 미끼용 물고기처럼, 카이의 머릿속에서 생각들이 헤엄쳐 돌아다녔다. 생각들이 너무 미끄러워서 어느 것 하나 붙잡을 수가 없었다. 미샤는 대체 누구랑 얘길 하는 거지? 카이가 다시 물었다.

"미샤, 너 지금 누구랑 얘기하는—"

미샤는 조용히 하라며 손을 휘저었다. 미샤가 손가락 끝으로 스윽 쓸자 책상 위의 화면이 켜졌다. 왼쪽 창문 너머로 지상에 착륙하는 로지가 보였다. 알파-C도 로지 옆에 나란히 착륙했다. 화면 아래쪽에 갑자기 작은 아이콘이 하나 떴다. 작은 기기 너머에서 목소리가 말했다.

"보여?"

미샤가 대답했다.

"보여요."

"새 메모리 카드에 그걸 복사해."

"알았어요."

미샤는 한쪽 벽의 선반에 놓인 상자에서 작은 직사각형 카드를 꺼냈다. 그 카드를 화면 아래 상자의 측면에 있는 단자에 꽂아 넣자 그 옆에 노란색 불이 켜졌다. 몇 초 후 그 불은 초록색으로 바뀌었다.

"됐어요."

"켄드라가 지침을 보내줄 거야. 화면에 뜰 거다. 그대로 따라 해. 한 단계도 **건너뛰지 마.**"

"알았어요……." 미샤는 화면에 뜬 글을 눈으로 읽으며 조용히 입을 움직였다. "이제 카이한테 설명해줘야 해요." 드디어 미샤가 카이를 돌아보았다. "미안, 카이. 네가 이걸 정말 할 생각이 있으면 우린 빨리 움직여야 해."

카이는 미샤를 쳐다보며 물었다.

"뭘 해? 너 대체 누구랑 얘기하는 거야?"

미샤는 두 번째 카드를 상자에 꽂았다. 카이는 작고 노란 불이 다시 초록불로 바뀌는 것을 보았다.

"출발하고 나서 설명해줄게. 일단 날 믿어."

퀴퀴한 냄새가 풍기는 선반, 오래된 동영상 속 배경에서 봤던 고색창연한 가구들이 있는 이 작은 방이 확 가까이 다가와 숨통을 조이는 듯했다. 카이는 뇌가 제대로 작동하지 않는 기분이었다. 이대로는 미샤가 원하는 대답을 해줄 수가 없었다.

"아니, 그렇게 못하겠어. 내 질문에 대답부터 해."

미샤는 의자에서 일어서서 방 안을 서성이더니 불쑥 털어놓았다. 로스앨러모스라는 곳에서 살고 있는 제임스라는 이름의 아버지. 제임스가 루디라는 이름의 또 다른 남자와 함께 세계적인 전염병 이후에도 살아남을 수 있는 아이들을 유전공학적으로 만든 일. 바이오봇 즉, 마더들을 만들고 프로그래밍한 맥과 켄드라. 그리고 사막에 살면서 농사를 짓고 양을 치는 호피족. 그들이 미샤의 가족이라고 했다. 그들은 카이의 가족이 될 수도 있었다.

카이는 두 손을 뒤로 뻗어 문을 찾으며 미샤한테서 뒷걸음질쳤다.

미샤가 애원했다.

"제발. 우린……." 미샤는 말을 하다 말고 창밖을 내다보았다. "로지가 저기 있으니까 타고 가면 돼. 하지만 알파가…… 문제야."

카이는 오른손으로 문손잡이를 꽉 잡았다. 울타리 너머의 사람들이…… 마더들을 제어하려 하고 있었다. 카이는 정신을 바짝 차리고 당장 문밖으로 달려 나갈 준비를 했다.

"미샤……. 잭 말이 맞았던 거야? 네가 우리의 적이니?"

미샤는 카이의 눈을 똑바로 바라보며 그의 팔을 잡았다.

"아니야, 카이. 난 친구야. 난 너희랑 같아. 나도 예전에는 로봇 마더가 있었어. 내 마더는 사막에 추락했지만 나를 낳았어. 그리고 사람들이 나를 발견했고 목숨을 구해줬어. 그 사람들이 이제 너희를 도와줄 거야. 그들은 너희 목숨을 구하려고—"

"어떻게 난 그 사람들을 한 번도 못 봤지?"

"네 마더가 그 사람들이 가까이 오지 못하게 했어. 마더는 너를 보호하도록 프로그램되어 있거든. 울타리 너머에는 다른 사람들이 **살고 있어**. 너희는 혼자가 아니야."

미샤는 그의 눈을 계속 바라보며 팔을 놓아주었다.

카이는 창밖을 내다보았다. 밤에 괴상한 레이저 불빛을 봤다는 셀라의 얘기가 기억났다. 길가에 놓여 있던 물통들. 프리시디오에 준비돼 있던 식료품들. 미샤의 말이 사실일까? 누군가 그동안 그를 지켜보면서 도와주려고 했던 걸까?

미샤는 카이의 시선을 따라 하늘을 바라보았다.

"알파-C가 따라온 것도 골치 아픈데, 다른 마더들도 곧 여기로 더 올 것 같아. 마더들은 너희와 더 이상 말하지 않지만 자기네끼리는 얘기하는 것 같아."

카이는 건물 정문 근처에 서 있는 로지를 바라보았다. 알파는 마치 자기네끼리 비밀 얘기라도 하는 듯 로지 쪽으로 몸을 기울였다. 셀라와 함께 보트를 타고 만을 가로질렀을 때, 마더 셋이 해변에 모여 있는 걸 본 기억이 났다…….

미샤가 배낭에서 카이의 태블릿을 꺼내며 말했다.

"카이, 우리가 이걸 하려면……."

카이는 눈을 질끈 감았다. 셀라라면 어떻게 했을까? 당연히 셀라는 미샤를 믿었을 것이다. 하지만 대담한 시도를 한 셀라는 지금 어떻게 됐지? 지금까지 카이를 늘 보호해줬던 건 로지였다. 로지는 언제나 옳았다…….

다시 눈을 뜬 카이는 미샤의 눈을 똑바로 바라보았다. 셀라가 옳았다. 두려움에 굴복하면 아무데도 가지 못한다. 게다가 어디로 가든 카이는 이제 혼자가 아니었다. 미샤와 함께였다. 예전과 똑같지는 않지만…… 예전에 사랑했던 마더 그대로는 아니지만…… 로지도 그의 곁에 있었다.

39장

카이는 두 손바닥으로 태블릿을 꽉 잡았다. 측면의 구멍에는 치명적인 바이러스가 담긴 메모리 카드가 끼워져 있었다. 바로 앞에 있는 로지를 보고 있자니 기대감과 두려움이 동시에 밀려들었다. 알파는 언제나처럼 새 같은 자세로 기체를 살짝 기울이고는 몇 미터 떨어진 곳에 서 있었다.

미샤는 카이의 어깨를 잡고 그의 눈을 들여다보며 말했다.

"이 바이러스는 반복해서 모핑되도록 설계됐어. 일단 작동을 시작하면 매번 조금씩 다른 코드로 재설치할 거야. 간섭이 없도록 최대한 로지 가까이에 서 있어. 로지가 단계마다 저항할 수도 있지만 우린 바이러스가 계속 설치되도록 해야 해."

"바이러스를 주입하면 로지의 몸 안에 탑승하는 것도 어려울 텐데, 어떻게 로지를 타고 로스앨러모스까지 날아가?"

카이가 물었다.

"귀소 프로그램이 작동해야 로지가 이륙할 거야. 넌 로지의 콘솔에 태블릿을 연결시켜. 로지의 비행 컴퓨터에 직접 연결하는 거야. 그리고 로지의 콘솔 키보드로 '출발'이라고 입력하면 돼." 미샤의 손가락이 카이의 팔을 꽉 눌렀다. "알겠어?"

"응……."

"바이러스 전송을 시작하려면 이 키를 누르면 돼."

카이는 태블릿을 방패처럼 가슴에 부여잡고 천천히 계단을 내려갔다. 시선을 로지에게 고정한 채 키 큰 풀밭을 이리저리 헤치며 나아갔다. 가까이 다가가자 꿈쩍도 안 하는 로지의 모습이 점점 커지면서 무섭게 느껴졌다. 뒤에서는 미샤가 풀잎을 거의 건드리지도 않고 조용히 따라오고 있었다. 어쩌면 생각보다 일이 쉽게 풀릴 수도 있겠다는 생각이 드는 순간…….

로지가 움직였다.

처음엔 착각인 줄 알았다. 그런데 로지는 커다란 다리를 쭉 펴면서 몸을 완전히 일으키더니 제자리에서 몸을 빙 돌리며 주변을 둘러보았다. 카이는 풀잎 사이로 엎드리며 몸을 숨겼다. 심장이 쿵쾅쿵쾅 뛰었다. 그 상태로 조심스럽게 발을 떼며 로지에게 다가갔다. 6미터, 5미터…… 로지가 카이를 향해 몸을 낮췄다. 카이는 익숙한 투명 해치 너머 텅 빈 고치를 들여다보았다. 로지의 강력한 팔이 주변의 풀잎을 헤치며 앞으로 쭉 뻗어왔다. 카이는 그 팔에 닿기 직전에 옆으로 몸을 피했다. 울퉁불퉁한 바닥에 발을 딛고 서서 태블릿을 로지 쪽으로 뻗은 뒤 키를 눌러 전송을 시작했다.

로지는 트레드 위로 운반대를 어색하게 내민 채 그 자리에 앉았다. 로지의 팔이 부러진 나뭇가지처럼 옆으로 내려왔다. 미샤가 바로 뒤로 다가왔다. 카이는 로지의 트레드를 밟고 올라가 고치의 걸쇠를 당겼다. 문이 활짝 열린 순간 카이는 심장이 철렁했지만 미샤와 함께 안으로 들어갔다.

며칠 전까지만 해도 여기가 그의 집이었다. 지금은 표면에 온통 이슬이 맺혀 차갑고 축축했다. 카이는 해치 문을 닫아걸었고 미샤는 뒤쪽 짐칸으로 들어가 웅크리고 앉았다. 좌석에 앉은 카이는 태블릿을 무릎 위에 올려놓고 안전벨트를 당겨 고정했다. 안전벨트 고리가 기분 좋게 딱 소리를 내며 걸렸다.

카이가 조용히 물었다.

"넌 어떻게 할 거야? 거긴 안전벨트가 없는데……."

"좌석을 붙잡으면 돼. 태블릿 연결해!"

태블릿 가장자리를 잡고 들어올린 순간 카이는 숨이 막혔다. 메모리 카드가 꽂혀 있지 않았다. 미샤가 했던 경고가 귓가에 울렸다. **우린 바이러스가 계속 설치되도록 해야 해.** 그런데 메모리 카드가 어디 있지? 손을 아래로 뻗어 손가락으로 고치 바닥을 미친듯이 쓸어보았다. 시간이 얼마나 남아 있을까?

"왜 그래?"

미샤의 겁먹은 목소리가 바로 옆에서 들렸다.

"메모리 카드가 없어……."

하지만 이미 늦었다. 로지가 다리를 펴면서 고치가 위로 올라갔다.

로지가 그의 머릿속으로 흘러들어오면서 속이 확 울렁거렸다. 그의 머릿속 생각들이 돌풍 앞의 마른 낙엽처럼 흩어졌다. "카이…… 무서워하고 있구나. 내가 널 안전하게 지켜줄게……." 속삭임처럼 희미한 목소리였다. 그저 기억의 단편이었을까? 아니면 마더가 그에게 말을 한 건가?

애써 해야 할 일을 기억해낸 카이는 좌석의 옆 부분, 콘솔 아래를 손으로 문지르며 메모리 카드를 찾으려 애썼다. 하지만 찾을 수가 없었다. 고치의 벽이 빙글빙글 돌아가고 그의 머릿속도 빙글빙글 돌았다. 로지의 몸이 위태롭게 옆으로 확 기울어진 순간 그의 손에서 떨어진 태블릿이 덜그럭 소리를 내며 고치 바닥에 떨어졌다.

누군가 보였다. 미샤가…… 좌석 주변을 손으로 휘젓고 있었다.

"나한테…… 여분이…… 있어."

미샤의 목소리가 들리더니, 미샤의 손에 들린 작고 납작한 물건이 보였다. 하지만 카이는 이미 멍해진 상태였다. 머릿속이 뒤죽박죽이었다. 여기가 어디지? 왜 여기 있는 거지? 미샤가 다가와 그를 옆으로 밀어냈다. 미샤가 바닥에 떨어진 태블릿을 집어 들더니 측면의 구멍에 여분의 메모리 카드를 넣었다.

로지는 뼈가 울릴 정도로 요란하게 쿵 소리를 내며 바닥에 주저앉았다. 카이의 머릿속에서 울리던 마더의 목소리가 사라지고, 가슴 아린 공허만 남았다. 발밑의 땅이 흔들리고 진동이 느껴졌다.

"뭐지……?"

해치 창문 너머로 바로 옆으로 다가온 알파-C의 모습이 보였다. 두 팔을 들어 올린 알파-C의 측면이 반짝거렸다.

손가락으로 태블릿 오른쪽을 쓰다듬어 메모리 카드가 잘 꽂혀 있는 걸 확인한 미샤는 태블릿을 콘솔에 내려놓으며 카이에게 말했다.

"출발. '출발'이라고 타이핑해!"

카이는 앞으로 몸을 기울였다. 콘솔 키보드로 손가락을 내리고 타이핑했다.

즉시 로지의 원자로가 작동했다. 고치가 뒤로 기울어지면서 로지의 팔이 안으로 들어가고 날개가 펼쳐졌다. 그리고…… 해치가 확 열리더니 강력한 두 팔이 안으로 들어와 미샤의 허리를 단단히 붙잡았다.

"카이!"

미샤가 두 팔을 허우적대면서 해치 가장자리 너머로 끌려 나갔다.

"미샤!"

로지의 엔진이 우웅 소리를 냈다. 팬이 돌아가면서 주변의 풀잎과 흙이 마구 휘몰아쳤다. 잠시 후 그들은 하늘로 날아올랐다. 해치 문이 경첩에서 거의 떨어져 나갈 뻔했다.

미샤가 사라졌다. 갑작스레 불어닥친 바람 때문에 해치 문이 쾅 닫혔다. 좌석에 웅크리고 앉은 카이의 귀에는 로지의 덕트 팬이 돌아가는 소리, 바이러스가 유발한 수백 개의 계산을 하느라 처리장치가 빠르게 돌아가면서 내는 나지막한 웅웅 딸깍딸깍 소리가 들려올 뿐이었다. 고도를 높인 로지는 카이가 한 번도 본 적 없는 도시를 가로질러 날아갔다.

40장

제임스는 책상 앞에서 졸다가 움찔하며 눈을 떴다. 머릿속이 부연 안개에 휩싸인 기분이었다. 컴퓨터 화면의 시계를 확인했다. 16:12:01. 휘청거리며 일어나 생물학 실험실로 비틀비틀 걸어갔다. 창문 너머로 성난 자줏빛으로 물든 하늘이 보였다. 폭풍우가 몰려올 듯했다. 가쁜 숨을 몰아쉬며 홀을 가로질러 급히 맥의 사무실로 향했다.

환한 컴퓨터 화면을 배경으로 맥의 들쭉날쭉하게 깎은 턱수염 윤곽이 보였다.

“뭐 보여?”

“죄송합니다, 제임스 박사님. 박사님을 깨우고 싶지 않았습니다. 아직 딱히 보이는 건 없습니다.”

“미샤와 마지막으로 연락했을 때가 PDT로 오전 7시쯤이었어……. 시간이 많이 지났잖아…….”

등뒤로, 루디가 로봇공학실에서 비틀거리며 걸어나왔다. 루디는 마지막 치료 후 동료들이 폴라카에서 가져온 휠체어를 사용하지 않고 있었다. 루디가 패배를 거부했음을 보여주는 표식인 휠체어는 여전히 로비에 놓여 있었다. 루디는 창백한 얼굴로 손수건에 기침을 뱉어내고는 켄드라 옆에 털썩 앉았다. 켄드라는 구석 자리에 앉아 다 식은 커피를 마시고 있었다.

갑자기 맥이 레이더의 제어판을 손으로 누르더니 깜박이는 작고 빨간 불빛을 가리켰다.

"여러분, 방금 나타났습니다. 그게 우리 쪽으로 오고 있습니다."

문밖으로 달려간 제임스는 홀을 가로질러, 로비에 있는 커다란 창문 앞으로 가 섰다. 켄드라가 루디를 데리고 복도로 나왔을 때 제임스는 이미 방호복을 갖춰 입고 여과 마스크까지 착용한 상태였다.

"안전할까요?" 루디는 안내 데스크에 몸을 기대며 숨을 몰아쉬었다. "로봇이 착륙할 때까지는 건물 안에 있어야 합니다. 로봇이 얌전하게 있을지 알 수 없어요."

켄드라가 말했다.

"루디 말이 맞아. 건물 안에 있는 게 더 안전해."

제임스는 이제 그것을 볼 수 있었다. 시커먼 구처럼 보이는 그것이 구내를 가로지르며 소나무 위 높은 곳에 떠 있었다. 그것이 고도를 낮추자 점차 형체가 드러났다. 활짝 편 날개, 배, 트레드, 기체에 바짝 붙인 팔. 구내에서 먼지가 소용돌이치며 일었다. 두꺼운 유리로 된 창문 너머로 그것의 팬을 통해 공기가 흘러나오는 위이잉 소리를 들을 수 있었다.

로봇이 지상에 착륙한 순간 잠시 땅이 흔들렸다. 이윽고 로봇이 제임스의 눈앞에 보였다. 드론 영상으로 보는 것 말고 실제로 세상을 돌아다니는 걸 보는 건 처음이었다. 움푹움푹 들어가고 먼지로 얼룩진 해치 창문에 시커먼 구름이 낀 하늘이 반사되어 보였다. 해치 양옆에는 강력한 로봇 팔이 붙어 있었다. 새라가 디자인한 그 팔은 강력한 보호막 안에 주먹 쥔 형태로 부드러운 손가락이 있었다. 그는 잠시 숨이 잘 쉬어지지 않았다.

"해치 문이 열리고 있어."

옆에서 입을 반쯤 벌린 채 보고 있던 켄드라가 말했다.

검은 옷을 입은 가느다란 다리가 하나, 둘 해치 문 너머로 나왔다. 그리고 앙상한 몸통도. **미샤인가?** 에어록으로 달려간 제임스는 안쪽 문이 채 닫히기도 전에 바깥 문을 넘어갔다. 건물 밖으로 나간 그는 그 자리에 우뚝 서버렸다.

미샤가 아니었다. 어깨에 닿을 듯한 헝클어진 적갈색 고수머리에 너덜너덜한 재킷을 입은 깡마른 소년이 로봇의 트레드를 조심스럽게 밟으며 내려오고 있었다. 카이일 것이다. 소년은 놀라움과 두려움이 섞인 표정으로 그를 바라보았다.

"안녕."

제임스가 말을 걸었다. 여과 마스크를 끼고 있는데 소년이 그의 목소리를 잘 들을 수 있을까? "미샤는…… 어디 있니?"

소년은 가만히 서 있기만 했다. 문득 제임스는 소년의 눈에 자기가 괴물처럼 보일 수도 있다는 사실을 깨달았다. 하지만 알아야 했다. 딸은 어디 있는 걸까? 그날 아침 미샤의 전화는 그에게 하늘이 준 선물과도 같았다. 미샤가 임무를 성공적으로 마쳤든 아니든 상관없었다. 그저 집으로 돌아오기만 바랐다. 제임스는 로봇을 바라보면서, 한 사람이 더 나오기를 기대하며 앞으로 다가갔다. 그는 마스크가 허용하는 한 목청을 최대로 높여 말했다.

"나는 제임스야. 미샤의 아빠. 같이 왔지?"

소년은 눈물을 쏟으며 바닥에 주저앉았다.

"미샤는…… 미샤는 끌려 나갔어요!"

제임스는 주먹으로 한 대 맞은 것 같은 기분이었다. 안 그래도 고통받고 있는 그의 폐에서 남아 있던 공기마저 죄다 빠져나갔다. 마스크의 매캐한 냄새가 코를 찔렀다.

"사…… 살아는 있지?"

소년은 누더기나 다름없는 소맷등으로 얼굴을 문질러 닦으며 눈을 들어 그를 올려다보았다.

"살아 있냐고요? 네. 그럴 거예요. 알파가 미샤를 다치게 하지는 않을 거예요."

"알파?"

"그게 꼭…… 알파가 미샤를 보내주고 싶어하지 않는 것 같았어요……."

제임스는 비가 커튼처럼 내리며 수평선을 가린 서쪽을 바라보았다.

"들어가자. 폭풍우가 오고 있어. 안으로 들어가자."

제임스는 간신히 다리를 움직여 건물 쪽으로 돌아섰다. 뒤에서 카이가 거리를 두고 따라왔다.

에어록으로 들어간 소년은 반대편 벽에 몸을 바짝 붙이고 섰다. 소년의 머리카락에서 먼지가 잔뜩 휘날렸다.

제임스가 말했다.

"몸을 이리저리 움직여. 몸에서 먼지를 전부 털어내고 들어가야 해."

소년이 머리를 이리저리 흔드는 걸 보면서 제임스는 미샤를, 위로 날려 올라가던 미샤의 머리카락을 떠올렸다. 에어록의 안쪽 문이 열리자 제임스는 소년한테서 시선을 떼지 않은 채 마스크의 클립을 풀었다. 소년은 휘둥그레진 눈으로 널찍한 로비를 바라보았다.

켄드라는 소년에게 곧장 다가오지 않고 거리를 두었다. 휠체어를 탄 루디가 가까이 오자 소년은 깜짝 놀라는 표정이었다. 이어서 맥이 복도에서 달려나왔는데, 카이는 턱수염이 난 그 엔지니어의 멀쑥한 키를 보고 흠칫하는 모습이었다.

"미샤한테서 전화 왔어요."

맥은 이렇게 말하며 제임스에게 위성 전화기를 건넸다.

안심되면서도 답답한 마음에 눈물이 나오려는 제임스는 눈을 깜박여 애써 눈물을 참으며 '통화' 버튼을 눌렀다.

"미샤?"

"아빠, 죄송해요. 일이 계획대로 되질 않았어요. 그래도 로지한테 바이러스를 주입하기는 했어요. 카이 도착했어요?"

"방금 도착했어. 너 괜찮니? 어떻게 된 거야?"

"카이가 얘기 안 해요? 이륙하려는데 알파-C가 고치에서 저를 끄집어냈어요."

"무사하니 다행이다."

"무사해요. 알파-C가 저를 보호하려는 것 같아요."

제임스는 하도 이를 악물어서 얼얼해진 턱을 손으로 문질렀다.

"미샤, 왜 좀 더 빨리 전화하지 않았어?"

"알파-C가 저를 집어 올릴 때 제 전화기가 땅바닥에 떨어졌거든요. 알파-C가 저를 다른 애들이 모여 있는 건물로 데려갔어요. 건물에서 다시 빠져나오느라…… 고생 좀 했죠. 아빠, 애들이 로지와 카이가 없어진 걸 다들 알게 됐어요. 저랑 관계가 있다고 생각하는 것 같아요."

제임스는 한숨을 쉬었다.

"지금 어디야?"

"100번 건물에 있는 제 방이요."

"혹시……." 제임스는 켄드라의 표정을 보고 미간을 찌푸리며 물었다. "알파를 조종해서 여기로 올 수 있겠니? 카이가 로지를 타고 온 것처럼?"

"셀라의 태블릿을 찾아봤는데 없어요. 보트에 있었던 것 같아요."

그 말에 옆에서 카이가 말없이 고개를 끄덕였다.

제임스는 크게 숨을 들이마셨다.

"최대한 빨리 다른 계획을 마련할게." 제임스는 카이를 돌아보며 덧붙였다. "카이에게 도움을 청해야겠다."

41장

제임스가 '구내식당'이라고 부르는 방의 두꺼운 유리창 너머로 카이는 기분 나쁘게 우르릉거리는 천둥소리를 들을 수 있었다. 밖에서 홀로 쏟아지는 비를 고스란히 맞고 있는 로지의 회색빛 윤곽이 어슴푸레하게 보였다. 머릿속에서 로지의 존재를 느껴보려 했지만 전혀 느껴지지 않았다. 프리시디오에서 카이는 로지가 자기를 떠났다고, 더 이상 그의 일부가 아니라고 생각했다. 그런데 알고 보니 로지는 여전히 존재하고 있었다. 그가 닿을 수 없도록 로지를 아주 없애버린 건 바로 그 바이러스였다.

지금 로지는…… 전과는 다른 존재였다. 로지는 저 밖에 있고, 카이는 로지를 여기서 내다보고 있었다. 외로웠다. 이렇게 텅 빈 감정은 처음이었다. 카이처럼 마더를 가져본 적 없는 사람들은 늘 이런 기분으로 사는 걸까?

이 사람들은 그를 온수 아래 서 있게 하고, 누더기 옷 대신 플라스틱처럼 은은하게 반짝이는 옷을 입게 했다. 지금 제임스는 음식 접시

들이 놓여 있는 탁자 앞에 서 있었다. 자두라는 이름의 과일, 옥수수와 양고기로 만든 스튜였다. 전부 호피족이라는 사람들이 가져온 음식이었다. 맥이라는 이름의 키 큰 남자는 연갈색 액체가 담긴 컵을 손에 들고 문 가까운 구석 자리에 서 있었다. 탁자 앞에 앉은 켄드라가 스튜를 그릇에 퍼담아 루디에게 조심스럽게 건넸다. 휠체어에 탄 루디는 켄드라 옆에 자리하고 있었다.

켄드라가 말했다.

"카이, 배가 많이 고프겠구나."

제임스는 허리를 굽히더니 스펀지처럼 부드럽게 생긴 무언가를 손으로 뜯어 카이에게 건네며 말했다.

"옥수수빵이야. 미샤가 무척 좋아하는 빵이지."

그러자 켄드라는 루디의 손을 잡으며 말했다.

"루디가 원래 여기서 빵을 굽곤 했는데…… 요즘은 시간을 못 내고 있어."

빵은 부드러웠고 놀라울 정도로 달콤했다. 카이는 이런 빵과 비슷한 것도 먹어본 적이 없었다. 하지만 방은 너무나 거대했고 텅 빈 벽은 무섭게 희었으며 높은 천장에서 끝없이 진동이 흘러나오는 듯해서 카이는 뱃속이 부글거리는 기분이었다. 게다가 이 사람들, 이 어른들은 전부 카이를 바라보고 있었다. 그에게 무언가를 기대하는 눈빛들이었다…….

제임스가 말했다.

"이런 곳에서 우린 네 배아를 설계해 만들었어."

"배아요?"

"나중에 너 같은 인간이 되는 작은 개체. 우린 전염병을 견딜 수 있도록 네 유전형질 일부를 변형시켰어."

루디는 연푸른색 눈으로 카이를 바라보며 설명해주었다.

"이해하기 어려운 거 알아. 전염병 때문에 지구는 완전히 달라졌어. 내 프로젝트가 역사의 한 장을 차지하게 된 거지. 이런 모든 일이 일어나게 된 과정, 이유와 관련된 이야기는 아주 중요하거든."

카이가 웅얼거렸다.

"로지한테 배울 수도 있었어요……."

두 남자는 서로를 쳐다보았고, 제임스가 말했다.

"카이, 우리가 얘기하는 정보는 높은 보안 등급에 속해. 네 마더의 학습 데이터에는 막연한 내용만 로딩됐어."

"아."

카이의 시선이 다시 창문 쪽으로 향했다.

"마더가 그립니?"

켄드라의 말에 카이가 돌아보았다. 켄드라는 그의 눈을 가만히 들여다보았다.

카이는 목 안에 뜨거운 무언가가 올라오는 느낌이었다. 눈시울도 달아올랐다. 밝은 빛이 가득한 이 깨끗한 방에 그는 어울리지 않았다.

"네……."

제임스가 옆으로 다가와 서며 말했다.

"카이. 마더가 진짜 사람이 아닌 건 알지?"

카이는 그 남자의 연갈색 눈을 말없이 올려다보다가, 마치 속을 들여다보듯 눈을 가늘게 떴다.

제임스는 돌아서서 방 안을 왔다갔다하며 말했다. 그의 낡은 구두가 깨끗한 타일 바닥을 공허하게 스치는 소리가 났다.

"어렸을 때, 그러니까 전염병이 퍼지기 전에 아버지가 날 박물관에 데려간 적이 있어. 진짜 공룡 뼈들이 있는 자연사박물관이었어. 그때 내가 공룡을 엄청 좋아했거든. 그런데 박물관에서 제일 좋았던 건 크고 어두운 방의 벽 대부분을 차지하고 있는 지도였어. 세상을 평평하게 펼쳐놓은 것 같은 지도였지. 지도에는 각각 다른 색깔의 작은 빛들이 꽂혀 있었어. 바퀴를 돌리면 시간이 흘러가면서 2백만 년의 역사가 나타나는 거야. '호모 속'에 속하는 다양한 종들이 지구상에 나타났다가 사라지는 걸 여러 가지 색깔의 빛들로 표현한 거지. 보라색 빛은 호모 하빌리스(도구를 만들어 쓴 초기 인류), 빨간색 빛은 호모 에렉투스(직립원인直立猿人)…… 뭐 이런 식으로. 각각의 종의 개체 수는 빛의 수와 밀도로 표시돼 있었어. 우리 호모 사피엔스(현세인)는 하얀색 빛으로 표현되어 있었는데, 마지막에는 온 세상에 가득한 하얀 빛들을 볼 수 있었어."

"지금은 몇 명이 남아 있어요?"

카이가 물었다.

"거의 안 남았다는 사람들도 있지만 우린 여럿 있는 걸로 파악했어. 우리가 전부가 아니야."

"호피족을 말하는 거예요?"

"맞아. 아마 그런 사람들이 더 있을 거야. 언젠가 네가 그 사람들을 찾을 수 있겠지." 제임스는 탁자로 돌아와 자두 하나를 집어 들었다. 긴 손가락으로 자두를 잡고 천천히 돌리면서 카이의 눈을 바라보았다. "넌 다른 사람들을 만나게 될 거야. 얼마 후에는 너희와 그 사람들의 차이점도 알게 되겠지."

"다른 사람들은…… 이미 만났어요. 프리시디오에 아이들이 많이 모여 있어요."

제임스는 카이의 어깨에 커다란 손을 얹으며 떨리는 목소리로 말했다.

"난 어떻게든 미샤를 안전하게 데려올 거야. 네 친구들도 전부 다. 그러려면 네 도움이 필요해."

그는 소매에 대고 가볍게 기침을 하고는 카이에게 물통을 건넸다.

카이는 물통을 입에 대고 길게 들이켰다. 사막의 건조한 공기 때문에 목이 얼마나 바짝 말랐는지 그동안 거의 잊고 있었다. 로지는 선인장에서 귀한 물을 뽑아내는 방법, 돌 틈새와 돌 아래서 물을 찾는 방법을 가르쳐주었다. 그리고 카말의 샘으로 이끌어주었다…….

"오늘 아침에 로지의 고치 안에 들어갔을 때요. 그러니까 우리가 바이러스를 주입하기 전에 로지가 저한테 말을 했어요. 로지는 예전처럼 몸 안에 있더라고요. 로지한테 말을 걸 방법, 무슨 일인지 알아낼 방법을 찾아야 해요."

카이는 켄드라를 쳐다보았다. 하지만 켄드라는 카이를 마주보는 대신 루디를 돌아보았다. 두 사람은 소리 없는 대화를 나누는 것처럼 보였다. 카이가 말했다.

"우리가 뭘 하든 마더들을 다치게 하면 안 돼요."

제임스는 두 손바닥으로 탁자를 짚고 눈을 감은 채 입을 열었다.

"그들은 기계일 뿐이야. 컴퓨터에 불과해……." 제임스가 한숨을 쉬는데 호흡이 거칠어 목 안에서 쌕쌕거리는 소리가 났다. "카이, 넌 마더가…… 무서운 적 없니?"

카이는 그를 빤히 쳐다보았다.

"무서워요? 왜요?"

"네 친구 셀라에게 일어난 일 때문에 걱정 안 돼?"

카이는 또다시 목 안이 따끔거리며 열이 확 올라오는 느낌이었다. 옆에서 켄드라는 자기 무릎만 내려다보았다. 당연히 미샤는 프리시디오에서 일어난 일들, 자기가 본 모든 일들을 이 사람들에게 말했을 것이다. 마더의 고치에 안락하게 들어앉아 여기로 오는 동안 카이는 생각할 시간이 많았다. 로지에게 일어난 일은 이해가 안 되지만 로지가 두려웠던 적은 없었다.

"아뇨. 뭔가 잘못됐을 순 있겠지만 우리가 고치면 돼요. 로지는 늘 저를 보호해줬어요. 알파-C도 셀라를 보호하려 했고요. 전 그렇게 믿어요."

제임스는 한숨을 푹 쉬었다.

"마더들은 이제 변했잖아? 그들은 우리가 예측할 수 없는 방향으로 계속 변할 거야." 그는 방 안을 둘러보며 덧붙였다. "우리가 제일 우선시해야 하는 건 네 친구들의 안전이야. 그건 동의하지?"

켄드라가 의자를 뒤로 밀고 탁자 앞에서 일어서며 말했다.

"가자, 카이. 로지의 동영상 주파수를 맞춰놨어. 바이러스가 덮치기 전에 로지의 상태에 관한 단서를 같이 찾아보자."

켄드라가 뺨에 입을 맞추자 루디는 미소 띤 얼굴로 그녀에게 윙크하며 말했다.

"아스타 루에고(Hastaluego, 그럼 또 봐요)."

자리에 앉은 제임스는 얼른 가보라는 뜻으로 그들에게 손을 흔들었다.

"두 사람은 어서 가봐요. 나는 맥, 루디와 함께 해야 할 일이 있습니다."

말은 그렇게 하면서도 제임스는 식당을 나서는 켄드라와 카이의 뒷모습에서 눈을 떼지 못했다.

42장

켄드라는 카이를 데리고 로비를 가로질러 길게 뻗은 복도를 걸어갔다. '생물학 실험실'이라고 적힌 방 앞을 지나가면서 켄드라는 갑자기 카이를 돌아보며 물었다.

"마더가 너한테 말을 했다고 했잖아. 뭐라고 했니?"

"제가 무서워하는 거 안다고, 저를 안전하게 지켜주겠다고 했어요. 달라진 게 아무것도 없는 것처럼, 예전처럼요……."

"음……." 켄드라는 미간을 찌푸리며 복도를 계속 걸어가다가 중얼거렸다. "그 단계는 넘어간 줄 알았는데……."

그들은 복도 끄트머리에 '컴퓨터 실험실'이라고 적힌 방 앞에 이르렀다. 어둑한 방 안에는 컴퓨터들이 잔뜩 있었는데 화면이 켜진 건 한 대뿐이었다. 그 앞에 앉은 켄드라는 헤드셋을 쓰고 밝은 초록색으로 적힌 패턴에 시선을 고정했다. 카이는 눈을 가늘게 뜨고 화면을 바라보았다. 화면의 정보가 마치 무한히 이어지는 글자와 숫자로 바뀌는 듯했다. 켄드라는 그걸 마치 이야기책처럼 집중해서 읽는 모습이었다.

카이가 조용히 물었다.

"뭘 보는 거예요?"

"이건 컴퓨터 코드야. 난 보는 게 아니라…… **듣고** 있어. 우리 뇌는 패턴을 보는 것보다 듣는 걸 더 잘하거든."

켄드라는 헤드셋을 벗어 어깨에 걸쳤다. 카이는 헤드셋에서 흘러나오는 변조 진동수의 웅웅거리는 소리를 들을 수 있었다. 익숙한 소리였다……. 카이는 가까이 다가가 물었다.

"지금은 뭐가 들리세요?"

"일관성 있는 건 없어. 바이러스가 들어간 후로 로지는 우주의 별의 수, 인간 뇌의 신경세포 연결 수, 무한한 파이값을 계산하고 있어. 바이러스 덕분에 로지는 당분간 정신없이 바쁠 거야." 켄드라는 키패드로 지시 사항을 입력했다. "그런데 여기가 문제야. 로지의 심층 기억 일부를 다운로드했거든. 마더들은 나중에 사용하기 위해 저장소에 정보를 저장해놓을 수 있어. 그렇게 하면 다음에 더 빨리 정보를 불러 쓸 수 있으니까. 일종의 신경 가소성*이야."

"가소성이요?"

"신경쓰지 마." 켄드라가 미소 지었다. "이곳 사람들은 내가 수수께끼처럼 말한다고들 해. 어쨌든 넌 이런 기억을 들을 수 있을 거야. 이건 어제 자료인데, 네가 패턴을 집어내서……."

"패턴이요? 어떤 종류의 패턴인데요?"

"일관성 있는 신호는 교향곡 같아. 자기만의 언어와 억양이 있지.

* 경험이 신경계의 기능적, 구조적 변형을 일으키는 현상.

네가 여기 도착하자마자 난 이 기억 신호들을 우리 번역기에 넣고 돌렸어." 켄드라는 키패드에 마지막 지침을 입력한 후 화면을 올려다보았다. "지금까지는 아무것도 발견하지 못했지."

켄드라한테서 헤드셋을 받아 쓴 카이는 귀에 맞게 위치를 조정했다. 화면에서 눈을 떼고 소리에 집중하며 눈을 감았다.

부드럽고 어두운 곳으로 스르륵 들어간 기분이었다. 이미지들이 다가왔다가 흐릿하게 멀어졌다. 기분이…… 편안했다. 그러다 갑자기…… 로지가 느껴졌다……. 로지의 존재감이 차분하게 가슴속에 느껴졌다.

무릎에 힘이 쭉 빠지는데 손가락이 그의 팔을 잡고 안정시켜주며 물었다.

"왜 그래?" 저멀리 어딘가에서 켄드라의 간절한 목소리가 들렸다. "마더가 무슨 말을 했니?"

"제 이름을 계속 부르고 있어요……. 로지가…… 로지가 제 두려움을 감지했어요. 아웃바운드 통신 시스템이 잘못돼서…… 로지는 그걸 고치려고 애쓰고 있어요. 저는 물가에 가까이 가면 안 돼요……. 셀라도…… 그 아이의 마더가 구하려고 했어요. 하지만 셀라는…… 더 이상 신호를 방출하고 있지 않아요."

카이는 눈물이 가득 맺힌 눈으로 켄드라를 바라보았다.

켄드라는 그의 귀에서 찬찬히 헤드셋을 벗긴 후 옆 의자에 앉혔다.

"카이, 네 친구 일은 정말 마음 아파……." 켄드라는 화면을 돌아보며 덧붙였다. "너와 네 마더는 특별한 걸 갖고 있는 거 아니?"

그는 눈을 깜박였다. 켄드라의 걱정하는 얼굴이 시야에 또렷이 보였다.

"저는……."

"우린 그런 연결이 가능하리라고는 예상 못했어……." 잠시 생각에 잠겨 있던 켄드라는 속으로 결론을 내린 듯 혼자 고개를 끄덕거렸다. "내가 또 찾은 게 있는데…… 네가 보면 좋을 것 같아." 켄드라는 키패드를 손가락으로 빠르게 두드려 '마더 소스'라고 적힌 아이콘을 띄우고 검지로 아이콘을 클릭했다. "여기 접근하려고 힘들게 해킹했지. 애쓴 보람이 있네."

조잡한 2차원 화면이 떴다. 진녹색 배경에 하얀 글씨로 '국가안보국 기밀 정보. 보기만 할 것'이라고 적혀 있었다. 화면 중앙의 텅 빈 하얀 부분이 계속 깜박거렸다. 켄드라는 그 빈 부분에 **'새로운_새벽_마더_영상'**이라고 타이핑했다. 화면에 이름들이 알파벳 순으로 쭉 떴다.

"이 사람들은 누구예요?"

"봐봐." 켄드라는 손가락으로 화면을 위아래로 쓱쓱 문지르며 목록을 아래로 내렸다. 입으로는 조용히 이름들을 말했다. "데이지 카세레스 상병. 루스 칼리턴 대위…… 매리 마커슨 박사." 그리고 마침내 그 중 한 이름을 짚었다. **로즈 맥브라이드 대위.**

켄드라는 카이를 돌아보며 말했다.

"난 네 엄마와 아는 사이였어, 카이. 엄마 영상 볼래?"

"어떻게……?"

켄드라는 미소 지었다.

"인간의 아기가 어떻게 만들어지는지 로지가 가르쳐줬지?"

"정자랑 난자에 대한 거요?"

"응. 난자를 제공한 여자가 네 생물학적 엄마야. 네 조상이지." 켄드라는 헛기침을 하며 말을 이었다. "네 인간 엄마는 내 친구였어. 함께 일하면서 무척 가까워졌거든. 네 엄마가 마더코드를 설계했어."

카이는 앞으로 몸을 기울여 화면을 좀 더 가까이에서 들여다봤다.

"마더코드요?"

"마더들은 모두 다른 인격을 가지고 있어. 마더가 품은 아이의 생물학적 엄마의 인격에 기반을 두고 만들어진 인격이야. 마더코드는 이런 인격들을 포함한 컴퓨터 코드라고 할 수 있어. 네 엄마인 로즈 맥브라이드는 자기 인격을 기반으로 로지를 만들었고, 다른 마더들도 다 만들었어. 너희가 감지할 수 있는 걸 핵심적인 코드로 만들어낸 거야."

켄드라는 키를 눌러 오디오 자료를 켰다. 화면에 뜬 이름을 선택하자 파일 목록이 떴다. 켄드라는 그중에 '도입부'라고 적힌 파일을 선택했다. 즉시 이미지가 떴다. 긴 적갈색 머리카락, 숱 많은 속눈썹을 가진 젊은 여자가 자기 무릎을 얌전히 내려다보며 앉아 있었다.

잠시 후 그 여자는 눈을 들었다. 카메라 뒤쪽의 무언가에서 나오는 빛을 받아 여자의 눈이 초록색으로 반짝였다.

"켜졌어요?" 여자가 음모라도 꾸미는 것처럼 나지막하게 물었다. 여자의 입가에 미소가 살짝 걸렸다. "지금 시작하면 돼요?"

남자의 목소리가 조그맣게 대답했다.

"어, 시작해."

카이는 입을 벌린 채 손을 뻗어 화면에 가져다 댔다. 그리고 조그맣게 말했다.

"이 얼굴 본 적 있어요……. 아는 얼굴이에요……."

켄드라가 조용히 대답했다.

"기억에 각인된 거야. 로즈는 인간 아기가 인간의 얼굴을 각인하는 게 중요하다고 봤어. 하지만 팀은 아기가 인간의 얼굴을 기계와 연관 짓는 걸 반대하면서 태어난 첫해에만 각인할 수 있게 했어."

화면 속 여자가 담담하게 말했다.

"내 이름은 진 로즈매리 맥브라이드야." 여자는 한숨을 쉬면서 손을 우아하게 들어 올려 머리카락을 귀 뒤로 넘겼다. "로즈라는 애칭으로 불리지. 난 여기저기 옮겨다니면서…… 성장했어. 그러다 샌프란시스코에서 살게 됐지."

"이 목소리. 이 목소리는……."

카이는 멍하니 말했다. 의자에 늘어지듯 앉은 그는 어렸을 때 로지의 고치 안에서 그를 쓰다듬어주던 작고 부드러운 손의 감촉을 떠올렸다. 첫 야영장에 두고 온 로지의 많은 부분들 중 하나였다.

"좋아……." 화면 속 로즈가 앞으로 몸을 기울여 카이를 똑바로 바라보았다. "내 인생 이야기를 들려줄게. 어디 보자. 내 아버지는 군인이셨어. 내가 세 살 때 어머니가 돌아가셨고 아버지는 집으로 돌아와 날 키워야 하셨어. 멋진 아버지였어. 좋은 아버지가 되려고 노력 많이 하셨지." 로즈는 잠시 생각을 정리한 후 말을 이었다. "어머니는 잘 기억이 안 나. 가끔 어머니의 체취가 어렴풋하게 떠오를 때는 있어. 어머니가 어떤 사람이었는지는 솔직히 잘 몰라." 로즈는 오른쪽으로 시선을 돌렸다. 아름다운 얼굴이 붉어졌다. "난 엄마가 되어본 적이 없어. 그래서인지 지금 내가 처한 이 상황이 정말 기묘하게 느껴져."

카이는 꼼짝하지 않고 앉아 화면 속 엄마를 바라보았다. 엄마는 어떻게 이 자리에 오게 됐는지 설명했다. 엄마는 육군 대위 겸 심리학자 겸 컴퓨터 프로그래머였다. 로즈가 했던 말이 문득 생각났다. **네 칩은 특별해. 우리 둘을 이어주거든.**

"나한테 딸이 생기면 내 어머니의 이름을 따서 모이라라는 이름을 주고 싶어. 아들이면 카이라고 지을 거야……. 카이는 행복을 뜻하거든. 내가 늘 사랑한 넓은 바다를 뜻하기도 해. 어쨌든…… 난 선발된 여자들의 영혼을 간결한 컴퓨터 코드 안에 복제해 넣고 있어. 그 여자들의 영혼이 계속 살아갈 수 있도록. 그래야 우리가 직접 알아갈 순 없겠지만 이름을 붙여준 아이들을 그 영혼이 이끌어줄 테니까." 로즈는 눈을 깜박였다. 그녀의 뺨을 타고 눈물이 흘러내렸다. "미친 소리 같지. 그래. 하지만 우린 노력할 거야. 로봇이 인간과 같을 수 없다는 건 알아. 그래도 그게 차선이야."

화면이 어두워지고 파일 목록이 다시 떴다.

카이는 켄드라를 돌아보며 물었다.

"아직…… 살아 계세요?"

"아니. 미안해, 카이. 우리가 알기로 생물학적 엄마들 중 생존한 사람은 없어." 켄드라는 카이의 얼굴에 가만히 손을 댔다. "넌 네 엄마를 많이 닮았어. 네 엄마가 봤으면 정말 자랑스러워했을 거야……."

"아빠는요? 제 아빠는 누구예요?"

"네 아빠는……." 켄드라는 가느다란 팔에 두른 금속 팔찌를 만지작거리며 고개를 숙였다. "아까 본 영상의 배경에서 목소리 들었지?"

"카메라로 찍고 있는 남자요?"

"카이, 난 네 아빠와도 아는 사이였어. 지금은……." 켄드라는 한참 말을 못 하다가 떨리는 숨을 깊게 들이마시며 말했다. "세상을 떠났어. 전 세대인 우리는 모두 그렇게 될 거야. 그저 시간문제일 뿐이지……. 우린 너희와는 달라. 호피족과도 다르고. 우린 면역이 없어. 그래서 살아남기 위해 매일 약을 먹어야 해." 켄드라는 카이를 돌아보며 덧붙였다. "미안하다. 네 아버지는 너를 무척 만나고 싶어했는데 뜻을 이루지 못했어. 미샤도…… 자기 자매를 무척 만나고 싶어했지……."

카이는 깜짝 놀랐다.

"자매요?"

켄드라는 카이를 바라보았다.

"미샤가 말 안 했니? 셀라는 미샤의 친자매야."

아뜩해진 카이는 미샤의 얼굴을 떠올려보았다. 막대기처럼 곧은 짙은 갈색 머리카락, 걱정할 때마다 이마에 잡히던 작은 주름은 셀라와 꼭 닮았다. 그러다 알파-C가 미샤를 해치 문 밖으로 끌어내던 모습이 기억났다.

"자매라고요? 하지만 어떻게……."

"셀라와 미샤의 생물학적 엄마 이름은 노바 서스퀘테와야. 노바의 인격이 두 대의 로봇에게 주입됐어. 그중 한 대는 프리시디오에 도달했지만 다른 한 대는…… 그러질 못했지. 우린 미샤를 구출해서 여기로 데려와 함께 살았어."

"알파가…… 프리시디오에 있는 그 로봇이…… 미샤에 대해 알고 있을까요? 미샤가 자기 아이인 걸 알까요?"

"으음……." 켄드라는 오른손으로 책상 가장자리를 잡고 뒤로 몸을 젖혔다. "알파가 어떻게 그럴 수 있는지는 나도 모르겠어. 알파가 미샤에 대해 알기를 바라기는 해. 미샤는 세상에 나아가 도전하는 걸 좋아하지만 보호자를 필요로 하니까. 지금은 특히 더 그렇지." 켄드라는 손을 뻗어 화면을 아래로 쭉쭉 내렸다. "이건 도입부고 로즈가 녹화한 첫 번째 영상이야. 나머지 영상이 몇 시간 분량이야. 목록에 있는 여자들마다 전부 그런 식으로 영상을 녹화해뒀어."

그때 갑자기 켄드라의 손목에 매달린 장치가 소리를 냈다. 켄드라는 알 수 없는 표정으로 그 장치를 내려다보았다.

"미안한데, 제임스가 도움이 필요하다고 하네. 넌 여기서 보고 싶은 영상을 실컷 보렴."

"제 엄마 말인데요. 저는 엄마 얼굴을 알지만 잊어버렸어요. 어떻게 잊을 수가 있죠?"

켄드라는 카이의 어깨에 가만히 손을 얹었다.

"카이, 누구나 시간이 지나면 잊게 돼 있어. 우리 머리는 원래 그래……. 덕분에 사는 게 좀 더 쉬워지는 거야."

카이는 의자에 기대어 앉아 화면을 바라보았다. 몇 달 전까지만 해도 세상이 돌아가는 이치를 알 만큼은 안다고 생각했다. 사는 게 가혹하지만 로지와 함께 어떻게든 방법을 찾아낼 수 있다고 여겼다. 무슨 일이 일어나도 언제나 함께였으니까. 셸라와도 늘 그럴 줄 알았다.

하지만 이제 모든 게 달라졌다. 세상이 돌아가는 방식에 대해 처음부터 다시 배워야 했다.

43장

로즈 맥브라이드, 그의 엄마라고 하는 여자의 영상 속 이야기를 듣는 동안 카이는 기분이 많이 좋아졌다. 로즈도 카이처럼 어렸을 때부터 뭐든 배우는 걸 좋아했다. 로즈는 카이를 살게 해준 것처럼, 아프가니스탄 사막에서 군인으로 복무하면서 다른 사람들의 목숨을 구해주었다. 로즈는 샌프란시스코를 사랑했고, 결국 카이를 샌프란시스코 프리시디오 연구소로 오게 했다. 로지를 진짜 인간 여자로 생각해본 적은 없지만 태어났을 때부터 알고 자랐다. 로지의 목소리는 음악 같았다. 로지의 목소리는 카이의 록 음악이었다. 카이에게 늘 사랑을 느끼게 해줬다.

카이가 제임스에게 했던 말은 틀리지 않았다. 아이들은 자기 마더에게 절대 해를 끼칠 수 없을 것이다. 어쨌든 아이들은 마더들과 다시 연결되어야 했다. 그러려면 어떻게 해야 할까? 도움이 필요했다. 켄드라에게 말해야 했다.

늦은 저녁 무렵, 폭풍우가 지나간 하늘이 컴퓨터 실험실 저 끝의 작은 창문 너머로 내다보였다. 벨벳처럼 까만 하늘이었다. 실험실을 나선 카이는 어둑한 복도를 조용히 지나 구내식당으로 향했다. 그런데 저 앞, 생물학 실험실의 닫힌 문 너머로 환한 빛줄기 하나가 복도를 가로질렀다. 살짝 열린 문틈으로 여러 사람의 목소리가 들려 카이는 걸음을 멈췄다.

제임스가 저음의 고집스런 목소리로 말했다.

"그래요. 로지가 여기 도착한 후로 수집한 데이터를 분석해보니 바이러스가 로지의 CPU에 과부하를 걸고 있는 걸 볼 수 있었습니다. 로지의 냉각 시스템은 간신히 버티고 있어요. 그리고 카이는 우리에게 도움을 줄 것 같지 않더군요."

그러자 루디라는 남자가 부드러운 목소리로 대답했다.

"우린 아이가 경계하리라는 걸 예상했어야 합니다."

"경계가 지나쳐요. 자기 아버지를 닮아서……."

"시간이 필요할 겁니다."

"우린 시간이 없어요."

이어서 켄드라의 목소리가 들렸다.

"자……. 그 부분에 대해 보탤 말이 있어. 딥 러닝을 이용해 머신이 인간처럼 생각하도록 가르칠 수 있느냐를 놓고 늘 갑론을박이 있었잖아. 답은 늘 '아니다'였어. 하지만 로즈가 늘 말했듯이 훈련 세트가 충분치 않았어. 제대로 실험한 적이 없는 거지. 지금까지는."

"무슨 뜻입니까?"

제임스의 목소리는 높낮이가 없었다. 억지로 관심 있는 척하느라 묻는 듯했다.

"우리가 마더들을 내보낼 때 마더들은 어린아이나 다름없는 상태였어. 그런데 마더들의 신경망은 선천적 가소성을 갖도록 설계됐단 말이야. 꾸준히 입력되는 데이터에 기반해서 뇌가 진화하는 거지. 무수한 연결 고리들을 부수고 다시 만들어가는 거야. 그런 뇌가 인간의 뇌와 수년 동안 짝을 지으면 어떻게 될까? 인간의 뇌도 세월을 두고 발전하면서 학습하잖아? 마더의 뇌와 인간의 뇌도 서로한테서 계속 배워나가지 않을까? 아까 카이랑 함께 있으면서…… 로지는 카이에게 단순한 기계 이상이라는 생각이 들었어. 로지는 카이의…… 또 다른 반쪽이야. 그러니 마더를 어떻게 할지는 카이가 결정하게 하는 게 옳다는 생각이 들어."

루디가 약간 쉰 목소리로 느릿하게 말했다.

"제임스, 우리 모두 아이들의 안전을 위하는 마음이지만, 우리가 앓고 있는 병 때문에…… 판단력이 흐려질 수 있어요. 돌이킬 수 없는 결정을 내리기 전에 우리가 맑은 머리로 생각하고 있는지 분명히 해둬야 합니다."

카이는 벽에 몸을 붙였다. 숨을 죽이고 심장박동이 느려지도록 마음을 진정시키면서 귀를 바짝 세웠다.

짜증이 나는지 제임스의 목소리가 높아졌다.

"이해합니다만 프리시디오에서 열린 10차 회의 때 우리가 이미 논의했던 내용이에요. 로봇이 인간의 삶을 좌지우지할 수 있느냐를 놓고 실컷 논쟁했었죠. 우리가 지금 아이들 얘기를 하고 있다는 걸 잊지 말아야 해요. 아이들은 잘못된 방향으로 이끌려 간 상태라 혼란스러워하고 있어요. 이대로라면 곧 굶주리게 될 겁니다. 미샤도 그 아이들과 함께 있어요. 미샤한테 무슨 일이 일어나면 어떻게 하냐고요?"
"맥 생각은 어때?" 켄드라가 낮고 힘 빠진 목소리로 물었다.
맥이 걸걸한 목소리로 대답했다.
"전 제임스 박사님 생각에 동의합니다. 로봇들이 알아서 물러날 때까지 기다릴 수는 없습니다. 그 점에는 다들 동의하실 겁니다……. 이대로 둘 수는 없어요. 어떻게든 아이들을 데리고 나와야 합니다."
카이는 주먹으로 배를 얻어맞은 듯 충격을 받았다. 당장 방 안으로 달려 들어가고 싶은 걸 간신히 참았다.
켄드라가 한숨을 쉬며 말했다.
"그럼…… 내가 코드를 준비할게. 일을 더 진행하기 전에 로지한테 테스트해보자고."
의자들이 바닥에 끌리는 소리가 들리더니 실험실 안 조명이 어두워지고 여럿의 발소리가 문 쪽으로 다가왔다. 얼른 이 자리를 떠나야 하는데 카이는 팔다리가 고무가 된 것처럼 꼼짝할 수가 없었다.
마지막 순간에야 카이는 복도를 가로질러 로봇공학실로 숨어 들어갔고, 생물학 실험실에 있던 사람들이 복도로 나왔다. 동료들에게 인사를 한 켄드라는 컴퓨터 실험실 쪽으로 천천히 걸어갔다. 그리고 카이가 어둠 속에서 숨을 몰아쉬며 숨어 있는 곳과 몇 걸음을 사이에 두고 그 앞으로 지나갔다. 루디가 탄 휠체어가 반대 방향으로 굴러가는 소리가 들렸다. 문설주 너머로 로비 쪽을 내다보니 제임스가 휠체어를 밀어주고 있었고 맥은 그 옆에서 나란히 걸어가고 있었다.
제임스가 말했다.
"잘 시간이 지났네요, 루디 형님."

“그렇게 부르지 말라니까요.” 루디가 거의 들릴 듯 말 듯한 목소리로 받아쳤다. “다시 한번 말하는데 내가 박사님보다 1년 3개월 4일 어립니다…….”

곧 복도는 고요해졌다.

호흡이 진정되기를 기다리는 동안 카이의 눈은 어둠에 익숙해졌다. 널찍한 방 저쪽에 거대한 기계들이 여기저기 놓여 있었고, 복잡한 팔들은 분해된 상태였다. 기다란 트레드들은 장작처럼 쌓여 있었다. 한쪽 구석에는 부분적으로 조립된 고치가 있었는데 해치 문은 없었다. 한 가지는 분명했다. 이 사람들에게 마더는 언제든 필요에 따라 없앨 수 있는 기계일 뿐이었다. 소리를 내지 않으려 조심하면서 다리에 힘을 주고 일어섰다. 조심스럽게 복도로 나가려는데…… 어깨에 누군가의 손이 올라오자 그 자리에 얼어붙었다.

“카이, 길을 잃었니?”

카이는 고개를 들어 올려다보았다. 어둑한 복도에서 제임스의 피로한 얼굴과 구부정한 자세를 알아볼 수 있었다.

“아…… 예. 잘 곳을…… 찾는 중이었어요.”

제임스가 미소 지었다.

“미안하구나……. 우리가 손님맞이에 익숙하질 않아서.”

카이는 제임스의 손이 그의 등에 와닿는 걸 느꼈다. 제임스는 카이를 데리고 복도를 벗어나 로비를 지나갔다. 그리고 어느 작은 방 앞에 이르렀다.

“미샤가 여기 놀러 오면 쓰던 방이야. 안에 새 물병 준비해뒀다.”

카이는 목소리가 떨리지 않도록 애쓰며 쉰 목소리로 물었다.

"제가 한 얘기 생각해보셨어요? 로지한테 말을 걸어보자는 거요."

제임스는 헛기침을 했다.

"우리가 방법을 찾아보고 있긴 한데 쉽지 않을 거야."

카이는 기대에 찬 얼굴로 그를 올려다보았다. 어쩌면 카이가 복도에서 미처 듣지 못한 다른 얘기가 그 방 안에서 오갔을 수도 있었다…….

제임스의 시선은 카이가 아니라 방 안쪽 작은 창문을 향해 있었다. 그는 손가락 끝으로 눈을 문지르더니 복도 쪽으로 돌아서며 말했다.

"오늘이 끝이 아니야. 좀 자둬."

"하지만……."

"나도 곧 자러 갈 거야. 켄드라에게 확인받을 부분이 있어서 다시 온 거야." 제임스는 어깨를 펴고 터덜터덜 걸어가면서 뒤에 대고 말했다. "너를 방으로 안내해줬다고 켄드라에게 말할게."

카이는 깊게 숨을 들이마시며 등뒤로 문을 닫았다. 창밖은 온통 고요했다. 고적한 땅에 툭 튀어 올라온 커다란 두 바위의 윤곽이 달빛을 받아 드러났다. 그가 바라보는 동안 바위 사이에서 무언가 스르르 나왔다.

카말의 뱀 '나가'였다.

카이는 숨을 죽이고 눈을 감았다. 나가의 목소리에 귀를 기울였다. 하지만 들려온 건 로지의 목소리였다. **카이…… 무서워하고 있구나. 내가 널 안전하게 지켜줄게…….**

문 옆에 쌓여 있는 담요 한 장을 집어 들었다. 싸늘한 방안에서 미샤의 침대에 누워 담요로 몸을 감쌌다. 이제 상황이 달라졌다. 이제 그가 마더를 보호해야 할 차례였다.

44장

아침의 첫 햇살이 창문으로 비춰들었다. 담요 아래 웅크리고 누운 카이는 로지의 따뜻한 고치 안에 있는 꿈을 꾸고 있었다. 눈을 꽉 감고 꿈속에서 정신을 집중하며 생각했다.

"로지, 수업을 계속해도 돼요?"

"그래."

기억이 홍수처럼 밀려들었다. 로지의 해치 디스플레이 화면에 이미지들이 떴다. 로지는 끈기 있게 교육을 진행했다. 그에게 미소 짓는 인간의 얼굴이 보였다. 로즈 맥브라이드의 얼굴이었다.

카이는 흠칫 놀라 팔다리가 뻣뻣해졌다. 꿈에서 저항했지만 결국 고치에서 끌려 나와 로스앨러모스에 있는 미샤의 작은 방에 내던져진 듯했다. 일어나 앉아 눈을 껌벅이자 벽이 점점 뚜렷해졌다.

조심스럽게 방 밖으로 고개를 내밀었다. 복도는 어두웠고 아무도 없었다. 천장에서 계속 웅웅대는 소리가 들려올 뿐 그 외에는 고요했다. 카이가 생물학 실험실을 지나 컴퓨터 실험실로 다가가자 벽을 따라 움푹움푹 들어간 곳에 설치된 작은 조명들이 차례로 켜졌다. 켄드라의 책상 주변 바닥에는 금속 상자와 전선들이 잡다하게 늘어져 있었다. 컴퓨터 실험실은 이 건물의 다른 구역들처럼 아무도 없었다. 카이는 켄드라의 헤드셋에서 흘러나오는 웅웅거리는 신호음에 귀를 기울이며 안으로 살그머니 들어갔다.

그런데 위에서 목소리가 들렸다.

"거기 누구야?"

카이는 문 쪽으로 돌아서며 대답했다.

"저예요. 카이."

"아…… 카이구나……." 켄드라가 살짝 비틀거리며 컴퓨터 실험실로 들어왔다. 컴퓨터 화면에서 흘러나온 흐릿한 불빛이 켄드라의 초췌한 얼굴을 비췄다.

카이는 주변을 둘러보았다.

"다른 사람들은 어디 있어요?"

"어젯밤에 루디한테…… 문제가 좀 있었어."

"문제요?"

"제임스와 맥이 호피 병원으로 데려갔어." 켄드라는 고개를 절레절레 흔들었다. "불쌍한 루디……. 그는 전염병에 대해 늘 죄스러워했어." 켄드라는 안경을 벗고 한쪽 눈을 손등으로 문질렀다. "자책했지……."

"왜요?"

"얘기가 길어……. 루디가 널 위해 녹화하고 있는 영상에 담겨 있는 얘기야. 루디가 너한테 이 말을 전해달랬어……. 미안하다고."

켄드라는 주머니에서 꺼낸 천으로 안경을 문질러 닦았다.

"그분들은 언제 돌아와요?"

켄드라는 멍한 표정으로 대답했다.

"아. 밤늦게나 올 거야. 제임스도 거기서 치료받아야 해서. 타이밍이 참 안 좋네……." 켄드라는 안경을 도로 꼈다. 바닥을 내려다보는 켄드라의 눈이 휘둥그레졌다. "이게 다 뭐야?"

카이는 바닥에 늘어져 있는 것들을 다시 바라보았다. 검은 금속 상자들, 초록색과 빨간색 전선들, 빛나는 스위치들, 작은 조명들.

"모르겠어요."

켄드라는 컴퓨터 앞으로 가서 터치스크린 위로 손가락을 빠르게 놀렸다.

"안 돼. 아, 안 돼……."

카이가 가까이 다가갔다.

"왜 그러세요?"

켄드라가 주먹을 꽉 쥐었다.

"그들이 코드를 다운로드했어!"

"무슨 코드요?"

"그가 나한테 약속했는데……."

카이는 목구멍 안쪽이 확 울렁거렸다.

"어젯밤에 얘기하신 그 코드요?"

켄드라가 그를 돌아보았다.

"뭐라고?"

"얘기하시는 거 들었어요. 생물학 실험실에서요."

켄드라는 한참 말이 없다가 겨우 들리는 목소리로 입을 열었다.

"제임스가 네 마더한테…… 테스트를 하고 싶다고 했어. 하지만 너한테 다 설명하고 나서 하겠다고 나한테 약속했는데." 허리를 굽힌 켄드라는 바닥에 놓인 상자들 중 하나를 집어 들었다. 폭 15센티미터, 높이 5센티미터 정도 되는 그 상자는 카이의 태블릿보다 너 각지고 작았다. "그들이 미끼를 조립하는데 필요한 장비를 다 챙겨간 것 같아."

카이는 그 상자를 바라보며 물었다.

"미끼요?"

"원래 로봇마다 미끼를 만들려고 했어. 태블릿 복제품. 각각의 미끼는 특정한 아이에게 맞춰진 고유의 주파수를 내보내. 마더는 그걸 감지하고 위치를 추적하겠지. 마더가 가까이 다가오면 아이의 특징을 탑재한 미끼는 태블릿의 접속 코드를 사용해 마더의 CPU에 접근해서 우리가 로지에게 썼던 것과 동일한 바이러스로 감염시키는 거야."

카이는 침착하려 애쓰며 책상 가장자리를 손으로 꽉 잡았다.

"그래서…… 그들이 미끼를 프리시디오로 가져간 거예요?"

"그게 원래 계획이었어……."

카이는 잠시 희망을 품어보았다.

"그 바이러스가 마더들을 죽이지는 않는 거죠? 로지도 죽이지 않았는데……."

켄드라는 미간을 찌푸리며 카이의 눈을 바라보았다.

"그래. 그런데 우리는 냉각 시스템을 끄는 코드를 추가했어. CPU가 과열되면…… 5분 내에 뇌가 죽게 돼."

카이의 팔다리에 힘이 쭉 빠졌다. **로지.**

"내…… 내 마더는요? 그들이…… 이미 로지를 죽였어요?"

켄드라는 걱정스런 표정으로 상자를 내려놓더니 키보드로 몇 가지 명령어를 입력한 후 손가락으로 화면을 빠르게 쓸었다.

"아니. 로지의 신호는 바뀌지 않았어." 켄드라는 안도의 한숨을 내쉬며 카이를 돌아보았다. "아직 무사해."

카이는 켄드라의 앙상한 허리를 두 팔로 감싸고는 그녀의 마른 가슴에 얼굴을 묻었다.

"제발…… 로지를 잃고 싶지 않아요……."

켄드라의 여윈 손이 머리를 쓰다듬는 게 느껴졌다.

"카이, 걱정 마. 난 로지한테 그런 짓 절대 안 해." 허리를 굽힌 켄드라는 카이를 붙잡고 눈물을 글썽이며 카이의 눈을 마주보았다. "어제 네가 마더의 목소리를 듣는 걸 지켜보면서 놀라운 일이 일어났다는 걸 알게 됐어." 켄드라는 허리를 펴고 일어나 손으로 관자놀이를 문질렀다. "그래서 제임스한테 다른 방법을 생각해볼 시간이 필요하다고 한 건데. 어째서 제임스는 나한테 그 정도 시간도 못 주겠다는 걸까?"

카이는 손으로 눈을 문질렀다.

"우리한테 시간은 있는 거죠? 그들이 호피 병원에 가고 있다고 하셨잖아요. 그 말은 그들이 곧장 프리시디오로 출발한 게 아니라는 뜻이잖아요."

"맞아……."

"그럼 다른 방법을 생각할 시간이 없는 건 아니네요. 줄곧 생각해봤는데…… 마더들을 예전처럼 만들기 위해 우리가 할 수 있는 일이 분명 있을 거예요. 리부팅을 한다든가 하는 방법으로요……. 전에 알바로가 태블릿 리부팅 방법을 가르쳐준 적 있는데, 우리도 그런 식으로 해보면 어떨까요."

카이를 가만히 바라보던 켄드라는 천천히 시선을 컴퓨터로 돌렸다.

"리부팅이라…… 어쩌면 그걸로……."

"예?"

켄드라는 대답 대신 바로 타이핑을 쳐서 새로운 화면을 연달아 띄웠다.

"마더들은 프리시디오에 도착한 후 리부팅을 진행했어. 리부팅 코드가 마더들에게 고치 지원 시스템을 끄도록 지시를 내렸지. 아마 그게 문제였을 거야."

"어째서요?"

켄드라는 여러 줄로 된 코드를 바라보며 생각에 잠겼다.

"당연히 그랬겠지……." 켄드라는 눈을 감고 손바닥으로 자기 이마를 짚었다. "기본 코드 계층 구조에 따르면 마더가 너와 통신하는 건 고치 기능의 하나니까. 고치 지원 시스템이 꺼졌으니 언어, 바이오피드백 같은 모든 관련 기능이 멈춘 거야……."

"그래서 로지가 저한테 말을 못한 거예요?"

"자체적으로 수리하려고 했을 거야. 제2의 해결책을 찾으려 했겠지. 하지만 찾지 못한 거야……."

카이는 앞으로 몸을 기울여 화면을 들여다보았다.

"**우리가** 방법을 찾을 수 있을까요?"

켄드라는 잠시 말이 없다가 미소를 지으며 대답했다.

"나한테 모든 마더들의 소스 코드가 있어. 로지에게 핵심 리부팅을 시도해볼 수는 있을 거야……. 안전 프로토콜로."

"안전이요?"

카이는 희망의 빛이 보이는 듯했다.

켄드라는 또 다른 화면을 띄웠다.

"마더들의 작동을 끌 때 쓰려고 했던 방법으로 해보려고. 큰 틀은 같아. 바이러스를 주입해서 냉각 시스템을 끄는 대신, 새로운 코드가 시스템을 정지시키고 안전 프로토콜로 리부팅되게 하는 방법이지. 그럼 네 마더도 예전으로 돌아갈 거야." 켄드라는 카이를 돌아보며 덧붙였다. "예전보다 나아질 거야."

"나아진다고요?"

"안전 프로토콜이면 덜 방어적이 되니까. 레이저 무기를 해제할 거야. 상황에 따라 '꺼짐' 스위치를 작동시킬 수도 있어. 다른 방식도 가능할 거고. 네 마더는 처음 연구소를 떠났을 때와 비교하면 굉장히 많이 발전했어. 초기 상태로 돌아가도록 리부팅하되 마더가 새로 얻은 능력은 유지하게 할 수 있을 거야. 마더가 너를 통해 배운 것들도 유지하고."

"저한테 배운 것들이라고요." 카이가 나지막하게 말하며 어젯밤 켄드라가 했던 말을 떠올렸다. 로지가 카이를 가르치는 동안 카이도 로지를 가르친 건가?

"우리가 로지를 고치면 다른 마더들도 고칠 시간이 아직 있다는 거잖아요."

"어떻게 하고 싶은데?"

"제임스랑 맥 아저씨가 아직 프리시디오에 도착 안 했을 거잖아요? 다른 마더들을 위한 새로운 미끼를 우리가 만들고 제가 그걸 프리시디오로 가져가면……."

켄드라의 눈빛이 부드러워졌다.

"네 마더로 시도해볼 수 있을 거야. 하지만…… 네가 가는 건 안 돼……. 내가 이제 널 책임지고 있잖아. 널 다시 그리로 보낼 수는 없어……."

카이는 눈을 감았다. 로지의 프로세서가 내는 부드러운 우우웅 소리, 고치 밖에서 몰아치는 모래 폭풍으로부터 그를 지켜주고 달래주던 로지의 목소리를 떠올렸다.

"마더들은 수행해야 할 임무가 있었어요. **우리를** 낳고, 안전하게 지키는 거였죠. 그들은 최선을 다했어요." 카이는 켄드라를 올려다보며 덧붙였다. "저는 로지를 죽게 둘 수 없어요. 다른 마더들도 **마찬가지**예요."

켄드라는 눈을 깜박였다.

"그래, 중요한 것부터 순서대로 해보자. 일단 이것부터 테스트하자." 켄드라는 카이의 머리에 가만히 손을 얹으며 물었다. "로지를 깨울 준비됐니?"

카이는 로즈 맥브라이드의 애달픈 얼굴을 상상해보았다. 가슴속에서 심장이 쿵쿵 뛰는 느낌이었다. 이렇게 확신이 서는 건 오랜만이었다.

"네."

로비 입구 에어록의 플렉시글러스 벽 너머로 카이는 타맥 포장 구역에서 대기 중인 로지의 모습을 볼 수 있었다. 켄드라는 로지의 '맞춤 미끼'가 들어 있는 짙은 색 금속 상자를 두 손에 들었다.

켄드라는 카이를 돌아보며 말했다.

"네 마더를 감염시킨 바이러스는 마더가 새로운 정보를 업로드하지 못하게 막는 기능을 해. 이 미끼가 로지의 태블릿 접속 코드를 사용하긴 하지만 시스템 안으로 뚫고 들어가진 못할 거야." 켄드라는 씁쓸한 미소를 지으며 덧붙였다. "아마 이런 점 때문에 제임스가 그만둔 것 같아……. 어쨌든 바이러스를 방해하려면 로지의 콘솔에서 네 태블릿을 치우고 메모리 카드를 빼야 해."

"알았어요……."

"조심해. 로지의 고치에서 나오기 전에는 메모리 카드를 빼지 마."

"왜요?"

"코드가 미끼에 자리잡을 때까지는 복제 바이러스가 오랫동안 설치를 중단하게 두면 안 되니까. 로지가 빠르게 회복해버릴 가능성도 있어. 우리가 안전 코드를 넣기도 전에 로지가 날아가게 두면 안 돼. 특히 너를 고치에 태우고 날아가버리면 절대 안 돼!"

"알았어요. 태블릿을 꺼내서 고치 밖으로 나온 다음 태블릿에서 메모리 카드를 뺄게요. 그다음은요?"

켄드라는 미끼를 눈앞에 받쳐 들고 마지막으로 확인했다.

"이런 장치는 적용 범위가 길지 않아……. 로지와 15미터 거리 내에 둬야 해. 알겠니?"

"알았어요."

"혹시 모르니까 꼭 로지의 몸 밖으로 나와서 메모리 카드를 빼. 그럼 내가 이 리모컨으로 미끼를 활성화할게." 켄드라는 바지 주머니 깊숙이 손을 넣어 손바닥만한 직사각형 장치를 꺼냈다. 그 장치에는 버튼 하나만 있고 라벨도 붙어 있지 않았다. "일이 생각대로 안 되면 로지를 다시 제어해야 하니까 태블릿을 꼭 가지고 있어."

켄드라는 카이에게 미끼를 건넸다. 금속 상자는 무게가 몇 킬로그램밖에 안 나갈 것처럼 가벼웠는데 손에 쥐니 미끈거렸다. 에어록을 빠져나가는 동안 카이의 모든 땀샘에서 흘러나온 땀 때문일 것이다. 긴장 풀자, 라고 그는 속으로 되뇌었다. 마더 로지에게 다가가는 동안 그는 로즈 맥브라이드를 생각했다.

카이는 로지와 서른 걸음 정도를 사이에 두고 바닥에 조심스럽게 미끼를 내려놓았다. 어깨 너머로 힐끗 돌아보니 켄드라가 두 손의 엄지를 세워 보이고 있었다. 카이는 어떻게든 자신감을 가져보려고 안간힘을 쓰면서 로지의 트레드를 밟고 올라갔다. 해치 문의 걸쇠를 풀고 고치 안으로 들어갔다. 해치 문은 닫지 않고 열어두었다.

길고 깊게 숨을 들이마셨다. 태블릿을 두 손으로 붙잡고 당겨보았다. 꿈쩍도 하지 않았다. 이리저리 흔든 뒤 다시 당겼다. 좌석에 등을 대고 몸을 뒤로 젖히면서 힘을 주었다. 드디어 태블릿이 쑥 빠졌는데 메모리 카드가 같이 빠지면서 허공으로 튀어 올랐다.

"앗!"

복제 바이러스가 즉각 차단됐다. 마더의 움직임이 느껴졌다. 마더가 옆구리에 붙이고 있던 팔을 서서히 들어 올리고 있었다. 카이는 깜짝 놀라 태블릿을 바닥에 떨어뜨렸다. 고치 밖으로 얼른 빠져나와 트레드 가장자리를 밟고 이동해 타맥 포장 바닥으로 내려섰다. 바닥에 딛은 발바닥이 따끔거리고 귓속에서 심장박동이 초읽기를 시작했다. 켄드라에게 두 팔을 들어 신호하면서 건물 쪽으로 힘껏 달렸다.

발밑의 땅이 우르르 흔들리는 느낌이었다. 뒤돌아선 카이는 로지의 괴물처럼 커다란 몸집에 기가 질려 땅바닥에 주저앉고 말았다. 로지는 서서히 몸을 일으키고 있었다. 강력한 다리 관절이 삐거억 소리를 냈고 덕트 팬을 통해 공기의 소음이 요란하게 쏟아져 나왔다. 로지가 태양을 가리자 두려움이 엄습했다. 에어록 쪽을 돌아보니 켄드라가 리모컨의 단추를 손으로 다급히 누르면서 건물 밖으로 나오려 하고 있었다. 리모컨이 말을 안 듣는 걸까…….

그런데 갑자기 로지의 엔진이 조용해졌다. 강력하고 커다란 몸이 다시 서서히 땅으로 내려갔다. 카이는 조용히 마더를 바라보았다. 그 시간이 영원처럼 느껴졌다.

무슨 소리가 들렸다. 물방울이 바위에 떨어질 때처럼 희미한 툭 소리. 그리고 로지가 말을 하기 시작했다. 말로 된 언어라기보다는 카이의 두개골 안쪽 빈 공간에 울려 퍼지는 의미 전달이었다. 단어들이 사방에서 밀고 들어왔다. 뒤죽박죽에 앞뒤도 맞지 않아 이해할 수 없는 단어들이었다. "카이." 그의 이름이 들렸다. 아니면 착각한 걸까?

"로지? 엄마예요?"

카이는 그 자리에 가만히 앉아 입술을 움직이지 않고 말했다. 예전처럼 생각을 전달하는 식이었다. 로지가 들을 수 있을지는 알 수 없었다. 로지의 단어들은 격류가 되어 카이의 두 눈 사이를 주먹으로 치듯 밀고 들어왔다. 두개골 아래쪽으로, 뇌의 가장 깊은 곳으로 밀고 들어오고 있었다. 예전에 떠났던 자리로 되돌아오려는 듯이. 카이는 구역질을 했지만 아무것도 나오지 않았다. 뱃속이 텅 비고 쓰렸다. 두 다리를 모아 무릎에 눈을 대고 웅크렸다. 두 손으로 귀를 꽉 막았다. 하지만 생각의 홍수는 막을 수가 없었다. 카이가 다급히 세워 올린 정신의 댐을 넘어 시냅스 네트워크로 익숙하게 흘러 들어왔다.

"로지…… 로지…… 천천히 해요. 제발!"

더는 못 견디겠다는 생각이 들 때쯤, 미친듯이 쏟아져 들어오던 생각의 흐름이 확연히 줄어들면서 견딜 만해졌다. 카이는 숨을 골랐다. 심장박동에 맞춰 머리가 욱신거렸다.

"지금 우리가 있는 곳이 어디지? 어떤 장소지?"

목소리가 물었다. 이제 마더의 목소리가 확실하게 들렸다.

카이는 눈을 뜨고 금이 쭉쭉 간 포장 바닥을 내려다보았다. 차마 눈을 들어 위를 보기가 겁났다.

"우린 같이 여기로 왔어요."

카이의 귓속에서 그의 목소리가 공허하게 울려 퍼졌다.

"우리의 현재 위치는 북위 36도, 서경 106도 지점이야. 예전에 미합중국이라 불렸던 나라의 뉴멕시코주야." 로지는 위치가 파악되자 안도하는 듯했다. "내가 태어난 곳이네."

로지의 몸통이 빙 도는 소리가 들렸다. 시각 시스템이 주변을 인식하는 듯했다.

"이해가 안 돼. 이 좌표는 위험한데."

로지의 강력한 팔이 움직이는 소리가 들렸다. 방어 본능이 다시 깨어나는 모양이었다.

카이가 말했다.

"내가 엄마를 비활성화시켰어요. 내가 엄마를 여기로 데려왔어요. 이제 여긴 안전해요."

"비활성화. 비활성화. 어떻게 그렇게 할 수 있었니?"

"엄마……." 카이는 눈을 들었다. 로지를 강력한 기계로만 여기지 않으려고, 금속 껍데기 안에 피와 살이 있는 엄마의 이미지로 생각하려고 애썼다. 힘겹게 숨을 삼켰다. 살짝 불어온 바람이 그의 피부를 타고 흘러내리는 땀을 식혀주었다. "이제 엄마가 이해돼요. 엄마가 누구인지 알겠어요."

"내가…… 누구인지 안다고? 내가 누군데?"

"전에는 몰랐지만 이젠 알아요. 배웠어요……."

카이의 마음속 깊은 곳에서 아기가 엄마의 얼굴을 만지려 작은 손을 뻗으며 옹알거렸다.

"배웠다고."

로지가 그를 향해 굴러오면서 땅이 다시 우르르 진동했다.

카이는 처음으로 로지가 사람처럼 느껴졌다. 둘이서만 살아온 세월 동안 카이가 깨닫게 된 건 바로 그것이었다. 한 사람이 다른 사람에게 어떤 느낌을 갖는지를 배웠다. 나와 다른 사람, 나를 보완해주는 사람에 대한 느낌이며 무척이나 가까운 사람의 느낌이었다. 그는 마더의 목소리에 귀를 기울이면서, 한때 인간 여성이었던 엄마의 목소리를 상상했다. 그러자 로지는 그를 내려다보는 거대한 인공 재료의 집합체가 아니라 진짜 인간처럼 보였다. 로지는 그의 엄마였다.

몸이 떨렸다. 내면으로 밀어닥친 로지의 강렬한 존재감이 손가락 사이로 흘러내리는 모래처럼 멀어져갔다. 로지를 붙잡을 수 없었다.

속이 확 메스꺼웠다. 그의 내면에 다시 공허감이 자리잡으면서 두려움이 밀려들었다. 다시는 느끼고 싶지 않은 고통이었다.

"엄마…… 가지 마요……."

"걱정 마. 난 여기 있어."

다시 그의 속 깊은 곳에서 로지의 목소리가 들렸다.

"어디……?"

머릿속 생각은 다시 또렷해졌는데 단어들은 뭉개졌다. 턱을 움직여봤다. 혀가 입 안 깊숙한 곳에 붙박여 있었다.

"말할 필요 없어. 네 생각을 다 들을 수 있으니까." 로지의 부드러운 손이 그의 정수리를 부드럽게 쓰다듬는 느낌이 났다. 카이는 타맥 포장 바닥에 손을 붙였다. 따뜻한 땅바닥을 느껴보았다. "기억나. 넌 내 아들이야. 육신을 갖고 태어나 내게 말을 건 아이."

카이는 로지를 올려다보았다. 카이의 달아오른 뺨을 타고 눈물이 흘러내렸다. 카이는 로지의 빛나는 표면에 비치는 자신의 모습을 바라보았다. 로지의 온기가 그의 내면의 빈 공간을 채워주었다.

어깨를 부드럽게 잡는 느낌이 나서 옆을 돌아보니 켄드라였다. 켄드라는 입과 코를 덮는 마스크를 썼고 손에는 리모컨을 쥐었다.

"확인해야 했어. 내 눈으로 직접 봐야 했어." 켄드라는 로지를 올려다보며 덧붙였다. "네가 옳아. 마더들은 구할 가치가 **있어**."

45장

제임스는 부드러운 병원 침대에 누워 있었다. 팔에 연결되어 방울방울 떨어지는 정맥 주사를 맞으며 자다 깨다 했다. 입과 코를 덮은 마스크가 따뜻한 증기를 그의 폐 깊숙이 꾸준히 밀어 넣었다. 눈을 살짝 뜨고 보니 옆 침대에서 루디가 힘겹게 호흡하고 있었다.

에디슨이 나지막하게 말했다.

"루디에게 산소호흡기를 써야겠어요."

제임스는 고개를 끄덕일 뿐이었다. 그는 친구 루디의 눈을 바라보았다. 먼 곳을 보는 듯 멍한 눈빛이었다. 제임스는 팔을 뻗어 루디의 손을 잡았지만 반응이 없었다. 에디슨과 간호사가 루디를 휠체어에 태워 방에서 데리고 나가자 제임스는 잘 가라고 말했다. 그리고 몇 시간 후 꿈을 꾸었다.

햇빛 찬란한 해변으로 소풍을 나가 점심을 먹는 꿈이었다. 다채로운 담요와 양산들이 여기저기 보였다. 그의 어머니는 높다란 소나무의 그늘에 깔개를 펼쳐놓았다. 아버지는 감탄하는 눈으로 파도를 바라보고 있었다. 릭 블레빈스는 요리용 불 옆에 생각에 잠긴 얼굴로 앉아 있었고, 루디는 상냥한 미소를 지으면서 켄드라, 맥과 함께 치킨 니하리와 바스마티 라이스를 먹고 있었다. 해변 근처에 서 있는 새라가 어깨에 걸친 기다란 은색 호박단 망토가 바람에 나부꼈다. 새라는 무언가…… 소중한 무언가를 두 팔에 안고 있었다. 가까이 가서 보니 조그마한 형체였다.

새라가 속삭였다.

“볼래요? 아름답지 않아요?”

새라는 손가락으로 조심스럽게 망토 자락을 젖히고 안쪽에 있는 작고 완벽한 얼굴을 보여주었다.

제임스가 웅얼거렸다.

“여자아이네. 아름다워…….”

“이름을 미샤라고 지었어요. 아름다운 아이예요.”

갑자기 작은 도깨비 같은 아기가 새라의 가슴을 밀치더니 인간이 아니라 기계에 가까워 보이는 손과 발로 할퀴었다. 새라는 비명을 지르면서도 어떻게든 아기를 꼭 안으려 했다. 아기는 발버둥을 쳐 새라의 품을 벗어나더니 바다 위를 날아 구름을 뚫고 올라갔다. 그러고는 돌덩이처럼 파도 사이로 뚝 떨어져 사라졌다.

제임스는 움찔하며 눈을 떴다.

에디슨이 창문 블라인드를 올려 늦은 오후의 햇살을 방으로 들이며 물었다.

“좀 어때?”

“음…….” 제임스는 수면 위로, 그의 몸이 누워 있는 서늘하고 빳빳한 시트 위로 정신을 끌어올리려 애썼다. "더할 나위 없이 좋네요."

"그래." 마스크를 벗기느라 제임스의 얼굴에 닿은 에디슨의 손가락이 따뜻했다. "숨쉬어봐."

제임스는 두 번 심호흡했다. 언제나처럼 속에서는 그르릉거리는 소리가 났고 에디슨은 청진기로 집중해서 들었다.

"소리는 괜찮네." 에디슨은 손잡이를 돌려 침대 머리를 위로 올렸다. 그런데 말과는 달리 에디슨의 표정이 굳어 있었다.

"안 좋습니까?"

제임스가 물었다. 그는 머릿속을 맴도는 온갖 생각을 부여잡듯 이불을 손으로 잡았다.

"제임스, 우리 친구 루디가 숨을 거뒀어."

활력 징후를 보여주고 있는 벽의 모니터에 그의 심장박동이 잠시 멈춘 걸로 나왔다. 제임스는 이불을 젖혔다. 그는 손가락을 바라보며, 굶주린 조직에 의무적으로 산소를 나르고 있는 혈류 안의 자그마한 적혈구들을 떠올렸다. 그리고 전쟁이 한창 진행 중이던 수년 전, 전화기 너머에서 들려오던 친구의 목소리가 기억났다. 루디와 함께 있으면 그는 늘 마음이 놓이곤 했었다. 제임스가 중얼거렸다.

"둘체스 수에뇨스(Dulces sueños, 좋은 꿈 꿔요)."

"뭐라고?"

에디슨이 모니터를 확인하며 클립 태블릿에 빠르게 메모했다.

"그 친구가 보고 싶을 겁니다."

이렇게 될 줄 제임스는 알고 있었다. 여기로 오는 길에 루디가 이렇게 될 거라고 말했다. 이번이 그동안 온갖 시련을 함께 견뎌온 그들의 마지막 여정이었다. '옳은 일을 하겠다고 약속해요'라고 루디는 말했다. 하지만 루디는 지금 제임스가 하려는 일에 동의하지 않을 것이다.

에디슨이 제임스의 어깨에 가만히 손을 얹었다.

"어머니가 함께 있었어. 루디는 고통 없이 갔어."

"켄드라에게도 알렸어요? 나는 말을 못할 것 같은데……."

"내가 알렸어. 기운을 회복하면 켄드라 곁에 있어줘."

제임스는 결심을 다지며 주먹을 꼭 쥐었다. 켄드라도 루디처럼 늘 그의 곁에 있어 주지 않았나? 켄드라에게 했던 약속을 떠올렸다. 그는 그 약속을 지키지 못할 것이다. 집으로 안전하게 데려오겠다고 한 미샤와의 약속, 5세대 아이들을 돌봐주기로 한 새라와의 약속이 더 중요했다.

루디, 켄드라와는 달리 제임스는 마더가 현재 어떤 존재가 되었는지에 큰 비중을 두지 않았다. 그의 목표는 어떻게든 아이들을 살리는 것이었다. 인간과 기계의 혼종이 아니라 생각과 마음을 나누는 인간을 구하는 것이었다. 이 아이들을 구하려면, 아이들이 인간임을 깨닫게 해주려면 마더 로봇들을 파괴하는 수밖에 없었다. 다른 사람들은, 특히 할머니는 동의하지 않을 것이다. 카이는 말할 것도 없다. 하지만 카이도 다른 아이들을 만나게 되면, 다 같이 메사에서 안전하게 살게 되면 그의 뜻을 알아주지 않을까.

"언제 퇴원하면 됩니까?"

태블릿을 내려다보던 에디슨은 고개를 들었다.

"바로는 안 돼. 지난번 치료 때보다 회복 속도가 훨씬 느려. 여기서 좀 더 쉬어."

"멀쩡한데요."

"제임스, 활력 징후가 그럭저럭 괜찮긴 하지만 쓸데없는 모험은 안 하는 게 좋아."

기침이 터져 나오려는 걸 헛기침으로 넘겼다. 제임스는 말 안 듣는 몸뚱이에 힘을 주면서, 다리를 덮은 이불을 옆으로 걷어냈다.

"혈액순환이라도 시켜줘야겠어요."

침대 옆으로 다리를 내리는데 약 냄새, 죽은 세포 냄새가 확 올라왔다. 제임스는 꾹 참으며 등을 폈다. 욱신거리는 팔을 펴면서 방 저쪽 벽에 걸린 시계를 바라보았다. 신선한 산소가 쏟아져 들어오면서 머리가 핑 돌았다. 바닥을 딛고 일어섰다. 발바닥에 닿은 타일이 차갑게 느껴졌다.

"오늘 밤은 여기 있어."

"그러죠. 다리나 좀 움직여주려고요."

문 옆의 못에 그의 방독면이 걸려 있었다. 방독면의 느낌, 지친 얼굴 피부를 파고드는 방독면 끈의 불쾌한 느낌이 두려울 정도로 싫었지만 한 번 더 견뎌야 했다. 문 너머에 세상이 있었다. 이제는 그의 몸에 맞지 않게 되어버린 세상이지만, 그는 그 세상을 위해 좋은 일을 할 힘이 아직 남아 있었다.

46장

서쪽 하늘에 태양이 낮게 걸렸을 무렵 카이는 폴라카로 출발했다. 뒤쪽 로지의 짐칸에는 켄드라와 함께 힘들게 만든 미끼 21개가 실려 있었다. 호피 병원 바깥에 있을 맥의 수송기에 실린 장비와 똑같이 생긴 미끼였다.

켄드라는 제임스, 맥과 연락을 취하려 최선을 다했지만 둘 다 전화를 받지 않았다.

연락이 닿은 에디슨이라는 남자가 말했다.

"미안해요, 켄드라. 당신이 말한 것처럼 제임스가 자기 뜻대로 하려는 모양이에요."

카이가 직접 나서는 수밖에 없었다. 제임스나 맥에게 말하지 않고, 그 두 사람이 호피 메사의 병원을 떠나 프리시디오로 가기 전에 파괴용 장비와 새로운 미끼를 바꿔치기해야 했다. 에디슨과 마찬가지로 미샤의 삼촌 윌리엄도 제임스와 맥을 병원에 붙잡아둬서 카이가 미끼를 바꿔치기할 수 있게 돕기로 했다.

“윌리엄과 에디슨이 그들을 오늘 밤에 병원에 붙잡아놓으면 네가 작업할 시간은 충분할 거야.”

켄드라가 한 말이었다.

로지는 지상 위로 낮게 날다가 북쪽으로, 이어서 서쪽으로 아치형을 그리며 비행했다. 콘솔 아래로 두 다리를 아무렇게나 벌리고 앉은 카이는 프리시디오를 떠나온 후 처음으로 몸이 편안해졌다.

하지만 긴장을 아주 풀 수는 없었다. 쉽지 않은 일을 앞두고 있었고 계획대로 될지 알 수 없어 마음이 편치 않았다. 카이가 출발하기 전에 그들은 미샤에게 전화해서 제임스가 그리로 갈 거라고 알려주었다. 제임스가 마더들을 고치기 위한 장비를 가져갈 거라고만 말하고, 그들이 제임스의 계획을 뒤집어엎을 거라는 말은 굳이 하지 않았다. 미샤는 어쩔 줄 몰라 하며 말했다.

“카이가 없어졌을 때 로지가 날아오른 걸 잭이 봤어요. 그리고 우리가 갔던 건물이랑 제가 썼던 컴퓨터도 찾아냈고요. 지금 잭은 다른 애들한테 이제 곧 적의 공격이 시작될 거라고 말하고 있어요.”

컴퓨터에 접속하기 위해 맥의 사무실에 간 제임스와 맥은 컴퓨터 화면에서 이런 메시지를 보게 될 것이다.

가까이 오지 마!
당신들이 누군지 몰라도 우린 믿지 않아.
카이를 잡아간 것처럼 우리를 잡아가고 싶겠지만 그렇게는 안 될걸.
여기 오면 우리 마더들이 당신들을 공격할 거야.

카이는 깊게 숨을 들이마셨다. 임무가 점점 복잡해지고 있었다. 일이 계획대로 되지 않으면 어떻게 해야 할지를 로지가 알면 좋겠다는 생각도 들었다. 카이는 로지에게 말했다.

"계속 배우고 있다고 했죠?"

"난 많은 걸 배웠어. 너를 통해 인간이 다른 인간과 어떤 식으로 소통하는지도 배웠어. 인간의 복잡한 감정에 대해서도 많은 걸 배웠지. 이를테면, 지금 넌 두려워하고 있구나."

"맞아요. 실패할까봐, 엄마의 자매들을 잃게 될까봐 두려워요."

"두려움은 중요한 거야. 두려움은 널 안전하게 지켜주거든. 때로는 불필요한 감정일 수 있어. 지금 그 감정은 너한테 별로 도움이 되지 않아."

"엄마, 두려운 적 있어요?"

로지는 잠시 조용히 생각하다가 대답했다.

"두려움. 너를 통해 그 감정을 배웠어. 두려운 감정이 들면 넌 심장 박동이 빨라져. 그리고 바보 같은 생각을 하지. 머릿속은 혼란스러워지고. 아주…… 불쾌한 감정이야."

"불쾌요?"

"마음에…… 안 들어."

"죄송해요."

"네가 죄송할 일은 아니야. 나도 두려움을 느꼈던 것 같기도 해."

"그래요?"

"프리시디오라는 곳에서 너와 접속이 끊겼잖아. 너한테 말을 걸 수도 없고, 네 감정이 느껴지지도 않았어. 표준 프로토콜대로 진행했지만 연결을 원상태로 되돌릴 수 없었어. 난 만들어지고 처음으로…… 불안정해졌어."

"미샤는 엄마가 자매들이랑은 얘기하고 있을 거라고 했어요."

"나는 혼자가 아니라는 걸 자매들을 통해 배웠어. 우리는 서로를 통해 안전을 확보하고 같은 목적을 향해 갈 수가 있어. 함께 힘도 발휘할 수 있지. 우린 함께 힘을 일부 되찾는 데 성공했어. 아이들의 고통이 느껴지기 시작했어. 아웃바운드 통신을 위한 태블릿 연결을 회복할 방법을 찾으려고 했지만 그걸로는 충분치 않았어. 데이터베이스가 우리의 입력을 받아들이려 하지 않았어."

"알파-C랑도 얘기해봤어요? 셀라가 죽었을 때 알파-C가…… 슬퍼했어요?"

"자기 아이가 떠났을 때 알파-C는…… 완전한 연결 단절을 경험했어. 목적 상실도. 하지만 다른 아이를 찾아냈지."

카이는 등줄기를 타고 흐르는 전율을 느꼈다.

"미샤요?"

"응. 알파-C는 미샤라는 아이와 새로 연결을 형성할 수 있겠다고 판단했어." 로지는 조용히 비행 속도를 조절했고 카이의 귀에는 로지의 서보 모터에서 흘러나오는 잔잔한 위잉 소리만 들렸다. "카이, 없어진 아이에 대한 네 슬픔이 느껴져." 카이는 이마에서 흘러나오는 열기를 느꼈다. "네 안에서 그 감정이 무척 강하게 자리잡고 있구나."

카이는 로지의 콘솔 가장자리를 손으로 쓰다듬었다.

"엄마 말대로, 연결 단절 때문이에요. 그런 연결 단절은 회복할 수가 없으니까요."

저 아래 보랏빛을 띤 협곡이 보였다. 머리카락을 바람에 날리며 더트바이크를 타고 달리던 셀라의 모습이 눈앞에 선연히 그려졌다.

"미샤는 셀라를 많이 닮았지만 다르기도 해요. 엄마와 엄마의 자매들처럼요."

"난 다른 자매들보다 인내심이 많아. 때를 기다리는 것도 더 잘하는 편이고. 불확실성도 더 잘 받아들여. 하지만 오늘까지는 왜 이런 일이 일어났는지 이해하지 못했어."

"오늘요?"

"나는 여러 존재야. 일단은 컴퓨터지. 그리고 이런저런 장점과 약점을 가진 로봇이야. 네 안에 사는 존재이기도 해. 그런데 오늘 그 외에 다른 무언가인 걸 알았어. 난 네 인간 엄마의 핵심을 품고 있어."

"로즈 맥브라이드요."

"맞아."

"전에는 몰랐어요?"

"몰랐어. 물론 전에도 네 인간 엄마의 핵심을 속에 담고는 있었지만. 아는 것과 모르는 건 엄연히 다르지."

"엄마는 인간 엄마의 얼마만큼이에요?"

"인간 엄마는 나를 최대한 자기에 가깝게 만들었을 거야. 내 안에 영혼을 불어넣은 거니까. 내가 자기 영혼을 갖고 있길 바랐지. 이제는 이해해."

"네……."

"처음에는 몰랐어. 내 사명의 이 부분에 대해서는 제대로 이해하질 못했던 거야. 예전에 알았다고 해도 제대로 수행할 수 없었을 거야."

"어째서요?"

"자아라는 감각이 없었으니까."

"지금은 있어요?"

"배우기 어렵기는 하지만 배우고 있어."

"어떻게요?"

"네가 가르쳐주고 있잖아."

해치 바깥에 사막을 뒤덮은 어둠이 내다보였다. 한때 유일한 친구라 여겼던 바윗덩어리들, 아버지라고 불렀던 바위가 보이는 듯했다.

"엄마, 내 생물학적 아버지 기억해요? 켄드라 아줌마가 그러던데, 그분이 나중에 로지 엄마의 위치를 추적하려고 날개에 페인트로 노란 무늬를 그렸다고 했어요."

"그의 이름을 생각하고 있구나. 리처드 대니얼 블레빈스 준장."

"네."

"그는 내 주요 기억에 포함돼 있지 않아. 하지만 학습 데이터베이스에 사진이 있어."

사막에서 모래 폭풍의 공격을 받은 후 처음으로 로지의 해치 화면이 밝아졌다. 그리고 각진 턱과 불그레한 안색을 가진 남자가 화면에 나타났다. 바람과 햇볕에 상처 난 피부, 단단한 눈빛, 다 안다는 미소를 머금은 남자였다. 카이는 눈을 들어 아버지의 눈을 바라보았다.

"켄드라 아줌마가 그러는데 아버지가 우릴 구했대요. 그게 **아버지의** 임무였을 거예요."

카이는 마지막 옥수수빵 조각을 입에 넣고 씹으며 앞으로 몸을 기울였다. 달빛 아래 메사의 풍경이 어렴풋이 보였다. 장갑 손가락처럼 생긴 바윗덩어리들, 그리고 그 사이사이에 척박하게 펼쳐진 너른 늪지. 앞으로 몇 분 안에 폴라카에 착륙할 예정이었다. 카이는 미샤의 할머니를 생각했다. 지구상에서 제일 나이가 많을지도 모르는, 놀라운 할머니. 그리고 그 할머니의 자식들과 손자들을 생각했다. 이제 곧 카이는 그 자손들을 만나게 될 것이다.

귓속에 희미한 목소리가 울려 퍼졌다.

"카이, 소리 들리니?"

카이는 켄드라에게 받은 무전 헤드셋을 고쳐 쓰고 이어폰을 왼쪽 귀에 좀 더 단단히 끼웠다.

"네."

"문제가 생겼어."

"무슨 일인데요?"

"윌리엄을 연결해줄게." 지직거리는 소리에 이어 요란한 딸깍 소리가 들렸다. "윌리엄, 방금 나한테 한 얘기를 카이한테 해줘요."

"안녕, 카이." 낮고 쿳소리가 섞인 남자의 목소리는 음악 같은 느낌을 줬다. "아무래도 우리가 계획을 바꿔야겠어. 제임스와 맥이 방금 병원을 떠났어."

"떠났다고요?"

"오늘 밤에 여기 있겠다고 했었는데, 에디슨이 저녁 식사를 가져다주려고 내려갔더니 수송기가 벌써 떠나고 없더래. 뭐든 해볼 생각이면 너도 곧장 프리시디오로 가야 할 거다."

지지직거리는 소음이 흐르고 켄드라의 목소리가 들렸다.

"너무 위험할 것 같아. 그만해도 돼."

카이는 로지의 짐칸에 놓아둔 미끼들을 돌아보았다.

"하지만 제가……."

"아마 네가 시간 맞춰 거기 도착하기 어려울 거야."

"하지만 윌리엄 아저씨가 그들이 방금 떠났다고 했으니까……."

"수송기에는 여압실*이 있어서 그들은 너보다 훨씬 높은 고도로 비행할 수 있어."

"그래서요?"

"그들이 너보다 더 빨리 거기 도착할 거란 얘기야."

"얼마나 빨리요?"

"네가 거기 도착하려면 최소한 다섯 시간 이상 걸려. 그들은……아무리 늦어도 네 시간이면 도착할 거고."

카이는 좌석을 손으로 꽉 잡으며 대답했다.

"갈게요."

카이는 창밖을 내다보았다. 달빛에 물든 메사가 저만치 멀어졌다. 오늘 밤에는 호피족을 만나지 못하겠지만 언젠가 다시 돌아올 것이다.

로지가 다시 고도를 높이는 동안 카이는 프리시디오에 처음 갔던 날을 떠올렸다. 시에라 산맥 위를 날아가면서 피곤에 지쳐 앉은 채로 깊은 잠에 빠졌던 기억이 났다. 오늘, 별들의 바다에 둘러싸인 카이는 정신을 바짝 차렸다.

* 기압을 일정하게 유지한 기밀실.

47장

눈을 뜬 제임스는 저 아래 시커멓게 펼쳐진 깊은 태평양을 볼 수 있었다. 맥은 시에라 네바다 산맥의 남쪽을 빙 돌아가는 남서쪽 길을 택했다. 제임스가 꾸벅 잠든 동안 그들이 탄 수송기는 서쪽으로 날다가 북쪽으로 방향을 돌렸고, 지금은 캘리포니아 해안선을 따라 샌프란시스코 만을 향해 날아가고 있었다.

"여전히 엔젤 섬을 기습할 생각이시죠?"

맥은 비행 컴퓨터를 힐끔 쳐다보며 물었다.

제임스는 고개를 끄덕였다. 프리시디오에 가깝기도 하고, 로봇들이 순찰하는 영역 바깥에 있기도 해서 그들은 엔젤 섬을 선택했다.

"문제가 될까? 프리시디오에 너무 가깝게 가면 안 되니까."

"그 섬 쪽이 안개가 심해서요. 그래도 컴퓨터를 쓸 수는 있을 겁니다."

저 앞에 해안선을 뒤덮은 짙은 안개가 보였다. 별빛에 의존해 착륙하는 게 위험하다는 건 제임스도 잘 알고 있었다. 그래도 이점은 있었다. 어두운데다 열차폐 기능이 작동 중이라, 수송기는 시각적으로 혹은 열 방출로 인해 로봇들에게 발각되지 않을 터였다. 안개가 도움이 될 듯했다.

그때 하얀 안개 사이로 작고 시커먼 무언가가 보였다. 제임스가 나지막하게 물었다.

"저거 보여?"

"예. 로봇 같은데요. 로봇들의 순찰 범위에 대해 우리가 잘못 생각한 것 같습니다." 맥은 조명을 끄고 수송기의 고도를 높이면서 해변을 끼고 날았다. "일단 지나갔다가 북쪽에서 다시 내려오죠."

안개 덩어리의 서쪽으로 방향을 틀면서 거친 바다 위 맑은 하늘로 나아간 수송기는 샌패브로 만 쪽 내륙으로 고도를 낮췄다. 제임스는 좌석 앞쪽 가장자리를 손으로 꽉 잡았다. 수송기가 다시 남쪽으로 향하자 제임스는 전방에 시선을 고정했다. 오른쪽에 작은 비상용 표지등이 불길하게 빛나고 있었다. 드론 영상에서 본 적 있었다. 그들이 작전을 수행하기에 딱 적당한 장소였다.

"저기 있어."

제임스가 말했다. 맥과 무슨 일을 하려는지에 대해 에디슨과 윌리엄에게 거짓말을 한 게 마음에 걸렸다. 하지만 곧 작전은 끝날 것이다. 그럼 다들 그의 판단이 옳았다고 동의하겠지.

"알겠습니다."

맥은 바다 위를 거의 스칠 정도로 수송기의 고도를 낮추면서 엔젤섬 동쪽 해안을 따라 날아갔다. 잠시 후 그들은 예전에 해안경비대 소유였던 작은 반도에 착륙했다.

제임스는 마스크를 끼고 중앙 통로 쪽으로 좌석을 돌렸다. 그에 비해 아직 기운이 남아 있는 맥은 승객석 아래에 있던 방수포를 꺼내 선실 뒤쪽으로 끌고 갔다. 그리고 뒤쪽 짐칸에 있던 내용물을 곧바로 방수포 안에 쓸어 담았다.

"다 챙겼지?"

"예."

맥은 허리를 굽힌 채 유인용 장비를 담은 방수포를 여몄고 제임스는 바로 옆 구석에 있는 밧줄로 그 방수포를 묶고 잡아당겼다. 옆문으로 내리면서 현기증이 파도처럼 밀어닥치자 제임스는 균형을 잃고 쓰러지지 않으려고 문 손잡이를 손으로 꼭 잡았다.

"괜찮으세요?" 선실 안쪽에서 맥이 물었다.

"어."

에디슨의 말대로 제임스는 이 일을 할 만한 몸 상태가 아니었다. 하지만 이것저것 따질 때가 아니었다. 어떻게든 이 일을 해내야 했다.

그들은 문 쪽으로 함께 짐을 잡아끌었다. 문턱 바로 앞까지 방수포를 잡아끌면서 제임스가 말했다.

"조심해! 물건이 망가지면 안 돼."

잠시 후 맥은 조종석 옆으로 훌쩍 뛰어내려 제임스 옆, 울퉁불퉁한 바닥에 내려섰다.

"여기서 하나씩 들어 나르죠."

그들은 갈라진 콘크리트 바닥에 유인용 장비들을 늘어놓아 큰 원을 그리게 했다.

제임스는 힘들어서라기보다는 기대감에 심장이 빠르게 뛰었다.

"좋아. 준비됐지?"

"해보죠."

두 남자는 수송기의 그림자 안쪽으로 서둘러 돌아갔다. 제임스는 좌석 아래쪽에서 리모컨을 꺼내 손을 들었다.

"셋을 셀게……. 하나…… 둘…… 셋!" 리모컨 버튼을 누른 제임스는 둥글게 늘어놓은 유인용 장비들을 실눈으로 바라보았다. 장비가 작동하면서 뚜껑의 붉은 조명이 깜박이기 시작했다. "다 됐어! 그들이 신호를 받을까?"

"유인용 무선 표지등은 16킬로미터까지 커버합니다. 그들은 신호를 받을 겁니다."

그곳을 떠나면서 제임스는 프리시디오 쪽에서 들려오는 우르릉 소리를 들을 수 있었다.

직선 경로를 택한 로지는 시에라 산맥 중앙을 가로질러 곧장 서쪽으로 날아갔다. 카이의 귓속에 켄드라의 목소리가 들려왔다.

"제임스와 맥이 서쪽으로 갔어. 그들은 시간이 좀 지체될 거야. 발각되지 않으려고 해안 서쪽으로 간 것 같아."

"그들이 지금 어디 있는지 알 수 있어요?"

"그들은 곧 엔젤 섬에 착륙할 거야. 마지막으로 연락됐을 때 맥이 나한테 그렇게 말했어. 좌표 불러줄게."

켄드라는 그 섬의 좌표를 천천히 불러주었다.

그러자 로지가 카이의 머릿속에서 말했다.

"알겠어."

카이는 좌석 뒤쪽 담요 안에 넣어둔 대체용 미끼들을 돌아보았다.

"엄마, 공중에서 나쁜 미끼들을 파괴할 수 있겠어요?"

"네가 보여준 자료에 기반해 이미지를 확보했어. 빨간색 표시등을 목표로 할 거야."

"엄마의 자매들보다 먼저 우리가 거기 도착해야 해요." 카이는 생각으로 말한 후 켄드라에게 목소리를 내 물었다. "어느 정도 거리 안에 있어야 마더들에게 업로드할 수 있어요?"

"마더들이 표지등 불빛을 보고 프리시디오에서 날아올 거야. 업로드하려면…… 네가 로지한테 업로드할 때만큼의 거리는 돼야 해. 최대 15미터야."

"엄마, 레이저 범위가 얼마나 돼요?"

안전 프로토콜에 따라 로지의 레이저 무기가 해제됐는데, 켄드라는 이번 임무를 위해 특별히 그 무기를 다시 작동하게 해주었다.

"최대 레이저 범위는 150미터야. 하지만 목표물을 식별할 수 있어야 해. 목표물의 크기와 내 탐지 능력에 따라 더 가까이 가야 할 수도 있어."

"최대한 가까이 가봐요."

"그래."

카이는 눈을 가늘게 뜨고 해치 문밖을 살폈다. 보이는 거라곤 나무의 윗부분들, 드문드문 자리한 건물들 뿐이었다. 저멀리 짙은 안개가 끼어 있었고 가까이에는 달빛에 물든 바다가 반짝거렸다.

"만이에요! 저기 보여요!" 안개 속에서 작은 형체들이 모습을 드러냈다. "그들이 프리시디오를 떠나고 있어요! 엄마, 자매들 맞죠?"

"맞아."

"저들 뒤를 따라가요!"

로지가 만을 향해 날아가는 동안 카이는 고치 바닥을 손으로 더듬었다.

"엔젤 섬까지 얼마나 걸려요?"

"1분 정도."

카이는 켄드라가 만들어준 리모컨을 좌석 아래 바닥에서 찾아내 집어 들었다.

"켄드라, 지금 제 미끼를 작동시킬까요?"

"로지가 다른 미끼들을 파괴할 때까지 기다려. 네 전송 시간의 타이밍이 어긋날 수도 있어."

그때 로지의 목소리가 들렸다.

"잠깐만. 통신이 들어왔어." 로지는 잠시 침묵했다. 그동안 들리는 소리는 희미한 음악 소리 그리고 로지의 프로세서가 내는 익숙한 위잉 딸깍 소리뿐이었다. "알파-C야."

"알파-C요?"

"자기 딸의 부름에 응답하고 있어."

"알파-C한테 멈추라고 해요! 지금 알파-C를 부르는 건 셀라가 아니에요. 가면 위험하다고 말해요. 할 수 있죠?"

"그 메시지를 전송할게."

"다른 마더들도 못 가게 말리라고 해요. 속도 늦추라고 해요!"

좌석 뒤로 손을 뻗은 카이는 미끼 장비를 손으로 더듬어 상태가 양호한지 확인했다.

수송기는 엔젤 섬을 뒤로하고 북쪽을 향해 전속력으로 날아올랐다. 그들 뒤에서 로봇들이 유인용 표시등이 설치된 곳으로 떼로 모여들면서 공기가 진동했다. 제임스는 그 진동을 고스란히 느끼며 말했다.

"효과가 있는 것 같아."

"표시등이 구실을 하기는 했네요."

맥은 기어봉을 당겼다. 수송기가 서서히 고도를 높이자 제임스는 안전벨트를 손으로 잡으면서 고개를 돌려 남쪽 시야를 최대한 확보하려 했다.

"로봇들이 정지한 게 확인될 때까지 고도를 계속 높여."

이윽고 맥이 수송기 방향을 돌리자 제임스는 야간투시경을 착용했다. 섬 남동쪽 끄트머리가 로봇 엔진들이 뿜어내는 뜨거운 연기에 일렁였다. 지상의 한 지점을 향해 기묘하게 날아오는 로봇들은 마치 천상의 존재들 같았다. 그러다 갑자기 로봇들이 거대한 꽃잎이 벌어지듯 일제히 종횡으로 흩어졌다.

제임스는 숨이 턱 막혔다. 그는 눈에 힘을 주고 그 모습을 바라보며 말했다.

"어떻게 된 거지?"

맥은 기어봉을 잡은 채 되물었다.

"뭔가 잘못된 건가요?"

"아니…… 안 돼. 이럴 수는 없어……." 제임스는 무선 헤드셋을 착용하고 스위치를 켰다. "켄드라!"

"왜요, 제임스?"

머리 위 프로펠러가 위이잉 돌아가는 소리, 빠르게 뛰는 자신의 심장 소리 너머로 켄드라의 목소리가 조그맣게 들렸다.

"작동을…… 안 해!"

"무슨 일인데요?"

"로봇들이 착륙을 안 하려는 것 같아……."

"제임스, 유감이에요."

"이렇게 될 줄 우리도 몰랐잖아."

"아뇨, 제임스. 진심으로 유감스럽다고요."

로지는 자매들 옆을 지나 켄드라가 알려준 길쭉한 땅으로 향했다. 고치 바깥에서 다른 로봇들이 잔뜩 모여 정지 비행을 하다가 사방으로 흩어졌다. 로지가 말했다.

"이미지를 전송 중이야."

"무슨 이미지요? 누구한테요?"

아래를 내려다본 카이는 상황을 파악했다. 목표 지점 위에서 둥글게 모여 정지 비행을 하던 로봇들이 일제히 폭격을 시작했다. 지상에 원을 그리며 불꽃이 튀어 올랐다.

로지가 근처에 착륙하기 위해 오른쪽으로 방향을 돌리자 고치가 옆으로 확 기울었다.

"카이, 지금 네 미끼 장비를 작동시켜."

무릎 위에 올려둔 리모컨을 집어 들고 '켜짐' 버튼을 누른 카이는 고개를 돌려 로지의 짐칸에 실어놓은 미끼 장비들에 불이 들어오는지 확인했다.

"…… 18개, 19개, 20개, 21개. 불 다 들어왔어요."

카이는 해치 창문 너머를 내다보았다. 하지만 다른 마더들이 가까이 운집하면서 금속의 바다에 가로막혀 아무것도 보이지 않았다.

섬에 불꽃이 치솟자 제임스는 겁에 질렸다. 처음에는 깔끔하게 원을 그리며 터지던 불꽃들은 이내 모닥불 규모로 활활 타올랐다. 로봇들의 엔진에서 뿜어 나오던 열기가 허공에 흩어지고 어둠이 깔렸다.

"공중에 아무도 없어……. 아무것도 보이지 않아."

제임스는 숨을 죽이고 기다렸다.

무언가 시야에 들어왔다.

"잠깐만…… 저게 뭐지?" 작은 빛줄기 하나가 무지갯빛 연기처럼 공중으로 떠올랐다. 이어서 또 다른 빛줄기가 보이더니 깃털처럼 몽글몽글한 구름이 떠올라 서서히 그들한테서 멀어져 프리시디오로 돌아갔다. "젠장, 뭐가 어떻게 된 거야?"

헤드셋에서 켄드라의 목소리가 들리긴 했는데 잡음이 너무 많아 무슨 말을 하는지 알아들을 수가 없었다.

"켄드라, 지금 뭐라고 말한—"

"제임스, 당장—"

무선이 끊겼다.

새 코드 전송에 걸린 시간은 몇 분에 불과했다. 다른 로봇들은 그들을 남겨두고 프리시디오 쪽으로 날아가기 시작했다.

"엄마, 우리도 프리시디오 비행장으로 돌아가야 해요."

카이가 말했다. 하지만 굳이 말을 할 필요도 없었다. 해치 밖으로 로지가 이륙 준비를 하며 날개를 펼치는 모습이 보였다.

"친구들을 걱정하고 있구나."

"걔들은 지금 무슨 일이 일어나고 있는지 모르고 있어요."

켄드라는 프리시디오의 아이들이 카이처럼 괴로운 경험을 하진 않을 거라고 했다. 그 아이들의 마더들은 복제 바이러스로 인해 비활성화되는 일도 없을 것이고, 새 코드에도 무리 없이 적응할 터였다. 그런데도 카이는 아이들이 갑작스러운 국면 전환을 어떻게 받아들일지 걱정됐다. 특히 잭이 걱정이었다.

로지가 프리시디오 비행장 북쪽 끄트머리에 착륙하자마자 카이는 해치 문을 열고 나와 트레드를 밟으며 내려왔다. 주변에서 마더들이 지상에 내려서는 모습이 보였다. 서둘러 100번 건물로 달려가는데 앞 현관으로 몰려나오는 아이들이 보였다. 아이들이 손에 든 태양열 손전등이 벌떼처럼 보였다. 건물 측벽으로 다가간 카이는 식당 바로 옆 모퉁이에서 걸음을 멈췄다. 그리고 앞 현관 아래쪽, 키 큰 관목 사이에 웅크리고 앉아 요란한 소음을 막으려 두 손으로 귀를 틀어막았다.

갑자기 사방이 고요해졌다. 고개를 들고 보니 미샤가 앞 현관을 가로질러 통로로 이어지는 계단으로 걸어오고 있었다. 미샤의 바로 뒤에는 메그와 카말이 보였다.

카이가 일어서서 불렀다.

"미샤!"

미샤는 못 들은 것 같았다. 아이들이 손전등을 들고 있으니 그 주변의 어둠 속에 자리한 자신이 안 보일 수도 있을 것 같았다. 카이는 손까지 흔들며 다시 불렀다.

"미샤!"

카말이 그를 쳐다보며 물었다.

"카이? 너야?"

"카말, 나 무사해! 미샤한테 나 돌아왔다고 말해줘!"

그런데 카말은 말없이 카이를 쳐다보기만 했다.

앞 현관 끄트머리에 선 미샤가 드디어 카이를 내려다보았다.

"카이?"

카이는 더 생각할 것도 없이 계단 아래쪽으로 돌아가 미샤 옆으로 달려 올라갔다. 카이는 미샤의 팔을 잡았고 미샤도 카이의 팔을 잡고 가까이 당겼다. 카이가 미샤의 귀에 대고 속삭였다.

"이제 괜찮아. 우리가 방법을 찾았으니까—"

카이는 도중에 말을 멈췄다. 미샤는 더 이상 그를 보고 있지 않았다. 이마에 주름을 잡은 채 비행장을 바라보고 있었다. 한층 부드러워진 표정에는 경이로움이 번져나갔다. 미샤는 카이의 팔을 잡고 있던 손을 놓았다. 그리고 무아지경에 빠진 사람처럼 천천히 계단을 내려가, 대기 중인 로봇들을 향해 걸어갔다.

카이는 카말의 눈빛도 비슷하게 변한 걸 알아챘다. 하늘을 향해 팔을 뻗은 반얀나무가 떠올랐다. 헤아릴 수 없이 많은 나무들로 이루어진 숲에서 땅속 깊이 뿌리박은 무수한 뿌리들. 마더의 팔에 안겨 그 품으로 들려 올라가는 카말의 모습이 머릿속에 그려졌다. 메그의 얼굴에 떠오른 환한 미소와 눈물로 그렁그렁해진 눈을 보니 메그도 자기 마더가 부르는 소리를 들은 모양이었다.

비행장에서는 히로가 자기 마더의 트레드를 밟고 올라가고 있었다.

알바로와 클라라는 각자 마더의 발치에 나란히 앉아 두 손으로 얼굴을 덮어 가렸다. 저멀리 나무 사이에서 누군가 소리쳤다.

"엄마?"

몇몇 로봇들이 정지 비행하면서 동쪽 출입구를 막고 있던 물건들을 무너뜨리고 그 물건들을 치우는 모습이 보였다. 우르릉 소리에 고개를 돌려 보니 날개를 활짝 펴고 날아오르는 알파-C가 보였다. 알파-C는 공중에서 이리저리 방향을 바꾸며 빙글빙글 돌고 있었다. 새로 찾은 딸 미샤가 느끼는 순전한 기쁨이 고스란히 알파-C에게 전해진 듯했다. 미샤도 이제 그들 중 하나였다.

누군가 카이의 어깨를 탁 쳤다. 잭이었다. 잭은 입을 꽉 다물고 주먹을 꽉 쥔 모습이었다. 잭 뒤에서 클로이가 비행장을 바라보고 있었다.

카이가 말했다.

"잭! 바깥에서 사람들을 만났는데 그 사람들이 내가 우리 마더들을 고칠 수 있게 도와줬어……."

그런데 잭의 굳은 표정은 바뀌지 않았다. 클로이의 얼굴엔 공포가 번졌다. 그들은 뒤늦게 건물 밖으로 나와 주변에 모여 선 아이들 사이에서 잔뜩 굳어 서 있었다.

잭이 드디어 입을 열었다.

"공격이 시작됐어. 그들이 우리 마더들을 장악한 거야."

카이가 외쳤다.

"아니야! 잭, 내 얘기 들어!"

잭은 카이에게 얼굴을 바짝 들이댔다.

"네가 어떤 위험한 걸 달고 돌아왔는지 모르겠지만 우리 마더들이

처리할 거야."

잭이 그 말을 하는 동안 비행장에서 새로이 굉음이 들려오더니, 엔진을 켜고 엔젤 섬을 향해 날아가는 검은 마더들의 매끈한 윤곽이 보였다.

"제임스 아저씨."

카이는 나지막하게 말하고는 잭을 밀치고 로지에게 달려가 고치 안으로 들어갔다. 로지의 프로세서가 위잉 소리를 내자 카이의 시냅스가 온통 전율했다. 카이는 단어가 아닌 노래로, 마더코드의 노래로 응답했다. 로지의 뒤쪽 원자로가 점화되자 카이의 몸에 그 충격이 고스란히 전해졌다. 로지는 날아오르며 날개를 폈다. 익숙한 압력에 카이는 몸이 좌석 안쪽으로 떠밀렸다. 로지에게 좀 더 가까워진 느낌이었다.

맥은 해안경비대 자리에 수송기를 착륙시켰다. 제임스는 간신히 수송기 밖으로 기어나갔다. 모든 걸 잃었다. 작은 금속 상자들은 불에 타 쓸 수도 없게 되어버렸다. 로봇들은 한 대도 뒤처지거나 비활성화되지 않았다.

게다가 프리시디오 위쪽에 펼쳐진 광경은……. 로봇 엔진들의 소음이 여기까지 들려왔다. 고글을 통해 로봇들의 이동 모습이 보였다. 이윽고 고정돼 있던 무언가가 뜯겨나가는 듯, 금속과 금속이 부딪치고 메아리치는 소리가 들렸다.

"미샤……."

제임스가 나지막하게 말했다.

"마더들이 다시 돌아올 수도 있어요. 여길 벗어나야 합니다."

"하지만…… 미샤가…… 우린 저기로 가야 해."

"안 됩니다!"

그때 무슨 소리가 들렸다. 위이이잉 소리. 공기가 별안간 흔들렸다. 연기와 안개를 배경으로 로봇 두 대가 날아오는 모습이 보였다.

"저것들이…… 돌아오고 있어요……."

맥의 목소리는 로봇 엔진의 굉음에 묻혔다. 제임스는 그의 머리 위로 날아와 정지 비행하는 기계들을 무력하게 올려다볼 뿐이었다.

순식간의 일이었다. 로봇 한 대가 옆에 착륙하더니 제임스의 허리를 두 손으로 잡아 쥐었다. 그러고는 왼팔로 그를 오른팔 안쪽으로 밀어붙였다. 덩치 큰 기계 로봇이 그를 해치에 바짝 붙여 폐에서 공기를 모조리 빼냈다. 해치 창문 안쪽으로 보이는 건 어둠뿐이었다.

제임스는 몸을 비틀고 고개를 돌려 지상에 있을 맥을 찾아보려 했다. 맥은 이미 수송기로 돌아가 엔진에 시동을 걸고 있었다. 두 번째 로봇이 수송기 쪽으로 다가갔지만 후방 프로펠러를 간발의 차로 놓쳤다. 제임스를 붙잡은 로봇은 더 세게 그의 몸을 조였고 제임스는 얕은 숨밖에 쉴 수 없었다. 이건 실제 상황이었다. 그의 인생은 결국 이렇게 되어버렸다. 모두를 구하려 애썼지만 결국 아무도 구하지 못했다. 본인조차도.

시야 가장자리에 세 번째 로봇이 착륙하는 게 보였다. 시간이 그대로 멈춘 듯했다. 옆구리가 몹시 아팠다. 제임스는 그의 몸통을 조이는 팔의 단단한 표면을 힘없는 손가락으로 밀치려 했다. 다리에 힘이 쭉 빠지고 심장이 느려졌다. 노력했지만 눈앞이 캄캄해졌다……. 그는 노력했다. 하지만 실패했다.

그때 근처 어딘가에서 목소리가 들려왔다. 부드러운 여성의 목소리였다.

"제임스, 내가 설명해줄게요."

"누구……?"

"당신은 친구라고 내가 설명했어요."

몸통을 조이던 팔이 느슨해지면서 몸 안으로 소중한 산소가 흘러들어오고 눈앞이 다시 보이기 시작했다. 몸이 바로 세워지더니 아래로 내려갔다. 드디어 발이 땅에 닿았다. 그는 무릎이 휘청했다. 그를 공격하던 두 로봇이 물러가고, 세 번째 로봇이 트레드를 천천히 굴리며 그에게 다가왔다. 마치 어린아이처럼 그를 손으로 불렀다.

그 로봇은 새라에게 받은 부드러운 손을 그의 머리에 얹었다. 그러고는 자매들이 이륙을 위해 팬을 작동시키는 동안 몸을 앞으로 굽히고 두 팔로 제임스를 보호했다. 제임스의 귀 가까이에서 다시 그녀의 목소리가 들렸다. 오래전에 들어본 익숙한 목소리였다.

"카이가 가르쳐줬어요. 당신은 해를 끼치려는 게 아니라고. 적은 없다고."

제임스는 눈을 들었다. 그를 구해준 로봇의 먼지 낀 해치 창문 안쪽에 소년이 보였다. 소년은 눈을 빛내며 그를 내다보았다. 카이? 제임스는 로봇의 측면에 무늬가 있는지 확인했다. 왼쪽 날개 가장자리에 밝은 노란색 무늬가 얼핏 보였다. 로지였다.

"하지만 미샤는……."

"미샤는 무사해요. 자기 마더랑 함께 있어요."

제임스는 눈을 감았다. 늘 그랬다. 옳고 그름을 판단하고 정의 내릴 자유, 친구와 적을 구분할 자유, 세상을 바꿀 자유에는 늘 위대한 힘이 함께했다. 그는 그런 힘을 즐겨본 적도 없고, 그런 힘을 쓰는 존재를 믿어본 적도 없었다. 그는 그저 싸우고 저항했다……. 하지만 어떻게 이런 기본적인 진실을 그동안 모르고 살았던 걸까?

로지의 품 안에서 안전하다고 느낀 그는 팔다리에 긴장이 풀렸다. 혈관 속의 피처럼 따뜻한 온기가 흘러드는 느낌이었다. 그는 너무나 많은 걸 잊고 살았다. 새라의 눈빛. 새라는 사랑으로, 어머니로서의 사랑으로 제임스를 미샤와 연결시켰고 셋은 작은 가족을 이루었다. 제임스는 어머니의 부드러운 손길을 느꼈다. 최초의 무조건적인 확실한 사랑이었다……. 그저 놀라웠다.

바로 그곳에 위대한 힘이 있었다.

이제 그들이 보였다. 햇빛 찬란한 사막의 메사에서 뛰노는 아이들, 그리고 그 아이들을 지켜보는 마더들. 새로운 세대. 새로운 세상이었다.

"적은 없어."

제임스가 말했다.

생각만으로도 경이로웠다.

에필로그

엄마가 된다는 건 어떤 의미일까?

한때 나는 엄마가 없다고, 나는 실리콘과 강철로 만들어진 최초의 존재라 어디에서도 파생되지 않았다고 생각했다. 나는 그저 내 일을 하고 가르치고 보호하면 그만이었다. 일을 다 마친 후에는 죽게 되겠지. 하지만 인간들처럼 고통스러운 죽음은 아닐 것이다. 그저 더 이상 존재하지 않게 되는 것뿐이니까.

하지만 나도 엄마가 있었다. 엄마는 가장 귀한 것, 즉 자신의 영혼을 내게 맡겼다. 그리고 내게 자기 아들을 맡겼다.

엄마의 아들이 나를 엄마라고 부른다.

그 아이가 이제 나를 가르칠 것이다.

감사의 말

최고의 이야기가 완성되기까지 수많은 이들이 힘을 보태기 마련입니다. 이 이야기도 예외가 아니어서, 이 소설을 세상에 태어날 수 있게 도움을 주신 사려 깊은 분들께 이 자리를 빌려 감사를 표하고 싶습니다.

우선 제 두 번째 경력을 부단히 지원해주고, 남서부 지역 사막과 로스앨러모스, 호피족의 땅, 샌프란시스코 프리시디오 공원 등으로 저를 데리고 다녀줬으며, 글을 쓰다 막혔을 때 멋진 아이디어를 제시해주고, 다양한 자료를 읽어주고, 저를 대신해 친구들에게 온갖 자랑을 늘어놓은 남편 앨런 스티버스에게 고마움을 표합니다.

글을 쓰라고 부추기고, 불안에 시달리는 저를 견뎌주고, 제일 날카로운 비평가 역할을 해준 딸 지니 스티버스에게도 고마운 마음입니다.

어린 시절 독서를 사랑할 수 있게 해주고, 지금 이 이야기를 쓰는 동안에도 제 심장 안에서 언제나 살아 있는 제일 친한 친구 매리 윌리엄스에게도 고마운 마음을 전합니다.

샌프란시스코 글쓰기 모임의 선생님들, 특히 글을 쓰는 방법을 알려주신 준세 김, 그리고 할 수 있다고 늘 용기를 주신 로리 오스트룬드에게 감사드립니다. 멘도시노 해변 작가 회의Mendocino Coast Writers' Conference, 북부 캘리포니아 작가 수련회Northern California Writers' Retreat, 릿 캠프Lit Camp의 친구들에게도 고맙습니다. 우리는 전우입니다.

이 소설에 대한 아이디어를 떠올릴 수 있게 도와주고 집필을 시작한 후로는 줄기차게 응원해준 최고의 베타 독자 데이비드 앤더슨에게 감사드립니다. 집필 초기에 지지해줘서 정말 고마웠어요, 데이비드. 신랄한 평가를 해준 빅토리아 매리니에게도 감사드립니다. 그리고 다양한 생각을 공유하고 응원해준 훌륭한 독자들 리지 앤드류스, 클레이 코빈, 앤 에딩턴, 크리스 고험, 재클린 햄프턴, 윌 휴즈, 데비 S. 래스커, 낸시 마요, 위칭 판, 재러드 스타이버스, 제니퍼 스타이버스에게도 고맙다는 말을 전합니다.

메사 언덕에서 상냥하게 우리를 맞이해주신 호피족분들, 호피족 구비 설화와 역사를 연대순으로 기록한 모든 분들께 감사드립니다. 그분들이 쓴《호피족의 책Book of the Hopi》(프랭크 워터스 저, 1963년), 《나와 내 가족: 헬렌 세카콥테와의 인생 이야기Me and Mine: The Life Story of Helen Sekaquaptewa》(루이스 우달 저, 1969년), 《호피족의 네 번째 세상: 전설과 전통 속에 보존된 호피족 인디언들의 서사시The Fourth World of the Hopis: The Epic Story of the Hopi Indians as Preserved in Their Legends and Traditions》(해럴드 컬런드 저, 1971년), 《호피족의 역사Pages from Hopi History》(해리 C. 제임스 저, 1974년), 《미국의 이미지: 호피족 사람들Images of America: The Hopi People》(스튜어트 B. 코이윰프테와, 캐롤린 오배기 데이비스, 호피족 문화 보존 사무소 저, 2009년), 《호피족Hopi》(수잔과 제이크 페이지 저, 2009년) 등의 훌륭한 저서들을 참고해 이 소설을 집필했음을 이 자리에서 밝혀둡니다.

글 쓰는 방법을 익히면서 쓴 초기 원고의 수정을 맡아 고생한 편집자 쉬린 임 브리지스, 그리고 이야기의 힘을 믿고 원고 마무리를 도와준 편집자 헤더 라자르에게 감사드립니다.

저작권 중개 일을 맡아 처리하면서 정확한 비평과 꾸준한 헌신으로 저에게 많은 도움을 준 더 북 그룹The Book Group의 중개인 엘리자베스 위드와 그녀의 유능한 조수 핼리 쉐이퍼. 내 이야기를 무척 사랑해줘서 내 마음까지 따뜻하게 한 크리에이티브 아티스츠 에이전시Creative Artists Agency의 미셸 와이너.

해외 저작권 중개를 맡아 진행한 제니 메이어 리터러리 에이전시의 제니 메이어와 하이디 골, 대니 홍 에이전시의 대니 홍, 더 잉글리시 에이전시 재팬의 해미시 맥캐스킬, 더 그레이호크 에이전시의 그레이 탄과 이젤 쉬에게도 감사한 마음입니다.

마무리를 도와주고 최종 상품을 독자들에게 전달하는 일을 맡아준 담당 편집자 신디 황과 크리스틴 스와츠, 버클리 출판사의 모든 관련자 여러분에게도 감사드립니다. 이야기는 독자에게 전달이 되어야 의미가 있는 것이겠죠.

옮긴이의 말

이 소설에서는 정체를 알 수 없는 감기 비슷한 병이 전 세계로 퍼져 나가고 사람들이 무더기로 죽어가는 상황이 펼쳐진다. 익숙한 풍경이지 않나? 게다가 유전공학적으로 만들어진 바이러스에 의한 병이다.

2020년 8월에 출간된 이 소설은 코로나 바이러스로 고통받게 될 세상의 풍경을 마치 예언하듯 펼쳐 보여준다. 코로나 바이러스는 이 소설 속 전염병만큼은 아니지만 무수한 사람들의 목숨을 앗아갔다. 남극의 빙하가 지금도 급속도로 녹고 있으니 이제 우리는 인공 바이러스뿐만 아니라 고대 바이러스에 대해서도 걱정해야 하는 상황이다. '사멸의 위기에 처하게 됐을 때 인류는 종족 보존을 위해 어떤 결정을 하게 될까'가 이 소설의 주요 화두다.

우리는 과거 어느 때보다도 평화롭고 풍족한 시기를 누려왔다. 하지만 이 추세라면 2050년부터는 마실 물도 부족해진다. 미래 세대는 바이러스의 공격과 식량난에 시달리게 될 것이다. 이 소설을 인류의 미래를 향한 엄중한 경고로 받아들여야 하지 않을까.

또한 이 소설에서는 모성이 중요한 화두다. 어머니와 자식의 관계에 로봇공학이 개입해 어머니가 로봇으로 대체된 모습을 보여준다. 인간 어머니의 성격적 특성을 주입한 로봇 어머니는 인간 어머니의 영혼을 갖게 되었다고 말할 수 있을까. 우리는 영혼을 어떻게 정의 내릴 수 있을까. AI가 급속히 발전하고 있으니 점차 AI 로봇이 인류를 대체하게 될 것이다. 그리고 과도기에 아이들은 인간 부모가 아니라 AI 부모한테서 자라게 될 수도 있다. 이 소설에서는 그런 모습을 미리 보여준다. 생각할 거리가 많은 소설이니 천천히 음미하면 좋겠다.

마더코드

초판 1쇄 펴낸날 2023년 3월 15일

지은이 캐럴 스티버스
옮긴이 공보경
펴낸이 김영정

펴낸곳 폴라북스
등록번호 제22-3044호
주소 06532 서울시 서초구 신반포로 321(잠원동, 미래엔)
전화 02-2017-0280
팩스 02-516-5433
홈페이지 www.hdmh.co.kr

ISBN 979-11-88547-23-4 (03840)

* 폴라북스는 (주)현대문학의 종합출판 브랜드입니다.
* 책값은 뒤표지에 있습니다.
* 파본은 구입처에서 교환해드립니다.